세종대왕 I

소설로 세종실록을 읽다

세 종 대 왕 1

- 보정 1판 1쇄 인쇄 : 2021년 06월 25일
- 보정 1판 1쇄 발행 : 2021년 07월 02일

- 지은이　　　김옥주

- 펴낸이　　　이호림
- 펴낸곳　　　인간과자연사
- 출판등록　　1997년 11월 20일 제 1-2250호
- 주소　　　　(03385)서울시 은평구 연서로 230-2, (2층 대조동)
- 대표전화　　010-7645-4916
- 이메일　　　hnpub@hanmail.net
- 인쇄　　　　천일 02-2265-6666

- ISBN　　　 978-89-87944-66-1(04810)
　　　　　　　978-89-87944-65-4(04810) (셋트)

· 책값은 뒤표지에 있습 니다.
· 이 책의 내용의 일부 또는 전부를 재사용하려면 반드시 인간과자연사의 동의를 얻어야 합니다.
· 잘못 만들어진 책은 구입하신 서점에서 교환해 드립니다.

세종대왕 Ⅰ
소설로 세종실록을 읽다

김옥주 글

인간과자연사

[일러두기]
1. 이 책은 기존 「세종대왕 납시오」 1, 2의 보정판입니다.
2. 이 책에 게제된 사진 중 일부가 저작권의 저촉을 받을 수 있습니다.
   차후 확인되면 저작권을 존중해 게제료를 지불하겠습니다.

제 1 권 차 례

1장 충녕 대군 이도, 왕위에 오르다 · 7

2장 성군이 되라 하셨습니까 · 51

3장 대마도는 우리 땅, 왜구를 잠재우다 · 93

4장 백성의 굶주림, 내 탓이오 · 145

5장 음악이 평화로우면 정치는 조화를 이루나니 · 193

6장 집현전, 맡겼으면 믿을 것이다 · 247

1장

충녕 대군 이도, 왕위에 오르다

1418년, 세종 즉위년(22세)

"세자, 옥새 예 있다. 받으려무나."

영문도 모르고 보평전 지게문으로 황망하게 들어오는 세자 이도에게 임금이 밝은 얼굴로 옥새를 내밀었다. 아버지가 오랫동안 품 안에 간직해온 소중한 보물을 사랑하는 아들에게 물려주는 그런 모습으로. 세자는 뜰에서 마주친 신하들의 모습이 그제야 이해가 갔다. 그들은 엎드려 통곡을 하고 있었다. 세자는 부왕의 명을 받들 수가 없어 엎드린 채 일어나지 않았다. 세자로 책봉된 지 불과 두 달밖에 지나지 않은, 때 이른 것도 있지만 갑자기 왕위를 물려주어야 할 무슨 사정이 있는지 마음 짚이는 것이 없었다. 부왕이 위독한 것도 아니고, 변방에 난리가 일어난 것도 아니다. 명나라에 무슨 일이 생겼다는 조짐도 없다. 나라 안팎에 갑자기 왕위를 세자에게 물려줄 만한 일은 아무것도 일어나지 않았다. 세자는 나라 안팎의 사정을 헤아리기보다 지금 일어나고 있는 사태 자체를 현실로 받아들이기가 힘들었다.

임금은 몸 둘 바를 모르고 뜰에 엎드려 있는 세자의 소매를 잡아 일으켰다. 조금도 염려하지 말라는 듯 임금은 도타운 사랑의 눈길로 세자를 바라보며 옥새를 안겨 주고 다시 안으로 들었다. 황당한 상황에 아찔해져 있던 세자가 황공한 태도로 책상에 옥새를 모셔놓고 부왕을 뵈러 갔다. 신하들의 통곡이 끊이지 않았다.

"황제 폐하께 세자를 봉하도록 청하여 승인을 받지도 못하였는데, 어찌 이리 서두르시옵니까, 전하."

신하들이 한 목소리로 옥새를 되돌려 받도록 임금에게 아뢰었다. 그들은 숫제 울부짖었다.

"내가 어찌 황제께 아뢸 방편도 없이 옥새를 줄 생각을 했겠는가. 상선(尙膳: 내시부 종2품)은 들으라. 내가 이미 국왕과 마주하여 앉았으니, 뜰에 나가 더 이상 왈가왈부하지 말라고 이르라."

임금은 세자에게 붉은 양산을 전했다. 홍양산은 왕의 권위를 상징했다. 임금은 마침내 할 일을 끝낸 듯 홀가분한 걸음으로 연화방(蓮花坊: 한성부 동부 7방 중의 하나)의 옛 세자전으로 거동했다. 임금이 옮겨간 세자전으로 우르르 신하들이 몰려갔다. 세자전 뜰에 엎드려 통곡하면서 복위하기를 간절하게 청했다. 세자가 옥새를 받들어 임금에게 바쳤다.

"전하, 제발 뜻을 거두어 주시옵소서."

한 나라의 국왕에게 올리는 세자의 간청은 밤늦도록 계속되었다.

"주상(主上: 임금)은 정녕 효도할 생각을 하지 않는가? 부모의 뜻을 거슬러 마음을 불편하게 하는 것이 주상이 밤낮으로 읽은 책에서 가르친 효도였더란 말인가. 내 북두성에 맹세하노니 결코 복위하지 않겠노라."

세자는 황공하고 두려워 어찌할 바를 몰랐다. 깊디깊은 부왕의 뜻이 과연 무엇이란 말인가. 세자는 지신사(知申事: 정3품, 왕명을 전달하거나 신하들이 왕에게 올리는 글을 올리는 관직) 이명덕을 돌아보았다.

"어찌해야 하오?"

"성상(聖上: 현재 임금을 높여 부름)의 뜻이 이미 굳으셨으니, 효도를 다하심이 마땅합니다."

마침내 세자가 임금의 뜻을 받들었다.

"황공하옵니다, 아바마마. 어리석은 소신, 전하의 뜻을 받들겠사옵니다."

아들로서, 한 나라의 세자로서 지극히 공손하게 임금의 뜻을 받든 후, 어전(御前: 임금의 앞)을 물러났다. 즉위식은 다음날에 거행될 것이다.

세자는 지신사 이명덕으로 하여금 옥새를 받들고 경복궁으로 돌아가게 하고, 대언 김효손에게는 밤새 옥새를 지키도록 했다.

무술년(1418년, 태종 18년) 6월 5일, 충녕 대군(태종의 셋째아들) 이도는 '조선의 세자로 삼는다.'는 임금의 명[책봉: 冊封]을 받았다. 세자 이도가 느닷없이 불려와 옥새를 건네받은 날은 8월 8일.

불과 두 달 남짓한 시간이 흘렀을 뿐이다.

세자에게 옥새를 넘겨준 임금 또한 차분하기만 한 것은 아니었다. 온갖 느낌이 마음을 어지럽혔다.

왕위에 오른 지 18년이었다. 온갖 어려움을 딛고 선 자리다. 새로운 나라를 건설할 뜻을 품었던 젊은 시절의 이방원. 고려의 어지러움은 이방원의 젊음을 끓어오르게 했다.

일찍이 고려를 지키기 위해 온갖 노력을 기울이던 정몽주와 고려를 무너뜨리고 새 나라를 건설하려는 이성계는 팽팽하게 맞서 있었다. 고려의 혼란을 염려하며 과감하게 잘못을 바로잡아야 한다는 데는 두 사람이 뜻을 같이 했으나 잘못을 바로잡아 가는 방법이 달랐다. 정몽주는 고려를 지키는 쪽이고, 이성계는 새로운 나라를 건설해야 한다는 쪽이었다. 힘의 균형이 무너져 이성계가 구석으로 몰릴 때에 다섯째 아들 이방원은 아버지가 못하게 말렸음에도 과감히 나아가 정몽주를 제거해 선죽교를 피로 물들였다.

이방원. 그는 동북면의 보잘것없는 무장의 집안에 불과한 이성계로 하여금 고려의 귀족들에게 사대부 집안임을 과시할 수 있게 해준 아들이었다. 문과에 당당히 급제한 것이다. 이방원은 당시의 내로라하는 권문세가인 민제의 사위가 됨으로써 귀족 사회의 일원이 되었다. 마침내 조선이 건국되었고, 남은, 변중량을 비롯한 탁월한 혁명가인 정도전 편에 서 있던 많은 개국 공신이 이방원을 경계할 때, 그들이 방심한 틈을 타서 이방원은 앞질러 공격의 칼을 빼들었다. 개국 공신들은 일찍이 조선 건국에 혁혁한 공을 세운 신의 왕후 한 씨의 왕자들을 제치고 임금(태조)과 현비(顯妃) 강 씨 사이에서 태어난 막내 왕자 이방석을 세자로 추대했다. 이에 불만을 품은 신의 왕후 한 씨에게서 태어나, 피를 나눈 형제들과 신하들의 도움으로 이방원은 세자 이방석과 일곱째 왕자 이방번, 처남 이제(李濟) 등 신덕 왕후 강 씨에게서 태어난 두 아들과 사위를 죽였다. 그들이 어렸을 땐 어진 형이었던 이방원이 왕위에 오르기 위해서 손에 피를 묻히는 일을 서슴지 않았던 것이다.

이미 정치에는 전혀 뜻이 없어 일찌감치 세상의 일에는 관심을 두지 않던 맏아들 이방우는 조선을 건국한 이듬해 세상을 떠났다. 이방원은 둘째인 이방과를 왕으로 추대했다. 이방과 또한 맏아들처럼 야심은 없었지만 이방원의 은근한 강압으로 이방원의 뜻에 따랐다. 이미 자신을 따르던 신하들이 모두 제거된 힘없는 임금(태조)은 이방과에게 왕위를 물려주었다. 그러나 이방원을 향한 노여움은 죽을 때까지 풀리지 않았다. 상왕(태조)이 사랑한 아내 신덕 왕후에게서 태어난 자식들을 죽인 이방원이다. 상왕(태조)은 이방원의 패륜을 끝내 용서할 수 없었던 것이다.

그러나 피를 뿌리는 일은 이로써 끝나지 않았다. 상왕(태조)의 넷째 왕자 회안군 이방간은 왕위를 차지하고자 다섯째 왕자 이방원과 다툼을 벌였다. 상왕(태조)과 임금(정종)이 말렸지만 기어코 정안군 이방원을 공격하려던 이방간은 싸움다운 싸움 한번 해 보지 못하고 참패했다.

이방원은 골똘히 생각한 끝에, 사병이 정도전이나 이방간 일파를 없앨 때 큰 힘이 되어 주긴 했지만, 왕권을 강화하기에는 걸림돌이 되리라는 결론을 얻었다. 세자로 책봉된 이방원은 또 다른 화근을 불러일으킬 위험이 있는 사병을 없애고 삼군부에 소속시킴으로써, 일원화된 중앙군을 왕권 강화의 수단으로 만들었다. 사병 문제를 해결한 후 얼마 지나지 않아 임금(정종)은 세자 이방원에게 이래저래 불편하고 힘든 자리인 왕위를 물려주었다. 왕위에 있었어도 어차피 모든 권한은 아우인 세자에게 있었기에 상왕으로 이름만 바뀔 뿐 달라질 것은 없었다.

드디어 서른네 살에 왕위에 오른 이방원은 조선을 세우기 전에 죽은 어머니 대신에, 온갖 영화를 누린 신덕 왕후 강 씨의 끝없는 욕심을 용서할 수가 없었다. 자신의 아들로 세자를 삼으려 했던 신덕 왕후를 미워해 태상왕(태조)이 승하한 뒤에는 신덕 왕후의 능을 도성 밖으로 옮겨 버렸다. 일찌감치 능을 묘로 낮춤으로써 필요 없어진, 능을 지키던 무인석, 문인석이니 신장석이니 하는 돌을 청계천의 광통교 다릿돌로 삼도록 허락했다. 뭇 백성들이 밟고 지나다니도록 만든 것이다.

<신장석: 청계천 광통교 다릿돌>

게다가 다릿돌은 4개의 신장석(神將石: 장수신을 새긴 돌)에 부조된 불상이 그나마도 거꾸로 세워졌다.

임금은 이미 혼란한 고려의 파도를 자신의 능력으로 헤쳐 나왔다. 새로 건설한 조선에 당당하게 자리를 잡았기에 능히 수많은 공신과 더불어 조선을 지켜나갈 수가 있었다. 임금은 명분이 필요할 땐 당당하게 그걸 앞세우며, 명분이 뚜렷하지 않으면 강력한 왕권으로 조선을 이끌었다. 하지만 자신을 이을 세자가 왕위에 올랐을 때에도 조선을 지켜나갈 수 있을 것인가에 관해서는 의문이 일었다. 임금은 조선이 역대 왕조나 고려처럼 무너지지 않도록 튼튼한 바탕을 마련해 두고자 했다. 조선을 세우는 과정에서 공을 세운 수많은 공신이 이제는 오히려 걸림돌이 되었다. 그들은 왕권에 버금가는 세력을 떨치고 있었던 것이다. 아니 왕은 한 사람인데 공신은 산전수전을 다 겪은 집단이라는 데에 더 큰 문제가 있었다. 공공연한 적이었던 정도전 일파와는 달리 이번에는 그럴 듯한 명분이 있어야 제거할 수가 있다는 것이 또한 어려운 문제였다.

공신들의 힘을 꺾기 위위해 본보기로 삼은 사람이 이거이와 이저 부자이다. 이들 부자는 사병을 삼군부에 소속시키라는 임금의 명에 선뜻 따르지 않았다는 죄목으로 결국은 유배를 당하게 되었다. 공신조차 예외 없이 임금이 휘두르는 왕권 앞에서 제대로 저항도 못하고 힘이 꺾이자 공신들은 몸을 사릴 수밖에 없었다.

위험인물 중에서도 외척은 가장 두려운 존재였다. 임금이 왕위에 오르는 데에 정비(靜妃) 민 씨의 일가는 그 어떤 공신보다 공이 컸고, 민 씨 또한 여장부여서 이방원이 왕위에 오를 수 있도록 내조를 훌륭히 했다. 그런 외척의 집안을 제거하는 것은 결코 쉬운 일이 아니었다. 더구나 세자 이제는 외가에서 자랐다.

임금 이방원은 집안의 평안보다 조선의 평안을 선택했다.

임금은 천재지변이 거듭 일어나 백성들의 삶이 어려우니 왕위를 물려주겠노라고 명을 내렸다. 나이가 많은 신하들까지 한 목소리로 명을 거두어 주십사고 아뢰었으나 임금은 허락하지 않았다.

"나라를 세운 지 오래 되지 못하면, 마치 첫 추위에 언 물처럼 단단하지 못하니, 나이 어린 임금이 왕위에 오를 때가 아니옵니다."

신하들의 반대는 거셌다. 겨우 마흔 살에, 나랏일을 살필 수 없을 만큼 병이 깊은 것도 아닌 왕이 갑자기 열세 살의 세자(이제)에게 왕위를 물려주려고 하는 것은 이해가 되지 않는 일이었다. 하지만 옥새는 세자궁으로 보내졌다. 신하들의 반대 상소가 줄을 잇고, 나이 어린 세자 이제가 눈물로 호소했다.

결국 임금은 왕이 살아서 다른 사람에게 왕위를 물려주는 일, 즉 선위(禪位)할 뜻을 거두었다.

임금은 이때의 일을 문제 삼았다.

태조의 이복형제인 이화가 상소를 했던 것이다.

왕위를 물려주겠노라 했을 때 모두가 슬퍼하는데 세자의 외숙인 민무구, 민무질 형제는 오히려 기쁜 얼굴빛이었고, 복위를 하겠노라 했을 땐 기뻐하는 다른 사람들과 달리 슬픈 표정을 짓는 불순한 일을 저질렀다고 분노했다. 적장자(嫡長子: 본처가 낳은 맏아들)인 세자 이제 한 명이면 족할 것이라며 세자가 아닌 다른 왕자들을 죽이려고 한 일도 죄명으로 들먹여졌다. 임금의 장인인 민제는 임금이 자신의 아들을 제거할 생각임을 알아차렸다. 민제는 불충한 자식들을 멀리 유배시키는 것이 마땅하다고 임금에게 아뢰었다. 임금의 눈에서 벗어남으로써 자식들이 죽을 길에서 벗어날 수 있으리라는 소망에서 비롯된 간청이었다. 하지만 민제가 세상을 떠나고 나서 그의 자식들은 결국 모두 제거된다. 외척의 제거에는 지신사 황희가 임금의 비밀스러운 힘이 되어 주었다. 외가에서 자란 세자조차 외숙들을 편들지 않았다. 편들기는커녕 세자 이제는 민 씨 형제들을 처벌해야 한다고 주장했다.

맏이 이제는 임금이 스물여덟에 얻은 아들이다.

위로 세 아들이 죽어 임금은 또 아들을 잃을까 봐 이제를 외가에서 자라도록 했다. 둘째 아들 이보도 셋째 아들 이도도 같은 이유로 다른 사람의 손에 맡겼다. 늦게 얻은 아들인데다 맏이어서 이제를 사랑하는 마음이 극진했다. 이제가 다섯 살 때 임금은 정도전 일파의 견제로 목숨이 위태로운 지경에 있었기에 노심초사했다. 답답한 가슴을 달랠 길이 없어 아내 민 씨와 더불어 이제를 안아주고 업어주며 잠시도 무릎에서 떠나지 않게 했다.

마침내 왕위에 올라 11세인 이제를 세자로 책봉한 것은 갑신년(1404년, 태종 4년)의 일이었다. 왕위에 오르고도 한참 뒤에야 세자를 책봉한 것은 다음 왕위를 이을 세자를 교육시킬 수 있는 체제가 그때에야 비로소 정비되었기 때문이었다. 성균관에 세자를 위위해 별도의 학궁을 짓게 했던 것이다. 또한 맏이인 이제를 넘볼 왕자라곤 아무도 없었기에 세자 책봉을 서두르지 않아도 되었던 때문이기도 하다.

임금은 총명하고 활달하며 가르쳐 주지 않아도 무술에 뛰어난 맏이 이제를 몹시 자랑으로 여겼다. 열네 살의 어린 나이로 명나라 황제에게 조현(朝見: 신하가 조정에 나아가 임금을 뵙는 일)을 다녀온 뒤로는 명나라에까지 알려진 세자인 만큼 임금의 마음을 매우 흡족하게 해 주는 아들이었다. 그만큼 둘째 아들 이보나 셋째 아들 이도는 임금이나 정비의 눈길과 마음에서 멀어졌다. 이 두 아들이 임금과 정비의 눈에서 멀어진 이유는 한 가지가 더 있었다. 넷째 아들 이종이 태어났던 것이다. 이종은 이제가 세자로 책봉되던 그 해에 태어났다. 임금과 정비에게는 세자 책봉과 왕자를 얻은 일로 기쁨이 갑절이었다. 준수방(俊秀坊: 한성부 북부 12방 중의 하나)에서 태어난 세자 이제와 달리 이종은 태어나면서부터 왕자 신분이었다. 임금의 나이 서른아홉에 얻은 아들이다. 원래 부모 사랑은 내리사랑

이라 했던가. 이종에게 사랑
이 쏟아졌다. 세자 이제, 둘
째 이보, 셋째 이도에 이르
기까지 변함없이 지닌 무인
기질의 체격과는 달리, 이종
은 문인의 풍모를 지녀서 더
욱 사랑이 깊었다. 임금과

<생가터 표지석: 서울 통인동>

정비의 넘쳐나는 사랑은 맏이와 막내에게 쏟아졌던 것이다.
 세자 이제는 성품 또한 작은 일에 거리낌이 없어[호방: 豪放] 따르는 자가 많았다. 유교 국가를 내세운 조선에서 맏이에게 왕위를 물려주는 것은 어느 면에서나 명분이 뚜렷한 일이었다. 임금 자신이 맏이가 아니었고, 형제간에 피비린내를 풍기며 왕위에 오른 까닭에 정통성의 문제를 들고 나오면 항상 떳떳하지 못했다. 단지 걱정거리가 있다면 외향적인 성격인 세자는 궁중 생활을 몹시 답답하게 여겼다는 점이다. 틈만 나면 대궐 밖으로 나가 사냥을 하고 여색을 탐했다. 하고 싶은 일을 하기 위해서는 세자의 품위를 지키는 것보다 욕구가 앞서 대궐의 담을 넘는 것도 주저하지 않았다. 매우 총명한 세자였지만 학문에는 뜻이 적어 스승들을 물리치기가 일쑤였다. 세자의 이런 행동은 자주 되풀이 되었고 그럴 때마다 다음부터는 잘 하겠노라는 반성을 보이면 용서하곤 했던 것이다.
 그랬던 것이 세자가 스무 살이 되면서 사정이 달라졌다.
 봄날이었다.
 "동궁 북쪽 담 밑에 작은 지름길이 있으니, 반드시 몰래 숨어서 드나드는 자가 있을 것이옵니다."

감히 궁궐 담에 길이 생기도록 드나드는 자가 있다니. 사헌부에서는 심각했다. 지름길을 만든 자는 세자임이 드러났다. 세자는 아름다운 봄날에 평양 기생 소앵을 궁중으로 불러들여 매일같이 풍악을 즐기고 매나 개와 더불어 놀이를 일삼았던 것이다. 임금이 몹시 노했다. 이 일과 관련된 사람들이 파직을 당하고, 형장을 맞거나 귀양을 갔다. 세자가 또 단식을 했다. 이번엔 정비 민 씨가 세자를 호되게 꾸짖었다.

▶너는 어리지도 않은데 지금 어째서 부왕께 이와 같이 노여움을 끼치느냐? 이제부터는 조심하여 효도를 드리고 또 밥을 먹도록 하라.◀

정비의 꾸중으로 겨우 진정이 된 세자가 가을이 되자 또 임금의 명을 어겼다. 겨우 여름 한 철을 견뎌낸 세자는 매와 새 같은 애완물을 동궁에 마음껏 들였다. 이번엔 세자가 충녕 대군을 통해 몰래 매를 구했다. 내관들이 형장을 맞고 유배를 갔다. 세자는 다시 단식을 하고 몸이 불편한 임금에게 문안조차 들지 않았다. 신하들이 그런 세자의 행동을 걱정스러워 했다.

"세자가 밥을 먹지 않는 것은 그 분함을 이기지 못해서이니, 어찌 잘못을 뉘우쳐서 나온 행동이겠소. 경들은 모두 대체(大體: 기본이 되는 큰 줄거리)를 잘 알고 있지 않소 옛날에 세자를 폐한 것은 모두 내관이나 빈첩(嬪妾)의 참소로 말미암아서였소."

임금은 단호하게 말했다. 그렇게 남을 헐뜯어서 죄가 있는 것처럼 꾸며 윗사람에게 고위해 바친 일[참소: 譖訴]과 세자의 경우는 다르다. 임금의 목소리는 노여움이 타올랐다.

"세자의 행동은 반드시 그 자리를 믿고 있기 때문이 아니겠소 만약 뉘우치지 않는다면 종친들 중에서 어찌 적당한 사람이 없겠소."

임금이 서연(세자에게 경학을 강론하는 자리)을 없애고자 했다. 임금의 경고였다. 이것은 지난 경인년(1410년, 태종 10년), 열일곱 살에 기생 봉지련을 궁중에 들였을 때와는 사뭇 다른 조치였다. 그때에도 내관에게 곤장을 때리고 봉지련을 가두자 세자는 단식을 하며 항의를 했고 임금은 봉지련을 풀어 주었을 뿐 아니라 봉지련에게 비단까지 내린 것이다.

그뿐이 아니었다. 임금은 사냥을 떠나면서 세자를 데리고 가지 않으려 했다. 게다가 모든 신하들이 임금의 행차를 전송하는 예에 따를 것을 세자의 스승에게 명했다.

"학문을 부지런히 닦아 행실을 고치지 않으면 나를 볼 생각일랑은 하지 말라고 이르오."

스승으로부터 임금의 명을 전해들은 세자는 긴장했다. 전에 없던 일이었기 때문이다. 세자는 마음을 다잡았다. 부지런히 서연에 나아갔다. 오랫동안 붙잡고 있었으나 도무지 진도가 나가지 않던 『대학연의(大學衍義)』를 읽었다. 대학연의는 제왕학으로 임금이 될 사람만이 공부할 수 있는 책이다. 그렇지 않은 자로서 이 책을 가까이 하는 것은 그 사실만으로도 반역할 마음이 있는 것으로 여겨져 목숨이 위태로운 지경에 이르는 책인 것이다. 온갖 구실을 대며 학문을 게을리 하던 세자가 임금의 경고가 있은 지 한 달여 만에 대학연의를 마쳤다. 실로 6년 만의 일이었다.

임금은 흡족했다. 마음속에 일던 갈등이 다시 가라앉는 순간이었다. 아니 어떤 길을 택해야 하는 것인가에 관한 갈등이 가라앉았다고 임금은 생각했다. 그러나 갈등은 다시 고개를 들고 일어났다.

아직 확고하게 세워지지 못한 조선을 누구의 손에 맡겨야 오랫동안 이어질 것인가. 세자 이제에게 왕위를 물려주는 일에 흔들림이 없었건만 세자보다 충녕 대군에게 마음이 기우는 것 또한 막을 길이 없었다. 조선이 계속 이어지려면 무력으로 통치하는 것보다는 문치주의를 택하는 것이 더 효과적일 수 있다는 생각을 지워버릴 수가 없는 것이다. 조선을 건국한 지 오랜 세월이 지나 발판이 튼튼한 때라면 세자 또한 훌륭한 군왕감이지만 학문에 깊이 빠져 있는 충녕 대군(이도)의 자질은 아무리 생각해도 탐이 났다. 맏이 세자(이제)와 막내 성녕 대군(이종)에게 기울어져 눈여겨보지 않은 동안 충녕 대군은 매우 슬기로운 청년이 되어 가고 있었다.

임금은 고개를 저었다. 칼부림은 자신에게서 끝내야 했다. 충녕 대군은 왕자의 자리에 알맞은 분수를 지키며 왕자의 복을 누릴 수 있도록 해 주어야 했다. 그것이야말로 세자도 다른 왕자들도 타고난 목숨을 누리며 살아갈 수 있는 방법임을 그 누구보다 임금 자신이 잘 알고 있었다.

계사년(1413년, 태종 13년) 섣달 그믐날, 한 해를 무사히 보낸 잔치 때에 세자와 여러 대군과 공주들이 모인 자리에서 새삼스럽게 열일곱의 훤칠한 청년이 된 충녕 대군이 임금의 눈에 들어왔다. 모든 자녀들이 장수를 비는 뜻으로 술잔을 바치고 시를 올리는데 충녕 대군의 시 풀이는 아주 높은 수준에 도달해 있었다. 임금은 자신도 모르게 충녕 대군을 칭찬했다.

"세자, 충녕은 장차 너를 도와 큰일을 해 낼 것이다."

"예, 아바마마, 충녕 아우는 참으로 현명하옵니다."

세자는 진심어린 눈길을 충녕 대군에게 보내며 부왕의 칭찬에 답했다. 아우의 총명함이 더할 수 없이 자랑스럽고 대견스러웠다. 충녕 대군의 재능이 음악, 무용, 꽃과 돌, 그림 등 여러 방면에 걸쳐 예사롭지 않다는 사실은 이미 알려져 있었다. 물론 선비들은 육예(六藝)라 하여 예(禮), 악(樂), 사(射), 어(御), 서(書), 수(數)에 능해야 한다지만 이들을 골고루 익히는 것은 무척 어려운 일이다. 예의, 음악, 활쏘기, 말 타기, 글씨 쓰기, 그리고 수학. 세자가 배우려고 들면 좋은 스승이야 얼마든지 구할 수 있었으련만 굳이 충녕 대군에게 거문고와 비파를 배울 정도로 형제간의 우애도 깊어 임금은 자못 흐뭇한 마음이었다. 단지 일찍이 충녕 대군이 너무 학문에 몰두하기 때문에 쇠약해지는 것을 걱정스러워 하여

"도야, 너에게 할 일이 뭐 그리 있겠느냐. 마음껏 평안을 즐기려무나."

라고 했던 것이다. 충녕 대군은 셋째 왕자다. 왕위와 관련이 없는 셋째 왕자가 정치에 뜻을 두면 그때부터는 자칫 역모에 휩싸일지도 모르는 일이기에 세자가 아닌 왕자는 지극히 조심해야 한다. 끊임없이 손짓하는 권력으로부터 자유롭지 않으면 피바람이 불 수도 있음이다.

충녕 대군은 평안하게 즐기기나 하며 세월을 보내지 않았다. 사서오경은 물론, 법학, 문학, 천문학, 역사, 지리 등 모든 방면의 책을 수십 번씩 읽었다. 어떤 책은 백 번도 넘게 읽어 책을 엮은 끈이 다 닳을 정도인가 하면 병을 앓고 있으면서도 손에서 책을 놓지 않았다.

▶충녕의 방에서 책을 모두 실어 내도록 하라.◀

마침내 임금이 충녕 대군 이도에게 독서 금지령을 내렸다.

부왕의 명이라 거역하지도 못하고 텅 빈 방에 앉아 있다가 내관들이 미처 발견하지 못해 남아 있는 책 한 권이 충녕 대군의 눈에 띄었다. 『구소수간(歐蘇手簡)』. 송나라의 구양수와 소식의 편지글을 추려 뽑아 만든 책이다. 읽을거리라곤 오직 이 편지글밖에 없어 충녕 대군은 이를 모두 외워 버렸다. 충녕 대군이 학문에 몰두위해 기쁨을 얻는 것은 타고난 것이어서 아무도 이를 막을 수도 없앨 수도 없었다. 충녕 대군은 장소고 시간이고 그 어느 것에도 구애받지 않았다. 충녕 대군의 독서법은 다독이었다. 그것도 통독이 아니라 정독이었다. 곱씹어보고 뒤엎어보고 하느라 당연히 같은 책을 되풀이위해 읽을 수밖에 없었다. 충녕 대군의 학문은 나날이 높은 경지로 나아갔다.

임금의 눈길이 충녕 대군에게로 향하는 걸 신하들 또한 모를 리가 없었다. 한 해가 지나면 스무 살이 되는 충녕 대군이 12월 그믐에 의령 부원군 남재를 초청해 잔치를 열었다.

"옛날 주상께서 잠저(潛邸: 왕이 되기 전에 살던 집)에 계실 때에 학문을 권했답니다. 주상께서 말씀하시기를, '왕자는 참여할 데가 없으니 학문은 하여 무엇하겠습니까?'라고 하시기에, '왕자들도 다 같은 왕의 아들인데, 누군들 왕이 되지 못하겠습니까?'라고 말씀드린 적이 있었습니다."

충녕 대군은 남재가 하는 말이 무슨 뜻인지 잘 알고 있었다. 그 말은 외숙들이 심히 걱정한 부분이기도 했다. 남재는 말을 멈추지 않았다.

"지금 대군 마마가 학문을 좋아하는 것이 주상 전하의 왕자 시절을 보는 것 같아 마음이 기쁩니다."

이 말이야말로 역모로 다스릴 수 있는 말이다. 엄연히 세자가 국본(國本: 왕세자)의 자리를 지키고 있음에도 누구든 능력이 있으면 왕이 될 수 있다고 충동질하는 것이었기 때문이다. 충녕 대군은 남재의 엄청난 말에 몹시 당황했다. 노여움에 찬 부왕과 세자의 모습이 떠올랐다. 남재가 그런 말을 하도록 분위기가 무르익은 것도 피바람을 몰고 올 일이었다. 충녕 대군은 주변을 둘러보았다. 부귀와 권력을 탐해서가 아니라 한 해가 저무는 날이라 하여 조촐한 잔치에 참석했던 사람들이 역모에 휩싸여 생사의 갈림길에 놓일 것이다. 어찌 그런 불충한 말을 하느냐고 남재를 막은들 이미 쏟아낸 말의 파장을 막을 길은 없었다. 그저 일이 되어가는 대로 죽음을 각오하고 있어야 했다. 민 씨 형제들은 임금이 세자에게 왕위를 물려준다고 했을 때 다른 신하들보다 말리는 정도가 약했다 하여 그게 빌미가 되어 죽음에 이르지 않았던가. 임금이 마음만 먹는다면 남재도 남재의 말을 듣고 있었던 사람들도 역모에 가담한 불충한 무리가 될 수밖에 없는 상황이었다. 그러나 팽팽한 긴장감으로 분위기가 얼어붙어야 할 자리가 마냥 잔치 분위기에 젖어 있어 충녕 대군을 의아하게 만들었다. 더 이해할 수 없었던 것은 여러 사람들이 그 자리에 있었기 때문에 남재의 말이 임금의 귀에 들어갔을 때였다.

"과감하구나, 그 늙은이가."

임금이 호탕하게 웃었다. 남재는 죽음을 각오하고 충녕 대군을 충동질한 것이 아니었다. 이미 임금의 생각을 짐작하고 동조한 데 지나지 않았다. 임금의 눈길이 머무는 곳을 바라보니 바로 거기에

왕의 재목으로 자라고 있는 충녕 대군이 보인 것이다. 임금이 세자를 충녕 대군으로 바꾸겠노라고 공공연하게 말한 적은 없으나 적어도 그 가능성은 여러 차례 보여 주었다. 세자를 따르던 무리들은 혼란스러워졌다. 절대로 변하지 않을 것 같은 세자의 자리가 흔들리고 있었다. 그러나 그 가능성이 가능성으로 끝날 것인지 실제로 세자를 바꾸는 감당하기 어려운 큰일이 일어날 것인지 따위를 판단하기는 여간 어려운 것이 아니었다. 임금이 세자에게 왕위를 물려준다고 조정을 흔들어 불충한 무리들을 찾아낸 것처럼 임금의 이런 모습도 또한 그와 비슷한 일일지도 몰랐다. 부귀와 권력에 매달리지 않고 오직 나라의 평안과 백성의 안녕만을 마음에 두는 이들에게는 영향을 덜 미칠 일이고, 주어진 업무에 몰두하기만 하면 되는 하급 관리들에게도 삶의 방향이 크게 달라질 일이 아니었지만, 누가 왕위를 잇게 되느냐에 따라서 엄청난 변화가 일어날지도 모를 얼마간의 신하들에겐 충성스러운 신하의 모습을 지켜가는 것은 몹시 어려운 일이었다.

혼란스러운 것은 신하들뿐만이 아니었다. 한때 임금은 충녕 대군에게 학문을 닦는 일조차 애쓸 것 없이 평안히 즐기기만을 권하지 않았던가. 다음 왕위를 이을 사람으로 형인 세자가 오랫동안 그 자리에 있었기에 감히 그 자리를 탐낸 적은 없지만 만약 형을 도와 국정에 참여할 수 있다면 지금까지 책에만 머물던 학문의 세계를 백성을 위해 펼쳐볼 기회가 있을지도 모르는 일이었다. 임금은 이미 그런 일을 충녕 대군에게 허락한 것에 다름이 없었다.

충녕 대군이 스무 살이 되던 봄날이었다. 날씨가 변화무쌍했다. 아침부터 사방에 자욱이 깔린 안개가 한낮이 되도록 걷히지 않는가 하면 천둥과 번개가 치고 우박이 내리기도 했다. 음산한 날씨가 연이어졌다. 강화에서는 백성의 아내가 벼락을 맞아 죽었다는 소식이 날아들었다. 소도 말도 개도 벼락을 맞고 죽었다는 소식이 잇달 았다.

"집에 있는 사람이 비를 보면 반드시 길 떠난 사람의 노고를 생각할 것이다."

"성은이 망극하옵니다."

백성을 걱정하는 임금에게 신하들이 황공한 마음으로 머리를 조아렸다.

"시경에 이르기를 황새가 언덕에서 우니(鶴鳴于垤: 황새가 물을 좋아하므로, 날씨가 흐려질 조짐이 보인다.), 부인이 집에서 탄식한다고 하였사옵니다."

임금의 시에 답한 사람은 다른 사람이 아닌 충녕 대군이었다. 임금은 놀랐다. 성은이 망극하다며 머리를 조아리는 나이든 신하들을 제치고 임금의 시에 답한 사람이 스무 살의 충녕 대군이라니.

"도야, 너의 학문은 세자가 따를 바가 아니로구나."

임금은 기쁜 빛으로 충녕 대군을 보던 눈길을 돌려 세자를 향했다. 세자를 보는 눈길은 노여움을 띠고 있었다. 충녕 대군보다 세 살 위인 세자는 이미 오래 전부터 당대의 최고의 학자들을 스승으로 모시고 학문을 닦고 있었으나 학문은 항상 임금이 걱정하는 수준이었다. 신하와 임금의 친족들인 종친과 더불어 잔치를 할 때마다 여러 방면으로 통하는 충녕 대군의 학문이 돋보이는 만큼 세자의 학문이 보잘것없음이 비교가 되었다. 세자 또한 동생인 충녕 대군의 학문 수준을 마냥 고운 시선으로 바라볼 수만은 없게 되었다.

세자 앞에서 스승들도 노골적으로 충녕 대군의 학문과 비교를 하는 것이었다. 스승들이야 세자에게 자극을 주려는 의도였지만 세자에겐 몹시 귀에 거슬리는 말이었다.
 일찍이 세자는 부왕에게 말했다.
 "충녕은 용맹하지 못하옵니다, 아바마마."
 임금은 냉정하게 못을 박았다.
 "용맹으로 따질 것 같으면 앞서지 못할지도 모른다. 하지만 나랏일에 있어 큰 어려움을 결단하는 데는 충녕을 따라갈 사람이 이 나라에는 없음을 명심하여라."
 이즈음의 세자 이제는 그 어느 때보다 임금의 심기를 건드리고 있었다. 세자는 한때 마음을 다잡고 대학연의를 읽어내 신하들뿐 아니라 임금까지 기쁨에 젖게 했으나 그때뿐이었다. 학문은 뒷전이고 온갖 핑계를 대어 스승들을 따돌리기가 일쑤요, 매를 키우거나 사냥에 눈을 돌렸다.
 임금은 학문에는 뜻이 없으나 많은 신료들의 지지를 받는 세자에게 계사(啓事)에 참여하도록 명했다. 계사란 임금에게 아뢰는 일을 말함이니 나랏일을 다스리는 일에 참여하는 것이다. 나랏일을 소홀히 생각하다가 백성들을 어떤 경지에 도달하게 하는지 몸소 경험할 기회를 가지는 것이다. 가뭄이 심해지자 임금은 몹시 괴로웠다. 가볍게 죄를 지은 자를 용서해 주고, 노비의 노역을 감해 주었으며, 벌을 내린 사대부들에게도 아량을 베풀었다.
 "내가 정치를 잘하지 못하여 가뭄이 심하도다. 더 이상 가뭄이 심해지면 농사를 지을 수 없어 백성들이 먹을 것이 없게 될 것이 아닌가?"

급기야 임금은 인재를 등용하는 일과 군사를 제외한 모든 일을 세자와 의논하게 했다. 세자는 별 무리 없이 임금을 도와 나랏일을 살펴나갔다. 서연관이 세자를 찾던 그 날부터 학문을 닦는 데 한결같이 게으른 것만 아니라면 임금을 노엽게 만드는 일은 더 이상 일어나지 않을 듯했다.

삼복이 지나갈 여름 끝 무렵이었다. 대궐이든 여염이든 여름날의 뙤약볕에 지칠 대로 지쳐 있어 임금은 상왕을 모시고 경회루에서 술자리를 베풀었다. 지친 심신을 달래려고 군사들로 하여금 말을 타거나 활을 쏘게 하여 잘하는 이들에게 상을 내렸다. 신하들과 더불어 시를 지으며 즐기는 자리여서 자연히 학문이 중요한 관심사가 되어 임금은 다시 세자를 나무랐다.

"세자는 어찌하여 그토록 공부를 게을리 하는 것이냐?"

임금은 세자에게 학문을 열심히 닦는 군주의 모습을 요구하고 있었다. 조선을 건국하는 과정에서 칼부림으로 피를 많이 흘리도록 했고, 아버지를 거역한 아들임이 항상 마음에 걸리는 임금이다. 임금은 상왕(정종)에게 지극한 우애를 보여주었다. 세자에겐 무인 집안의 피가 흘렀다. 세자의 호방한 기상과 무예는 나무랄 데가 없을 뿐 아니라 때로는 자랑스럽기까지 했다. 그러나 세자의 기상과 무인의 기질은 그 빼어남 때문에 오히려 조선을 지켜나감에 있어 장애가 될지도 모를 일이었다. 그런 생각 때문에 세자가 딱했다. 갈피를 잡지 못해 임금의 마음이 어수선했다. 세자는 총명한 맏이였다. 가장 사랑한 자식이었다. 기상만큼은 군왕이 된다 해도 나무랄 데 없는 재목이었다.

그러나 임금은 세자에게 선뜻 왕위를 물려줄 수가 없었다.

고려를 무너지게 한 많은 요소를 개혁한 것은 태조가 아니라 금상(今上: 현재의 임금)의 손에 의해서 거의 모두 이루어졌다. 국가의 체재를 확립하고, 재정을 확충했다. 나라를 다스려나갈 여러 가지 법을 제정하고, 관제와 군제를 개편했다. 한평생을 바쳐 이룩한 조선의 기틀을 천년 사직으로 이어가기 위해서는 칼의 힘으로 다스리는 사납고 거친 왕이 아니라 누구든 마음으로 따를 수 있는 인자한 왕이 필요했다. 임금은 거듭 고민에 빠졌다. 임금의 눈에 세자와 겹쳐서 충녕 대군이 보였다. 여름이 무르익어 사람들이 너나 할 것 없이 게을러질 때에도 충녕 대군은 변함없이 학문에 열중하고 있었다.

"세자는 어찌하여 학문이 충녕의 깊이만큼 이르지 못하느냐?"

임금의 말에 마음이 급해진 사람들은 세자의 스승들이었다. 당대 내로라하는 학자들로 이루어진 세자의 스승들이었다. 스승인 서연관들은 학문에 열중하는 충녕 대군을 칭찬하는 방법으로 세자를 격려했다. 열여섯 살에 이르러 비로소 스승 이수를 만나게 된 충녕 대군과 효령 대군(태종의 둘째아들)이었으니 충녕 대군의 학문이 높은 경지에 이르렀음을 칭찬하는 것은 세자에게 무척 자극이 될 만한 일이라 여긴 것이다. 게다가 충녕 대군의 스승 이수는 임금이 갑오년(1414년, 태종 14년)에 성균관에 거둥해 선비를 뽑을 때 넷째로 뽑히어 전사 주부(典祀注簿: 종6품)로 임명되었으니 스승이 뛰어났던 것도 아니었다. 이수가 병자년(1396년, 태조 5년) 생원시에서는 스물세 살의 나이에 1등으로 입격하였으니 자질이 떨어지는 스승도 물론 아니었다. 충녕 대군과 효령 대군은 일찍이 민무구, 민무질 외숙들이 경계하여 없애려고까지 한 왕자들이 아닌가.

그러나 세자는 주변의 바람에는 아랑곳없이 믿음직하고 바람직한 모습으로 변하지 않았다. 학문을 갈고 닦는 충녕 대군이 세자에겐 그 외에 열중할 일이 없노라 여겨질 뿐이었다. 임진년(1412년, 태종 12년)에 서연관이 세자를 서연에 참석하기 좋도록 세자가 사는 동궁을 궁궐 가까이에 짓도록 임금에게 건의한 적이 있었다.

"학문을 좋아하지 않는다면 비록 궁궐 안에 산다고 하여도 크게 도움이 될 바가 아니라 생각하오. 벌써 세자의 나이가 한 해를 더 하면 스무 살이 아니오. 기운이 한창 왕성한 세자인데 늘 가까이 있어 세자의 모든 행동을 주목하는 것은 부자간의 의리만 상하게 할 뿐이오."

임금은 어디까지나 세자 편에서 세자의 마음을 헤아리고자 했다. 세자를 달래기도 하고 꾸중하기도 했다. 세자를 외면하기도 했고, 나랏일을 맡겨 세자를 믿고 있노라는 마음을 보여주기도 했다. 세자는 장성하고 임금은 늙어갔다. 임금이 언제 갑자기 세상을 떠날지도 몰랐다. 임금은 몹시 답답했다. 세자에게 왕위를 물려주느냐 아니면 아직은 위태롭기만 한 조선을 튼튼하게 세워 주리라 믿음이 가는 다른 왕자로 세자를 바꾸느냐 하는 것 때문에 임금은 고민에 빠졌다.

세자는 맏이다. 맏이에게 왕위를 계승하는 것만큼 대의명분이 뚜렷한 것은 없다. 조선은 유학을 표방한 나라이다. 임금 자신이 다섯째 왕자로서 피를 뿌리고 오른 왕위여서 더욱 맏이가 왕위를 계승하는 것은 명분을 세우는 일이었다. 그러나 조선은 건국한 지 불과 20년이 조금 지났을 뿐이다. 신라가 망한 후 견훤이 세운 후백제도 황제를 칭하며 대단한 세력을 유지했지만 50년이 못가 멸망

했다. 고려 태조 왕건은 궁예가 닦아 놓은 기반에서 비롯되었다. 조선을 건국한 것[창업: 創業]도 물론 어려운 일이었지만 건국한 조선을 지키는 것[수성: 守成] 또한 건국에 못지않은 어려운 일이었다. 조선이라고 왕건 같은 인재가 나타나지 않을 것이라는 보장이 없다. 나라가 안정된 때라면 세자 또한 훌륭한 임금의 재목이지만 궁예를 딛고 일어선 고려의 왕건 같은 인물이 언제든 나타날 수 있어 불안한 조선을 세자에게 맡길 수가 없었다. 백성들은 조선을 아직은 신뢰하지 않을지도 몰랐다. 태조 시절에 바닷물에 빠뜨려 없애버렸다고 여긴 왕 씨들의 잔존 세력들이 언제 힘을 모아 고려의 부활이라는 명분을 내세워 불만 세력들과 힘을 합칠 지도 알 수 없는 일이었다. 왕(王)씨들은 옥(玉)씨나 전(全)씨 등으로 성씨를 바꾸어 숨을 죽이며 살아가고 있었다. 임금이 결단을 내려야 했지만 쉬운 일이 아니었다. 세자 이제도 충녕 대군 이도도 모두 임금의 사랑스러운 아들이었다. 아니 세자는 그 누구에도 견줄 수 없는 귀한 아들이었다. 또한 세자는 세자가 된 지 벌써 열두 해나 흘렀다.

하지만 임금의 고민과는 아랑곳없이 세자의 비행은 그칠 줄 몰랐다. 세자가 국본으로서 품위를 지키는 것은 중요한 일이었다. 세자전에 세자의 생활을 어지럽힐지도 모르는 사람들이 드나들지 않도록 출입을 엄격하게 통제하게 했다. 훗날을 위해 세자에게 잘 보이고 싶은 사람들이 세자의 주변으로 몰려드는 것은 당연한 일일 것이다. 그 무리 중에서 선공 부정(繕工副正: 종3품) 구종수나 악공(樂工) 이오방은 대담하게 궁궐의 담을 넘나들었다. 구종수는 토목과 건축을 담당하는 관아에 속한 관리였다. 이들은 대나무다리를 만들어 세자전을 드나들었다. 세자에게 아리따운 여인을 가까이 하게 하고 함께 술을 마시며 금지된 온갖 일을 저질렀다. 이들의 오랜 드나듦은 꼬리가 밟히게 되어 있었다. 이 일은 조정을 발칵 뒤집히게 했다. 세자의 비행을 부추긴 죄를 물어 구종수나 이오방을 사형에 처해야 한다는 신하들의 상소가 잇달았다.

임금이 편전으로 이조 판서(判書: 정2품) 황희를 불러들여 구종수의 죄악을 어떻게 다스리는 것이 좋을까 물었다.

"구종수의 일은 매나 개의 일에 불과하옵니다. 구종수의 일을 너무 중하게 다루지 마시옵소서."

의외의 답에 임금의 표정이 일그러졌다. 세자의 행실을 어떻게 가르치면 좋을 것인가 하는 물음에 황희는 계속해 아뢰었다.

"세자 저하는 아직 나이가 어리시옵니다. 넓으신 마음으로 사정을 헤아려주시옵소서."

황희는 이미 스물세 살이나 된 세자에게 음주가무나 여인을 가까이 하는 일이 사람의 목숨을 빼앗아야 할 만큼 큰 죄가 아니라 여겼다. 물론 국본인 세자가 취할 바람직한 일도 아니었다. 나라를 걱정하며 몸을 삼가는 것이 국본으로서 취할 태도이긴 하나 세자는 혈기가 왕성한 청년이 아닌가. 이른 아침부터 밤늦은 시각까지 틀에 짜인 세자로서의 삶이 호방한 성품인 세자에게 감옥처럼 답답하게 여겨질 수도 있다. 임금이 구종수의 일을 결단내리기 전에 마침 그 일을 알게 된 하륜이 궁궐로 들어왔다. 임금은 하륜으로 하여금 내전으로 들게 했다. 하륜이 눈물로 아뢰었다.

"세자 저하는 장차 나라를 다스려 나갈 터인데 지금 거칠고 음란한 것이 이 지경에 이르렀으니 어찌하겠사옵니까. 정녕 어찌하겠사옵니까."

하륜의 흐느낌이 절절히 울렸다. 하륜은 임금에게 있어 첫 손가락 꼽힐 정도로 공이 많은 사람이었다. 임금은 하륜의 말에 감동했다. 하륜이야말로 오랫동안 기억해야 할 충신이었다.

"전하, 마땅히 구종수를 베어 앞으로 이와 같은 일이 다시는 되풀이되지 않도록 훗날을 경계하고 어지러운 일의 뿌리를 뽑아버리심이 마땅할 줄 아옵니다."

의금부에서도 임금의 결단을 재촉했다.

"구종수는 궁궐의 담장을 넘었으니 교수형에 해당하옵니다."

임금은 의정부와 육조와 대간들에게 명령을 내렸다.

"죽을죄에 해당하면 반드시 세 차례나 거듭하여 죄상을 밝힌 후에라야 집행해야 할 것이 아니겠소?"

"아니옵니다, 전하. 죄가 의심스러울 때는 삼복(三覆: 죽을죄에 해당하는 죄인을 세 번에 걸쳐 자세히 조사함)을 기다려야 하지만 궁궐의 담장을 넘는 일은 죽을죄에 해당함이 명백하옵니다. 굳이 기다릴 필요가 없사옵니다."

형조 판서 안등이 아뢰었다. 그러나 대사헌(大司憲: 종2품) 김여지와 좌사간(左司諫: 정5품) 박수기의 생각은 달랐다.

"구종수의 죄는 명백한지라 다시 의논할 필요가 없사오나, 궁궐의 담을 넘어 들어간 것은 반드시 까닭이 있을 터이니 그 까닭을 조사한 후에 죽이시옵소서."

다른 신하들이 형조 판서의 의견에 동의를 했으나 대간들은 자신의 임무에 충실했다. 임금은 난처했다. 구종수가 궁궐 담을 넘은 일을 조사하면 세자의 비행까지 낱낱이 들춰질 일이었다. 이미 모든 신하들이 다 아는 일이긴 하지만 공식적으로 밝힐 일은 아니었다.

"구종수의 죄는 죽을죄에 해당하나 그 어미가 애틋하게 용서를 구하는 글을 올렸소. 자식을 귀하게 여기는 어미의 마음이야 백성과 임금이 어찌 다르겠소. 내 특별히 죄를 감면하니 장(杖) 일백 대를 쳐서 멀리 유배를 시키도록 하오."

"성은이 망극하옵니다."

임금은 이들을 사형시킬 수가 없었다. 임금은 어미의 자식 사랑이라는 아름다운 이름을 빌려 세자의 비행을 감쌌다. 구종수 들의 유배는 세자를 몹시 난처하게 만들었다. 세자는 자신의 유희로 거의 죽을 뻔한 구종수 들의 목숨을 안전하게 지켜주어야 할 의무를 느꼈다. 임금의 총애를 받아 세자의 교육을 맡고 있는 세자빈객(世子賓客: 정2품) 변계량에게 말했다.

"요즘 궁궐에서 벌어진 일을 서연관이 어찌 모르겠습니까. 내가 서연관을 멀리 하고 소인배들을 가까이 하여 아바마마의 마음을 어지럽혔으니 불효가 막심합니다. 조정의 신료들 보기도 부끄럽습니다. 내 이제는 서연에 부지런하고 다시는 불효를 저지르지 않으려 하나 생각에 그칠 뿐 어찌해야 좋을지를 모르겠습니다."

"세자 저하, 옛 사람이 이르기를 사람은 몹시 어리석으나 다른 사람의 허물을 꾸짖는 데는 밝다고 하였습니다. 오늘의 그 다짐을 잊지 않고 한결같이 몸을 삼가면 되실 것입니다. 저희들은 비록 재주가 없으나, 주상께서 명하여 서연관으로 삼으셨으니, 저희들의 말을 들으시면 좋을 것입니다"

"예로부터 그 어버이에게 불효하고서 능히 남의 우러름을 받고 부귀를 누리는 사람을 보지 못하였습니다. 나도 글을 읽었는데 어찌 그것을 모르겠습니까. 이제부터 불효를 또 저지른다면 비록 아바마마가 용서하시더라도 하늘이 어찌 나를 사랑하려 하겠습니까."

변계량에게서 세자의 뉘우침을 전해들은 임금은 매우 기뻐했다. 일이 생길 때마다 세자는 반성하고 다시 저지르는 일을 되풀이하였지만 이번에야말로 단단히 혼이 난 모양이었다. 세자가 진정으로 뉘우쳐 그 허물을 고친다면 결코 늦지 않았노라고 변계량에게 세자를 거듭 부탁했다. 그러나 일단 뉘우침이 임금에게 전달되자 세자는 다시 온갖 핑계를 대며 서연에 나아가지 않았다.

정유년(1417년, 태종 17년) 정월 초하루, 인정전(왕이 조회를 하던 창덕궁의 정전)에서 새해를 맞이하는 잔치가 열렸다. 임금과 여러 신하들이 모두 취하므로, 일어나서 춤추는 자가 매우 많았다. 온화한 기운이 감도는 잔치 자리에서 임금은 만족스러운 웃음을 아끼지 않았다. 세자가 임금에게 술잔을 올릴 때에 다른 신하들과 어우러져 춤에 한창이던 좌의정(左議政: 정1품) 박은이 돌연 세자 앞에 꿇어앉았다.

"저하께서는 국저(國儲: 세자)가 아니십니까? 곧 왕위에 올라 이 나라를 다스리셔야 하는, 맡은 바 책임이 더할 수 없이 중한 분으로서, 어찌 전하의 자애로운 분부를 번번이 거스르십니까? 부디 이 나라의 백성들을 생각하소서."

박은은 울음으로 말을 맺었다. 세자는 매우 당황했다. 임금은 물론 모든 종친과 신하들이 모여 있는 자리에서 박은이 공개적으로 세자의 행동을 비판하고 있었다. 말은 지극히 공손하고 세자에 대한 예를 갖추었으나 뜻은 왕위를 계승할 세자로서의 자격이 없지 않느냐며 나무라고 있었다.

"세자는 들었느냐? 이 말은 대신(大臣: 2품 이상)의 충언(忠言)이다."

임금이 좌의정 박은의 말을 듣자 대놓고 세자를 꾸짖었다. 이는 세자를 편전으로 불러, 혹은 세자의 스승을 통해 꾸짖고 달래던 지금까지의 임금의 모습이 아니었다. 세자가 되어 명나라에 조현하러 갔을 때 임금만큼 빼어난 인물이라는 칭찬까지 듣고 왔던 세자의 자리가 흔들리고 있었다. 세자의 눈에 충녕 대군이 들어왔다. 충녕 대군은 언제나처럼 고요하고 침착했다. 충녕 대군은 항상 가볍게 행동하는 이가 아니었으므로 이런 때에도 마음속이 어떤지 짐작하기가 쉽지 않았다. 새해의 잔치 자리는 세자에게는 잔치 자리가 아니었다.

새해 첫날부터 세자를 꾸짖으며 시작한 정유년이 저물고 겨울이 막바지에 다다른 무술년(1418년, 태종 18년) 2월 초, 왕실에 느닷없이 불행한 일이 일어났다. 열네 살의 성녕 대군 이종이 열흘 가까이 완두창을 앓다가 목숨을 잃었다. 성녕 대군이 앓고 있을 때 충녕 대군은 의학책에서 얻은 지식으로 직접 약을 조제해 달여 주며 성녕 대군을 간호했다. 성녕 대군이 임금과 정비에게 어떤 아들인지 잘 아는 까닭이었다. 열한 살 아래인 어린 성녕 대군이 앓고 있어도 왕실의 의원이나 충녕 대군의 간호를 바라볼 수밖에 없었던 세자는 종일토록 활을 쏘며 불안하고 안타까운 마음을 달랬다. 임금은 성녕 대군이 앓기 시작할 때부터 먹지도 잠자리에 들지도 않았다. 성녕 대군이 죽자 임금은 한양에 더 이상 머무르기가 괴로워 개경으로 거처를 옮겼다.

복숭아와 오얏나무에 꽃이 피지 않았다. 우울한 기운이 감도는 대궐의 임금과 정비의 가슴에도 봄은 오지 않았다.

한양에서는 세자가 나랏일을 보았다. 한양에 있는 사헌부에서 여러 차례 임금이 한양으로 환궁할 것을 아뢰었으나 성녕 대군이 죽는 액운이 다하지 않았다고 개경에서 임금을 모시는 신하들이 만류했다. 성녕 대군을 잃은 충격에서 좀처럼 벗어나지 못하고 있는 임금과 정비를 위해서였다. 임금의 탄일을 맞아 세자가 알현을 청했다. 임금은 성녕 대군을 잃은 슬픔으로 축하를 받고 싶은 생각이 없었으나 세자가 보고 싶었다. 개경으로 온 세자는 사랑하는 동생 성녕 대군을 잃은 탓인지 세자의 본래의 임무를 충실히 수행했다. 조계(朝啓: 임금이 높은 관직의 신하들과 함께 벼슬아치의 죄를 논함)에 참석하고 임금과 더불어 매일 활을 쏘았다.

성녕 대군의 죽음으로 인한 충격이 채 가시지 못한 5월 봄날, 어둡기는 하지만 평화롭게 나날이 계속될 듯한 임금에게 놀라운 소식이 전해졌다. 이미 쫓겨났으리라 여긴, 전 중추(中樞) 곽선의 첩인 어리가 여전히 세자전에 함께 머무르며 아기를 낳았다는 소식이었다. 정순 공주로부터 세자가 유모를 찾는다는 소식을 접한 임금이 이상히 여겨 조사하게 했더니 거기엔 장인인 병조 판서 김한로까지 힘을 합한 사실이 드러났다. 장인 김한로가 앞장서지 않았으면 어리가 다시 세자전으로 들어갈 수가 없었다.

지난해 세자의 장인인 병조 판서 김한로의 집에 있던 하인이 궁궐의 무수리를 넘보므로 그를 벌해 주십사 하고 김한로가 임금에게 청한 일이 있었다. 그 때 하인의 입에서 나온 말 때문에 세자가 내관들과 함께 궁궐의 담을 넘어 이오방의 도움으로 어리를 찾아갔던 것이 탄로가 났다. 유배지에 가 있던 구종수와 이오방이 다시 압송되어 한양으로 왔다. 국문하는 과정에서 구종수가 세자의 힘을 빌려 부귀영화를 다짐받은 일이 드러났다. 일이 몹시 커졌다. 세자는 한층 강도를 높여 이번에는 종묘에 가서 자신의 죄를 뉘우쳤다. 스승 변계량을 통해 임금에게 반성문을 올리는 것으로는 모자라 조상의 힘을 빌려보려 한 것이다. 그러나 결국은 구종수, 이오방을 비롯해 이 일과 관련된 많은 사람들이 죽음을 당했다.

　세자는 스스로의 행동을 삼가지 않을 수가 없게 되었다. 국본의 품위를 지키려고 애를 쓰는 세자를 다시 보면서 임금도 한결 마음이 놓였다. 충녕 대군은 한 치의 흔들림도 없이 학문에 열중하고 있었다. 충녕 대군은 학문에 열중하는 그 자체를 즐거워하는 듯이 보였다. 충녕 대군의 학문을 좋아하는 태도가 세자에게 있었으면 더 없이 좋은 일일 것을 하는 아쉬움으로 충녕 대군을 바라보는 임금은 세자도 충녕 대군도 안타깝기 짝이 없었다. 세자의 반성은 또 오래 가지 못했다. 명나라에서 온 사신 접대를 훌륭히 해내는가 싶더니 세자는 서연 참가를 게을리 했다. 서연에 참여하도록 하기 위해 변계량은 끈질기게 세자를 청해야 했다.

　어리의 일로 크게 반성했다고 믿어 왔던 임금의 노여움은 컸다. 세자의 뉘우침은 구종수 등이 죽음을 당한 그 때뿐이었을 뿐 궁궐에서 쫓겨났다고 생각한 어리는 줄곧 동궁에 살고 있었던 것이다. 세자와 세자빈, 그리고 세자의 장인 김한로가 뜻을 모아 임금을 속였다.

　임금은 세자를 홀로 한양으로 돌아가게 했다. 그러나 곧 그 명을 거두었다. 죄는 세자에게 있는 게 아니라 병조 판서 김한로에게 있는 것이라 하여 세자가 돌아갈 때 예를 갖추도록 하라고 명을 다시 고쳐 내렸다.

　임금은 이와 같은 일이 일어나자 예전에 구종수와 이오방의 일로 이원과 황희를 불러 도움을 청했을 때가 생각나서 판한성부사(判漢城府事: 정2품) 황희를 다시 불렀다. 임금은 착잡한 마음을 그대로 드러내며 황희에게 도움을 청했다.

"아무리 조정에 공신이 많다고 하나 어려움을 당했을 때 진정으로 의논을 할 사람은 많지 않아 그대를 불렀소. 그러나 그대는 후손을 위하여 세자에게 아부할 생각으로 세자가 어리다는 말만 두 번이나 되풀이했을 뿐 아무런 계책을 말하지 않았소. 구종수 등의 일도 매와 개의 일에 불과하다고 하여 내 착잡한 마음을 알아주지 않는 그대의 말을 듣고 내 마음이 무척 아팠소."

임금이 이태 전의 일을 회상했다. 황희가 황급히 아뢰었다.

"전하, 전하의 은혜로 오늘날 신(臣)이 이 자리에 있게 되었는데 어찌 전하를 저버리고 세자 저하에게 아부를 하려 했겠사옵니까. 세자 저하를 위하는 일이 곧 전하께 충성하는 일이라 여겼을 뿐 다른 뜻은 없었사옵니다. 그 일이 불행하게도 전하의 뜻에 위배되었사옵니다. 그러나 매와 개의 일은 신은 모르는 일이옵니다."

"임금으로서 어찌 신하와 더불어 그랬느니 그러지 않았느니 왈가왈부 하리오만, 같이 있었던 이원을 증인으로 내세울 것이오. 그때 경은 반쯤 몸을 숙이고 바깥을 향한 채였음도 기억하고 있소. 몇 해 전에 그대를 가리켜 어떤 대신이 간사하다고 한 바 내 이제야 비로소 그대에게 그 말을 입에 담겠소. 감히 임금을 업신여긴 그대의 죄를 논해야 마땅하나 지금까지 공신에게 버금갈 정도로 나에게 충성을 다한 그대인지라 차마 시행하지 않으려 하니 벼슬에서 물러나 목숨이 다할 때까지 어미를 봉양하도록 하오."

임금은 노여웠다. 어디 감히 임금 앞에서 자신이 한 말을 하지 않았다고 발뺌을 할 수가 있는가. 다른 사람도 아닌 황희가. 임금은 황희의 벼슬을 거두고 고향으로 돌아가게 했다. 형조와 대간에서 가까운 교하(交河)로 유배를 보냄은 황희의 불충을 벌하는 것으로는 너무 가볍다고 상소가 빗발쳤다. 황희를 중한 죄로 다스려야 한다는 상소가 끊이지 않았지만 한동안 임금은 신하들의 상소에 답을 하지 않았다. 황희의 충성됨을 모르지 않는 임금이었다. 세자에게 빌붙어 권력을 탐해서 세자를 두둔한 것이 아님을 임금은 누구보다 잘 알고 있었다. 그럼에도 황희를 내치는 것이야말로 세자를 향한 자신의 마음을 신하들에게 가장 확실하게 알리는 것임도 모르지 않았다.

임금은 황희를 한양과 가까운 교하에서 멀리 떨어진 전라도 남원으로 유배를 보냈다. 그러나 죄인의 신분으로 감시를 받으며 가는 유배가 아니라 늙은 어머니를 모시기 위한 것처럼 자유롭게 가도록 배려한 귀거래(歸去來)였다. 관직을 그만두고 고향으로 돌아가는 것이다.

개경에서 한양으로 돌아온 세자는 지게문을 닫고 들어앉아, 먹지도 않고 임금에게 문안을 들지도 않았다. 아프다며 서연에도 불참해 세자에게 약 시중을 들었으나 약조차 먹지 않았다. 세자를 모시는 내관과 서연관들이 애가 탔다.

"전하께 죄를 지었으니 어찌 마음이 편하겠느냐."

세자가 지게문 밖으로 내보내는 말은 그것뿐이었다. 세자가 어리의 일을 손수 적어 임금에게 상서한 것은 어리의 일이 알려지고부터 스무 날이 지날 즈음이었다. 세자의 글씨체는 당대의 명필이었다. 호방한 세자의 기상이 그대로 드러난 힘 있는 글씨체는 경회루

현판에서 꿈틀거리고 있었다. 경회루 현판은 열아홉 살에 임금의 명을 받아 쓴 편액이었다. 세자의 글씨체를 마주할 때마다 뿌듯했던 임금은 세자의 글을 읽고 노여움으로 얼굴이 붉어졌다.

"세자의 말은 모두 과인을 욕하는 것이오. 아비가 올바르지 못하다고 하나 과인이 부끄러움이 있다면 경들에게 이 글을 보이지 못할 것이 아니겠소."

임금이 변계량 등에게 내민 세자의 글은 임금을 향한 원망으로 시작되고 있었다.

▶전하의 여인은 모두 궁중으로 받아들이는데, 어찌 소신의 첩은 허락하지 않으시는 것이옵니까?◀

어리를 궁중에서 내보내지 않은 것은 그만한 이유가 있었으니, 그가 살아가기가 어려울 것임을 불쌍히 여긴 때문인데 어찌 그게 잘못일 수 있느냐고 항변했다. 세자가 가까이 한 사람들을 내침으로써 원망이 나라 안에 가득함을 모른 채 할 수 없었음을 하소연했다. 일찍이 한나라 황제 고조는 재물을 탐하고 여인을 가까이 하였으나 마침내 천하를 평정하였고, 진왕 광은 어질다고 하였으나 왕위에 오르자 오히려 나라가 위태로워졌음을 상기시키며, 여인을 가까이 하는 것이 결코 부왕에게 불효를 저지르는 것이 아님을 누누이 강조했다. 부왕이 여러 후궁들을 거느리며 많은 자손을 보았듯 자손의 번성은 조선의 천만세를 위함이니 어리를 물리침은 얻는 것보다 잃는 것이 많음을 손꼽았다. 세자를 기쁘게 하기 위한 것 외에는 아무런 나쁜 마음을 먹지 않았음에도 장인인 김한로를 내친 것을 보며 앞으로 누가 임금을 위해 공을 세우려 하겠으며, 아기를 가진 세자빈이 이번 일 때문에 먹고 마시기를 모두 물리치고 있는데 하루아침에 탈이라도 생긴다면 이 일은 또 어찌 감당하려고 하느냐고 은근히 위협하고 있었다.

▶이제부터라도 스스로 다시 새 사람이 되어 전하의 마음을 상하게 하는 일이 없도록 할 것이옵니다.◀

임금은 변계량에게 세자의 당당한 항변에 대한 답을 쓰게 했다.

"세자 저하의 글은 망령된 것인데 어찌 답하여 줄 것이 있겠사옵니까? 다만 대신으로 하여금 의를 들어 꾸짖는 것이 마땅하옵니다."

임금이 옳게 여기며 세자의 글을 지신사 조말생으로 하여금 영의정(領議政: 정1품) 유정현과 좌의정 박은에게도 보여주게 했다.

"세자가 여러 날 동안 불효하였으나, 집안의 부끄러움을 바깥에 드러낼 수가 없어서, 과인이 항상 그 잘못을 덮어두고자 하였소. 다만 직접 그 잘못을 말하여 뉘우치고 깨닫기를 바랐는데, 이제 도리어 원망하는 마음을 가지고 싫어함이 이와 같은 지경에 이르렀으니, 과인이 더 이상 어찌 숨기겠소?"

세자가 더불어 지낸 여인에 관한 임금의 태도가 여느 때와 같지 않았다. 세자가 몇 해 전에 큰아버지인 상왕이 아끼던 기생인 초궁장을 가까이할 때에는 세자가 모르고 저지른 일이라 하며 초궁장을 내쫓는 것으로 마무리를 지었던 임금이었다. 그보다 어렸을 때의 봉지련의 일이 있었을 때엔 세자의 항의에 봉지련에게 비단까지 내리며 세자를 달랬던 임금이었다. 처음 어리의 일이 드러났을 때엔 구종수 등을 사형시키고 어리를 동궁에서 내보내는 걸로 마무리를 지었다. 그러나 임금은 더 이상 세자의 일을 감싸려 들지 않았다. 하루 만에 한양에 있는 세자에게 답을 내려 보냈다.

세종대왕 I 41

┏너는 어찌하여 스스로 새 사람이 되어 속히 전날의 허물을 고치지 않는가? 부자(父子)의 사이에 어찌 객(客)이 매를 때려서 가르치겠는가? 이제 너의 글을 보니, 또한 사리를 알지 못하는 글이라고 이를 수는 없다. 서연(書筵)은 네가 하고자 한다면 할 수 있고, 하고자 아니한다면 할 수 없다. 날마다 빈객(賓客: 정2품)을 맞이하여 좋은 말을 구(求)하여 듣도록 하라.┓

임금의 글은 이렇게 끝을 맺고 있었다. 이젠 더 이상 세자의 허물을 감싸고 돌 수 없다는 최후의 말이었다. 의정부며 6조 등의 신하들이 세자를 폐하도록 잇달아 상서했다.

마침내 세자가 폐위되었다.

어리의 일이 드러난 때부터 한 달이 채 되기 전이었고, 세자가 상서한 지 사흘만의 일이었다.

임금이 세자를 폐위하자 세자의 아들과 어진 왕자 중에서 누구를 다음 세자로 삼느냐 하는 큰 문제가 나라의 중심을 흔들어놓았다. 우의정 한상경을 비롯한 대부분의 신하들이 폐세자의 아들을 세자로 세우는 것이 옳다고 입을 모았으나 영의정 유정현은 생각이 달랐다.

"신은 배우지 못하여 옛일을 잘 알지 못하옵니다. 그러나 일에는 목적에 따라 형편을 따라야 하고 사람으로서 마땅히 지켜야 할 도리가 있으니, 어진 사람을 고르는 것이 마땅하옵니다."

어진 사람, 곧 택현(擇賢)을 주장했다. 좌의정 박은이 말을 이었다.

"아비를 폐하고 아들을 세우는 것이 옛 제도에 있다면 따를 것이오나, 없다면 어진 사람을 고르는 것이 옳사옵니다."

그러자 열다섯 명의 신하들이 그 말을 지지했다.

"어진 사람을 고르시옵소서, 전하."

"옛 사람은 큰일이 있을 적에 반드시 거북점이나 톱풀점을 쳤으니, 청컨대 점을 쳐서 이를 정하시옵소서."

이조 판서 이원이 점을 치자는 의견을 냈다. 중대한 나랏일을 결정하는데 점을 치자고 하는 것이 자못 엉뚱해 보였으나 과거 시험에서 우열을 가리기가 힘들어 장원을 뽑을 수가 없노라고 담당자가 고충을 아뢰었을 때 임금은 우열을 가리기 힘들어 임금에게 올린 두 장 중에서 자신이 뽑는 것이 장원이라며 읽어보지도 않고 한 장을 뽑은 적이 있었다. 이 때 뽑힌 것이 정인지의 글이었다. 옛 사람들은 하늘의 뜻을 묻는 것으로 점을 치곤 했음을 임금도 신하도 괴이하게 여기지 않았다. 지신사 조말생이 여러 신하들의 의견들을 모아 임금에게 아뢰니 임금 또한 이조 판서 이원의 의견대로 점을 치겠다고 결정해 조말생이 임금의 명을 받들고 물러났다.

임금이 내전에 들어 정비에게 신하들의 의견을 전하니 정비는 형을 폐하고 아우를 세우는 것은 화를 불러일으키는 것이라며 불가하다고 했다. 임금은 정비의 말을 가벼이 여길 수가 없었다. 임금은 흔들렸다. 이미 햇수로 15년째 세자의 자리에 있던 이제를 폐한 것이 나라에 심한 혼란을 일으킬 수 있음이다. 그러나 갈등의 시간은 그리 오래 가지 않았다. 임금이 내관에게 지신사 조말생을 다시 불러오게 했다. 정비는 결국 맏이인 이제가 폐세자가 되는구나 싶어 눈물이 비 오듯 흘러내렸다. 조말생은 이미 신하들에게 점을 치겠노라는 임금의 명을 전한 뒤였다.

"의논 가운데 점괘를 따르도록 원한다는 말이 있었기 때문에 나도 그리 하고자 하였소. 그러나 국본(國本: 왕세자)을 정하는 것은 어진 사람을 고르지 않을 수가 없는 일이 아니오. 많은 신하들이 어진 이로 세자를 삼아야 한다고 뜻을 모으니 내가 그를 따를까 하오. 누가 마땅한지 의논하여 아뢰도록 하오."

"아들을 알고 신하를 아는 것은 군부(君父)와 같은 이가 없사옵니다."

영의정 유정현이 아뢰었다.

"옛 사람이 말하기를 나라에 훌륭한 임금이 있으면 사직(社稷: 나라)의 복이 된다고 하였소. 효령 대군은 자질(姿質)이 약하고, 또 어떤 일을 당하매 조목조목 따져서 일을 처리하질 못하오."

임금이 말했다.

충녕 대군은 천성이 총명하고 민첩하며 자못 병이 날 정도로 학문을 좋아할 뿐 아니라 나라에 큰 일이 생길 때마다 내놓는 의견이 모두가 놀라운 방책이었다. 이미 높은 경지에 도달한 학문은 나랏일을 펼치는 데 훌륭한 길잡이가 될 것이다. 명나라에서 온 사신을 대할 때도 정신과 풍채와 언어가 두루 예에 어긋남이 없었고 적당히 술을 마실 줄 알아 사신을 대하는 일에 어려움이 없었다. 그 뿐인가. 충녕 대군에게는 이미 장성한 아들이 있어 후사(後嗣: 뒤를 잇는 자식)를 걱정하지 않아도 좋다.

"충녕 대군으로 세자를 정하겠소."

"신(臣)들이 이른바 어진 사람을 고르자는 것도 또한 충녕 대군을 가리킨 것이옵니다."

신하들이 일제히 머리를 조아렸다.

세자를 폐하자마자 그 날로 이루어진 결정이었다. 결정은 하루 만에 이루어졌지만 과정은 그리 단순하지 않았다. 폐세자는 결정되었지만 누구를 다음 세자의 자리에 앉힐 것인지에 대한 결정은 임금은 신하의 뜻을 좇는 듯했고, 신하는 임금에게 그 뜻을 물으려 했다. 신하들이야 당연히 다음 왕위를 누가 잇게 될 것인지에 따라 목숨까지도 위태로울 수 있기에 쉽사리 속마음을 드러낼 수 없었지만 마음속에 이미 점찍어둔 왕자가 있었음에도 굳이 신하들의 뜻을 물은 임금이었다. 폐세자는 임금이 순간적으로 결정한 것도 아니고 신하들의 상소 때문만도 아닌, 임금과 신하가 신중하게 의논한 끝에 정해진 공론이었음을 남겨, 훗날 혹시 있을지도 모를 양녕 대군의 원망과 증오를 처음부터 막기 위한 것이었다. 맏이를 왕으로 삼는 종법(宗法)을 주장하는 신하들 사이에서 영의정 유정현과 좌의정 박은이 어진 이를 택해야 한다는 택현(擇賢)을 주장할 수 있었음도, 이미 임금이 그 뜻을 미리 비쳤기 때문이지 두 신하가 임금의 본뜻을 저버리고 소신껏 아뢴 것이 아니었다. 결국 충녕 대군으로 하여금 세자를 삼은 것은 순전히 임금의 뜻이었다.

의논이 정해지자 임금은 통곡했다. 그렇게도 몸부림치며 지키고자 한 맏이였다. 맏이 이제에게 세자를 폐위시킬 만한 큰 허물이 있었던 것은 아니었다. 이제가 항변한 대로 여인의 일 같으면 굳이 들추어내지 않고 넘어가도 될 일이었다. 외척의 세력을 견제하기 위해 왕위에 오르자 곧 후궁을 여러 명 들인 것 또한 임금 자신이 아닌가. 학문을 게을리 하는 것 또한 모든 군주가 학문을 좋아한 것은 아니었다. 학문은 게을리 하였지만 총명함은 그 누구에게도 뒤지지 않은 이제였다. 건국한 지 얼마 되지 않은 조선을 지켜나가기 위해서는 어쩔 수 없는 희생이었다. 그러나 임금은 아버지로서의 감상에 빠져있지 않았다. 곧 마음을 수습하고 조말생 등에게 명했다.
 "무릇 이와 같이 큰일은 시간을 끌면 반드시 사람이 상(傷)하게 되오. 경들은 임금의 명령을 조정의 모든 벼슬아치들에게 속히 알려, 그들로 하여금 새 세자에게 축하의 예를 차리게 하오."
 임금은 폐세자가 된 양녕 대군이 못내 마음에 걸렸다.
 한양으로 폐세자의 명령을 전할 때도 내관과 함께 왕실과 인척 관계가 있는 상호군(上護軍: 정3품) 문귀를 보냈다. 문귀를 보면 폐세자가 놀라지 않을 것이라 여긴 때문이다. 임금은 명을 내리면서 목 놓아 통곡했다. 임금으로서의 눈물이 아니고 아들을 사랑하는 아버지로서의 눈물이었다.
 양녕 대군이 폐세자가 된 것은 모두 스스로 불러들인 화였다. 양녕 대군이 비행을 저지를 때마다 임금은 기회를 주었고, 새 사람이 될 때를 기다렸으며, 세자의 자리에 어울리는 품위를 지키기를 기대했다. 양녕 대군은 한때 세자의 자리를 사양하고자 했다. 백성의 집에서 살고 싶다고도 했다. 이제야 양녕 대군의 뜻대로 살게 된 것이다. 지난날 양녕 대군은 충녕 대군을 사랑하기를 조그마한 물건이라도 함께 나눌 정도였다. 하물며 충녕 대군이 양녕 대군을 소홀히 대접할 리가 있겠는가.
 임금을 해치려던 회안군 이방간이 탈 없이 살고 있는 것처럼 양녕 대군 또한 평생을 평안하게 보낼 수 있을 것임을 믿어 의심치 않는다. 살아가는 데는 양녕 대군에게 아무런 불편함이 없도록 할 것이니 아무쪼록 부모가 세상을 다하는 날까지 좋은 이름이 들리도록 노력함이 좋겠다.

이런 임금의 명을 전해들은 양녕 대군은 그저 무표정하게 중얼거렸다.

"옛적이나 지금이나 자식으로서나 신하가 되어서나 나와 같은 자는 세상에 살아 있었던 적이 없었다."

양녕 대군은 문귀가 도착해 폐세자를 말하는 순간 자신의 운명을 짐작하고 있었다. 문귀가 임금의 뜻을 상기시키며 회안군을 보라고 했을 때도 별로 실감하지 못했다. 지난날 무참하게 죽은 세자 이방석이 생각났다. 임금은 나라의 바탕을 튼튼하게 하기 위해서라는 구실을 내세워 너무도 많은 사람을 죽였다. 심지어 양녕 대군의 권세를 믿고 모여든 악공까지도 죽음으로 몰아넣었다. 외척들은 일찌감치 그 세력을 꺾었고 공신들의 날개도 부러뜨렸다.

"제가 슬퍼하였소?"

"조금도 슬퍼하지 않았사옵니다."

"제가 바로 그렇기 때문에 오늘날과 같은 일이 생기게 되었노라. 어찌 허물을 뉘우치겠느냐. 그러나 제를 불편하게 하지 말라. 어리도 곧 제가 사는 광주로 보내 주어라."

한편으론 임금은 마음이 덜 무거웠다. 폐세자를 시킨 것은 어쩔 수 없는 선택이었지만 양녕 대군이 서러워하는 모습을 보는 것은 성녕 대군의 죽음을 대하는 것만큼이나 마음을 아프게 할 것이기 때문이다.

양녕 대군을 광주로 호송한 원윤이 돌아와 아뢰었다.

"동대문에 이르러 양녕 대군이 이 땅을 다시 볼 길이 없을 것이라며 안타까워했사옵니다."

양녕 대군은 광나루에 이르러 배를 타고는 눈물을 흘렸다.

"내가 성질이 본래 거칠고 사나와 보통 때에 아바마마를 뵈올 적에 항상 말이 공손하지 못했다. 이제야 다시 아바마마께 올린 글을 생각하니 불공하기가 이루 말로 표현할 수가 없구나. 용서받지 못할 정도로 불효하고 불충했으나 내가 죽지 않은 것은 모두 주상 전하의 덕택이다."

양녕 대군은 비로소 지난날 다섯 살 된 성녕 대군까지 4형제를 불러놓고 형제간에 화목해야 한다고 하며 눈물을 흘리던 아버지의 모습을 떠올렸다. 그 때 임금은 민 씨 형제가 왕위와 관계가 없는 왕자들은 없앨 뜻을 가진 데에 마음이 몹시 상해 있었다. 형제간에 우애 있게 지내라는 그 뜻은 이날까지 크게 거스른 적은 없었다. 조정의 신하들이 모두 충녕 대군과 비교해 양녕 대군을 비판할 때에도 마음속까지 충녕 대군을 내친 적은 없었다. 이태 전부터 충녕 대군은 양녕 대군의 몇몇 행동을 간섭했다. 그 때마다 마냥 마음이 편치만은 않았다. 양녕 대군이 멋지게 옷을 차려 입고서 주변 사람들에게 어떠냐고 물었을 때였다.

"저하, 먼저 마음을 바로잡은 뒤에 용모를 닦으시기 바랍니다."

충녕 대군이 그렇게 말하여 양녕 대군을 부끄럽게 했었다. 충녕 대군의 말처럼 마음을 바로잡는 것을 먼저 해야 했다. 어쩌다가 세자 자리를 떠나고 싶었고, 백성의 삶이 그립기도 했지만 이렇게 부모의 가슴을 찢어지도록 아프게 하면서 세자의 자리에서 쫓겨나서는 안 되는 일이었다. 한양 가까이에 있을 수 있음 또한 부왕의 결단임을 모를 리 없었다.

무술년(1418년, 태종 18년) 6월 3일, 충녕 대군은 갑자기 왕세자가 되었지만 당황하거나 형인 효령 대군에게 양보하지 않았다. 느닷없이 지워진 무거운 짐의 무게를 벅차하지도 않았다. 어찌 세자의 자리를 감당할 수 있겠느냐고 불안해하지도 않았다. 침착하게 임금의 뜻에 순종할 뿐이었다. 충녕 대군은 임금이 세자로 봉하노라는 책보(冊寶: 옥으로 만든 책과 세자를 나타내는 도장)를 받고 감사의 예를 올렸다.

▶엎드려 생각하건대 어버이를 가까이서 모시고자 하나 어버이의 뜻을 바르게 따르고 받드는 도리를 알지 못하고, 스승에게 경(經)을 배웠으나 깊고 오묘한 뜻을 밝히지 못하였으니, 어찌 밝은 은혜가 갑자기 이 누추한 몸에 적시리라고 기대하였겠사옵니까? 이는 대개 주상 전하께서 지극히 한 쪽으로 치우침이 없고 깊은 지혜로 '임금의 자리는 반드시 돌아갈 곳이 있고, 인심(人心)은 마땅히 미리 정한 바'라고 생각하시어, 드디어 이 어리석은 사람에게 명하여 높은 지위를 책임지게 하시니, 신은 삼가 마땅히 부탁하신 책임이 가볍지 않은 것을 생각하여, 싫어함이 없이 또한 이를 보전하겠으며, 지극히 간절한 훈계(訓戒)를 받들어 길이 잊지 않기를 맹세하옵니다.◀

세자 이도는 책보를 받고 사흘 후에 서연을 열었다. 그 다음 날은 조계에 참여했다. 세자는 갑자기 세자가 되었지만 오랜 세월 그렇게 해 온 것처럼 곧 세자의 자리에 어울리게 주어진 의무와 도리를 다했다.

임금이 양녕 대군을 폐세자 시키고 충녕 대군을 왕세자로 책봉하는 것은 오랜 세월에 걸쳐 거듭 생각해서 한 신중한 결정이었지만 왕위를 물려준 것은 불과 두 달 만에 이루어진 신속한 결정이었다.

세자가 된 충녕 대군에게는 양녕 대군과 달리 세자의 뜻을 따르는 무리들이 없었다. 학문의 경지가 높다고 하여 곧 나라를 잘 다스릴 수 있는 것은 아니었다. 사람의 목숨은 하늘의 뜻에 달려 있어 임금이 언제 승하할지도 모르는 일이었다. 세자는 스물두 살의 젊은 왕자이고 세자를 둘러싼 신하들은 산전수전을 다 겪은 노련한 사람들이었다. 세자는 군주가 되기 위한 교육을 체계적으로 받지도 못했다. 양녕 대군이 무려 열다섯 해를 세자의 자리에 있었으므로 양녕 대군을 따르는 무리들의 반발이 있을 수도 있었다. 임금은 폐세자를 의논한 그 날로 바로 충녕 대군을 세자로 책봉했고 이어서 양녕 대군을 광주(廣州)로 내려 보냈다. 조정의 모든 신하들로 하여금 새 세자에게 축하하는 예를 취하게 하는 일도 신속하게 이루어지도록 했다.

임금은 이제를 폐세자 시킨 깊고 큰 뜻이 빛을 발하기 위해서는 새로운 결단이 필요함을 절실히 느꼈다. 아니 세자를 바꿀 때부터 이미 임금은 결단을 내릴 준비를 하고 있었다. 임금은 세자를 책봉하고 난 한 달 뒤에 왕위를 세자에게 물려줄 뜻을 대언들에게 비쳤다. 대언들이 불가함을 아뢰며 눈물을 흘렸다.

"내 엄히 이르노니 이 일에 관하여는 옛일에 이와 같은 일이 있었나 살펴보지도 말고 옳으니 그르니 간쟁하지도 말라고 하오. 그리고 당분간은 그대들만 알고 있고 절대로 입 밖에 내지 말도록 하오."

그리고 한 달 뒤 무술년(1418년, 세종 즉위년) 8월 10일, 세자 이도는 세자가 된지 불과 두 달 만에 스물두 살의 나이에 왕위에 올랐다.

2장

성군이 되라 하셨습니까

1418년, 세종 즉위년(22세) - 1419년, 세종 원년

"상왕 전하, 주상 전하께서 문후 드셨사옵니다."

왕위에 올랐지만 임금은 왕궁이 건축 중이라 생가인 준수방(俊秀坊: 서울 통인동)에서 지냈다. 상왕전으로 거둥해 문안하는 것이 임금의 주요 일과 중 하나였다. 부왕은 물론 상왕이었다. 상왕이 두 사람이어서 이미 상왕이었던 큰아버지를 태상왕으로 존호(尊號: 높여 부름)를 붙이고자 했으나 굳이 사양해 상왕과 구분하기 위해 노상왕(老上王)으로 불렀다. 쉰두 살인 상왕보다 열 살이 많아서라기보다 상왕보다 앞선 상왕의 의미로서 노상왕이다.

상왕은 정안군 시절에 궁궐에서 아주 가까운 곳인 준수방에 자리를 잡았다. 궁궐에서 무슨 일이 생기면 재빠르게 대응할 수 있는 거리였다. 보통 걸음으로 걸어도 한 끼 밥을 다 먹기도 전에 다다를 수 있을 정도인데 잘 달리는 말을 타면 순식간에 도달할 수 있었던 것이다.

"주상(主上)이 서른 살이 되기 전에는 군사에 관한 것은 과인이 친히 듣고 결단을 내릴 것이오. 또 나라에서 결단하기 어려운 일은 의정부와 6조로 하여금 충분히 의논하게 하여 시행하게 할 것이며 과인도 그 의논의 자리에 참여하여 주상을 돕고자 하오."

상왕이 왕위를 물려주긴 했으나 실질적인 왕권을 임금에게 물려준 것은 아니었다. 특히 군사와 관련된 일, 곧 병권은 고스란히 상왕에게 있었고, 중요한 일에는 참여하겠노라 못을 박고 있었다.

상왕은 일찌감치 아들에게 왕위를 물려줌으로써 혹 세자 자리에서 내몰린 양녕 대군을 둘러싸고 일어날지도 모를 왕권 다툼을 막고자 했다. 비록 학문을 좋아하는 임금이긴 하나 나랏일이 책에 쓰여 있는 대로만 되어가는 것은 아니었다. 임금이 지금까지 가까이 한 세상은 책상 앞에서 마주한 세상이고, 바야흐로 임금이 만나야 하는 세상은 사람과 자연이 어울려 만들어내는 세상이었다. 사람도 거푸집에서 물건을 끄집어내듯 같지를 않고, 자연도 언제나 예측할 수 있는 것도 아니며, 그 다양한 사람과 변화를 짐작할 수 없는 자연이 만들어내는 상황은 더욱 책상 위에 놓인 책 안에 다 들어있을 수 없었다.

임금이 왕위에 오르고 열흘이 지났을 때에야 비로소 명나라에 양녕 대군을 폐하고 충녕 대군을 새로운 세자로 삼은 사실을 알리러 간 사신 원민생이 돌아왔다. 명나라에서는 그 사실을 축하하기 위해 사신을 보냈다. 조정에서는 왕위에 오른 임금의 일로 의견이 엇갈렸다. 세자가 바뀌었음을 명나라에 알리러 간 사신이 돌아오기도 전에, 새 세자가 왕위에 오른 사실을 명나라 사신에게 어떻게 알릴 것인가 하는 문제였다. 임금이 익선관(翼善冠: 평상시에 쓰는 모자)을 쓰지 않고 세자인 척 하자는 둥, 상왕이 병으로 앓아누워 있는 것으로 하여 아예 사신을 대하지 말자는 둥 의논을 거듭했다.

"이미 새 임금이 즉위 교서까지 반포했기 때문에 온 나라에 소문이 퍼졌소. 명나라 사신이 압록강을 건너 의주에 도착하는 즉시 이 사실을 알게 될 것이오. 과인의 병이 때 없이 발작하므로 할 수 없이 왕위를 물려준 것으로 하면 명나라에서는 문제 삼지 않을 것이오."

상왕의 판단이었다. 명나라에 사신으로 다녀온 원민생으로부터 세자 교체에 대한 명나라의 태도를 이미 들은 상왕이었다. 자주 조선에 사신으로 온 명나라 태감인 황엄이 원민생에게 명나라에 온 까닭을 물었다. 원민생이 세자를 바꾸는 일이라 했을 때, 새 세자를 책봉하는 일이라면 틀림없이 충녕 대군을 봉하는 일일 것이라고 황엄이 말했다는 것이다.

원민생이 세자 책봉 일로 명나라에 다녀오자마자 전위(傳位: 임금 자리를 후계자에게 전해 줌)한 일로 주문(奏聞: 황제에게 청함) 사은사(謝恩使: 조선시대에 명나라 청나라에 고마운 일에 대한 답례로 보낸 사신)를 보낼 일을 의논했다. 상왕이 주문사는 의정부 찬성사(贊成事: 정2품) 박신으로 정했다. 사은사는 임금의 장인인 심온이 임무를 맡았다. 사은사의 임무를 심온에게 맡긴 것 또한 상왕의 뜻이었다. 심온은 명나라의 황엄과 이미 알고 지내는 사이이니 정성을 다해 심온을 대해 줄 것이다. 임금의 장인이었으므로 신하들에게도 매우 적합한 인물인 듯 보였다. 임금 즉위 열이틀만의 일이다. 임금도 그런 상왕의 결정에 고마워해야 할 일이지 불만이 있을 리가 없었다. 불만은커녕 상왕이라는 울타리는 셋째 왕자로서 갑자기 왕위에 오른 임금의 유일한 명분이요 기댈 언덕이었다. 모든 일은 상왕에 의해 순조롭고 빠르게 진행되고 있었다. 임금은 부왕이 하는 일을 조용히 바라보기만 했다. 임금이 신하들에게 하는 말은 한결같았다.

"상왕께 아뢰어 보겠소"이거나

"상왕의 뜻이니 감히 좇지 않을 수 없소"였다.

임금은 사은사로 정한 심온에게 영의정 벼슬을 내렸다. 당연히 상왕의 뜻이었다. 상왕은 임금에게 심온을 영의정으로 추천했다.

"심온은 국왕의 장인이니 그 존귀함을 어디에 비할 수 있겠소. 영의정이 되는 것은 지극히 마땅한 일이 아니겠소"

임금이 왕위에 오른 지 20일만이었다. 심온이 상왕의 셋째 왕자인 충녕군 이도를 사위로 삼을 때에는 이런 일이 일어나리라고 상상조차 해 본 적이 없었다. 마흔네 살 젊은 나이에 재상에 오른 것이다. 심온의 영광스러움과 권세는 따라갈 사람이 없을 지경이었다. 임금의 장인이자 영의정인 심온의 집 앞은 시장처럼 북적였다.

며칠 전 임금이 왕위에 오른 지 보름째 되는 날이었다. 상왕은 느닷없이 병조 참판(參判: 종2품) 강상인을 비롯한 몇 사람을 의금부에 가두도록 명을 내렸다.

이 무렵 병조 참판 강상인이 번번이 군사에 관한 일을 임금에게 먼저 아뢴 후 임금의 명을 받아 상왕에게 아뢰곤 했다. 상왕은 강상인에게 물었다.

"어제 명을 받고 만든 상아패와 오매패요. 이것은 어디에 쓰이는 것이오?"

"그 패는 장차 대신을 부를 때 사용하는 것이옵니다."

"그러면 이것을 이곳에 둘 일이 아니구려. 주상에게 전해 주도록 하오."

상왕의 명을 받든 강상인이 패를 공손하게 임금에게 바쳤다. 임금이 이 물건을 어디에 쓰느냐고 물었다. 강상인의 대답 또한 다를 리 없었다. 적어도 강상인은 그렇게 생각했다.

"이것은 밖에 나가 있는 장수를 부르는 데 쓰는 것이옵니다."

"장수를 부르는 데 쓰이는 것인데 어찌 과인에게 가져왔소. 이것은 이곳에 두어서는 안 되는 물건이오. 상왕께 올리도록 하오."

임금의 명을 받은 강상인이 그제야 깜짝 놀랐다. 군사에 관한 일은 모두 상왕이 맡는다고 했음에도 장수를 부르는 패임에도 불구하고 임금에게 바친 것을 깨닫게 된 것이었다. 강상인은 황급히 패를 안고 상왕 앞으로 갔지만 이미 때는 늦었다. 상왕은 몹시 노해 있었다. 상왕은 종3품의 무관인 도진무 최윤덕에게 명해 임금에게 전하도록 했다.

"일찍이 군사에 관한 중요한 일은 과인이 맡는다 했거늘 강상인은 군사에 관한 모든 일을 주상에게만 아뢰었습니다. 과인이 강상인에게 벼슬 시킬 사람을 추천하게 했던 적이 있었어요. 강상인은 과인에게 추천한 사람 외에 동생 강상례를 덧붙여 기록해서 주상에게 아뢰었어요. 그런 후에 과인에게 와서는 주상의 은혜라 하며 사례를 하여 과인과 주상 모두를 속인 바 있습니다. 이를 결코 용서해서는 안 됩니다."

 병조 참판 강상인은 조선을 건국하던 때부터 상왕을 가까이에서 도운 공신 중의 공신이요, 충성스럽기 짝이 없는 신하였다. 상왕은 내관을 의금부로 보내어 고문을 해서라도 강상인과 더불어 같이 의논한 자들을 낱낱이 밝히라는 명을 내렸다. 상왕은 특별히 최윤덕에게 명해 법에 따라 강상인 들을 심문하도록 했다. 공신은 죄를 지어도 용서받는 일이 많으므로 상왕은 강상인 들을 어찌 다루어야 하는지를 신하들에게 알린 것이다. 죽지 않을 만큼 고문을 하라는 상왕의 명으로 강상인은 혹독한 고문을 받았다. 두 임금을 속이고 명을 어긴 불충(不忠)의 죄는 죽어 마땅하지만 공신임을 내세워 상왕은 강상인에게 고향으로 내려가게 함으로써 가벼운 벌을 준 것처럼 하여 보름 만에 일을 마무리 지었다. 강상인을 용서해서는 안 된다는 상소문이 끝없이 이어졌다.

 ▶공신이라 하여 임금에게 불경(不敬)한 죄도 용서를 한다면 나라의 법도가 혼란스러워지옵니다. 부디 상과 벌을 분명히 하여 선을 권하고 악을 경계하는 본보기로 삼게 하시옵소서.◀

 강상인은 의금부에 갇힌 지 보름 만에 고향으로 내려보내지고, 지은 죄에 비해 벌이 너무 가볍다는 신하들의 끝없는 상소로 말미암아 그 후 보름 만에 함길도 단천의 관노(官奴: 관에 속한 노비)로 보내졌다. 그렇게 강상인의 일은 마무리가 된 듯 보였다.

 강상인은 기가 막혔다. 오직 상왕에게도 임금에게도 충성을 다 바쳐야 한다는 우직한 마음뿐이었다. 그랬던 것이 동생에게 벼슬자리를 마련해 주는 일을 너무 서툴게 처리해 버렸다. 오랫동안 상왕을 모셔온 강상인이었다. 상왕에게 청을 넣으면 그건 쉽게 처리될 일이었다. 아니 그렇게 쉽게 처리될 일이었기 때문에 가볍게 생각한 것이 탈이었다. 중요한 직책도 아니고 고작 정5품 무관 벼슬인 사직(司直)이었기 때문이다. 강상인이 땅을 치며 후회했지만 이미 엎지르진 물이었다. 군사에 관한 일만 해도 그렇다. 나라에 변란이 일어났거나 역모의 움직임이 나타났거나 군대를 움직여야 할 또 다른 중요한 일이 일어난 것도 아니어서 간단하게 생각하고 주상에게만 아뢴 것이 이렇게 감당하기 어려울 정도로 확대될 줄이야. 30년이나 상왕의 곁을 지켰던 자신이었다. 비록 정공신이 못되고 원종공신이었지만 자신의 공을 잊지 않고 공신으로 삼아준 상왕을 배신할 생각이라곤 조금도 없었다. 공신의 수를 늘이기 위해 원종공신이라는 이름이 주어졌지만 강상인은 그런 것은 전혀 따지고 싶지 않았다. 고향으로 내려가 있으라는 상왕의 명을 받고는 이내 풀려날 줄 알았다. 그랬던 것이 빗발치는 신하들의 상소로 관노가 되어 멀리 내쫓기게 되었다. 30년의 충성도 신하들의 상소를 막아주는 상왕의 방패가 되지는 못했다. 강상인은 참으로 허망했다.

원종공신 강상인을 관노로 쫓아낸 상왕은 사흘 뒤에 3공신의 아들과 손자로 열여덟 살 이상이 되는 사람들을 시위패로 삼게 했다. 패는 50명을 기본 단위로 편성되었다. 건국 초기까지 시위패는 한양에 각 도별로 군영을 갖춰 놓고 방위 임무를 맡았는데, 그 신분이 왕자와 개국공신이었으므로 정치적인 의미도 컸다. 그러다가 사병 제도가 없어지자 이들의 힘도 약화되었지만, 상왕은 공신들의 마음을 달래주고 다시 그들의 충성을 약속받기 위해, 그들의 후손들로 하여금 충성을 맹세하도록 할 생각이었다.

공신의 아들 중 맏이들의 모임, 즉 공신 적장자 회맹(功臣嫡長子會盟)을 원종공신 모임의 예에 따르라 명했다. 회맹에 참가한 적장자들은 살아있는 돼지를 잡아 하늘에 제사를 지내고 그 피를 함께 마심으로써 충성과 단결을 맹세했다.

공신인 이거이와 이저 부자, 목숨을 걸고 상왕을 왕위에 오르도록 하기 위해 집안 모두 공을 세운 대비 민씨 일가의 끝은 비참했다. 원종공신 강상인의 비참한 끝도 다르지 않았다. 공신의 뒷날을 보며 신하들이 무슨 생각들을 할 것인가. 상왕은 그들의 마음을 충분히 짐작할 수가 있었다. 온갖 비리와 부패 때문에 사헌부의 탄핵을 자주 받은 하륜을 상왕이 끝까지 내치지 않은 것은 하륜의 정치적 재능이 필요했기 때문이었다. 그러나 상왕이 하륜을 끝까지 곁에 둔 다른 이유는 공신들의 비리와 부패는 용서할 수 있어도 사소한 것이라도 불충은 절대로 용서할 수 없음을 알리는 것이기도 했다.

강상인이 관노로 쫓겨 가는 것을 본 신하들은 놀란 가슴을 진정시키기 어려웠다. 왕위를 임금에게 물려주었지만 여전히 나랏일은 모두 상왕의 손으로 처리되고, 나라의 힘은 조금도 의심할 것 없이 상왕에게 집중되어 있음을 신하들이 절실히 깨닫게 되었다. 강상인의 형벌이 집행된 며칠 뒤에 왕실에 경사가 있었다. 임금의 셋째 왕자 이용이 태어났다. 왕자가 태어났지만 강상인의 충격에서 채 벗어나지 못한 조정은 마냥 축하 분위기에 젖어 있을 수만은 없었다.

강상인의 일로 조정이 시끄러운 즉위 한 달 무렵, 임금이 즉위하고 20일 만에 사은사로 정해진 영의정 심온이 드디어 명나라로 길을 떠나게 되었다. 임금의 장인이자 젊은 나이에 영의정에 오른 심온을 배웅하는 사람들이 구름처럼 몰려들었다. 혹은 구경삼아, 혹은 부러움으로, 또 어떤 이는 시샘하는 마음으로 심온의 행렬을 바라보았다. 사은사 행렬이 지나는 길에 몰려든 사람 덕분에 장안은 텅 빈 듯했다. 내관에게서 이 사실을 전해들은 상왕의 표정이 어두워졌다. 마침내 중요한 결단을 내려야 할 때가 된 듯했다. 상왕은 주먹을 불끈 쥐었다.

심온이 사은사로 떠난 며칠 후 임금은 준수방에서 드디어 창덕궁으로 옮겨왔다. 크고 웅장하게 지으라는 상왕의 명에 따른 창덕궁 공사가 끝나지 않았지만 임금이 머무를 전각이 완공되자 임금은 창덕궁으로 이어(移御: 임금이 거처를 옮김)했다. 창덕궁으로 옮긴 임금은 모든 일을 상왕에게 의논해 처리하느라 상왕전으로 가면 종일을 머무를 때도 종종 있었다. 크고 무게 있는 나랏일을 처리하는 일은 주로 상왕의 몫이었으므로 임금은 사소한 일을 처리한 후 경연에 열중했다.

임금이 경연에서 처음 택한 책은 「대학연의」였다. 일찍이 양녕대군이 세자 시절 무려 6년이나 걸려 읽은 책이었다. 임금이 왕자 시절 아무리 학문을 좋아했어도 임금이 될 사람 외에는 절대로 읽어볼 수가 없었던 제왕학인 「대학연의」다. 임금은 드디어 당당하게 임금의 신분으로서 「대학연의」를 읽게 되었다.

임금의 일과는 단조로웠다.

상왕전에 문안을 했다.

정사(政事: 정치에 관계되는 일)를 보았다.

경연에 나아갔다.

경연에 들어 경연관들과 함께 책을 읽는 것은 임금에게 매우 보람 있는 일이었다. 대단한 결정을 필요로 하는 나랏일의 대부분은 상왕의 명에 따라 처리되었으므로 임금의 소신대로 할 수 있는 일 중에서 경연 참석은 임금의 으뜸 일과였다. 회안군 이방간의 아들이 노비를 128명이나 거느리고 있어 항의하는 상소문이 이어지는 바람에 지나치게 많이 거느린 노비를 관청에 속하도록 조치를 취하였지만 신하들이 이방간 부자를 벌하라는 상소가 그치지 않았다. 임금은 상왕이 윤허하지 않는 일이라 상왕의 명을 그대로 따랐다. 신하들이 반대를 해도 상왕과 대비는 양녕 대군을 보고 싶어 하여 임금은 양녕 대군을 궁궐로 불러들였다. 아버지가 아들을 보고 싶어 하는 것이야 한 나라의 왕이라 해도 다르지 않을 것임을 아는 까닭에 임금 또한 상왕전으로 가서 양녕 대군을 만났다. 신하들이 절대로 있을 수 없는 일이라 아우성이었지만 상왕이 원하는 일인 데다 임금 또한 원한도 없는 형이어서 신하들의 상소를 무시했다.

초겨울이 되자 첫눈이 왔다. 임금이 첫눈을 봉해 몸에 좋은 약이라 하며 내관을 시켜 장난삼아 노상왕전에 보냈다. 노상왕은 상왕의 장난임을 이내 알아차리고 상왕의 내관을 쫓아가 잡으라고 사람을 보냈으나 상왕의 내관이 동작이 빨라 미처 잡지 못했다. 노상왕이 한턱을 내야 했다. 고려 풍속에 첫눈을 봉해 서로 보내는데, 받은 사람은 반드시 한턱을 내게 되어 있었다. 만약 그것을 눈치 채고 그 심부름 온 사람을 잡으면 보낸 사람이 도리어 한턱을 내어야 했다. 두 상왕전에서 이런 장난이 오고갈 정도로 나라는 태평스러웠다.

신하들은 첫눈이 내렸다고 임금에게 축하의 인사를 올리려 했다. 임금은 축하를 받으려 하지 않았다. 겨울에 천둥이 치고 지진이 있었는데 어찌 첫눈을 축하받을 수 있느냐는 것이었다. 좌의정 박은과 예조 판서 변계량 들이 나아가 아뢰었다.

"신들이 첫눈을 축하드리려 하옵는데, 전하께서 겨울에 천둥과 지진이 있었다 하여 받지 않으시니, 신들은 전하께서 재앙을 만나 두려워하심을 깊이 기뻐하옵니다. 이는 틀림없이 전하께서 자연 재해를 만나셨을 때 그것을 예사롭게 여기지 아니 하시고, 사람의 일을 경계하는 일이라 두려워하시기로 하늘에서 상서로운 눈을 내리신 것이라 생각되옵니다."

첫눈이 와서 두 상왕도 신하들도 모두 온화하고 즐거운 분위기에 젖어 있었지만, 신하들의 축하를 온전히 기쁨으로 받아들일 수 없는 임금이었다. 지난달에도 우박 때문에 함길도에서는 기러기가 떼죽음을 당했고 강원도에서는 수확을 앞둔 벼가 상했다. 그렇지 않아도 강원도 평창군에는 흉년으로 먹을 양식이 없어 굶주리는 백성들이 많아서, 나라의 창고에 보관되어 있는 곡식을 풀어 구제해야 했다. 사헌부에서 흉년이라고 술을 마시지 못하게 금주령을 내리도록 청해 임금이 이를 따랐다. 임금은 예조에 명을 내려 때 아닌 우박이 내리니 하늘에 기원을 하여 재앙을 물리친 예가 있었는지 옛 제도를 살피게 했다. 옛 제도를 살피는 것은 책을 자세히 읽어야 가능한 일이었다.

그런 가을을 지냈음에 한가롭게 첫눈을 축하할 여유가 없는 임금이었다. 백성들은 흉년이어서 괴롭고, 그나마 남아 있는 농작물도 우박의 피해에 그대로 드러나 있었다. 상왕이 왕위를 물려줄 때

덕이 없어 해마다 가뭄이 들었다고 했다. 임금은 안타까웠다. 부왕이 왕위를 물려주는 해 역시 가뭄으로 애를 태웠고, 지진이 일어났다. 우박까지 내려 자연의 거친 힘이 백성들의 삶을 옥죄고 있었다.

양녕 대군을 불러 부자간의 정을 나누고, 첫눈이 왔다고 고려의 풍속을 따라 더불어 한가롭게 노닐던 상왕이 뜬금없이 이미 한 달 전에 관노로 삼아 단천으로 내쫓았던 강상인의 일을 다시 들추어냈다. 상왕이 편전에 나아가 형조 판서 조말생을 비롯한 신하들에게 말했다.

"강상인이 생원으로부터 병조 참판에 이르렀으니 나에게 특별히 은혜를 입었음에 틀림없는데 어찌 그와 같을 수 있는지 모르겠소"

강상인은 상왕이 군사에 관한 일은 직접 처리한다고 하였음에도 불구하고 그렇게 하지 않았다. 각 도에서 바친 매를 사냥을 좋아하는 부왕에게 올리고자 한다는 주상의 말이 옳다고 여긴 상왕이 강상인에게 매를 가지고 오라 했다. 어쩐 일인지 강상인이 그 명을 따르지 않아 왜 늦느냐고 했더니 주상의 명이 없었다는 것이다. 그뿐 아니라 사람을 부르게 하였지만 그 또한 주상의 명이 아니라고 실행하지 않았다. 만약 강상인이 상왕과 주상에게 차별 없이 충성을 다하고자 했으면 이렇게 일을 처리하지는 않았을 것이다. 강상인은 틀림없이 뒷날을 꾀하고 있는 것이니 생각이 좁고 악하기 이를 데가 없다. 다시 국문을 하도록 해야 한다. 단단히 심문을 해 국법이 엄하다는 것을 만천하에 알려야 할 것이다.

강상인의 죄를 낱낱이 밝히는 말끝에 상왕은 자신의 말을 어떻게 생각하는지 좌의정과 우의정(右議政: 정1품)에게 물어보게 했다.

좌의정 박은이 아뢰었다.

"참으로 옳으신 말씀이옵니다. 전하께서 인자하셔서 강상인 등에게 형벌을 너무도 가볍게 내리셨사옵니다. 형벌을 무겁게 내려 온 나라 사람들이 국법의 엄한 바를 알게 하여야 한다고 한 목소리로 청을 드렸지만 윤허하지 않으셨사옵니다. 이제 심문을 다시 하게 하시니, 신은 실로 기뻐옵니다."

우의정 이원의 대답도 마찬가지였다. 당장 의금부에 상왕의 명이 내려져 강상인 등이 다시 잡혀 오게 되었다.

임금은 아침저녁으로 상왕전에 들어 상왕과 대비에게 문안을 했다. 강상인의 옥사가 일어났을 때에도 임금의 일과는 변함이 없었다. 세자 시절에 그저 부모님 곁에서 수랏상을 살피며 가까이 모시는 일만 생각했다는 임금이었다. 세자의 가장 중요한 임무가 그것이기도 했다. 임금의 효심은 그 누구도 따라가기 힘들 정도였다. 부왕을 상왕으로 봉숭(封崇: 존호를 높임)하는 자리에서 부왕이 오래오래 건강하게 살기를 원하는 노래를 바쳤다. 악장을 짓도록 명을 받은 사람은 참찬(參贊: 정2품) 변계량이었다.

햇빛이 금문(金門)에 비치니 경치가 산뜻한데,
구중(九重)의 선악(仙樂) 소리 하늘까지 들리네.
임금이 와서 남산수(南山壽)를 올리니,
태평 세상을 만만년(萬萬年)까지 누리리라.
이룬 왕업을 지인(至仁)이 계승해 지키니,
백성이 다 함께 천년수(千年壽)를 축원하였네.
아, 만년 동안이나 복록(福祿)이 올 것이다.

금준(金樽)에 술이 가득한데 햇빛이 더디구나.
성자(聖子)가 수주(壽酒)를 올리니,
억만년(億萬年)까지 부모를 위함이었다.
삼가 생각건대, 성수(聖壽)는 천지와 함께 장구(長久)할 것이다.

　상왕으로 봉숭하는 예를 행한 뒤 잔치를 시작할 때 연주되는 악장이었다. 유교를 정치 이념으로 내세운 조선에서는 예와 악을 매우 중요하게 여겼다. 종묘에서 제사를 지내거나 나라에 공식적인 행사가 있을 때마다 특별히 지은 노래 가사는 악장이라는 이름으로 따로 묶어 연주되었다.

아, 하늘이 동방을 돌보아 상성(上聖)을 낳아
위태한 세상을 구제하였네.
아아, 만수무강하소서.
태조를 도와 고려를 대신하게 하고,
적장(嫡長)을 높여 천륜(天倫)을 바루었네.
아아, 만수무강하소서.
상제(上帝)의 명을 받아 군사(君師)가 되었으니,
다사(多士)가 도와 모든 공적(功績)이 빛나네.
아아, 만수무강하소서.
해적(海賊)이 굴복하고 감로(甘露)가 내리니,
세상의 태평함은 옛날에도 드물었네.
아아, 만수무강하소서.
성자(聖子)를 두어 왕업을 맡겼으니,

오래 수(壽)를 누려 만년(萬年)까지 살 것이다.
아아, 만수무강하소서.

잔치를 마칠 때 바치는 노래였다. 부왕(아버지)과 모후(어머니)가 만수무강하기를 간절히 바라는 임금은 강상인을 다시 잡아들여 심문하려는 상왕의 의도가 무엇인지 알 길이 없었다. 문안할 때에도 상왕은 별다른 내색을 하지 않았다.
"주상, 요사이 중풍으로 갑자기 죽은 사람이 20여 인이나 된다고 들었어요."
"예, 전하, 그와 같은 일이 있었다고 하옵니다."
"그런데 신기하지 않나요. 그 이춘생이라는 자는 중풍으로 해서 죽었다가 다시 살아났다고 합니다. 마땅히 응급 치료한 약방문을 자세히 기록하여 궁궐은 물론 사방에 방(榜: 어떤 일을 널리 알리기 위하여 사람들이 다니는 길거리나 많이 모이는 곳에 써 붙이는 글)으로 붙여 놓아야 하지 않겠어요?"
"성은이 망극하옵니다. 도성 안은 물론 전국에 알리는 것이 좋을 듯 하옵니다. 그러면 죽어가는 백성들에게도 도움이 될 것이옵니다."
"그렇긴 합니다만 백성들이야 문자를 모르니 누가 일러주지 않으면 도움이 되지 않을 것이에요."
"지당하신 말씀이옵니다, 전하."
임금은 상왕과 더불어 백성들의 고달픈 살림살이에 대한 말을 주고받거나 이미 처결한 나랏일의 결과를 실행에 옮길 뿐이었다.

상왕을 성덕 신공 상왕(聖德神功上王)으로, 대비를 후덕 왕대비(厚德王大妃)로 존호를 올리는 예를 행하는 날엔 눈이 많이 왔다. 모든 나쁜 기운을 잠재우듯 궁궐이 모두 흰 눈으로 덮였다. 임금은 존호를 올린 기쁨으로 사면령을 내렸다. 사면령이 내려지자 여러 가지 다양한 범죄에 관한 일률적인 형의 사면에는 문제가 있다고 신하들의 의견이 분분했다. 임금은 신하들의 의견에 귀를 기울여 가장 공평하게 형이 집행되거나 사면될 수 있도록 했다. 조정에는 학식이 높은 학자들이 많은데도 형의 적용이 어려운데 지방의 관아는 어떨까. 형이 공평하게 집행되지 못해 억울한 사람이 생기지나 않는가 하여 임금은 몹시 걱정스러웠다.

나라에 사면령이 내려 온 누리가 포근한 기운이 감돌고, 상왕과 대비에게 존호를 올리던 날에 내린 눈이 채 녹지 않은 때에 상왕은 홍인지문(興仁之門: 동대문) 밖 교외로 사냥을 떠났다. 임금은 영돈녕부사 유정현과 좌부대언 윤회로 하여금 사냥터로 술과 과일을 올리게 하여 사냥을 매우 좋아하는 상왕을 기쁘게 했다. 변함없는 임금의 일과가 평온한 가운데 되풀이 되고 있었다. 임금은 수강궁(壽康宮: 현재 창경궁 자리에 있던 궁궐)으로 상왕과 대비에게 문안을 올리고 조정의 일을 살핀 후 경연에 들었다. 경연에서는 대학연의를 읽으며 토의를 했다. 임금의 독서 방법은 통독이 아니라 정독이 아닌가.

"이훈이 일을 성취하였더라면 당나라는 어찌 되었겠소?"

이훈은 당나라 문종 때 사람으로 환관을 없애려다가 실패했다. 경연관 탁신이 대답했다.

"이훈은 간사한 소인이긴 하지만 환관을 성공적으로 없애버렸다면 실로 통쾌한 일이 되었을 것이옵니다."

"이훈이 실패한 것은 당나라의 복이옵니다. 동탁의 일을 거울로 삼으면 이훈 또한 동탁과 같은 일을 행하였을 것이기 때문이옵니다."

경연관 정초는 탁신과 반대되는 의견을 냈다. 임금이 정초를 바라보며 고개를 끄덕였다. 동탁은 후한 때 사람으로 왕을 자기 마음대로 갈아 치웠으며 태후를 죽이는 등 흉측한 인물이었다. 임금이 간사한 소인배는 조정에 두고 싶지 않다는 뜻을 나타냈던 것이다. 비록 좋은 뜻으로 시작할지라도 사람의 목숨을 빼앗아야 목적을 달성할 수 있는 일이라면 피해가리라는 뜻이었다. 멀리 돌아가더라도 사람의 목숨을 중히 여겨 같은 목적을 이루리라는 뜻이기도 했다.

다시 잡혀온 강상인은 혹독한 고문을 당했다. 볼기를 때려서 듣지 않을 듯한 조짐이 보이면 세 번까지 볼기를 친 후에야 압슬을 가하는 번거로운 절차를 밟을 것 없이 바로 압슬을 행하라는 상왕의 분부가 있었던 때문이다. 강상인을 잡아들이라 명을 내린 뒤 보름이 지났건만 강상인에게서는 관노로 쫓겨날 때 이미 낱낱이 드러났던, 상왕과 주상을 속인 죄, 상왕이 군사에 관한 일은 친히 처리한다고 하였는데 주상에게만 보고한 것 따위의 말만 되풀이할 뿐 다른 죄는 더 드러나지 않았던 것이다. 이런 보고를 받은 임금은 의금부를 더 다그쳤다.

"강상인이 볼기 맞는 것을 피하려고 진실을 가리고 있으니, 간사하고 교활하기 짝이 없소. 마땅히 끝까지 심문하여 사실을 낱낱이 밝히고, 같은 패에 속한 무리들에게도 한 점의 의혹도 없도록 심문해야 할 것이오. 우리 부자(父子) 사이에 이와 같은 간사한 사람이 있으니, 반드시 제거하지 않을 수 없소이다."

강상인은 볼기를 맞는 일도 괴롭기 짝이 없는 일이었지만, 압슬의 고통을 견디기는 더욱 힘이 들었다. 이미 지난 번 심문 끝에 관노로 쫓긴 몸으로서 더 이상 자백할 것이 없었다.

"30년 원종공신으로서 어찌 다른 마음을 먹을 수 있겠사옵니까? 다른 일은 전혀 알지 못하옵니다. 통촉하시옵소서, 전하."

다시 압슬이 가해졌다. 깨진 사금파리를 깔아 놓은 자리에 꿇어앉혀진 강상인의 몸이 나무 기둥에 묶였다. 무릎 위에 무거운 돌이 얹혔다. 이내 바닥에 닿은 다리에서 올라오는 아픔은 피와 섞여 고통으로 몸부림치게 만들었다. 몸을 비틀어 아픔을 줄일 수도 없었다. 나무 기둥에 묶여 있어 통증에 고스란히 몸을 내맡겨야 했다. 돌의 무게는 뼈를 으스러지는 고통에 빠지게 했다. 없는 사실이라도 꾸며서 말하고 고통으로부터 벗어나고 싶었지만 도무지 무엇을 말해야 하는지 알 도리가 없었다. 강상인은 이미 관노의 신분이었다. 더 이상 비참해질 것도 없었다. 강상인은 숨이 끊어질 듯한 모진 고통 속에서 무엇을 말해야 할지 골똘하게 생각했다. 고문에서 벗어날 수 있다면 무엇이건 말해야 했다. 압슬이 되풀이 되는 동안 죄라고 짐작되는 모든 일을 말했지만 고문은 그치지 않았다. 마침내 강상인은 말했다.

"내 마음에 국가의 명령은 마땅히 한 곳에서 나와야 된다고 생각하였으므로 상왕께 아뢰지 않은 것이오."

"그 한 곳이란 어디를 말함이냐?"

강상인은 눈물어린 눈을 들어 의금부 제조를 올려다보았다. 당상관이 재촉을 했다.

"한 곳은 주상전이오."

강상인이 고개를 떨어뜨렸다. 당상관은 다시 재촉을 했다. 왜 주상전이었느냐는 물음이다. 뒷날을 꾀한 것이 아니냐는 다그침이다. 강상인은 그것이 무엇을 뜻하는지 잘 알고 있었다. 이때에 주상을 택하는 것은 상왕에 대한 반역임은 물론 주상에게도 반역임을. 단지 별다른 사사로운 감정 없이 주상에게만 보고한 것이었을 뿐 진실로 반역하는 마음이 없었는데 어찌 그 말을 입에 담을 수 있겠는가. 30년 원종공신으로 오로지 임금의 은혜에 감사할 뿐이었다. 지금 자신이 누리고 있는 부귀영화만으로도 넘치는 복이라고 생각했다. 임금이 30년 맺은 정을 생각해 편히 대해 주어도 긴장의 끈을 놓지 않고 항상 어려운 마음이었던 강상인이었다. 상왕이나 주상이나 할 것 없이 왕이란 지극히 높으신 분으로 우러를 뿐이었다. 어찌 감히 한때인들 사악한 마음을 먹었으랴. 다시 압슬이 가해졌다. 강상인은 분노와 고통으로 얼굴이 일그러졌다. 그토록 오랜 시간을 한 마음으로 모셨으니 이러한 자신의 마음을 모를 리 없건만 어쩌자고 이렇게 구석으로 몰아치는지 상왕이 원망스럽다.

"내가 주상을 배반한 것이오."

주상이라고? 주상은 누구를 말하는가. 당상관이 확실한 답을 듣고자 다시 물었다.

"그렇소. 내가 새 임금의 덕을 입기를 바라고 한 짓이었소."

당상관의 얼굴에 일을 마무리한 사람에게 보이는 만족감이 번졌다. 무거운 돌덩이가 무릎 위에서 치워지는 순간 강상인은 절규했다. 사나이 대장부가 신체에 가해지는 고통을 이기지 못해 마음에 없는 말을 하고야 만 것이다. 부끄러움은 무릎 위에서 뼈를 으스러지게 하는 고통보다 더 무거운 아픔으로 마음을 휘저었다. 아무리 후회한들 소용이 없었다. 이미 내뱉은 말의 파장은 어디까지 미칠지 알 수 없는 일이었다. 무서운 회오리바람이 가슴 밑에서부터 불어왔다. 함께 잡혀온 다른 죄인들은 압슬형을 이기지 못해 자신의 죄를 인정하기도 하고 압슬형을 견뎌내기도 했다.

다음날 다시 심문을 당하자 강상인은 그제야 어떤 죄를 추궁하는지 짐작이 갔다. 왕위를 주상에게 물려주었어도 권력은 오직 한 곳 상왕에게 있어야 하는 것을, 그것을 깨닫지 못하고 경솔하게 행동한 것이다. 하지만 이 경솔함이 누구에게까지 미쳐야 하는지는 아직 알지 못했다.

"동지총제(同知摠制) 심청을 궁궐문 밖의 장막에서 만났는데, 심청이 나에게 말하기를, '궁궐 안에 호위하는 사람 중에 빠지는 사람이 많아서 시위가 허술한데, 어째서 시기에 미쳐 보충하지 않느냐.'고 하기에, 내가 대답하기를, '군사가 만약 한 곳에 모인다면 허술하지는 않을 것이다.'고 하였더니, 심청이 말하기를, '만약 한 곳에 모인다면 어찌 많고 적은 것을 의논할 것이 있으랴.' 하였소."

강상인의 입에서 이조 참판 이관과 전 총제 조흡의 이름도 나왔다. 상왕이 강상인과 심청, 이관, 조흡을 대질 심문하게 하여 혐의가 없는 조흡을 석방하게 했다. 그러나 끝이 아니었다. 강상인에게 또 압슬형이 가해졌다. 아직도 말하지 않은 그 사람이 누구인지 숨기지 말고 자백하라는 것이었다.

"영의정 심온도 명령이 한 곳에서 나와야 한다고 하니 옳다고 하였소. 장천군 이종무도 내 말을 옳다고 여기는 웃음을 지었고,

우의정 이원과도 비슷한 일이 있었소."

의금부에서 상왕에게 아뢰니 이종무와 이원을 불러들여 대질 심문하게 했다.

"강 참판은 없는 죄를 뒤집어씌워 어려운 처지에 빠지게 하지 마시오."

여러 날에 걸쳐 고문을 당해도 기세가 꺾이지 않았는데 이종무와 이원을 보자 강상인의 힘주어 하던 말과 당당하던 얼굴빛이 꺾였다. 이종무와 이원의 말에 강상인이 말했다.

"무함(誣陷)이었소이다. 내가 고초를 견디지 못하여 없는 말을 답했소이다."

이종무와 이원은 죄가 없음을 밝힐 수 있었으나 사은사로 명나라에 가 있는 심온은 그럴 수가 없었다.

수강궁으로 문안을 드는 임금에게 내관이 아뢰었다.

"군사가 한 곳에 모여야 된다고 하는 심 본방의 말을 들었다고 하옵니다."

본방은 임금의 장인을 가리키는 말이다. 임금은 내관에게 의금부에서 일어난 일을 상세히 물은 뒤에 상왕에게 아뢰었다.

"전하, 그 한 곳은 마땅히 상왕전을 가리키는 말이 아니겠사옵니까?"

"주상, 내가 들은 바와는 달라요. 그런 뜻이었다면 심 본방에게 무슨 죄가 있겠어요."

상왕은 심온이 말한 '한 곳'이 무슨 뜻이었는지를 알아보기 위해 좌의정 박은을 불렀으나 박은은 병을 핑계 대며 나오지 않았다. 상왕은 박은이 자신의 뜻을 알지 못해 나오지 못한다고 짐작했다. 박은이 어떻게 처신해야 하는지를 가르쳐 줄 필요가 있었다. 상왕은 교지를 전했다.

▶본디 강상인의 죄는 죽여 마땅하다고 대간과 나라 사람들이 두루 청하였으나 단지 먼 곳으로 유배를 시키기만 했노라. 하지만 돌이켜 생각건대 나의 여생은 많지 않고 내가 들은 바가 너무 많아서 이런 흉악한 간신은 마땅히 없애야 할 것이 아니겠는가. 심온이 반드시 군사가 한 곳에 모이는 것이 옳다고 하였으니 경은 그 사실을 명심해야 할 것이노라.◀

박은이 교지를 읽고 일어나 앉으며 말했다.

"심온이 말한 한 곳이 어찌 상왕전을 가리키겠사옵니까. 마땅히 주상전을 가리킨 것임은 묻지 않아도 그 뜻을 알 수 있는 일이옵니다. 신도 아뢰올 말씀이 있사오니 두 임금 앞에 나아가겠나이다."

박은은 자신이 두 임금 앞에서 무엇이라고 말해야 하는지 분명히 알았기 때문에 상왕이 더 이상 자신을 기다리지 않도록 수강궁으로 상왕을 알현하러 갔다. 그 자리에 임금도 함께 있었다.

"신의 집에 드나드는 소경 점쟁이 지화는 심온도 잘 알고 있사온대 그의 말을 빌리면 심온은 신이 좌의정을 사임하려고 하자 그 자리를 탐낸 바 있사옵고, 심온이 영의정이 된 바 신은 상왕 전하께 외척이 나랏일에 참여하는 것은 마땅치 않다고 아뢰었사옵니다."

박은이 일가붙이 이계주며 심온의 사위 유자해의 일을 복잡하게 아뢰고 나가자 상왕은 다른 일은 무슨 말인지 알 수도 없으며, 이날의 옥사와 무슨 관계가 있겠느냐며 심온의 일만 확대해 심문하기를 명했다. 다시 압슬을 당한 강상인의 입에서 총제(摠制) 성달생의 이름이 나왔다. 상왕은 왜 그 이름이 나왔는지 알아본 후 고문을 해도 죄가 없음을 주장하자 곧 성달생을 풀어 주었다. 심청에게도 압슬이 가해졌다. 여러 차례 압슬이 가해지자 심청도 한 곳이란 바로 주상전이었음을 뜻하는 심온의 죄를 털어놓았다.

신하들이 그 말의 진실과 거짓을 밝혀야 한다고 했을 때 모든 정상이 남김없이 모조리 드러났으니 더 이상 심문을 할 필요가 없다고 하며 상왕이 모든 심문을 중단시켰다.

"이번 일의 우두머리는 심온이니 비록 아직 명나라에서 돌아오지 아니 하였지만 그와 더불어 일을 꾀한 강상인과 이관 등은 극형에 처하여 5도에 두루 보여야 할 것이오. 즉시 시행하도록 하오."

우두머리가 누군지 밝혀지자 일은 신속하게 마무리되었다.

심온이 명나라에 사은사로 가서 아직 돌아오지 않았다. 다른 죄인들과 대질하기 위해 마땅히 형벌을 집행하지 말고 심온을 기다리는 것이 옳지 않겠느냐고 상왕이 여러 신하들에게 물었다. 심온에게 자신을 구할 기회조차 주지 않으면 백성들이 무어라 할 것이며, 하늘의 뜻에도 어긋나지 않겠느냐고 염려를 했다. 박은이 아뢰었다.

"심온의 죄는 명백하게 드러나 천하가 다 아는 일이니 어찌 대질할 필요가 있겠사옵니까. 속히 형을 집행하시옵소서."

상왕은 박은의 뜻에 따라 집행을 명했다.

상왕이 강상인을 다시 잡아들이라 명한 후 20여일 만이었다.

상왕은 명나라에서 돌아오는 길로 심온을 바로 잡아들이라며 판전의감사(判典醫監事) 이욱을 의금부 진무(鎭撫: 명령을 받아 수행하는 관리)로 삼아 의주에서 심온을 기다리라 명을 내렸다.

강상인은 머리와 팔다리가 찢겨나가는 능지처사(陵遲處死)의 형벌을 받기 위해 수레에 묶였을 때 큰 소리로 부르짖었다.

"나는 죄가 없는데 매의 아픔을 견디지 못해 죽는다."

강상인은 결국 영의정 심온을 죽이기 위한 덫에 지나지 않았다. 강상인의 입을 통하여 나온 이름들은 삶과 죽음의 경계선을 넘나들었다. 그 이름들은 강상인의 뜻에 따라서가 아니라 상왕의 뜻에 따라 삶과 죽음이 결정되긴 했지만 강상인이 입에 올리지 않았더라면 결코 죽음의 길을 가지 않았을 사람들이었다.

상왕은 신하들이 공비(恭妃) 심씨에게 죄를 주자는 상소가 나오자마자 단호히 명했다. 영돈녕부사 유정현, 좌의정 박은, 예조 판서 허조를 비롯한 여러 신하들에게 이르기를

"그 아버지가 죄를 지었어도 딸이 왕비가 된 일은 옛날에도 있었으며, 형률(刑律)에도 연좌한다는 명문(明文)이 없으므로, 내가 이미 공비에게 밥 먹기를 권하였고, 또 염려하지 말라고 명령하였으니, 경들은 마땅히 이 뜻을 알기 바라오."

하니 신하들이 지극히 마땅한 분부라고 머리를 조아렸다.

상왕에게 공비를 폐하고자 하는 뜻이 없음을 읽었던 것이다. 임금이 중궁(中宮)의 호를 검비(儉妃)라고 정하고, 하연을 보내어 상왕에게 아뢰었을 때, 임금이 검약함을 좋아해 이 호를 정했겠지만, 글자의 음(音)이 호에는 적당치 않다며 공비(恭妃)로 고쳐 주었다. 공손하다, 어질다, 바르다는 뜻이 아닌가. 상왕은 공비가 그렇게 살아가기를 바랐을 것이다. 아니 그렇게 살아온 것을 알았기에 공비라 했을 것이다. 이런 중전을 내칠 이유가 없었다.

상왕은 공비의 집안사람들을 천민이 아닌 양민이 되게 했다. 공비의 자리가 편치 않게 되었다. 친정아버지가 대역죄인의 우두머리가 된 것이다. 임금은 그렇게 진행되는 모습을 속수무책으로 바라보기만 했다. 공비는 친정 아비를 용서해 주십사고 상왕에게 매달릴 수도 없었고, 마음 놓고 서러움을 드러낼 수도 없었다. 먹지도 잠들 수도 없어 숨죽여 울고 있을 뿐이었다. 남편이 임금이어도 아무런 힘이 없음을 잘 알고 있어 남편에게 하소연할 수도 없었다. 임금이 공비를 위해 할 수 있는 것은 스스로를 함부로 하지 말고 아끼고 또 아끼고, 삼가고 또 삼가라는 것뿐이었다. 임금은 공비를 공대해 공비가 드나들 때 한 번도 앉아서 맞이하는 적이 없었다.

하루도 빠짐없이 임금은 수강궁 상왕에게 문안했다.
임금은 경연에도 나아갔다.
임금이 어두운 표정으로 말했다.
"예로부터 간사하고 아첨하는 신하가 그 임금에게 아양을 부리는 일이 많았지만 끝까지 목숨을 보전한 자는 없었소"
"책에 나와 있는 옛일에서 충신과 간신을 가리는 것은 비록 신과 같은 어리석은 사람으로서도 능히 알 수 있사오니, 반드시 왕이 먼저 그 마음을 바로잡아 맑고 깨끗해야만 사람들의 진실과 거짓에 환하게 되어 어둡지 않을 것이옵니다."
경연관 정초가 아뢰었다. 임금이 어떤 뜻으로 굳이 이런 말을 하는지 짐작하는 듯 정초의 얼굴빛 역시 밝지 않았다. 임금은 곧은 마음을 지닌 정초를 가슴에 새겨 두었다.
임금은 상왕 앞에서는 전혀 속마음을 드러내지 않았다. 강상인

등의 대역죄인을 처단한 임금의 밝은 결단을 축하하는 신하 앞에 상왕과 나란히 앉아 있었다. 사람이 한 일이 아니라 자연의 도리였으니 축하할 일이 아니라며 신하들을 말리기는 했으나 종묘사직이 편안하고 오래오래 이어질 복이라고 기뻐하는 신하들을 마주하고 있어야 했다.

　상왕은 왕실의 번성을 위해 이미 공비와의 사이에 세 아들을 둔 임금에게 후궁을 들이기 위해 혼인 금지령을 내렸다. 신하들은 그런 상왕의 명이 내려지자 이번에야말로 틀림없이 공비를 폐하고자 하는 뜻이라 여겼다. 임금의 처지에서 보면 심온은 부왕의 원수였다. 공비는 바로 원수의 딸이니 어찌 국모의 자리에 있을 수 있겠느냐며 정을 과감하게 끊어야 한다고 소리 높여 아뢰었다. 상왕은 전혀 그럴 생각이 없었다. 다른 성씨를 중전으로 맞아들일 것 같으면 굳이 심온을 역적으로 몰아세울 필요가 없었다. 더구나 공비는 마음이 온화하고 공손해 나무랄 데가 없었고, 임금하고도 금슬이 매우 좋았다. 더구나 임금과 공비에게는 아들이 셋이나 있었다.

　"서경(書經)에 이르기를 아비의 형벌은 아들에게 미치지 않는다 했거늘, 하물며 딸에게 미칠 리야 있겠소. 일찍이 민 씨 가문의 불충에 대하여 아무도 중궁을 폐하자는 이가 없었는데 지금은 어찌 이 지경에 이르렀소?"

　상왕의 뜻이 폐비에 있지 않음을 헤아린 신하들이 이내 입을 닫았다. 죽을죄를 짓지 않아도 상왕이 뜻을 두면 역적으로 몰려 죽어 나갈 판이다. 다른 사람도 아닌 영의정이며 임금의 장인임에도 진실을 밝힐 기회가 없었다. 상왕의 뜻이 이와 같을진대 임금의 뜻은 더 생각할 필요도 없이 폐비할 뜻이 없을 것이었기 때문이다.

상왕은 후궁을 들이는 준비를 하는 한편, 심온이 대역 죄인이 된 것을 미리 알고 도망갈까 걱정스러워, 평안도 관찰사에게 단단히 준비를 해 두고 기다렸다가 잡아들이라는 분부를 내렸다. 아직 심온이 의주에 다다르려면 날짜가 많이 남아 있었다. 상왕은 임금과 더불어 후궁을 들이는 일을 의논하며 신하들과 술자리를 마련했다. 또한 임금과 더불어 노상왕전으로 나아가 잔치를 베풀고 취하도록 마셨다. 임금은 두 상왕을 위해 춤을 추었다.

임금이 왕위에 오른 것을 인정한다는 명나라의 고명 사신이 조선으로 오고 있다는 전갈이 조정에 도달했다. 명나라 사신이 심온의 일을 모르게 하려고 조정은 몹시 분주했다. 심온이 고향으로 내려갔노라, 고향의 어머니가 편찮노라……. 변명 거리를 준비해 두었다.

무술년(1418년, 세종 즉위년) 12월 22일, 심온을 의주에서 압송해 오자 그 날로 고문이 가해졌다. 영의정이었다. 왕비의 아버지이며 임금의 장인이었다. 그리고 상왕의 사돈이었다. 그러나 그 어느 것도 심온의 결백을 밝히는 일에는 도움이 되지 않았다. 강상인이 죽은 줄을 모르는 심온이 대질시켜 달라고 하자 압슬이 가해졌다. 심문이 매우 빠르게 진행되는 가운데 자백해야 할 죄목까지도 가르쳐 주며 심온을 다그쳤다. 심온은 짓지 않은 죄를 자백할 수는 없었다. 도제조(都提調) 유정현(柳廷顯)이 심온에게 말했다.

"오늘 이 국문하는 정세를 본다면 공의 지위와 권세로 미루어 가히 알 것이 아니오?"

심온은 유정현을 바라보았다. 모든 것을 체념했다. 민 씨 형제들의 일이 생각났다. 상왕이 무엇을 원하는지 충분히 짐작할 수 있었다. 심온은 더 이상 자신의 결백을 밝히기 위해서는 한 마디도 하지 않았다. 강상인 등이 말한 죄를 지었노라고, 그들 말고는 다른 사람과 모의를 한 적은 전혀 없었노라고, 병권을 쥐고 이 나라를 마음대로 휘둘러보고 싶었노라고 원하는 대로 순순히 죄를 뒤집어써 주었다.

바로 다음날 12월 23일, 대역죄인이 된 심온에게 사약이 내려졌다.

그 날도 임금은 다른 날과 똑같이 수강궁에 문안하고 경연에 나아갔다. 심온이 죽은 이튿날은 수강궁에서 오래오래 만수무강하옵시라는 잔치를 열어 상왕을 위로했다. 상왕은 매우 흡족해 하며 춤을 추었다. 춤사위 속에 죄 없는 자를 죽인 괴로움이 어찌 숨어 있지 않았으랴. 임금은 부왕을 바라보았다. 갓 왕위에 오른 젊은 임금이라 아직 나랏일에 있어서는 경륜(經綸: 다스림)이랄 것도 없지만 적어도 부왕이 개인의 욕심으로 손에 피를 묻힌 것은 아니리라는 믿음은 있었다. 고려 말의 혼란을 되풀이하지 않기 위해서는 강력한 왕권이 필요하다는 부왕의 가르침을 배우고 있었다. 개인의 슬픔에 빠지는 따위는 왕에게는 사치에 지나지 않음을 부왕은 가르치고 있었다. 왕의 자리는 극도의 외로움과 슬픔과 아픔을 삭이고, 솟아나는 힘은 온통 나랏일에 쏟아 부어야 하는 자리임을 가슴 깊이 새기도록, 부왕은 혹독하게 회초리를 휘두르고 있었다. 장인이 죽어가는 데도 속수무책으로 앉아서 아내를 바라보아야 하는 한 지아비가 아니라, 수많은 조선의 백성들의 삶을 책임질 만백성의 어버이임을 부왕은 임금으로 하여금 뼛속 깊이 새기도록 만들었다.

12월 25일, 임금은 경연에 나아가 『고려사(高麗史)』에 관한 의견을 내었다.

"고려사에 공민왕 이하의 사적은 정도전이 들은 바로써 더 쓰고 깎고 하여 사실과 같지 않소. 어찌 사실이 아닌 것을 뒷세상에 미쁘게(믿음성 있게) 전할 수 있겠소. 이는 없는 것만 같지 못할 것이오."

변계량과 정초가 아뢰었다.

"만약 고려의 역사책을 없애 버려 뒷세상에 전해지지 않게 한다면, 정도전이 역사적 사실을 있는 대로 기록하지 않고 뒷세상 사람들에게 자신이 정당하게 보이도록 더하고 뺀 것을 모를 것이옵니다. 정도전의 그러한 행위 자체를 미워하신 전하의 뜻을 누가 알 수 있겠사옵니까. 부디 청하옵건대 문신(文臣)에게 명하여 고쳐 짓도록 하시옵소서."

스물두 살의 젊은 임금은 두 신하의 충성스러운 말을 그대로 받아들여 고려사를 있는 사실 그대로 고치도록 춘추관(春秋館: 역사 편찬을 맡은 관청)에 명했다.

상왕은 나라에서 일어난 이즈음의 일을 명나라 사신에게 어떻게 이해시킬 것인지 골몰했다. 상왕은 명나라에서 널리 유행하고 있는 「명칭가곡(名稱歌曲)」을 사신에게 들려주자는 참찬 김점의 말에 귀를 기울였다. 일찍이 황제가 명칭가곡 천 본을 내려 주었다. 명나라 사신이 올 때 지나오는 길목에서 이를 속악과 섞어 연주하자는 김점의 청을 임금은 윤허하지 않았다. 김점은 임금이 윤허하지 않은 일을 상왕과 임금이 함께 한 자리에서 다시 아뢰었고 상왕은 공조 판서 맹사성이 음률에 밝으니 적임자라 하여 일을 맡겼다. 상왕이 악공과 기생들에게 음률을 익히게 해 사신에게 들려주도록 명한 것이다. 임금은 그런 상왕의 명을 받들되 기생이 아니라 승려들에게 그 일을 맡기도록 분부를 고쳐 내렸다. 명칭가곡은 불교를 숭상하는 일이라 유교국가임을 내세우는 조선과 맞지 않았다.

해가 바뀌어 기해년(1419년, 세종 1년) 정월 초하루였다. 여러 신하들을 거느리고 멀리 명나라 황제에게 새해 축하 예를 행했다. 임금의 자리에서 첫 망궐례를 행한 것이다. 상왕전에 들어 하례를 행한 후 상왕의 만수무강을 비는 잔칫상이 마련되자 상왕이 임금에게 당부했다.

"하느님은 백성의 행동을 굽어보나니, 언제나 잔치에 있어서는 공경하고 두려워해야 합니다, 주상. 공경하고 삼감으로써 경계를 삼도록 하세요."

임금은 새해를 맞이하는 들뜬 분위기 속에서도 벌써부터 조짐이 보이는 가뭄이 걱정스러웠다. 벌써 몇 해째 이어지는 가뭄이었다.

편전에서 정사를 본 뒤 가벼운 술자리가 마련되었다.

"참찬 신 김점, 아뢰옵니다. 전하께서 하시는 정사는 마땅히 명나라 황제의 법도를 따라야 될 줄로 아옵니다."

김점의 말이 끝나기가 무섭게 예조 판서 허조가 아뢰었다.

"전하, 신은 그렇게 생각하지 않사옵니다. 아무리 황제의 나라 법일지라도 본받을 것도 있고 본받지 못할 것도 있사옵니다."

"신은 황제 폐하께서 친히 죄수를 끌어내어 자상히 심문하는 것을 보았사옵니다. 전하께서도 본받으시기를 바라옵니다."

"그렇지 않사옵니다, 전하. 관을 두는 것은 맡은 일에 책임을 다하여 보람을 얻게 하고자 함이온데, 만약 왕이 친히 죄수를 결제하고 크고 작은 일을 가리지 않는다면, 관을 두어서 무엇 하겠사옵니까!"

"온갖 정사를 전하께서 친히 통찰하셔야 전하의 밝은 덕을 골고루 펴실 수 있는 것은 너무나 당연하옵니다. 신하에게 맡기시는 것은 부당하옵니다, 전하. 신의 뜻을 깊이 헤아려 주시옵소서."

"아니옵니다, 전하. 옛글에 이르기를, 어진 이를 구하기 위하여 노력하고, 인재를 얻으면 편안해야 하며, 맡겼으면 의심을 말고, 의심이 있으면 맡기지 말라 하였사옵니다. 전하께서 대신을 선택하여 6조의 우두머리를 삼으신 이상, 책임을 지워 성취토록 하실 것이 마땅하며, 몸소 자잘한 일에 관여하여 신하의 할 일까지 하시려고 해서는 아니 되옵니다. 부디 신의 뜻을 가납(嘉納: 기꺼이 받아들임)해 주시옵소서."

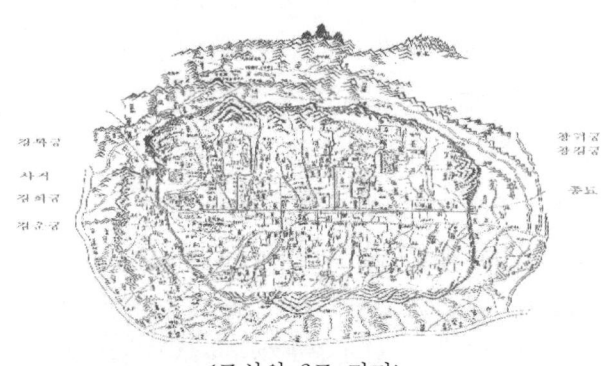

〈조선의 6조 거리〉

임금은 두 신하의 의견이 매우 달라 점점 격해지고 있음에도 굳이 이를 말리려 하지 않았다. 김점이 아뢰었다.

"신이 뵈오니, 황제 폐하께서는 위엄과 용단이 측량할 수 없이 놀라와, 6부의 장관이 정사를 아뢰다 착오가 생기면, 즉시 맡은 자리에서 물러나게 하시어 위엄을 보이시옵니다."

허조가 다시 맞섰다.

"대신을 우대하고 작은 허물을 포용하는 것은 임금의 넓으신 도량이거늘, 이제 말 한 마디의 착오로 대신을 욕보이며 조금도 잘못을 두둔하지 않는다면, 너무도 부당한 줄 아옵니다."

임금이 허조를 바라보았다. 김점은 시간이 지날수록 노기를 띠어 흥분을 하고 있었지만, 허조는 온화한 낯빛에 침착함을 잃지 않았다. 자신의 말이 옳다는 것에 큰 목소리나 험악한 분위기의 도움 따위는 필요 없다는 여유로운 모습이었다. 김점이 허조의 의견에 다시 반박했다.

"황제의 명은 따르지 않을 수 없사옵니다. 황제 폐하는 불교를 존중하고 신앙하여, 명나라의 신하들은 명칭가곡을 외고 읽지 않는 자가 없사옵니다. 그 중에는 어찌 불교를 이단으로 배척하는 선비가 없겠사옵니까마는, 다만 황제 폐하의 뜻을 본받기 위해서 그렇게 하지 않을 수 없는 모양이옵니다."

"불교를 존중하고 신앙으로 가지는 것은 제왕의 성덕이 아니옵기로, 신은 취하지 않는 것이 옳다고 여기옵니다."

임금은 다시 허조를 바라보았다. 대국 황제의 잘못됨을 비판하고 있었다. 아무리 명나라에서 행해지더라도 길이 아니면 가지 않겠다는 꼿꼿한 선비의 모습이었다. 임금은 허조의 말을 되새겼다.

- 어진 이를 구하기 위해 노력하고, 인재를 얻으면 편안해야 하며, 맡겼으면 의심을 말고, 의심이 있으면 맡기지 말아야 한다.

임금은 그 어진 인재에 허조의 이름을 올렸다.

임금에게 결코 지울 수 없는 이름으로 양녕 대군이 있었다. 양녕 대군이 편지 한 장을 남기고 자정에 담을 넘어 자취를 감추어 버렸다. 먹지도 잠자리에 들지도 못한 상왕과 임금은 머뭇거리지 말고 양녕을 빨리 찾으라고 독촉했다. 찾은 자에게는 후하게 상을 내리겠노라며. 사람들이 양녕 대군이 달아난 것을 양녕 대군의 애첩 어리의 허물로 돌리자 어리가 목을 매어 목숨을 버렸다.

일찍이 어리가 몹시 아름답다는 소문을 들은 세자 시절의 양녕 대군이 어리의 집으로 찾아갔을 때 어리는 꾸미지도 않은 상태에서 세자 이제를 처음으로 만났다. 그 순간 세자 이제는 어리의 아름다움에 눈이 부셨다. 세자는 자신이 타던 말을 기꺼이 어리에게 내주며 어리의 옷소매를 이끌어 말에 태우려 했다. 어리 역시 주저하지 않고 세자의 말에 올랐다.

양녕 대군은 가죽신이 다 해어져 발가락이 나오도록 하루 내내 아차산을 헤매다가 근처에 있는 궁궐의 종인 이견의 집에 들렀다. 이견이 상왕에게 고해 효령 대군과 공녕군, 내관들이 음식과 술, 신을 가지고 이견의 집으로 가서 양녕 대군과 함께 성안으로 들어왔다. 상왕이 근심과 기쁨에 젖어 양녕 대군에게 훈계했다. 양녕 대군은 말없이 훈계를 들은 뒤에 물러나 아무런 뉘우침도 없이 비파만 타고 있었다.

임금과 양녕 대군을 곁에 둔 상왕이 편전(便殿: 임금이 평상시에 거처하는 궁전)에 병조 판서 조말생, 좌부대언 윤회를 비롯한 여러 신하들을 불렀다.

"과인과 양녕은 부자지간이라, 인정상 차마 못할 일이 있소 허나 임금과 신하에 있어서는 이와 다르오. 신하가 임금에게 진실로 명분을 범한다면, 오직 죽음을 내리는 법이 있을 따름이니, 양녕이 비록 지극히 어리석다지만 어찌 그것을 모르겠소. 그대들은 오늘 과인의 말을 각별히 명심하기 바라오."

상왕은 신하들에게 하는 말을 그치자 연민과 분노의 눈길로 양녕 대군을 바라보았다. 상왕은 한 사람의 평범한 아비가 되어 있었다.

"네가 도망해 갔을 적에, 나나 대비는 너의 생사를 알지 못하여 눈물이 흘렀다. 내 곁을 지키던 주상도 역시 눈물이 그치지 않았다. 가령 네 몸은 편안한데 아우들이 연고가 있다면, 너는 주상의 처사와 같이 하겠느냐. 주상은 효도와 우애가 참으로 지극하지 않느냐. 너희 형제가 다 같이 보전될 수 있을 것이니, 나는 전혀 근심이 없다."

상왕은 눈길을 돌려 안타까움을 감추지 못하고 있는 임금을 바라보았다. 임금을 믿어 의심치 않지만 늙은 아비로서 다시 한 번 더 양녕 대군의 목숨을 부탁한다는 뜻이었으리라. 상왕은 흐르는 눈물을 닦으려 하지도 않고 다시 양녕 대군을 바라보았다.

"내가 눈물을 흘리는 것은 너를 위한 것이 아니라, 너의 행위가 이 나라의 부끄러움이 되기 때문이다. 네가 만약 담을 넘고 달아나서 불행하게 되었다면, 뒷날에 어찌 네가 스스로 미치광이 짓을 하여 그렇게 된 것임을 알 수 있으랴."

상왕은 비파를 타던 양녕 대군을 떠올렸다. 신하들에게로 눈길을 돌린 상왕이 말을 이었다.

"어리의 죽음은 진실로 슬프고 민망하오. 어리 자신이 양녕에게 들어온 것이 아니고, 양녕이 재상의 첩을 빼앗은 것이며, 또 양녕

이 달아난 것도 어찌 어리 때문이겠소. 과인이 어제 어리를 죽음에 이르도록 몰아붙인 양녕의 유모와 몸종 들을 의금부에 가두라 한 것도 바로 그 때문이었소."

상왕은 잠시 말을 멈추고 양녕 대군을 바라보았다. 왕이 될 뻔한 양녕 대군이, 끝없이 부모 마음을 헤집어 놓는 아들이, 사랑하는 여인을 잃은 한 젊은 사나이가 거기 있었다.

"이제 양녕에게 매 두 연(連)과 말 세 필을 주어 매사냥이나 하며 저 하고 싶은 대로 하게 하겠소."

상왕은 양녕 대군에게서 눈길을 돌리지 않은 채로 신하들에게 말하고 있었다. 이는 신하들에게만 하는 말이 아니고 임금에게 하는 말이기도 했다. 상왕이 세상을 떠나더라도 양녕 대군이 신하로서 임금의 명분을 범한다면 죽음을 내리지만, 그렇지 않는 한은 양녕 대군과 더불어 세상을 살아가라는 당부를 임금에게 하고 있는 것이다. 아우인 임금의 자리만 넘보지 않으면, 좋아하는 사냥이나 하면서 하늘이 허락한 목숨대로 삶을 누릴 수 있음을 양녕 대군에게 간곡하게 전하고 있는 것이기도 했다. 임금의 자리를 넘보지 않는 한 양녕 대군을 너그럽게 받아들이라는 명을 신하들에게 내리는 것이기도 했다.

임금은 몇 년간 이어진 흉년으로 굶주려서 살던 곳을 떠나는 백성들이 많아 근심이 깊었다. 지방마다 관리를 파견해 살펴보게 하니 고을 수령으로서 백성들의 쓰라림을 헤아리지 않는 자가 많아 이미 벌을 내렸으나 나라 구석구석까지 임금의 뜻이 전해지는 것은 쉽지 않은 일이었다.

「궁벽한 촌락에까지도 친히 다니며 두루 살피어 힘껏 구제하도록 하라. 나는 장차 다시 조정의 관원을 파견하여, 그에 대한 행정 상황을 조사할 것이며, 만약 백성이 한 명이라도 굶어 죽은 자가 있다면, 감사나 수령이 모두 교서를 위반한 것으로써 죄를 논할 것이니라.」

임금은 엄하게 명을 내렸다.

가뭄도 계속 이어지고 가뭄을 비롯한 천재지변으로 흉년도 계속 이어졌다. 호조에 명을 내려 나라의 곡식 창고의 문을 열어 굶주린 백성을 구제하게 했다. 파견한 관리들로 하여금 각 고을의 수령들이 백성을 구호한 성적을 보고하게 해 그에 마땅한 상벌을 내리도록 명했다. 가뭄이야 어제오늘 일이 아니었다. 거의 해마다 크고 작은 가뭄이 되풀이되었다. 뾰족한 방법이 없었다.

기해년(1419년, 세종 1년) 2월, 좌의정 박은이 건의했다.

"문신을 선발하여 집현전에 모아 문풍(文風)을 진흥시키시옵소서. 동시에 문과는 어렵고 무과는 쉬운 때문에 사대부의 자제들이 무과로 많이 가니, 지금부터는 『논어』, 『맹자』, 『중용』, 『대학』 등 사서(四書)에 막힘없이 환하게 통하면 무과에 응시할 수 있도록 하시옵소서."

임금은 박은의 뜻을 매우 아름답게 여겼다.

불과 두 달 남짓한 시간이었지만 세자 시절 임금의 스승이기도 했던 박은이다. 박은의 신념은 고스란히 임금에게 새겨졌다.

일찍이 경인년(1410년, 태종 10년)에 집현전을 개설하여 선비들을 뽑아 학문을 강론하게 하자는 사헌부의 건의가 있었으나 활발하게

<집현전: 출처, 세종대왕기념사업회>

추진되지 않았다. 정유년(1417년, 태종 17년)에 한층 구체화된 건의를 사간원에서 올렸다.

"인재는 나라를 이끌어나가는 데 꼭 필요한 존재이므로 미리 양성하지 않을 수 없사옵니다. 바라옵건대 나라 안에 집현전을 세워서 예문관 등에서 관리들을 뽑아 경서와 사기를 읽게 하며, 혹은 글제를 내려 글을 짓게 함으로써 학문을 숭상하게 하는 풍습이 떨쳐 일어나게 하옵소서."

그러나 이런저런 핑계로 경연에 나아가지 않았던 상왕이어서 기껏 의욕적으로 설치했던 집현전은 제 구실을 하지 못했다. 그 집현전이 구실을 바르게 하도록 해 학문을 숭상하는 풍습을 일으키게 하자고 아뢰는데 학문을 좋아하는 임금이 어찌 반기지 않겠는가. 굶주린 백성들을 구호하느라 답답한 가슴이 더운 여름 한낮에 소나기가 한 줄기 지나간 것처럼 그지없이 시원해지는 일이었다. 임금의 어두웠던 마음이 한결 밝아지는 듯했다.

연이은 흉년으로 굶주린 백성들을 구호하는 데도 바쁜데 대마도에서는 도도웅와(都都熊瓦)가 토산물을 바치며 식량을 요청해 쌀 40가마를 보냈다. 대마도의 정흔(正欣)이나 종준(宗俊)도 앞을 다투어 토산물을 바쳐서 쌀이며, 옷감을 보내주었다. 대마도의 식량 사정이 나빠지면 왜구들의 등쌀에 해안 지방의 백성들이 시달렸다. 고려 말부터 해안가의 백성들을 괴롭혀온 왜구의 침략은 갈수록 더 잦아지고 포악해졌다. 왜구를 잠재우지 않으면 해안 지방의 백성들은 하는 수 없이 살던 곳을 버리고 떠나야 할 판이었다. 백성들은 굶주림 때문에, 가뭄 때문에, 세금 때문에, 그리고 왜구 때문에도 살기가 무척 고단했다.

형조에서 공과 사를 구분하지 않고 모든 문서에 반드시 연월을 기록할 것을 건의했다.

"『무원록(無冤錄)』에 이르기를, '무릇 이유를 고함에 있어서는 반드시 연월을 기록해야 하며, 문안(文案)에는 거년(去年: 지난해)이니, 금년(今年: 올해)이니, 전월(前月: 지난달)이니, 금월(今月: 이번 달)이니, 당일(當日: 그날)이니, 차일(此日: 이날)이니 하는 따위를 써서는 안 된다.'고 하였으니, 지금부터는 인명(人命)에 관계되는 중대사나 뒤에 참고가 될 만한 서류에는 아무 해 아무 달 아무 날을 쓰는 것으로 원칙을 정하게 하여 주시옵소서."

<무원록>

임금은 귀를 기울였다. 이것이야말로 부당하게 피해를 입거나 애매한 일이 생기는 것을 막을 수 있는 하나의 방편이 될 수도 있고, 힘없는 백성들의 억울함을 풀어줄 수 있는 일이 될지도 모를 것이기 때문이었다.

3월에 들어서자 가뭄은 본격적으로 임금을 괴롭혔다. 햇무리가 계속 지고 있었지만 비는 오지 않았다. 가뭄은 이어지는데 상왕은 임금과 더불어 노상왕을 모시고 철원 주변으로 사냥을 떠나려 했다. 신하들이 말렸으나 막무가내였다. 신하들은 임금에게 상왕의 거둥을 말려야 한다고 상소를 했다. 임금은 윤허하지 않았다. 임금은 거둥 내내 두 상왕을 극진히 모셨다. 사냥에서 돌아오자 황해도 곡산으로 은광을 찾아갔던 공조 참판 이천이 채굴 결과를 보고했다. 은을 캐내기 위해 들인 노력과 비용에 비해 채굴된 은의 양은 형편이 없었다. 실패였다.
　게다가 오랜 가뭄 끝에 비가 내린 기쁨은 우박이 쏟아지는 바람에 근심으로 변했다. 임금이 걱정스럽게 여러 신하에게 물었다.
　"어제 내린 우박이 삼[大麻: 대마, 삼베를 짜는 실을 뽑아내는 한해살이 풀]과 보리에 해가 없겠소?"
　"우박은 본시 보리에는 해가 없는 것이고, 삼에도 별 해가 없을 것이옵니다."
　모두들 같은 대답을 하며 임금을 위로했다.

　임금은 가뭄을 극복하기 위해서도 왜구로부터 백성들을 지키기 위해서도 학문에 매달렸다. 방법을 찾아야 했다. 책 속에 길이 있을 것이다. 경연은 자주 열렸다. 무술년(1418년, 세종 즉위년) 10월 초에 강론을 시작한 대학연의를 임금의 열의로 6개월 만에 끝냈다. 경연관들은 흐뭇함을 감출 수 없었다. 지난날 폐세자된 양녕 대군은 무려 6년이란 세월이 걸리지 않았던가. 임금은 잠시 뜸을 들였다가 다시 「대학연의」 강독을 시작했다.

하루는 정사를 보던 임금이 물었다.

"세공(歲貢: 해마다 지방에서 나라에 바치던 물건)에 있어 저화(楮貨: 닥나무 껍질 종이돈)가 편리하오?"

세공을 대신해 저화를 사용하게 했다. 저화 사용은 원래 진산 부원군 하륜의 청에 의해서 비롯되었다.

"나라에서 백성에게 쓰는 것은 저화로 하고, 백성이 나라에 바치는 것은 쌀로 하면, 나라는 부유할 수 있으며, 흉년이 들거든 저화를 거두고 창고를 풀어 곡식을 풀어주며, 풍년이 들면 저화를 내어주고 곡식을 거둬들이게 되면, 관(官)과 민(民)이 함께 편할 것이옵니다."

임오년(1402년, 태종 2년)에 발행한 2천장의 저화는 처음에는 쌀 두 말의 값어치를 지녔으나 그 뒤 돈의 가치가 계속 떨어져 이즈음엔 백성들에게 외면을 당하고 있었다.

"저화 값이 몹시 천하니, 저화를 유통시키기 위해서는 다시 한 번 저화의 편리함을 내세워 타일러야 할 것이옵니다."

베와 쌀로 세공을 받으면 운반할 사람이 필요하고, 보관할 창고가 필요했다. 저화는 못 쓰게 되면 다시 만들 수 있어 비교적 간단한 일이지만 베는 낡으면 그 가치가 없어지고, 쌀은 세밀히 보관하지 않으면 썩기도 했다. 그러나 저화는 백성들이 만들 수 없어 세공으로 낼 저화를 사기 위해 쌀이나 다른 곡식을 팔아야만 했다. 곡식은 곡식대로 있어야 하고, 곡식을 팔아서 저화도 구해야 했으니 이중의 괴로움이 아닐 수 없었다.

저화를 발행한 지 20년이 가까워도 여전히 저화는 백성들에겐 도무지 그 가치가 믿어지지 않는, 구하기가 쉽지 않은, 선비들에게

나 요긴할 종이였다. 그 정도의 세월은 백성들이 저화에 익숙해지기에는 턱없이 부족한 세월인 모양이었다. 오랜 세월 동안 백성들은 포화(布貨), 그러니까 베를 즐겨 사용했다.

저화는 신하들로부터도 외면당했다. 명나라의 명령도 받지 않고 조선 조정에서 새롭게 화폐를 만들어 사용하는 것은 불가하다는 사헌부의 상소도 있었다. 상왕은 굽히지 않았다. 저화의 사용이 활발해진다면 나라도 백성에게도 모두에게 이로운 일이라 판단해 시행하도록 명을 내렸다. 상왕의 강한 왕권으로도 어려웠던 일이었다. 관리의 녹봉에 저화를 섞어서 지급하기도 하고, 저화로 백성들의 쌀을 사기도 했다. 뿐만 아니라 속죄(贖罪), 즉 지은 죄를 저화로 갚게 하는 법을 시행하기도 했다.

그러나 백성들에게 있어 저화는 손쉽게 볼 수 없는 종이 그 이상이 되지 못했다. 임금은 어떻게 하면 백성들이 저화를 즐겨 사용하게 할 수 있을까 골똘히 생각에 잠겼다.

상왕은 임금이 정사에 열중하는 것을 짐짓 모르는 것처럼 자주 사냥을 다녔다. 임금이 백성을 위한 뜻을 마음껏 펼칠 수 있도록, 장애물을 제거하는 데 주저하지 않았던 상왕이었다. 상왕은 자신에게 배어버린 피비린내는 상왕의 대에서 끝나기를 소망했다. 새로운 나라 조선의 기틀을 굳건히 세워 만만세세로 이어지기를 간절히 바라고 있었다. 깊은 못에 다다른 듯이, 살얼음을 밟는 듯이 해야 길이 복을 누릴 수 있으리라. 상왕은 버릇처럼 되뇌었다.

"역사의 악업(惡業)은 내가 짊어지고 갑니다. 주상, 부디 성군(聖君)이 되어 길이길이 이름을 남기도록 하세요."

장

대마도는 우리 땅, 왜구를 잠재우다

1419년, 세종 1년(23세) -
　　1422년, 세종 4년

『전하, 급보이옵니다. 충청도 비인현에 왜선 50여 척이 침입을 해 왔사옵니다.』

충청도 관찰사(觀察使: 종2품) 정진의 비보(飛報: 급한 보고)였다.

『5월 초닷새(1419, 세종1년), 새벽이었사옵니다.』

이틀 전이었다.

『왜구가 돌연 비인현 도두음곶에 이르러, 우리 병선을 에워싸고 불살라서, 연기가 자욱하게 끼어 서로를 분별하지 못할 지경이었사옵니다. 왜구의 배 32척이 우리 병선 7척을 빼앗아 불사르고, 우리 군사 중에서 반은 죽었사옵니다. 비인 현감 송호생이 용감하게 싸웠으나 병사의 수가 적어 밀리고 있었사온데, 서천군사 김윤과 남포진 병마사 오익생이 때마침 소식을 듣고 응원군을 거느리고 와서 함께 싸우니 왜적이 물러갔사옵니다."

상왕과 임금은 매우 놀랐다.

상왕은 충청도는 물론이고 경기도와 황해도에 엄하게 방비하라는 명을 신속하게 내렸다.

"우리 조선에서 왜인을 대접하기를 극히 후하게 하였는데, 도리어 우리 변방을 침략하니, 신의가 없음이 이와 같사옵니다. 평도전은 성은을 후히 입고 벼슬이 상호군(上護軍: 정3품)에 이르렀으니, 마땅히 평도전을 보내어서 싸움을 돕게 해야 할 것이옵니다. 이제 만일 그 힘을 이용하지 아니하면 장차 어디에 쓰겠사옵니까. 이런 기회에 성은에 보답하지 않는다면 죽어 마땅할 것이옵니다."

왜구의 침략에 분개해 좌의정 박은은 흥분을 감추지 못했다. 상왕은 여러 장수들을 해안 지방에 배치했다. 평도전에게도 명이 닿았다. 평도전을 충청도의 전투를 돕는 병마사(군대 지휘관)로 삼고, 같은 왜인 16명을 거느리고 참전하게 했다. 평도전은 원래 왜인이었던 것이다.

왜구는 조선뿐 아니라 명나라까지 침략해 백성들을 괴롭혔다. 변방이 안정되지 않으면 조선의 평화는 흔들릴 것이다. 상왕은 갑작스러운 왜구의 대규모 침략으로 혼란스러워진 상황을 정리하며 임금의 주변을 살폈다. 임금에게는 도와줄 신하가 부족했다. 상왕은 남원으로 유배를 보낸 황희를 생각했다. 임금이 수강궁으로 들어 문안을 할 때였다. 상왕은 사은사로 북경에 다녀온 우의정 이원과 경상도의 관찰사로 있다가 대사헌이 된 신상을 불러 위로하고 격려를 하는 자리에서 유배를 간 신하의 일을 화제로 끼워 넣었다. 이숙번이며 이직의 이름이 올랐다. 김한로의 유배지는 옮겨졌다. 황희의 이름도 섞였다.

"황희는 그 죄가 더 가볍소. 과인이 물었을 때에 사실대로 대답해야 했을 것을."

상왕은 사실대로 말을 하지 않아서 무척 아쉬운 듯한 말을 했지만, 그렇지 않았던 것이 오히려 잘 되었다는 듯한 묘한 표정을 지었다.

"남원으로 그 아내와 자식을 보내어 편안히 생활하게 함이 가하지 않겠소."

황희가 남원으로 유배를 갈 때도 죄인을 벌주는 게 아니라 고향에 다니러 가는 듯이 보낸 상왕이었다. 이젠 숫제 휴가라도 보낸 것처럼 아내와 자식도 같이 있게 하려는 것이다. 상왕은 유배를 간 신하들의 이름을 하나하나 들먹였다. 그 중 죄가 가벼운 장윤화에게는 다시 벼슬을 내렸다. 박자청은 신하들의 청이 있으면 소환할 수 있다는 뜻도 비쳤다. 상왕은 마치 주인을 기다리는, 천하에 이름난 말을 바라보는 듯한 눈빛으로 황희의 이름을 입에 담았고, 신하들로 하여금 소환할 뜻을 비친 다른 선비들과 황희를 견주어보게 했다.

임금은 조선의 해안을 끊임없이 괴롭히는 왜구 때문에 밤잠을 설쳤다.

"각 도의 주요 포구에 비록 병선은 있으나 그 수가 많지 않고 방어가 허술하오. 혹 뜻밖의 변을 당하면, 왜구에 대항하지 못하고 도리어 크나큰 근심을 얻게 될까 염려스럽소. 이제부터는 병선을 없애고 육지만을 지키고자 하오."

비인현에 왜선 50척이 쳐들어온 날로부터 열흘 뒤의 일이었다. 판중추부사(判中樞府事: 종1품) 이종무와 찬성사(贊成事: 정2품) 정역 들이 서둘러 답했다.

"우리나라는 동쪽과 서쪽, 남쪽 세 방향이 바다에 접해 있으니, 병선이 없어서는 안 될 것이옵니다. 만약 병선이 없으면 어찌 편안히 지낼 수 있겠사옵니까."

호조 참판 이지강이 뜻을 합쳤다.

"고려 말부터 왜구가 침략하여 해안을 어지럽혔으나, 병선을 둔 후에는 나라가 편안하여 백성이 안도의 숨을 내쉬었사옵니다."

임금은 물러서지 않았다.

"이사검과 이덕생 들이 병선 5척으로 적에게 포위당하여 실었던 쌀 45석(石: 열 말)을 주었다 하는데, 이것은 좋은 방법이 아니라고 보오. 그러나 주지 않으면 반드시 해를 입게 되니, 부득이 주었을 것이 아니겠소?"

임금의 말에 여러 사람의 대답이 한결 조심스러워졌다.

"5척의 병선으로 38척을 가진 적에게 포위당하였으니, 싸우면 틀림없이 패할 것이옵니다. 하여 쌀을 주어 일단 왜구를 안심하게 한 뒤에 도와줄 군사들을 기다린 것이라 여겨지옵니다."

"만일 병선이 많이 모일 것을 왜구가 알면, 도와줄 병선이 오기 전에 반드시 먼저 공격하지 않겠소. 이것이 실로 염려되는 바이오."

임금의 염려도 근거 없는 것이 아니었다. 왜구는 식량이 떨어지면 으레 침입해 왔던 것이다. 식량 확보가 우선이었기에 약탈보다 위협으로 더 많은 양을 확보하였으리라. 약탈은 약탈하는 쪽에서도 피해가 있기 때문이다. 식량 지원을 약속하면 왜구의 침략을 막을 수 있을지도 몰랐다. 그러나 지속적인 식량 지원은 쉽지 않을 것이다. 해마다 흉년이 거듭되고 있고, 몇 해에 한 번쯤은 가뭄 때문에 하던 근심이 홍수 때문에 다시 되풀이되었다. 굶주린 백성들을 구호하는 것도 쉽지 않은 터에 대마도의 식량 문제까지 해결하고자 하는 것은 무모한 일일지도 몰랐다.

상왕은 수군과 병선을 없애자는 의견을 내는 임금을 바라보며 빙긋이 웃음을 지었다.

"대마도의 군사들이 명나라를 침략하러 떠난 틈을 타서 대마도를 치는 것이 좋지 않겠소?"

상왕은 병선을 없애자는 임금에게 없애야 할 것은 병선이 아니라 왜구가 아니냐는 듯 신하들에게 대마도 토벌이라는 과제를 던진 것이다.

"우리 군사들이 대마도로 떠난 뒤 명나라에서 돌아오는 왜구가 해안을 침략하면 일이 매우 급박하게 돌아가게 되니 방어를 허술히 하는 틈을 타는 것은 불가하옵니다. 마땅히 적이 돌아오는 것을 기다려서 치는 것이 좋사옵니다."

영의정 유정현을 비롯한 좌의정 박은, 우의정 이원, 예조 판서 허조 등이 한 목소리로 대마도 공격보다 해안 지방을 방어하는 것이 효과적이라고 뜻을 모았다.

"대마도의 방어가 허술한 이때가 바로 좋은 기회이므로, 이 틈을 타서 쳐야 하옵니다."

병조 판서 조말생이었다. 병조의 우두머리인 조말생의 판단은 여러 신하들과 달랐다. 상왕은 이미 마음속에 대마도 토벌을 굳히고 있던 터였다. 상왕이 작전 명령을 내렸다.

"오늘의 의논은 지금까지 식량을 주어 달래고 무역을 허락하던 우리의 태도와 다르오. 과인도 역시 우리 백성의 목숨뿐 아니라 적의 목숨도 귀하게 여기는 바이오. 그러나 왜구의 침략이 점점 심해져서 배 몇 척이 해안으로 상륙해 도적질하는 정도가 아니고 벌떼처럼 덤비고 개미떼처럼 우글거리니 마땅히 그 책임을 엄하게 물어야 하오. 결코 그냥 이대로 앉아서 당하고 있을 수는 없소."

이종무를 삼군 도체찰사(三軍都體察使: 임금의 명령을 받고 지방에 파견되어 모든 군사 업무를 맡는 임시 벼슬)로 명해, 중군(中軍)을 거느리게 하고, 유습을 좌군 도절제사(都節制使: 한 지방의 군대를 맡아 지휘하던 무관 벼슬)로, 이지실을 우군 도절제사로 삼았다. 경상, 전라, 충청 3도의 병선과 군사는 모두 6월 8일에 통영 앞바다 견내량(見乃梁)에 모이라는 명이 떨어졌다. 나흘 후에 중군과 우군이 견내량을 향해 먼저 떠나고 다음날 좌군이 출발했다.

도체찰사 이종무를 떠나보내고 곧이어 상왕은 영의정 유정현을 삼도 도통사(세 개 도의 군사력을 지휘하는 벼슬)로, 참찬 최윤덕을 삼군 도절제사로 삼아 길을 재촉했다. 길을 떠나는 최윤덕에게 상왕은 활과 화살을 내렸다. 임금은 대마도 종준(대마도의 영주)이 보낸 사신을 돌려보내며 지신사 원숙으로 하여금 임금의 꾸짖음을 전하게 했다. 대마도와 화친한 지 오래임에도 도적질뿐 아니라 백성들을 살인하고 감히 병선을 불사르다니. 도적질한 자를 반드시 찾아내어 법으로 다스릴 것이며 포로로 잡혀간 조선인을 모두 돌려보내야 할 것이다. 사신은 대마도의 의견이 제각각 달라서 일어난 일이지 결코 조선과의 화평을 깨뜨리려 할 의도는 없었노라고 변명하며 속히 돌아가서 임금의 뜻을 받들 것이라 머리를 조아렸다.

이미 충청도에서 전투를 도우라는 명령을 받은 귀순 왜인 병마사 평도전이 백령도에 나타난 왜선과의 싸움에 지원을 나서서 성과를 올렸다는 보고가 상왕에게 들어왔다. 충청도 비인현에 나타난 왜구가 백령도에서 또 싸움을 벌였다면 신하들이 걱정하는 일은 일어날 리가 없을 것이다. 조선의 수군이 대마도를 공격하는 동안 명나라에서 돌아오는 왜구가 조선의 해안을 공격할 확률이 거의 없다고 상왕은 판단했다. 상왕은 임금으로 있을 때 남해안 수십 곳에 성곽을 쌓았고, 거북선을 만드는 등 병선 개량에도 힘을 기울였다. 군사들의 진법 훈련도 게을리 하지 않았다.

병조에서 건의했다.

"지금까지의 봉화는 아무 일이 없으면 한 번 들게 하고, 무슨 일이 생기면 두 번 들게 하였으나, 이제부터는 한층 세밀하게 구분할 필요가 있사옵니다. 왜구가 바다에 나타났을 때 2회로 시작해, 가까이까지 침략할 때, 병선끼리 맞붙어 싸울 때, 왜구가 배에서 내려 육지에 올라올 때 5회를 들게 하시옵소서. 육지전에서는 지경 밖이면 2회, 가까이 오면 3회, 침략해 들어오면 4회, 맞붙어 싸우면 5회를 들게 하되, 낮에는 연기로 대신하게 하시옵소서. 정신 차려서 바라보고 있지 아니한 봉화지기는 법에 따라 엄하게 벌을 내리셔야 하옵니다."

상왕이 그대로 좇았다.

기해년(1419년, 세종 1년) 6월 초하루, 진해 앞바다 내이포에 도착한 삼군 도절제사 최윤덕은 군사를 엄하게 정비했다. 왜인으로 포구에 온 자는 모두 잡아들여, 포구로부터 멀리 떨어진 곳으로 데리고 가서 도망가지 못하도록 감시했다. 한 곳에 모으면 큰 세력을 이루어 저항할 가능성이 있기 때문에 이들을 세 곳으로 나누어 놓았다. 성질이 억세고 사나우며 흉한 자로서 더 이상 달랠 수 없는 왜인 21명의 목을 뺐다. 목숨을 잃은 왜인 속에 평망고가 있었다. 평망고는 평도전의 아들이다. 조선 땅에 있는 왜인들이 대마도의 왜인들과 뜻을 같이할 조짐이 보인다면 조선에서 그들을 어떻게 처리할지를 보여준 것이다. 상호군의 아들조차 목이 달아나는 것을 본 왜인들은 감히 숨도 크게 쉬지 못하고 죽은 듯 엎드려 있었다. 긴장감을 감당하지 못하는 왜인은 스스로 목숨을 끊었다. 평망고의 죽음을 전해들은 상왕과 임금은 그를 안타깝게 여겼다. 다른 사람도 아닌 평도전의 아들이므로 장수들이 신중하게 처리하는 것이 좋았을 것이다. 평도전에게 적극적으로 전투에 임하도록 명령을 내리고서 그 아들을 죽여 버리면 그 아비의 마음이 어떨지 헤아리지 않았다. 평망고는 마땅히 사로잡아 그 죄를 물어야 옳거늘 어찌 그리 급하게 사람의 목숨을 빼앗는단 말인가.

상왕은 대마도 정벌에 힘을 쏟았고, 임금은 계속되는 가뭄으로 애를 태웠다. 술을 금하는 금주령을 내리고 온갖 곳에 기우제를 지냈다. 궐밖 출입이 자유롭지 못해 쌓였을 원망을 달래 주려고 궁녀들의 출입을 허용하고, 궐내의 지출을 힘껏 줄이게 했다. 세쌍둥이 딸을 낳은 평안도의 백성에게는 쌀을 내렸다.

6월 9일, 마침내 비가 내렸다.

오랜 가뭄 끝에 오는 단비라 임금은 비가 내리지 않아 중지했던 경연을 다시 시작하고, 때맞춰 상왕은 대마도를 토벌하기 위해 군사를 일으킨 명분을 나라 안팎에 알렸다.

『대마도는 본래 우리나라 땅이다.』

상왕은 다른 나라를 침략하는 것이 아님을 분명히 밝혔다.

『다만 바다가 사이에 있어 오고 가는 것이 쉽지 않고, 또 좁고 땅이 메말라 백성들이 살기에 적당하지 않아서 왜놈이 사는 것을 모른 척 하고 있었노라.』

침략은커녕 조선의 땅임에도 불구하고 왜구가 들어와 살도록 은혜를 베풀지 않았는가.

『그럼에도 불구하고 저들은 굶주릴 때마다 우리나라 해안 지방에 침략해 들어와 도적질하고, 백성들을 죽이고 잡아갔으며, 그 집에 불을 질러 삶의 터전을 없애 버렸노라. 이도 용서할 수 없는 노릇이거늘 병선을 불사르며 우리의 군사를 해치는 것이 남해안뿐 아니라 평안도까지 이르러 우리 백성들을 소란하게 하고, 장차 명나라 국경까지 범하고자 하니, 그 은혜를 잊고 의리를 배반하며, 하늘의 떳떳한 도리를 어지럽게 함이 실로 심하지 아니한가.』

저들이 은혜를 모르고 오히려 조선의 백성을 괴롭히니 도저히 용서할 수가 없는 것이다.

『내가 사람의 생명을 중히 여겨, 한 사람이라도 살 곳을 잃어버리는 것을 오히려 하늘과 땅에 죄를 얻은 것같이 두려워하거든, 하물며 이제 왜구가 악독한 행동을 제멋대로 하여 하늘이 내리는 벌도 두려워하지 않고 있으니 이를 토벌하지 못한다면 어찌 나라에 사람이 있다 하랴. 이제 한창 바쁜 농사철임에도 출병하여 그 죄를 다스리고자 하는 것은 마지못한 일이니 이러한 나의 뜻을 신하들과 백성들에게 널리 알리노라.』

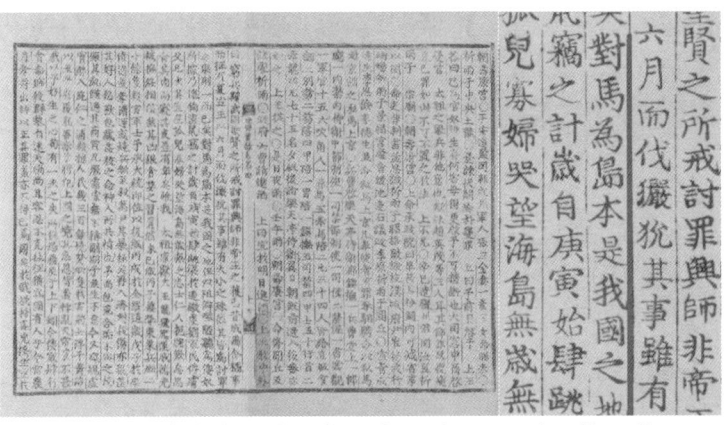

'대마도는 우리땅, <세종실록(세종1년, 1419년 6월 9일)>

　상왕의 교지는 나라 안의 신민(臣民)들에게 알리는 것으로 그치지 않았다. 이를 나라 안팎으로 널리 알리는 것은 구주(九州: 큐슈)를 겨냥한 것이기도 했다. 이번 토벌은 오직 침략을 일삼는 도적의 무리를 응징하고자 하는 것이지 구주와는 전혀 관계가 없는 일이니 혹여 구주에서 대마도에 원병을 보내어 낭패를 당하는 일이 없도록 하라는 뜻이었다. 구주를 침략할 뜻이 결코 없음을 보여 주어 구주를 안심시킬 목적이었다.

　무엇보다 중요한 것은 명나라에 조선의 뜻을 알리는 것이었다. 군사를 일으키는 목적은 오직 대마도 토벌에 있었다. 결코 주변의 다른 세력과 힘을 합쳐 명나라에 대항할 뜻이 전혀 없음을 선포한 것이다. 명나라 국경까지 침범하는 왜구들을 토벌하기 위해 명나라 조정이 조선으로 하여금 출병을 명하게 할 것이라는 조짐이 나타나고 있었다. 명나라와 힘을 합할 경우 전쟁터가 조선에 가까우므로 명나라 군사의 식량까지 조선에 짐 지울 것은 너무도 분명한 일이었다. 명나라에 앞서 대마도를 공격하는 것이 왜구로부터 나라를 지킴은 물론 주변국들과 관계에서 유리한 입장을 취할 수 있다는 상왕의 방책이었다.

6월 12일에 거제도를 향해 출발한 삼군 도체찰사 이종무의 군대는 출항할 좋은 날을 놓치고 17일에야 대마도를 향해 진격해 갔다. 도체찰사 이종무가 아홉 절제사를 거느리고 거제도를 떠나니 병선 수효가 경기도 10척, 충청도 32척, 전라도 50척, 경상도 126척으로 모두 합해 227척이고, 한양으로부터 출정 나간 모든 장수 이하 관군 및 따르는 사람이 669명에 지방군을 합하면 17,285명이었다. 그러나 65일의 양식을 싸 가지고 거제도를 떠난 이종무 일행은 거센 바람이 뱃길을 막아 거제도 진영으로 되돌아왔다. 행군이 늦어져서 상왕의 문책을 받은 이종무의 군대는 20일 다시 대마도를 향해 출발했다.

다음 날 오시(午時: 오전 11시~오후 1시)에 10여 척의 배가 먼저 대마도에 바싹 다가갔다. 대마도민은 조선의 병선임을 알아채지 못했다. 승리를 하고 돌아오는 자기네 군사들로 잘못 안 대마도민이 술과 고기로 환영할 준비를 하고 기다렸다. 그런데 대마도 군사가 아닌 조선의 수많은 병선이 두지포(豆知浦: 오자끼)에 정박하니, 모두 넋을 잃고 도망가기에 바빴다. 다만 50여 인이 저항하는 것을 화포로 억누르니, 왜인들이 양식과 재산을 버리고 흩어져 험하고 막힌 곳에 숨어서 맞서 싸우려 들지 않았다. 이전에 귀순해 길잡이로 나선 왜인 지문(池文)을 도도웅와(대마도 도주)에게 보내어 조선군의 뜻을 알려 항복할 기회를 주었으나 아무런 반응이 없었다.

이에 조선군이 상륙해 크고 작은 왜인의 병선 129척을 빼앗아,

그 중에서 사용할 만한 것으로 20척을 고르고 나머지는 모두 불살라 버렸다. 또 1,939호의 집을 불 질렀으며, 왜인 114명을 죽이고 21명을 사로잡았다. 밭에 있는 벼 곡식을 베어버렸고, 포로가 된 명나라 남자와 여자 131명을 구했다. 포로로 잡혀 있던 명나라 사람에게서 얻은 정보에 의하면, 달아난 왜인들은 굶주림이 심한데다가 갑자기 달아나느라 넉넉하게 챙겨간 사람이라 해 봐야 겨우 한 두 말의 곡식밖에 지니지 못했다는 것이다. 도체찰사 이종무의 장수들은 머리를 맞대고 의논을 했다. 오랫동안 포위하고 있으면 적들은 반드시 굶어 죽을 것이므로, 적이 왕래하는 중요한 곳을 막아 외부 세력으로부터 고립시킨 후, 오래 머무를 뜻이 있는 것처럼 보이게 했다. 조치를 끝낸 후 승리 소식을 상왕에게 전해 올렸다.

바다 건너 대마도에서는 왜구와 전투를 벌이고, 조정에서는 예조판서 허조가 새로운 법을 세우도록 간절히 건의하고 있었다.

"전하, 전날에도 이미 아뢴 바 있사온데 그 고을 관리가 범죄한 사실을 백성들이 함부로 고하지 못하게 하여, 풍속을 두텁게 하는 법을 마련하시옵소서."

"경이 법을 마련하고자 하는 뜻을 과인이 모르는 바 아니나, 법을 세우면 함부로 고칠 수가 없고 쉽게 고쳐서는 안 되기 때문에 처음 세울 때에 몹시 신중해야 하오."

"물론 전하의 뜻을 헤아리지 못하는 바는 아니옵니다. 무릇 선비는 무지한 백성들의 고소가 두려워서가 아니라 스스로 책임과 도리를 다하기 위해서 인격을 닦아야 하옵는데, 어찌 선비들 스스로가 본성을 힘써 갈고 닦도록 하지 않으시고 백성들이 선비들을 감시하게 하려 하시옵니까?"

허조의 목소리에는 당당함이 실려 있었다. 신하들의 의견이 분분했다. 대체로 허조의 의견을 지지하는 편이었으나 뜻이 모두 같지는 않았다. 허조는 학문을 닦는 선비의 도리를 내세워 선비의 본분을 망각해서는 안 된다는 것을 한층 더 강하게 주장했지만, 찬성하는 목소리의 대부분은 감히 백성들이 사대부의 일을 옳다 그르다 가리도록 하는 일은 결코 있을 수 없다는 입장이었다. 악의에 찬 백성의 고소가 신념을 가진 수령을 몰아낼 수도 있다는 걱정스러움도 이어졌다. 우대언 이수 혼자 아뢰었다.

"전하, 그런 법을 만드는 것은 부당하옵니다. 만일 부락민이 탐관오리(貪官汚吏: 백성의 재물을 탐내어 빼앗는, 행실이 깨끗하지 못한 관리)의 잘못을 고하는 말문을 막아버리면, 관리들의 방자한 행동이 어려움을 모르고 꺼리지 않아 그 피해가 고스란히 백성에게 미칠 것은 너무도 분명하옵니다."

임금이 선뜻 법을 세우지 못하는 것도 바로 이수가 말한 그 부분이 근심스러워서였다. 허조가 품고 있는 관원의 모습이 가장 이상적이긴 하나 모든 관원들이 허조는 아니었다. 부당하게 고소당하는 관원이 생길 것이고, 아무런 방책도 없이 탐관오리의 횡포에 시달리는 백성의 삶 또한 짐작하기 어려운 것이 아니었다. 쉽사리 결론을 지을 일이 아니었다.

대마도에서 승전보가 이르렀다. 3품 이상의 신하들이 온통 수강궁에 나아가 상왕에게 하례(賀禮: 축하하여 예를 차림)했다.

승리의 소식이 전해진 이틀 후는 노상왕의 탄일이었다. 조정이 온통 승리의 분위기에 젖어 있어 잔치는 한결 홍을 더했다. 상왕이 노상왕을 청해 경복궁으로 행차했다. 경회루에는 수박(手搏: 태껸)을 잘하는 군인 50여 명이 기다리고 있었다. 이윽고 겨루기가 시작되자 갑사(甲士) 최중기의 솜씨가 단연 돋보였다. 겨루기가 끝났을 때 여섯 사람을 이긴 최중기에게 베 3필을 상으로 주고, 네 사람을 이긴 한유에게도 베 2필을 하사했다. 수박 겨루기가 끝나자 잔치가 시작되었다. 종친과 신하들이 노상왕에게 오래 살기를 기원하는 술을 올렸다. 신하들은 연구(聯句)를 지었다. 구를 이어 가면서 시를 짓기 때문에 여러 사람 앞에서 평소에 닦은 실력을 내보일 수가 있었다. 홍이 무르익자 신하들이 번갈아 춤을 추었다. 두 상왕도 일어나 춤을 추면서 날이 저물도록 기쁨을 즐겼다.

임금은 각 고을 수령에게 농사를 장려하도록 했다. 그렇다고 임금의 영(令)만 떨어지면 농사가 잘 되는 것은 아니었다. 어차피 굶어죽지 않으려면 당연히 지어야 할 농사였다. 백성들에게 절실히 필요한 것은 임금의 영(令)이 아니라 농사짓는 구체적인 방법이었다.
우선 쉽게 할 수 있는 것부터 찾았다. 제일 먼저 논밭의 잡초 없애기부터 강조했다. 백성들은 잡초를 없애는 일에 소홀해지기 쉬웠다. 소홀한 정도는 경기도 농민들이 가장 심했다. 마땅히 경기도에 잡초 뽑기를 강조했다.

대마도에서 멀리 떨어진 조정은 승리의 맛을 톡톡히 즐기고 있었다. 이번 기회를 통해서 대마도를 완전히 항복시키는 것 이상으로 좋은 방책이 어디 있으랴. 힘이 난 병조에서는 왜구를 뿌리 뽑을 방책을 세웠다.

"장차 명나라에서 대마도로 돌아가는 왜구는 반드시 땔나무와 먹을 물 때문에 우리 조선을 거쳐야 할 것이옵니다. 경상, 충청, 전라 세 도의 해안 각처에 조군 절제사를 세워 돌아오는 왜적을 물리치게 하시옵소서."

상왕이 이를 좇아 도절제사로 있던 권만과 동지총제 이천을 모두 경상도 조전(助戰) 절제사로, 동지총제 박초를 전라도 조전 절제사로, 그리고 공조 판서 이지실을 충청도 조전 절제사로 삼아 전쟁을 도우도록 해 군사를 일으킨 목적을 달성하도록 분부했다. 이미 대마도 토벌은 승리했으므로 다음 작전을 준비하고 있는 것이다. 명나라에서 돌아오는 왜구까지 물리치면 해안가의 백성들은 태평성대를 누릴 수 있을 것이다.

삼도 도통사 유정현의 종사관이 대마도에서 돌아와 승전보를 전했을 때 상왕은 도체찰사 이종무에게 교지 두 통을 내렸다.

▶예로부터 군사를 일으켜 도적을 치는 뜻이, 죄를 묻는 데 있고 많이 죽이는 데 있는 것은 아니니라. 오직 경은 나의 지극한 생각을 받들어 항복하는 자는 모두 나에게 오게 하라. 또한 왜놈의 마음이 간사함을 헤아릴 수가 없으니, 이긴 뒤라도 방비를 허술하게 하여 혹 일을 그르치지 않도록 각별히 명심하라. 군량이 풍족하긴 하나 7월에는 으레 폭풍이 많으니 경은 그 점을 잘 생각하여 오래도록 해상에 머물지 말라.◀

첫 번째 교지였다.

두 번째 교지에 이르기를,

▶봄에 나게 하고 가을에 죽이는 것은 하늘의 도이다. 왕은 하늘

의 도를 몸 받아 만민을 사랑하여 기르는지라, 그 도적과 간사한 무리이면서 하늘의 바른 도를 어기고 인류를 어지럽게 하는 자를 토벌한 것은 마지못하여 하는 일이지마는, 삼가며 불쌍히 여기는 뜻도 언제나 떠나지 않도다. 대마도는 토지가 척박하여 심고 거두는 데 적당하지 않아서 생계가 실로 어려우니, 내 심히 민망히 여기는 바이다. 혹 그 땅의 사람들이 전부 와서 항복한다면, 살 곳과 입고 먹을 것을 요구하는 대로 들어줄 것이니, 경은 나의 지극한 뜻을 도도웅와와 세력이 크고 작은 그 밖의 왜인들에게 깨우쳐 알리도록 하라."

그러나 상왕의 교지는 대마도의 조선 군대에게 의미가 없게 되었다.

삼군 도체찰사 이종무는 일주일 가까이 날마다 육지에 내려 마을을 수색하게 했다. 왜군은 조선군에게 별다른 저항을 하지 못했다. 이종무는 중군을 비롯한 좌우군 모두가 육지에 내릴 계획을 세웠다. 한꺼번에 나아가 왜군이 숨은 곳을 샅샅이 뒤지면 한 명도 남김없이 무찔러 없앨 수 있을 것이다. 그러나 이내 작전 명령을 거두었다. 왜군의 저항하는 모양으로 보아 삼군이 모두 내리는 것은 힘을 낭비하는 것이라는 판단이 섰기 때문이다. 조선 군사가 처음 대마도에 도착했을 때 대마도민들이 자신들의 군대로 착각했었다. 명나라를 침범하러 갔던 왜군이 돌아올 것에 대비할 필요도 있었다.

"어느 군에서 육지에 내려 왜군을 남김없이 무찔러 보겠소?"

이종무가 장수들을 두루 살폈으나 아무도 나서는 자가 없었다. 하는 수 없이 집주(執籌: 산가지 잡기, 제비뽑기)를 하기로 했다. 전쟁터에서 적을 앞에 둔 장수들의 제비뽑기라니. 왜구는 변변한 식량조차 없이 저항하고 있고 그 수도 많지 않으리라는 생각에 조선 장수들이 별로 긴장하지 않았던 것이다.

제비뽑기의 결과로 좌군 절제사 박실이 군사를 거느리고 배에서 내렸다. 왜군이 별다른 저항을 하지 않아도 박실은 의심하지 않았다. 보잘 것 없는 왜군이니 저항을 하지 않는 것이 당연했다. 왜군이 숨어 있을지도 모른다는 한 치 의심도 하지 않았던 것이다. 숨어 있던 왜군이 경계를 소홀히 한 조선군에게 맹렬한 기세로 공격을 퍼부었다. 순식간에 장수 4명이 전사했다. 박실은 군사를 수습하여 황급히 후퇴를 했다. 위기에 처한 박실이 두 번이나 구원을 청하였으나 이종무는 구원군을 파견하지 않았다.

박실의 군사들이 기를 쓰고 배를 향해 오를 때에도 왜군의 추격은 멈추지 않았다. 우군 절제사 이순몽과 병마사 김효성이 달려가 힘껏 싸운 덕분에 마침내 왜군이 물러났다. 싸움이 끝날 때까지 이종무가 이끄는 중군은 배에서 내리지 않았다. 뿐만 아니라 좌군 도절제사 유습과 좌군의 또 한 명의 절제사인 박초조차 좌군인 박실을 외면했다.

장수가 4명이나 전사하였으니 군사들의 사상자 수야 더 말할 나위가 없었다. 지형을 잘 아는데다가 목숨을 걸고 싸우는 왜군이었다. 대마도의 남은 왜군은 적은 수로 대규모의 군대를 상대하는 치밀한 작전을 세웠다. 조선군을 대마도 깊숙이 유인하는 데 성공을 하자 남은 일은 목숨을 거는 것이었다. 항복을 하지 않는 한 굶어 죽거나 싸우다 죽는 수밖에 없었던 것이다. 별다른 저항이야 있겠느냐는 생각으로 작전도 없이 무작정 싸움에 임한 조선군은 단단히 허를 찔린 것이다.

도도웅와가 화친을 요청해 왔다.

『7월 사이에는 항상 풍파의 변이 있으니, 오래 머무르지 않는 것이 좋을 듯합니다.』

뱃길이 두려워 거제도를 떠날 때에도 두어 번 머뭇거린 적이 있는 조선 수군이었다. 태풍을 조심하라는 상왕의 교지도 있었다. 이종무는 망설임 없이 철군을 명령했다. 거제도에 도착한 것은 7월 3일이었다.

이종무가 거제도에 무사히 돌아왔음을 상왕에게 보고했다.

"전하, 이제 왜구가 명나라에 들어가 도적질하고 본도로 돌아가는 것이 곧 이 때이므로, 마땅히 이종무 등으로 다시 대마도에 나가 적이 섬에 돌아오기를 기다렸다가 맞서서 치게 되면, 적을 남김없이 없앨 좋은 기회가 될 것이옵니다. 기회를 잃지 마시옵소서."

좌의정 박은이 아뢰자 상왕도 역시 좋은 생각이라 여겼다.

상왕이 대마도를 평정하는 동안 임금은 정사를 보고 경연에 나아가 다시 「대학연의」 읽기를 마쳤다. 4개월 만이다. 임금은 왕자 시절 읽고 싶어도 가까이조차 할 수 없었던 것에 한이 맺힌 것처럼 「대학연의」 읽기에 열중했다. 임금은 상왕전에 문안을 하며 대마도가 평정되는 과정을 꼼꼼히 살펴 새겼다.

"우의정 신 이원, 아뢰옵니다. 대마도를 치러 갔던 수군이 돌아와 해안에 머문 지 얼마 되지 않았사옵니다. 대마도에 다시 가서 왜구를 치라는 방책이 좋은 것이긴 하나, 우리 군사들의 날카로운 기운이 이미 쇠하고 선박의 장비가 파손되었사옵니다. 더구나 기후가 점점 바람이 높은 때이옵니다. 예측하기 어려운 바다 날씨인지라 혹 생각하지 못한 변이 있으면, 뉘우쳐도 따를 수 없을 것이옵니다. 바람이 평온해지기를 기다리면서 군사를 정돈하여 다시 쳐도 늦지 않을 것이옵니다. 신의 뜻을 깊이 헤아려 주시옵소서."

　신중한 의견이었다. 상왕은 좌의정 박은에게 의논을 했다. 박은은 이번 기회에 다시 대마도를 치는 것이야말로 그 어떤 방책보다 우선해야 한다고 고집을 세웠다. 상왕은 우선 대마도 도도웅와에게 알아듣도록 글로써 타이른 후에 듣지 않으면 다시 군사를 동원하는 것이 옳지 않겠느냐며 박은을 달래보았다. 박은은 주장을 굽히지 않았다. 상왕은 박은의 태도에 마음이 흔들렸다. 확신에 찬 신하의 충성스러운 말이었다. 상왕이 결심을 굳힌 데는 삼도 도통사 유정현의 보고가 한 몫을 했다.

　"대마도에서 전사한 자가 180명이옵니다."

　엄청난 인원이었다.

　천추사(千秋使: 중국 황족의 생일을 축하하기 위해 보내던 사신) 통사로 북경에 다녀온 김청의 보고도 또 한 몫을 했다.

　"사로잡힌 왜적이 110여 명이요, 목 베인 것이 7백여 급이며, 왜선 10여 척을 빼앗아 북경에 보내는 것을 돌아오는 길에 신이 직접 보고 왔사옵니다."

　왜구가 명나라에 가서 크게 패했다면 굳이 폭풍이 잦은 때에 험한 뱃길로 대마도로 갈 것이 아니라 패해 도망하는 왜구들을 기다렸다가 추격해 잡는 것이 훨씬 이로울 것이었다. 왜구가 명나라에 패하게 된 것은 침략이 있을 것이라고 미리 명나라에 알린 조선의 정보에 힘입은 바가 컸다. 상왕은 급히 삼도 도통사 유정현에게 교지를 내렸다. 삼군 도체찰사 이종무 이하 여러 장수와 군관은 다 같이 한양으로 오게 하고, 여러 도의 병선은 각각 원래 있던 곳으로 돌아가 다시 방어를 엄하게 할 것이며, 유정현과 도절제사 최윤덕은 출발을 서둘러 돌아오도록 한 것이다. 이미 각 도마다 조전 절제사가 임명되어 있던 터였다.

상왕이 낙천정에 거둥했다가 돌아왔다. 수강궁에 문안차 들어온 임금에게 상왕은 벼농사가 잘 되었으니 백성들의 살림살이가 힘들까 너무 걱정하지 말라고 임금을 위로했다.

"주상, 마음이 놓이지 않으면 나와 같이 농사를 둘러보러 갑시다. 낙천정에 가서 복잡한 머리를 식히는 것도 좋겠지요."

상왕은 양녕 대군도 잊지 않았다. 명나라의 돼지와 기러기, 오리, 매 등을 양녕 대군에게 보내주었다.

대마도 전투 상황을 알고 있는 명나라 사람들을 요동으로 돌려보내는 일 때문에 조정의 의견이 나누어졌다. 박실이 패군할 때의 상황을 상세히 아는 까닭이었다. 조선의 약점을 보이는 것은 절대로 안 된다는 좌의정 박은은 매우 강경했다. 우의정 이원을 비롯한 변계량, 허조는 마땅히 돌려보내어 예를 다해야 한다는 입장이었다. 전쟁터에서 180명의 전사자를 낸 것이 작은 일은 아니나 굳이 숨겨야 할 만큼 약점도 아니라는 생각에 상왕은 박은의 강경한 생각을 받아들이지 않았다.

충청도 관찰사 정진이 장계(狀啓: 보고서)를 올렸다. 충청도 각 고을의 소금을 굽는 이들이 대마도 정벌에 나가 소금을 굽지 못하였으니, 소금의 공납을 반으로 줄여달라는 내용이었다.

"어찌 꼭 반만 감하자 하오. 금년 것은 전액을 감하여도 좋을 것이 아니겠소?"

듣고 있던 참찬 변계량이 목소리에 근심을 실었다.

"전액을 감하면, 국가의 수요에 모자랄 것이니, 마땅히 그 반액을 거두어 들여야 할 것이옵니다."

"대사헌 신(臣) 신상, 아뢰옵니다. 경상, 전라 양도와 충청도 아랫녘에서 구운 소금은 본래 나라에서 쓰는 것이 아니옵고, 경기, 황해도와 충청도 윗녘에서 구운 소금만이 사용되었사옵니다. 또 소금의 공납은 사람의 수에 따라서 거두어 들였던 것이옵니다."

그러면 정벌에 출정하였던 사람들이 바칠 소금만을 면제시키는 것이 옳을 것이다.

대마도 정벌에 나섰던 장수들이 돌아오자 상왕은 임금과 더불어 선양정에서 잔치를 벌여 그들을 위로했다. 여러 장수들이 차례로 잔을 올리고 번갈아 춤을 추는데 유정현이 임금에게 아뢰었다.

"원하옵건대 전하께서는 날마다 창업의 어려움과 수성(守成)의 쉽지 않음을 생각해야 하실 것이옵니다."

"경의 말이 매우 옳으니, 주상은 새겨들어 두시오"

대마도 정벌을 통해 깨달은 바를 유정현이 임금에게 아뢰자, 상왕이 유정현의 말을 강조했다. 창업은 태조와 상왕이 이룩했으니 조상들이 이루어 놓은 일을 이어서 지키는 것, 즉 수성은 바로 임금의 몫이라는 것이다. 임금은 심호흡을 했다. 창업에서 수성으로 넘어가는 중요한 시기에 임금이 된 것이다. 조선이 몇 십 년으로 끝날지 오래오래 계속 이어질지가 바로 자신의 손에 달려 있었다. 임금은 주변을 살폈다. 수성의 막중한 책임을 함께 짊어질 인재가 절실히 필요했다.

상왕은 상왕의 신하들에게 대마도 토벌의 공을 치하하며 상을 내렸다. 이 날 좌군 도절제사 유습은 병을 앓고 있어 나오지 못하고, 좌군 절제사 박실과 중군 절제사 황상은 아직 돌아오지 못했기 때문에 참석하지 않았다.

　임금이 굶주린 백성들을 구호하는 데에 힘쓰지 않은 지방관들에게 엄중히 그 책임을 물었다. 화주 목사 허규와 철원 도호부사 홍연안 등 8명이 굵고 큰 막대기로 치는 형장 1백 대에 처해졌다. 수십 명의 지방관들이 가볍게는 작은 몽둥이로 치는 태형에 처해지거나 무겁게는 벼슬에서 쫓겨나는 등의 벌을 받았다.

　이런 가운데 대마도 토벌에서 패군한 박실의 죄를 다스려야 한다는 상소가 조정을 시끄럽게 했다. 전투에 참가한 장수들과 군사들에게 상을 내린 것이 엊그제였는데 다시 장수에게 패전의 책임을 물어야 한다는 상소가 시작된 것이다. 박실의 패전한 죄를 물으려면 도통사 유정현이 즉시 박실을 구속하고 벌을 줄 것을 청하지 않은 죄도 물어야 할 것이다. 상을 주었다가 이내 그것을 뒤집고 옥에 가둔다면 백성들에게 부끄러운 일이 아닌가. 상왕은 난처했다. 상왕은 승리한 전쟁으로 기억되게 하고 싶었다. 자신의 영예를 위해서가 아니고 백성들에게 자부심과 자신감을 심어 주기 위해서였다. 이미 정벌에 참여한 장졸들에게 상이 내려졌기 때문에 패배에 대한 책임을 묻지 않으면 된다. 패배를 묻지 않을 명분도 마련했다. 승리가 패배보다 더 크지 않은가. 박실은 공신의 자식이니 죄를 면하게 할 것이다. 상왕의 명으로 대마도 토벌에 관한 상벌 논의는 끝이 났다.

　이즈음 조선의 조정에서는 대마도 정벌의 상벌보다 더 중한 것이 있었다. 명나라 사신 태감(太監) 황엄이 태평관에 머물고 있는 것이다. 황엄의 탐욕은 끝이 없었다. 헤아릴 수 없이 많은 하사품에도 만족하지 않았다. 임금은 그의 마음을 맞춰 주려고 그가 달라는 물건을 다 보내 주라고 명했다.

임금은 그 소용돌이 속에서도 고려사를 읽어 보았다. 지난 해 춘추관에 명해 고려사가 사실에 맞지 않는 부분을 고쳐 지으라 한 것을 예문관 대제학 유관과 의정부 참찬 변계량 등에게 다시 독촉을 했다.

조선이 대마도를 공격한 보복으로 대마도에서 조선을 침략하려 한다는 흉흉한 소문이 나돌았다. 대마도를 치기 위해 다시 출정하는 것은 무리였다. 방비를 튼튼히 하고 있을 때 대마도에 조선의 사신으로 간 일행이 돌아와 도도웅와의 항복 문서를 가져왔다. 임금은 그 항복 문서에 믿음이 가지 않았다. 지금 몹시 궁핍해 항복하고자 하나 속마음은 거짓일 가능성이 높았다. 만약에 대마도 전체가 통틀어서 항복해 온다면 그건 어느 정도 믿을 만하지만 그것 역시 직접 그들이 오지 않는다면 믿을 수 없는 일이었다.

"전하, 비록 온 섬이 통틀어서 항복해 온다 하더라도, 그것을 처치하는 것 역시 쉬운 일이 아니옵니다."

우의정 이원이었다.

"대마도민이라 해 보아야 수만 명에 지나지 않는데, 그 정도를 처치하는 것이 무엇이 어렵겠소."

"궁박한 정도가 심해서 겉으로만 우호적으로 나올 뿐이라 여겨지옵니다. 온 섬이 통틀어서 투항해 오는 일은 결코 없을 것이옵니다."

"나 역시 그렇게 생각하오."

임금이 이원의 말에 쉽사리 동의를 했다. 대마도의 여러 세력이 뜻을 모아 항복하는 일이 어려운 만큼 대마도민 모두에게 식량을 지원하는 것도 결코 쉬운 일이 아니었다.

"예조 판서 신(臣) 허조, 아뢰옵니다. 처음에는 일본의 사신이 적었는데, 최근에 와서는 칼 한 자루 바치는 자까지도 사신이라 칭하고 가지고 온 물건을 팔고 사려 들고, 식량을 요구하옵니다."

큰 나라를 섬기는 사대(事大)와 이웃 나라와 친하게 지내는 교린(交隣)이 조선의 대외 정책이었다. 큰 나라인 명나라에 때를 맞추어 조선의 특산물로 예물을 바쳤다. 그러나 이 조공(朝貢)은 일방적으로 바치기만 하는 것이 아니라 항상 책이나 비단, 약재 등으로 답례를 받았다. 즉 공무역인 셈이다. 명나라 주변의 작은 나라들은 조공뿐 아니라 왕이나 세자 책봉도 명나라의 허락을 받았다. 작은 나라들끼리는 다툼을 벌이지 말고 적절한 예와 의를 차리는 것이 서로 간에 도움이 되었다. 조선으로 특산물을 가져오는 나라에서는 주로 식량을 원했다. 불교를 숭상하는 일본국의 사신들은 대장경을 가져갈 욕심으로 조선을 드나들었다.

대마도에서는 일본국의 막부와는 관계없이 조선에 특산물을 바쳤다. 대마도에서 건너오는 왜인들이 너도나도 사신입네 하는 숫자가 많아지자 조정에서 통제할 필요를 느꼈다.

"지금 만약 그들의 왕래를 허락하신다면, 마땅히 도성 밖에다 왜관을 지어 그곳에만 머물게 해야 할 것이며, 도도웅와나 종준의 문서를 가지고 온 자들만 예로써 접대하여 주시옵소서."

심각한 표정으로 하는 허조의 건의였다.

"허 판서의 말이 지극히 옳소. 만약에 왕래를 허락한다면 경의 말처럼 엄격하게 하는 것이 좋겠소."

대마도 토벌이 막을 내리고 있었다. 박실이 패전할 때 아예 배에서 내리지 않은 군사도 있다는 둥, 공을 세운 것이 제대로 보고가 되지 않았다는 둥, 상벌을 내림에 있어 불공평하다는 우군 절제사 이순몽의 상소도 받아들여졌다. 대마도 토벌에 참여한 사람 중 200명에게 상으로 벼슬자리가 주어졌다. 이순몽은 좌군 총제에 임명되었다.

대마도 정벌이 끝나기를 기다렸던 것처럼 10월을 앞두고 노상왕이 훙(薨)했다. 63세였다. 왕위에 3년 동안 있었고, 왕위에서 물러나 20년을 지내다가 승하한 것이다. 임금이 소복을 하고 인덕궁으로 나아가 곡을 하고 환궁했다. 장례 절차를 맡아볼 관리를 임명함에 있어 상왕은 몸이 불편한 탓에 참석하지 않았다. 그러나 제사를 주관해 맡는 주상(主喪)은 상왕이 되고, 조정은 10일 동안, 저자(시장)는 5일 동안 각각 정지시켰다. 산릉(山陵)에 모시기 전까지는 음악도 멈추고 도살과 혼인을 금지했다. 하루를 한 달로 계산해 상복을 입는 역월지제(易月之制)에 따라 임금은 13일 만에 상복을 벗고 길복을 입었다. 상복은 벗었지만 의정부와 6조에서 간청해도 평상시의 수랏상을 허락하지 않았다. 임금이 오랫동안 생선이나 고기붙이를 사용하지 않는 소선을 하자 몹시 수척해졌다.

"주상의 안색이 수척한 것이 나를 상심케 합니다. 고기반찬을 허락하지 않는다면, 그것 역시 불흡니다."

상왕이 걱정을 하자 할 수 없이 임금이 육선(肉膳: 고기반찬)을 들었다.

형조에서 사형수의 일로 임금을 알현했다. 사형수에 관해서는 반드시 왕에게 아뢰게 되어 있었다. 설사 노비라도 예외 없이 왕이 결단을 내리지 않으면 죄가 확정되지 않았다.

"금년에 사형수를 판결한 것이 30여 인이나 되오. 법은 모름지기 죄수를 죽이는 것이 잘 하는 일이 되어서는 아니 되오. 죄수를 살리는 방도가 되게 하는 것이 옳으니, 형벌을 요구하는 법을 잘 살펴보아 지나침이 없도록 하오."

임금은 억울한 백성이 있을까 걱정했다. 흉년이 들어 굶주린 백성들이 있을까 근심했다. 왜구들의 침략으로 백성들은 시달렸고, 전쟁터에 끌려가 싸우느라 고달팠다. 임금이 문을 열고 밖을 내다보자 나무에 서리가 얼어붙어 있었다. 벌써 추위가 매서웠다. 헐벗은 백성들은 겨울이 누구보다 더 추울 것이었다.

대마도 토벌로 분주했던 한 해가 막을 내리고 있었다. 대마도 토벌을 하고 돌아왔을 때 10월쯤 군사를 정돈해 재토벌에 나선다는 논의가 있었다. 막상 10월이 되자 전라도나 경상도의 백성들은 출정하는 것이 두려워 떠돌아다니는 자가 무척 많아졌다. 그러나 대마도는 말처럼 그렇게 토벌이 쉬운 곳이 아니었다. 바다가 가로놓여 있는 것이다. 다행스럽게도 도도웅와가 항복을 했다. 병선을 만들고 군사를 훈련하는 바람에 다시 토벌한다는 소문이 왜구의 귀에도 들어갔을 터이니 거짓으로라도 토벌하는 것이 좋지 않겠는가. 왜구가 흔들린다면 그것도 얻는 것이다. 상왕이 물었을 때 영의정 유정현은 지극히 맞는 말이라 감탄했다. 좌의정 박은이나 우의정 이원의 생각은 달랐다.

"신 등의 생각으로는 마땅히 각 도에 공식 문서를 보내야 할 것으로 생각되옵니다. 지금 왜인이 정성을 다해 항복해 왔으므로, 잠시 재차 토벌하는 일을 정지하지만, 만약 앞서와 같이 나쁜 짓을 한다면, 반드시 다시 토벌해야 할 것이니, 준비하고 기다리라 명하셔야 하옵니다."

"경들의 말이 옳소."

상왕은 흔쾌히 박은과 이원의 의견을 받아들였다.

대마도 토벌이 그렇게 상왕의 손으로 완전히 마무리 지을 즈음에 지난해 강상인의 일이 있을 때 감옥에서 죽은 병조 판서 박습의 일이 불거졌다. 전 수군 첨절제사(수군 책임자) 김양준이 박습의 죽음을 애통해 했던 사실이 알려진 것이다. 김양준은 의금부에 하옥되고 대간과 형조에서 국문을 받게 되었다. 김양준의 죄명은 왕을 거스른 모반죄로 다스려졌다. 김양준은 곤장 100대에 재산을 모두 빼앗긴 후 유배형이 더해졌다. 사간원에서 벌이 너무 가볍다고 죄목을 다시 들추었으나 임금은 잠깐 동안 미루어 두라는 말로 직접 결정하는 일을 피하고는 이내 의논거리를 바꾸었다.

"일찍이 집현전 설치에 관한 의논이 있었는데, 어찌하여 다시 아뢰지 않소?"

문신을 선발해 집현전에 모으는 것만으로는 문풍이 일으켜지지 않을 것 같았다. 기해년(1419년, 세종 1년) 2월에 그리 하라 했으니 열 달이 넘어가고 있었다. 임금에게는 집현전의 움직임이 느껴지지 않았다. 이대로 가다가는 상왕 때의 일이 되풀이될 지도 몰랐다. 문신들이 모여 경서와 사기를 읽게 하는 것으로 끝나면 성균관과 무엇이 다르다는 말인가. 성균관 유생들이야 과거에 응시한다는 목표라도 있지만 이미 과거에 급제한 문신들은 무엇을 위해 경서와 사기를 읽겠는가. 오로지 학문을 이룰 목적이라면 처음부터 관리의 길에 들어서지 말아야 할 일이다.

"유학을 공부하는 선비 10여 인을 뽑아 날마다 모여서 강론하게 하오."

임금은 다짐하고 있었다. 모여서 강론을 하면 그 결과가 있을 것이니 집현전 관원을 직접 불러 그것을 확인하리라는 것을. 임금이 귀를 기울인다면 그건 틀림없이 선비들이 보다 더 학문에 열중할 수 있는 보람과 격려가 되리라는 것을.

김양준의 벌이 죄에 비해 너무 가볍다는 상서가 이어지고 의금부 제조 유정현이 간곡히 청하자 상왕이 김양준을 결국 보성의 관노로 만들었다.

김양준만이 아니었다. 귀순한 여진인 장월하는 사냥이나 강무로 임금의 거둥이 잦다고 불평을 한 때문에 벌을 받게 되었다. 능지처사에 처하려 하였으나 특별히 용서해 형장 100대에 처해진데다가 아내와 자식은 제주의 관노비가 되었다. 대마도 정벌 때도 체찰사의 임무를 바르게 수행하지 못했다 하여 벌을 주자는 상소가 있었던 이종무는 아는 사람의 부탁으로 그 아들에게 벼슬자리를 열어준 일 때문에 다시 대간의 입에 오르내리다가 결국 유배형에 처해졌다. 그러나 대간들은 벌이 너무 가볍다고 아우성을 쳤다. 임금은 상왕이 결정한 일을 거스르는 일은 결코 하지 않았다. 임금은 신하의 주청(奏請: 임금에게 아뢰어 청하던 일)에 '아뢰어 보겠소'나 '윤허를 얻지 못하였소'로 일관했다.

대사헌 김자지(金自知)를 비롯한 대간들이 줄기차게 김양준과 이종무의 죄를 청하였으나 허락을 얻지 못하자 모두 벼슬에서 물러나게 해 줄 것을 청했다. 강경한 자세였다. 김양준과 이종무는 나 랏일에 관련된 것이니 마땅히 중벌을 받아야 하는 것이다. 상왕은 움직이지 않았다. 파직 상소도 허락하지 않은 대간들을 그 자리에 그대로 머무르게 했다. 대간들은 상왕의 명에 머리를 조아리면서도 간언을 윤허할 때까지 상소는 이어질 것이라고 상왕의 마음을 불편하게 하고야 물러갔다.

한 해가 저물고 다시 새해가 밝았다.

사헌부에서 군사에 관한 일을 잘못 처리한 관리들의 죄를 다스리기를 청하자 왜 임금에게 먼저 아뢰지 않았느냐고 상왕이 엄히 물었다. 군사에 관한 일이면 임금이 서른 살이 될 때까지 직접 처리하겠노라고 밝혔던 상왕이었다. 장수를 부르는 패를 임금에게 가지고 갔다가 마침내 죽음에 이른 강상인이 있었다. 사헌부에서 상왕에게 군사에 관한 일을 상소했는데 그 일을 막지 않았다고 병조를 문책하기에 이르자 신하들은 혼란스럽기까지 했다. 임금에게 아뢰어도 어차피 상왕에게 아뢰어 보겠다는 답을 들을 수 있을 뿐이었다. 아니면 잠시 임금에게 들렀다가 상왕전으로 다시 가지고 가야 할 일이었던 것이다.

임금은 묵묵히 정사를 보았다. 과거를 보기 위해 휴가를 청하는 이조의 청에 따라 7명의 관리들에게 휴가를 주었다. 무릇 과거를 보려는 관리들에게 휴가를 주는 것은 이전부터 있었던 일이었다. 나라에서 사용하는 모든 물건은 저화로 사고팔게 하고 마지못한 경우에만 베와 쌀을 사용하도록 했다. 처음 발행할 때 쌀 두 말의 가치를 지녔던 저화가 이즈음에는 쌀 석 되에 통용되고 있었다. 저화 한 장으로 스무 되의 쌀을 살 수 있었던 때를 생각하면 형편없이 그 가치가 떨어진 것이다. 대책을 세워야 했다.

하연과 한확을 북경에 사신으로 보낼 때 황제에게 금이나 은을 바치는 것을 면제해 줄 것을 요청하게 했다. 금이나 은 대신에 무엇을 바친다고 해야 할지 걱정하는 신하들에게 황제가 사신에게 묻는 일은 없을 터이니 염려하지 말라고 일러두었다. 금은을 대신할 마땅한 특산물을 생각해 두는 것도 좋을 것이다. 금은 대신에 황제가 요구하는 것이 있을지도 몰랐다. 우선 급한 것은 금은을 면제받을 수 있느냐 하는 것이었다.

변계량에게는 잔치 때 사용하는 향악의 가사가 좋지 못하니 장수를 빌고 경계할 만한 말로 가사를 짓게 했다. 변계량이 「자전지곡(紫殿之曲)」 3장을 지어 올렸다. 자전은 궁궐을 뜻한다. 결국은 임금을 칭송하는 노래이다. 장수무병을 비는 것으로 1장을, 모름지기 어진 왕의 행적을 본받아 백성을 어린 자식처럼 보호해 그들을 안락하게 하라며 경계하는 노래로 또 1장의 가사를 지었다.

▸신하를 예도로 부리시면
  임금을 충성으로 섬기옵나니◂

나머지 1장은 임금과 신하의 의리를 노래했다. 다시 고쳐 지으라는 명이 없었으니 이제부터 잔치 때마다 불릴 것이다.

고려사를 바르게 고치는 일이 얼마나 진척되고 있는지도 확인했다. 고려사에 가뭄이나 홍수, 지진이나 태풍 등 천재지변에 관한 일이 전혀 기록되지 않았다는 보고를 받았다.

"이제 모두 찾아 다시 기록하고자 하옵니다."
"모든 선과 악을 다 기록하는 것은 뒤의 사람으로 하여금 경계하도록 하는 것인데, 어찌 천재지변이라 하여 이를 기록하지 아니 하겠소"

임금은 고려사를 바르게 고치는 일에 매달려 있는 예문관 대제학 유관을 격려했다. 춘추관의 유관과 변계량이 고쳐 지은 고려사가 완성되었다고 임금에게 올리자, 임금의 독서 목록에 고쳐 엮은 고려사가 첨가되었다.

경자년(1420년, 세종 2년) 3월 16일, 집현전 관사를 궁중에 지었다. 집현전에 쉽게 드나들 수 있도록 편전과 연결해 회랑을 설치했다. 임금이 자주 드나드는 곳은 원래 회랑으로 연결되었다. 임금이 드나들기 쉽게 하기 위한 이유도 있었지만 임금을 위험으로부터 보호하기 위해 임금이 어디에 머물고 있는지 외부 사람이 쉬이 알 수 없게 하려는 이유가 더 컸다.

집현전에 관원을 임명했다. 박은, 이원으로 정1품 영전사(領殿事)에, 유관, 변계량을 정2품 대제학(大提學)에, 탁신, 이수를 종2품 제학(提學)에, 신장, 김자를 종3품 직제학(直提學)에, 어변갑, 김상직을 종4품 응교(應敎)에, 설순, 유상지를 정5품 교리(校理)에, 유효통, 안지를 정6품 수찬(修撰)에, 김돈, 최만리를 정7품 박사(博士)에 임명했다. 문신 가운데서 재주와 행실이 뛰어나고, 나이가 젊은 사람을 택해, 오로지 경전과 역사의 강론(講論: 해설과 토론)을 일삼고 임금이 의견을 물을 때[고문(顧問)]를 대비하게 했다. 집현전의 관리들이 강론과 고문에만 마음을 다할 수 있도록 노비도 두었다.

이조에서 서운관과 사간원의 관리를 줄이자고 했으나 서운관은 줄이되 사간원은 그대로 두게 했다.

호조에서는 저화를 통용시킬 방안을 건의했다.

"저화를 잘 통용시키려면, 조건을 분명하게 알려서 거행하게 하고, 꼼꼼하게 따져 살펴야 할 것이옵니다. 모든 물가는 저자를 관리하는 경시서(京市署)에서 호조에 보고하는 값에 따라 정해지게 하시옵소서."

"물가를 호조에서 관리하면 저화도 제 가치를 지닐 수 있다는 말이오?"

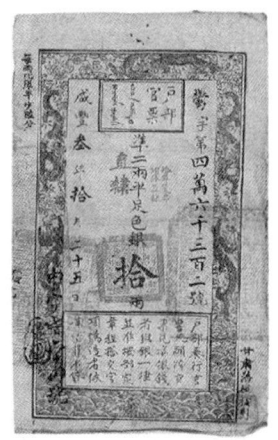

<저화>

"호조에서 알리는 값으로 물건을 사고팔게 하되, 민간에 저화가 많이 퍼지면 돈 값이 떨어지고, 귀해지면 오르게 되오니, 그 많이 퍼지고 적게 나도는 것에 따라서, 그때그때 요량하여 저화를 걷어들이기도 하고 내어놓기도 하게 하시옵소서."

저자에 나도는 저화의 양을 조절하는 방법을 건의하고 있었다. 정책이 아무리 좋은 뜻으로 이루어져도 받아들이는 백성이 고개를 저으면 좋은 정책으로 남기가 어렵다. 저화에 관한 정책은 무리가 없음 직한데도 왜 백성이 외면하는지 모를 일이었다. 임금은 지신사 김익정에게 일렀다. 저화(楮貨)를 사용하지 아니하고 다른 잡화를 가지고 매매하는 자를 잡아서 보고하면, 그를 상주기로 한 법을 이미 제정하였는데, 이 법이 잘 실시되고 있는지 그 여부(與否)를 형조에 물어서 보고하게 했다.

중앙과 지방에서 서적을 사들이도록 명령을 내리고, 서적을 바치는 자에게는 그 희망에 따라, 혹은 베와 비단을 주고, 혹은 관직을 주어서 포상하게 했다. 임금의 관심이 닿아야 하는 나랏일은 줄지어 있었다.

북경에 간 사신이 돌아왔다. 사신이 돌아오는데도 뭔가 기대할 수 없다는 것은 허탈했다. 황제에게 올리는 상주문(上奏文: 임금에게 아뢰는 글)에 날짜를 쓰지 않았던 것이다. 사신 일행이 떠나고도 한참 뒤에야 비로소 그 사실을 알게 되어 손을 쓸 수가 없었다. 상주문은 곧 임금이었다. 예를 갖추지 못하는 것은 오랑캐나 할 짓이었다. 게다가 조공(朝貢)을 금은 대신 다른 물품으로 하고자 하는 중대한 외교 문제가 걸려 있는 때였다. 황제의 노여움도 예상했다. 조공 예물에 관해서는 말도 끄집어내지 못하고 돌아왔다. 외교 문서 작성에 관련된 관원들이 줄줄이 의금부에 갇혔다. 외교 문서를 맡는 승문원(사대교린에 관한 문서 책임 관서)의 제조(예조판서 겸직) 허조와 교리(서적 조사 관리) 나유수는 물론 집현전 직제학 신장, 첨지승문원사 김청, 인녕부 판관 최흥효, 저작랑(문서 초안 담당) 박간과 민인에게도 그 책임을 물었다. 대간들의 상소가 빗발쳤다. 승문원의 관원인 허조와 나유수에게조차 벌이 너무 가벼웠노라는 것이다. 그것도 사람을 쓰면 믿고 맡겨야 한다는 허조가 저지른 중대한 실수인 것을.

"과인이 즉위한 이후에 관원이 죄를 지었을 때 모두 벌금형에 처하고 장형을 실시한 적이 없었소. 법률상 해당되는 조항이 없어서 특별히 그들에게 장형을 실시케 한 것이오. 다시 더 보태어 죄를 줄 생각이 없소."

임금은 잘라 말한 후 대간들의 상소에 도무지 응답하지 않았다.

황제의 사신 소감(少監) 해수(海壽)가 칙서를 받들고 왔다. 황제는 말 1만 필을 요구했다. 마땅히 값을 치를 것이라 했다. 판사재감사(判司宰監事: 궁중에 사용하는 용품 관리 우두머리) 조현이 300필을 이끌고 가는 것을 시작으로 열여덟 차례에 걸쳐 한 번에 적게는 500필, 많게는 700필씩 요동으로 이끌고 갔다.

임금이 정사를 보느라 분주할 때 상왕은 사헌부를 호되게 나무라고 있었다. 가뭄이 심하니 상왕이 거둥을 멈추어야 한다고 사헌부에서 임금에게 상서한 것이다. 가뭄? 어찌 가뭄뿐이랴. 나라에 일이 있으면 근심과 걱정은 자리에 비례해서 생기는 법이다. 한 사람의 백성이, 하급 관리가, 당상관이, 그리고 왕이 하는 걱정의 정도를 어찌 갑절이라는 말로 나타낼 수 있으랴. 그런 것을 가뭄 끝에 단비가 내려서 거둥을 결정했건만 감히 왕의 거둥을 하급 관리가 상관에게 신고하는 것처럼 말한다는 것은 신하가 왕을 공경하는 예의에 어긋나는 일이었다. 날짜를 적지 않은 상주문의 경우처럼 예의 문제였다. 이건 멀리 있는 황제에 관한 것이 아니었다. 불경(不敬)이요 불충(不忠)이었다. 사헌부의 상소는 상왕의 거둥에 따르는 신하들을 아첨밖에 모르는 쓸모없는 간신배로 몰아친 결과가 되어 버렸다.

사헌부에서는 상왕의 노여움에 등골이 서늘했다. 노여움은 거기서 그치지 않았다.

회양 부사 이양수가 그 직임에 합당하지 못하다고 사헌부에서 파직(罷職)을 청했으나 임금이 허락하지 않았다. 허락하지 않았음에도 사헌부에서 공문을 보내어 이양수가 공무를 집행하지 못하게 했다. 벼슬을 주고 녹봉(祿俸)을 내리는 것은 왕의 권한이었다. 왕이 사람 쓰는 것이 비록 부당하더라도 세 번 간했다가 듣지 아니하면 물러가는 것이 신하의 도리다. 사헌부는 왕의 아래에서 간언을 하는 것이 아니라 감히 왕의 위에서 명령하고 있었다.

국문하라.

사헌부의 관련 신하들이 모두 관직을 빼앗기고 상주, 영천 등 멀리로 귀양을 가는 것으로 일단 끝이 났다. 사람을 쓰는 것이야말로 나라를 다스림에 가장 중요한 일이다. 왕이 신하의 휘둘림을 받을 일이 결코 아니었다. 상왕은 뒷날의 근심을 일찌감치 막았다. 외교문서에 날짜를 쓰지 않은 것은 매우 큰일이긴 하지만 실수였다. 임금의 명을 받들지 않고 사헌부 마음대로 공문을 보내어 관리를 관직에 나가지 못하게 막은 것은 왕에게 정면으로 맞서는 일이었다. 상왕은 관리들이 업무 수행 중에 저지르는 실수와 불충을 확연히 구분했다. 아무리 사소하더라도 불충을 저지를 때엔 신하들에게 어떤 자세를 취하는지를 임금에게 보여주고자 했다. 공신의 자손까지도 용서하지 않았던 것이다.

그러나 상왕은 불같이 노여워하며 불충을 다스렸으나 한 달 후에 모두를 용서했다. 이유는 간단했다. 상왕이 풀어주지 않으면 임금이 가볍게 용서할 수 없을 것이기 때문이었다. 임금에게는 인재가 필요했다. 그러나 바꾸어 말하면 상왕이 용서하지 않는 일은 비록 상왕이 이 세상에 없다 하더라도 용서하지 말라는 뜻도 되었다.

이즈음 대비가 학질을 앓기 시작했다. 임금은 양녕(태종의 맏아들)과 효령(태종의 둘째아들) 두 대군과 함께 대비를 모시고 한밤중에 길을 나섰다. 병을 피해 거처를 옮기는 것이다. 피병이다. 임금을 시위(侍衛: 임금을 모시어 호위함)하는 사람도 꼭 필요한 몇 명으로 제한했다. 임금의 이동을 모르도록 하기 위해서였다. 시위군은 평상시처럼 임금이 거처하는 곳에서 임무를 수행했다. 대비의 회복을 위해 임금이 친히 불공을 드리고, 무당을 시켜 제사를 지내게 했다. 대비의 병이 위중해지자 두 대군을 물리고 임금 홀로 대비를 모시고 간호했다. 거처하는 곳을 끊임없이 옮겼다. 신하의 집도, 누추한 백성의 집도, 심지어는 풀밭도 시냇가도 마다하지 않았다. 임금의 행방을 모를 정도였다. 임금의 갖은 정성도 보람이 없이 대비의 증세는 계속 나빠졌다.

경자년(1420년, 세종 2년) 7월 10일, 대비가 훙(薨)했다. 56세였다.

상복으로 옷을 갈아입은 임금이 머리를 풀고 맨발로 나섰다. 통곡했다. 상왕이 거적자리에 나아가 임금에게 미음을 전했다. 이 때 음식을 폐한 지 며칠이 지난 터라, 상왕이 눈물을 흘리며 임금이 음식을 먹도록 타일렀다.

노상왕이 훙서했을 때 역월지제를 행해 13일간 상복을 입었던 것처럼 신하들이 역월지제를 아뢰었다. 임금은 완강했다. 대비의 산릉을 끝낸 후에 상복을 벗겠노라는 것이다. 상왕이 권해도 뜻을 꺾지 않았다. 언제나 상왕의 뜻이라면 순종하던 임금이었으나 이번만은 그 뜻을 굽히지 않았다. 대비가 병석에 눕고부터 50여일이나 간호를 하던 임금이었는데 대비가 훙서하자 먹지도 마시지도 않고 있었다. 신하들이 슬픔을 억제하라고 눈물로 호소했다. 상왕의 염려를 내세웠다. 죽은 어머니를 슬퍼하는 일로 살아있는 아버지를 아프게 하지 말아야 하지 않는가.

"과인이 어찌 생각지 아니하겠소. 어제 부왕께서 미음을 권하셔서 두어 순갈 들었으니, 경들은 근심하지 마오."

임금이 여차(廬次: 상주가 임시로 거처하기 위한 초가)를 짓게 했다. 평상(平床)을 치우고 거적자리 위에 엎드려 밤낮으로 통곡했다. 때가 매우 덥고 습기가 많아, 임금의 건강이 염려스러웠던 궁인들이 가만히 두꺼운 기름종이를 거적자리 밑에 넣어 두었다. 엎드린 임금이 모를 리 없었다. 거적자리만 걷어 내는 것이 아니었다. 비바람이 몰아쳐 작고 좁은 여차에 물이 들어와도 임금은 물속에 그대로 엎드려 있었다.

"어찌 지존(至尊)하옵신 몸으로 물 위에서 온 밤을 지내려 하시옵니까."

"……."

"하늘에 계신 대비마마의 영혼이 어찌 슬퍼하시지 않으시겠사옵니까."

"……."

"상왕 전하께서 들으시면 몹시 놀라고 염려하셔서 이미 허락하신 산릉할 때까지 상복을 입으시는 것조차 못하게 하실 것이옵니다."

대언들이 울며 부르짖기를 거듭해도 물속에 엎드려 울음을 그치지 않던 임금이 상왕의 염려라는 호소를 듣자 비로소 움직여서 광연루(廣延樓: 창덕궁의 동남쪽에 위치한 누각) 아래로 자리를 옮겼다. 날이 밝자 임금은 이내 여차로 되돌아갔다. 먹지도 마시지도 않고 밤낮으로 통곡하는 임금에게 상왕이 굳이 권해 겨우 죽을 먹은 것은 대비가 훙서하고 열흘이 지날 무렵이었다.

허조가 아뢰었다.

"상왕 전하께서 말씀하시기를, 13일 내에는 군사에 관한 일은 상왕 전하의 뜻을 받들어 병조가 시행을 하라 하셨는데, 13일이 이미 지났으므로 감히 전하의 재결을 청하옵니다."

"큰일은 정사를 보게 되는 날을 기다리고, 작은 일은 여러 부서에서 의논해 행하도록 하오."

임금은 상복을 입고 거친 음식을 먹으며 죽은 대비를 그리워하였고, 흰옷으로 갈아입고 살아있는 상왕에게 문안을 했다. 대비의 능침(陵寢) 곁에 절을 지어 빈 골짜기가 쓸쓸하지 않도록 하려 했으나 상왕이 허락하지 않았다. 임금의 뜻대로 상복을 입는 기간을 정한 것처럼 절을 짓는 일 또한 여느 때 없이 완강했다. 상왕은 절을 지을지 말지에 관해 의정부와 예조에 문의해 정하되, 만일 절을 지어야 한다고 하면 절을 짓는 비용은 저축해 둔 게 있어 나라를 번거롭게 하지 않으리라 했다. 불씨(佛氏)의 거짓을 모르는 바가 아니나 이렇게라도 하지 않으면 임금 자신이 차마 견디지 못해 그러노라고 호소했다. 임금의 간절한 마음을 읽은 예조 판서 허조가 임금의 뜻을 따랐고 다른 대신들도 뜻을 같이했으나 영의정 유정현 홀로 절을 지어 명복을 비는 것은 신하들의 아첨하려는 마음에서 비롯되었다고 반대했다. 상왕은 부드러웠다. 임금의 마음은 헤아리지만 뒷날의 마땅한 법을 세우는 것이 간절한 뜻이노라 알렸다. 절은 지을 수가 없었다.

임금은 대비를 생각했다.

임금은 어머니를 그리워했다.

아버지가 왕위에 오르기 전엔 아버지의 아내요, 동지요, 후원자였던 어머니였다. 왕비로서의 어머니는 편할 날이 없었다. 그 자리에서 후궁들에게 둘러싸인 남편을 보아야 했고, 친정붙이들의 죽음을 견뎌야 했다. 늦게 얻은 더할 수 없이 사랑스러운 막내아들의 죽음 때문에 통곡을 했고, 믿음직스러운 맏아들이 세자 자리에서 쫓겨나는 바람에 가슴에 지울 수 없는 멍이 들었다. 그런 어머니였기에 아버지 뜻을 거슬러 오래 어머니를 애도하고자 했고, 그런 어머니였기에 굳이 능침 곁이 쓸쓸할 것 같아 절을 세우고 싶어 했다. 여차에서 쉬이 물러날 수가 없었다. 신하들의 청이 거듭되자 여차에서 정사를 보았다.

예조에서 대비의 시호를 원경 왕태후(元敬王太后)로, 능호(陵號)는 헌(獻)이라 올렸다.

마지못해 나랏일을 보고 있는 임금에게 예조 판서 허조가 전날 대마도 정벌로 승리에 젖어 있을 때 건의했던 일을 다시 들고 나왔다. 임금이 지나치게 슬픔에 젖어 있어 건강을 해칠까 염려스럽기도 하거니와 한 나라의 군왕은 슬퍼할 시간도 아껴 백성의 평안한 삶을 보살펴야 함을 은근히 깨우치고 있었다.

허조의 눈으로 세상을 보고 있었다. 아랫사람이 윗사람의 작은 허물이나 틈이라도 보았다 하면 이를 좋은 기회로 삼아 그럴듯하게 만들어 윗사람을 업신여기는 마음을 가지고 함부로 대하는 일이란 있을 수 없는 일이라 여겼다. 당연히 윗사람은 윗사람다운 일을 우선으로 해야 한다는 생각을 밑바탕에 깔고 있었다. 윗사람답지 못할 때에는 나라에서 그를 용서하지 않을 것임을 믿어 의심치 않았다. 임금도 허조가 염려하는 바를 모르지 않았다. 그러나 임금은 쉽사리 결단을 내릴 수가 없었다. 신하들에게 의논에 의논을 거듭하게 했다.

"사헌부 장령(掌令: 정4품) 신 허성, 아뢰옵니다. 만약 이대로 두어서 금하지 아니한다면, 이 풍조의 폐단은 임금이라도 신하를 둘 수 없게 되고, 아비라도 자식을 거느릴 수 없는 지경에 이를 것이옵니다. 부디 헤아려 주시옵소서."

"그렇게 하면 수령이 더욱 꺼림이 없게 되어, 백성이 견디지 못할 것입니다."

여러 신하들이 반대를 했다.

"수령의 하는 짓은 많은 사람의 이목(耳目)에 드러나 있으니, 비록 하급 관리들로 하여금 말하지 못하게 하더라도 어찌 드러나지 않겠사옵니까."

허조는 이번에야말로 기어코 자신의 뜻을 이루고자 단단히 마음을 먹었다. 허조는 눈물을 흘리며 상왕에게 아뢰었다.

"신은 늙었사오니 만약 윤허를 얻게 된다면, 신이 죽더라도 눈을 감을 수 있사옵니다."

윤허를 얻지 못하면 원통해 눈도 감을 수 없을 것이라 아뢰고 있었다. 상왕이 충성스러운 말에 감동해 허조의 말대로 법을 세웠다.

때맞춰 사헌부에서 병조 참의(參議: 정3품) 윤회의 불경(不敬)을 탄핵했다. 종묘에 나가 고하는 관원으로서 술에 취해 있었던 것이다. 술을 좋아하는 윤회를 잘 아는 임금은 취중에 저지른 일이라고 못을 박았다. 윤회를 불러 임금이 내리는 술 이외에는 절대로 마시지 말라고 엄중히 이르는 것도 잊지 않았다. 임금을 모시는 대전 시녀가 공비의 옷을 찢는 불경은 죽음으로 다스리도록 상왕의 엄한 명령이 있었다.

 술을 좋아하는 윤회의 실수와 옷을 찢은 시녀의 불경은 함께 다스려질 수 없는 일임을 명심하라.

 상왕은 다시 한 번 임금을 일깨우고 있었다.

 임금은 상왕의 명에 따라 상복은 벗었으나 고기반찬을 들기 시작한 것은 5개월만인 12월에 들어서서였다.

 임금이 나랏일에서 한 걸음 물러서지 못하게 하는 데에는 코끼리도 한 몫을 했다.

 코끼리가 말썽이었다. 신묘년(1411년, 태종 11년)에 일본 국왕이 선물로 보낸 것이었다. 코끼리는 도무지 나라에 유익한 것이라고는 없이, 먹이는 쌀과 콩이 다른 짐승보다 열 곱절이나 되었다. 하루에 쌀 2말, 콩 1말가량이라, 1년에 소비되는 쌀이 48섬이며, 콩이 24섬이나 되었다. 게다가 화가 나면 사람을 해치니, 코끼리를 기르는 노복이 채여서 죽는 일도 일어났다. 제발이지 여러 지방에서 돌아가며 기르도록 해 달라는 청이 들어온 것이다. 일본 국왕이 상왕에게 보내온 선물이라 절대로 죽게 해서는 안 되는 일이었다. 그러나 코끼리를 먹이는 비용으로 얼마나 많은 백성을 돌볼 수 있을 것인가.

 주자소(鑄字所)에는 술 120병을 내려 주어 그 동안의 수고로움을 칭찬했다. 그 전까지는 인쇄를 할 때 반드시 벌집을 끓여서 얻은 밀랍(蜜蠟)을 판 밑에 펴고서 그 위에 글자를 맞추어 꽂았다. 밀랍의 성질이 본디 부드럽고 약해서 식자(植字)한 것이 굳지 못하여, 겨우 두어 장만 박으면 글자가 옮겨 쏠리고 많이 비뚤어졌다. 벌집을 얼마든지 구할 수 있는 것도 아니고, 먹물의 진하고 옅은 정도와 많고 적음을 고르게 하는 것도 몹시 어려운 일이라 인쇄 속도는 속도랄 것도 없었다.

이때에 임금이 공조 참판 이천과 전 소윤(少尹) 남급에게 새로운 방법을 찾아내도록 했다. 이천은 온갖 지혜를 사용했지만 더 나은 방법을 찾기가 어려웠다. 임금이 친히 지휘하니 이천이 게으름을 피울 수도 없었다. 마침내 이천은 구리로 일정한 크기의 활자를 만들어 줄을 세우고, 행과 행 사이에 종이나 나무를 끼워 넣어 활자를 움직이지 않도록 했다. 획기적인 조판 기술을 개발하는 데에 성공했다. 경자자의 판틀은 조립식인 것이다. 경자자는 계미자(1403년, 태종 3년)에 비해 활자의 크기가 작아서 활자를 만들 때에 구리가 상당히 절약되었고, 한 판에 들어가는 글자 수가 많아지기 때문에 인쇄할 종이도 아낄 수 있었다. 조판과 인쇄가 훨씬 능률적으로 이루어져 하루에 두어 장 찍어냈던 것을 수십 장에서 백 장 정도를 찍어 낼 수 있었다. 인쇄 속도가 눈부시게 빨라졌다.

임금은 그들의 일하는 수고를 생각해 자주 술과 고기를 내려 주었다. 지난 해 11월 겨울부터 만들어서 이름을 지은 것이 경자자(1420년, 세종 2년)이다. 인쇄 속도가 빨라져 책을 만드는 일이 한층 쉬워졌다.

임금은 의원(醫員)이 공부에 힘쓰지 않는 것을 염려해, 전 직장(直長: 종7품) 이효지 등 두어 사람에게 명해 처음으로 궁중에서 의학서를 읽게 했다. 이제 곧 원하기만 하면 관리들에게 보다 쉽게 서책을 나누어 줄 수 있으리라. 적어도 책을 구할 수 없어 독서를 게을리 할 수는 없게 될 것이다.

상왕은 철원으로 강무(왕이 몸소 나와 지켜보는 군사훈련을 위한 사냥대회)를 할 때 임금과 동행하기로 했다. 상중(喪中)인데 어떻게 상왕을 모실 수 있겠느냐고 임금이 애석해 하니, 상왕은 그런 안타까움을 한 마디로 해결했다.

아버지를 위하는 일이 아닌가.

상왕은 굳이 임금이 대궐을 벗어나도록 만들었다. 승하한 원경왕후의 상주가 되어 지나치게 슬퍼하는 임금이었다. 거친 잠자리와 식사로 건강이 염려스러운데다 나랏일을 보기 시작하자 밤잠을 설치는 임금이었던 것이다. 상왕은 아버지로서 아들이 걱정스러웠고 믿음직스러웠다. 한 나라의 왕으로도 만족스러웠다. 군사와 관계되는 일과 중요한 일은 임금이 서른 살이 될 때까지 직접 처결하겠다고 밝힌 바 있던 상왕이 이미 군사에 관한 일도 선을 분명히 긋지 않았다.

"상왕이 무시로 놀러 다니니, 고려조의 우왕이 호곶에 가서 놀며 즐겨하던 일과 다를 것이 무엇인가."

한족(漢族)으로 개국공신의 아들인 임군례가 터뜨린 불만이 상왕의 귀에 들어갔다. 이미 지난해에 상왕의 거둥이 잦다고 간언하다가 사헌부 관원이 쫓겨나거나 유배를 간 일이 있었는데 또 임군례가 같은 일을 되풀이하고 있었다. 임군례의 죄목은 헤아릴 수 없이 많았다. 인간성이 야비하고 욕심이 많다는 죄목은 가벼운 시작이었다. 결국 관아의 재물을 축낸 죄로 인해 상호군에서 행대호군으로 직위가 강등되었다. 아무리 죄가 많더라도 절대로 범하지 말아야 할 죄 한 가지만 아니면 죽음은 피할 수 있었다. 불충.

임군례가 강등된 것에 몹시 분을 품었다. 고작 참소를 믿고 자신을 강등시켰다고 상왕을 비난하고 다녔다. 아프다는 핑계로 왕위를 물려주고는 놀러만 다닌다고 떠들어댔다. 임군례는 역관이기 때문에 명나라에서 오는 사신들과도 잘 통했다. 명나라에서 사신으로 자주 조선에 오는 태감 황엄도 이런 사실을 알고 있는데 이 말이 황제의 귀에라도 들어가면 임금이 바뀔 것이라는 말을 함부로 내뱉었다.

임군례는 저자거리에서 능지처사 되었다. 임금 위의 임금의 행위를 막을 사람은 아무도 없었다.

임금이 상왕을 태상왕(太上王)으로 받들어 모시고자 했다. 상왕이 사양했다.

"과인이 태상(太上)을 사양하는 것이 세 가지 뜻이 있으니, 첫째는 우리 태조가 태상왕이 되었다는 것이요, 둘째는 인덕전(仁德殿) 노상왕을 태상으로 봉하지 못하였던 것이요, 셋째는 덕이 미치지 못한 것이오."

상왕의 사양과는 상관없이 참찬 허조와 이조 참판 원숙으로 태상왕 봉숭 도감 제조(封崇都監提調)로 삼았다. 태상왕으로 모신 것이 신축년(1421년, 세종 3년) 9월 7일이요, 여덟 살인 원자(元子) 이향을 세자로 책봉한 것이 10월 27일이었다. 원자는 왕세자로 책봉되지 않은 임금의 맏아들이다. 한 사람의 아들이 한 나라를 맡을 자격을 얻는 것이 왕세자 책봉이다. 이 때 원자는 집현전 직제학 신장과 김자에게 소학을 배우고 있었다. 배움에 부지런했다. 임금을 빼닮은 것이다. 스승을 높일 줄 알며, 장난을 좋아하지 않았다. 큰아버지인 양녕 대군을 닮지 않은 것이다. 맏아들이라 하여 다 왕이 될 수는 없는 일이다.

원자 이향이 조복을 차리고 대궐 뜰에서 세자로 책봉받는 의식을 연습하는데, 때마침 큰 바람이 불어서 먼지가 날렸다. 좋지 않은 날씨 때문에 신하들은 실수가 잦았으나, 원자는 행동이 엄중하고 조용해 조금도 차질이 없었다. 신하들이 기뻐하고 경사스럽게 여겨서 눈물을 흘린 자도 있었다. 그들의 머릿속에는 양녕 대군의 폐세자의 일이 스쳤다. 보름이 채 지나기도 전에 여덟 살의 세자가 서연을 열었다.

태상왕(태종)은 임금을 보고 있어도 세자 이향을 보고 있어도 흐뭇함이 온몸을 휘감았다. 태상왕이 꿈꾸어온 조선의 모습이 임금과 세자로, 또 그 후손으로 이어질 것을 믿어 의심치 않았다.

"경은 과인의 주석(柱石)이오."

어느 날 잔치가 파했을 때 태상왕이 굳이 예조 판서 허조를 임금 앞으로 불렀다. 태상왕은 가까이 다가가 허조의 어깨에 손을 얹었다.

"이제 과인이 경을 칭찬하는 것은 무엇을 구(求)하려 하는 것인지 경은 잘 알 것이오."

허조가 감격의 눈물을 흘렸다. 태상왕은 기둥이요 주춧돌이라 일컬음으로써 허조를 얼마나 중하게 써야 할지를 임금에게 알리고 있었다. 허조에게는 아들을 잘 보필해 달라는 부탁을 한 것이기도 했다. 임금은 이미 인재로서 허조를 가슴 깊이 새겨두었다. 게다가 태상왕의 추천까지 받은 신하임에랴. 허조의 눈물에는 태상왕의 믿음이 녹아들어 있었다. 태상왕은 조선을 이어갈 임금에게 믿을 만한 신하로 울타리를 만들어 주고자 했다.

소신이 서면 좀처럼 굽히지 않는 사람이 태상왕의 머릿속에 떠올랐다. 다시 불러서 나랏일을 맡겨봄 직하기 때문에 신하들에게 미리 말을 던져놓은 사람이 있었다. 굳이 죄가 가벼웠노라 두둔했었다. 황희였다. 황희는 임금이 충녕 대군 시절에 폐세자된 양녕 대군 편에 섰던 사람이었다. 그런 신하인 것을 태상왕은 마치 임금을 위해 잠시 숨겨두고 싶은 신하인 것처럼 남원으로 내려 보냈다가 다시 불러들인 것이다. 태상왕은 폐세자를 지지했노라를 따지고 있지 않았다. 오직 충성스러운 신하 한 사람을 임금에게 천거한 것이었다. 황희에게 벼슬아치의 임명장인 직첩(職牒)을 돌려주게 했다. 지사간 허성이 황희에게 직첩을 돌려주는 것이 부당함은 물론, 정직하지도 충성스럽지도 못한 자임에도 겨우 남원에 내쳐진 것도 부당하니 황희를 처벌해야 한다고 상서했다. 임금이 좌우의 신하들에게 물었다.

"황희의 죄는 처음부터 명칭해서 말할 만한 것이 없고 태상왕께서 스스로 결단한 것뿐인데, 경들이 어찌 이를 알고 있소?"

"아뢰옵기 황송하오나 신들은 범죄의 명칭을 알지 못하옵니다."

다른 신하들은 모르고 있었지만 허성은 달랐다. 황희의 일은 대간과 형조에서 상소해 외방에 귀양을 보냈기 때문에 그 장계(狀啓: 보고문)의 초본(草本)이 보관되어 있어서 알게 되었다고 분명하게 말했다.

"신하된 사람이 나라 일에 관해 말할 적엔 진실로 이와 같이 해야 될 것이오. 황희의 죄를 불충이라고는 논할 수 없으며, 또 이미 한양에 돌아왔으니 이를 고칠 수 없소."

임금은 태상왕이 황희를 통해 무엇을 가르치고자 하는지 정확하게 알았다. 나라가 나아가야 할 방향을 바르게 가리킬 수 있는 신하인 것이다. 태상왕이며 태상왕 주변의 많은 신하들이 태상왕의 뜻이 무엇인지를 알려고 눈치를 보고 있을 때 황희는 태상왕이 아니라 조선의 앞날을 생각하며 간언한 신하였음을 임금은 가슴에 새겨 두었다.

임금은 조선이라는 나라를 다스리는 대체(大體: 기본적인 큰 줄거리)보다도 인간의 도리로서 신하를 대하기도 했다. 왕자 시절 스승이었던 이수가 그런 신하였다. 이수는 황해도 관찰사를 지낼 때에 관기를 데리고 유람을 일삼았다. 황해도 관찰사를 그만두고 돌아올 때에도 기생을 끼고 오매 사헌부에서 탄핵했으나 임금은 이수를 용서했다. 임금의 자리에 있어도 이수가 스승이었음을 잊지 않았다. 이수는 벼슬도 하지 않던 사람이 대군들의 스승이 되면서 종6품에, 충녕 대군이 세자가 되면서 정5품에, 두 달 뒤에 세자가 임금이 되자 다시 정3품에 이르렀다. 임금이 된 제자 덕을 톡톡히 보았다. 하루아침에 높은 벼슬에 올라서 관리들뿐 아니라 백성들까지 놀라게 했는데, 재상의 품위를 지키지 못하는 이수를 보고 놀라움은 비웃음으로 바뀌었다.

새해에 들어서서 무엇보다 중요한 일은 도성을 고쳐 쌓는 일이었다. 지난 해 12월 초부터 임금은 태조 때에 쌓은 한양성을 고쳐 쌓기로 결정했다. 우의정 정탁이 도성 수축 도감 도제조로 임명되었다. 병조 참판 이명덕이 주관해 여러 도에서 군인 43만 명을 뽑았다. 대언들이 태조 시절 처음 성을 쌓을 때에도 동원은 20여만 명에 지나지 않았노라 강력하게 주장하는 바람에 10만 명 정도가

<한양성>

줄었다. 경상도가 87,368명으로 가장 많고, 함길도가 5,208명으로 제일 적었다. 태조 때 쌓은 한양성은 이중삼중의 책임자를 두었고, 성벽 바깥 면 돌에 그들의 이름과 출신 지방 따위를 새겨 놓았다. 농사철을 피하다 보면 성곽은 주로 겨울철에 쌓게 되는데 추운 겨울날 50일도 채 되지 않는 동안 쌓은 성곽이라 허술한 부분이 많았다. 태조 때 쌓은 성곽은 자연석을 그대로 이용하거나 다양한 크기의 깬 돌을 이용했다. 이번에는 일정한 크기의 돌을 이용하되 큰 돌을 아래에 쌓아 안정되게 한 후 위로 올라갈수록 작은 돌을 쌓는 방법을 취했다. 추운 날씨인데다 제대로 먹지 못한 군인들이 혹독한 노동에 시달려 많이 죽었다. 군인들의 죽음이 헛되지 않으려면 외적이 침입했을 때 튼튼한 방어벽이 되어 주어야 할 것이다.

공비가 이미 세자를 낳았으나 왕의 자손은 늘리지 않을 수 없다. 태상왕이 임금에게 후궁을 들이기를 재촉했다. 빨리 후궁 두 사람을 골라야지 열여섯 살 이하 여인에게 내려진 혼인을 금지하는 명령을 거둘 수가 있었다. 일을 맡은 변계량이 서둘렀다. 태상왕은 무술년(1418년, 세종 원년)에도 세 사람의 후궁을 들이게 했다. 그것도 장인 심온이 역적으로 몰려 죽음을 눈앞에 두고 있을 때였다.

태상왕은 후궁을 들이는 일로 원경 왕후 민 씨와 갈등을 일으키면서도 20명이 넘는 비빈에게서 38명의 자녀를 두었다. 왕자가 많았으나 폐세자 한 후 누구를 다음 세자로 정할 것이냐 하는 문제가 왕자들 간에 다툼을 불러일으키지는 않았다. 살얼음을 딛는 것처럼 긴장이 팽팽할 때도 원경 왕후에게서 태어난 왕자들이 뛰어난 왕의 재목인 것이 다툼을 막았다는 데에 느긋해 있었는지도 모른다. 그러면서도 경녕군 이비가 임금에게 아무 때나 드나드는 것과 한원군이 집현전에서 글을 배우고 있는 것을 경계했다. 태상왕의 후궁인 효빈 김씨에게서 태어난 경녕군이요, 신빈 신씨에게서 태어난 정정 옹주와 혼인하여 태상왕의 부마가 된 한원군이다. 후궁에게서 태어난 많은 아우 중에서 총애함이 남다른 것은 좋은 일이 아님을 상왕은 임금에게 강조했다. 자손을 넓히려고 애를 쓰는 태상왕은 아랑곳없이 임금은 제도부터 정비했다. 왕의 자손을 제외하고는 '군'이라는 칭호를 쓰지 못하게 했고, 고려조의 것을 그대로 사용하던 궁주라는 칭호도 임금의 딸에게는 공주라는 칭호를 사용하도록 했다. 이조의 건의를 따른 것이다.

변덕스러운 봄 날씨였다. 바람이 세차게 불고 우레와 번개가 쳤다. 큰비와 우박이 쏟아졌다.

임인년(1422년, 세종 4년) 4월 하순께, 큰비가 쏟아지는 것과 앞서거니 뒤서거니 하며 태상왕이 병석에 누웠다. 신하들에게 혹독하게 벌을 주면서까지 사냥을 하러 다니던 태상왕이 병석에서 여러 날을 지내자 임금이 고기반찬을 들지 않았다. 임금은 절이나 명산에 사람을 보내 기도를 했다. 죄인을 석방했다. 양녕 대군 이제를 불러 태상왕의 병을 간호하게 했다. 태상왕의 병은 좀처럼 나아지지를 않았다. 궁중은 근신하여 사람들의 출입과 떠드는 것을 금했다. 뜻하지 아니한 일에 대비하기 위해 대궐의 수비와 도성의 방비도 강화했다.

5월 9일, 지난해 12월에 병으로 좌의정에서 물러난 박은이 53세의 나이로 죽었다. 일찍이 박은은 자신을 알아준 정안군 이방원에게 오직 정안군을 위해 이 세상에 태어났노라는 글을 보냈다. 그때부터 죽을 때까지 태상왕을 향한 일편단심은 한 번도 그 빛이 바래지 않았다. 자신을 알아준 그 한 사람, 이방원을 위해서 살았다. 명나라 사신 황엄이 태상왕의 충신은 오직 박은뿐이라는 말을 할 정도로.

▶아침저녁 반찬을 그가 원하는 대로 하여 주되, 내가 먹는 것이나 다름없게 하라.◀

박은의 병이 깊어지자 태상왕이 자주 약을 보내어 문병을 하고, 계속 음식을 내렸다. 태상왕은 병석에 누워서도 내관을 보내어 박은을 문병하게 했다. 박은이 태상왕의 병이 오래 간다는 말을 듣고 눈물을 흘렸다.

"늙은 신하의 병은 어찌할 수 없거니와, 덕이 있고 슬기로우신 태상왕 전하는 만년을 사셔야 할 터인데, 어찌 이 지경에 이르렀사옵니까."

박은의 죽음을 애도해 사흘 동안 정사를 보지 않고, 관에서 장례를 치렀으며, 시호를 평도(平度)라 하였는데, 법과 풍속을 펴 다스려 나가는 것을 평(平)이라 하고, 마음이 능히 의(義)를 재량할 줄 아는 것을 도(度)라 했다. 박은은 식견이 밝고 통달하며, 의논이 확실했다. 내외의 직을 역임해 업적이 매우 많았는데, 태상왕이 소중히 여겨, 큰일을 의논할 때에는 반드시 그를 참여시켰다.

5월 9일 10시경이었다.

태상왕이 몹시 위독해 신하들이 모두 대궐문 밖에 모여 있었다. 임금이 승정원에 명을 내렸다.

"부왕의 병환이 나으실 것 같지 않으니, 재궁(梓宮)을 준비하게 하오."

관을 준비시킨 것이다.

5월 10일, 태상왕이 연화방 신궁에서 56세로 훙서(薨逝)했다. 병석에 누운 지 한 달이 못되어서였다. 임금의 애통함은 그 무엇에도 비할 수가 없었다. 원경 왕후가 훙서했을 때에는 태상왕이 임금의 상주 노릇을 말릴 수 있었지만 이젠 유일한 지존이었으므로 아무도 임금의 뜻을 막을 수가 없었다. 임금의 지극한 효성이 많은 신하들을 감동시켰다. 천 년 동안 없었던 일을 임금에게서 보게 되었다고 한 사람은 판중추부사로 물러난 조용이었다. 그는 지금 바로 눈을 감아도 한이 없겠노라며 눈물을 흘렸다. 그러나 애통함 속에서도 임금은 왕이었다. 원경 왕후의 상복을 입었을 때는 태상왕이 살아있었지만 지금은 마음 놓고 슬픔에 묻혀 있을 수가 없었다. 상복 차림으로 여차(廬次)에서 나랏일을 보았다.

8월 8일, 태상왕의 묘호를 태종으로 올렸다.

4장

백성의 굶주림, 내 탓이오

1423년, 세종 5년(27세) -
1424년, 세종 6년

▼강원도 내에 굶주리는 백성이 4,024명이옵니다.▼
▼충청도의 49읍에 굶주리는 백성이 5,970명이옵니다.▼
▼경기도의 41읍에 굶주리는 백성이 10,860명이옵니다.▼
▼황해도의 24읍에 굶주리는 백성이 3,575명이옵니다.▼
각 도의 관찰사나 경차관(敬差官: 지방에 파견하는 임시 벼슬)의 보고였다. 영의정 유정현이 의견을 내었다.
"금년에 비록 굶주림이 있다 할지라도, 내년 봄이 더욱 심할 것이니, 지금은 법령을 엄하게 해 수령으로 하여금 구호하게 하고, 내년 봄에 경차관을 보내시옵소서."

"영의정의 말은 내년을 걱정한 것이나, 굶주림이 이 지경에 이르렀는데, 어찌 차마 보고만 있겠소. 과인이 직접 여러 도를 다니며 백성들의 굶주림을 살필 수 없으므로 관원을 보내어 구호하게 한 것이오."

임금은 내년까지 기다릴 수가 없었다. 지금 굶주려 허덕이는 수많은 백성의 목숨이 내년까지 기다려주지 않으면 어찌할 것인가. 백성의 평안보다 우선할 일은 없다.

임금은 저울이 정확하지 않아 불편을 겪는 것을 보고 공조 참판 이천에게 고쳐서 다시 만들게 했다. 이천이 자못 정확한 저울 1,500개를 만들어 내니 임금이 매우 흐뭇하여 관청뿐 아니라 백성들도 자유롭게 사용할 수 있도록 더 많이 만들게 했다. 임금은 지난겨울 도성을 쌓을 때 군인들이 많이 죽는 이유를 이천에게 물었다. 그때 이천은 30여 만의 군인 중에서 5, 6백 명이 죽는 것이 뭐 그리 대단한 일이냐고 했었다. 이천은 지난해 성공한 경자자를 떠올렸다. 임금이 친히 지휘를 하는 바람에 온 정성을 기울였다. 임금의 관심도 그러려니와 무언가에 매달리면 신명이 나서도 열중하지 않을 수가 없기도 했다. 임금의 명을 받은 지신사 김익정과 좌대언 정초도 주자소에 자주 드나들었다. 무엇이건 더 나은 모습에 관한 욕심 덕분에 발전을 꾀하는 일이야 당연한 것이었다. 그러나 임금의 관심은 지나칠 정도였다. 도대체 무엇 때문에 임금이 그토록 많은 관심을 기울이는 것일까. 이제야 의문이 풀렸다. 보다 많은 사람들에게 보다 많은 책을 읽히려는 것이다. 비로소 이천은 자나 깨나 백성을 가슴에 품고 있는 임금에게 깊이 고개가 숙여졌다. 이천은 백성들도 자유롭게 사용할 저울을 만들었다.

바닷길을 살피라는 명을 받고 각 도의 해도 찰방(海道察訪: 종6품)이 항구를 떠났다. 경기도는 윤득민이, 충청도는 신득해가, 그리고 전라도는 김우생이 맡았다. 공문서를 전달하거나 공무로 여행하는 사람을 도와주는 것이 찰방의 임무였다. 그러나 이들은 공문서를 전달하기 위해서가 아니고 고기잡이배를 보호하기 위해 해안 경비를 맡았다. 왜선들은 병선이면 도망가고 고기잡이배면 노략질을 일삼기 때문이다. 고기잡이배를 15척 마련해 하루 5척씩 세 번에 걸쳐 바닷길을 살피도록 했다. 배 한 척에는 30명을 태우고 활이며 화포 등의 무기도 싣게 했다. 그러나 언제 만날지 모르는 풍랑 앞에서는 속수무책이었다. 방법이 없었다. 풍랑을 만나 배가 부서지고 군인도 물에 빠져 죽는 사고가 일어났다. 의정부에서는 이들을 국문해야 한다고 소리를 높였다. 그러나 지신사 김익정은 이들을 두둔했다.

"소신(小臣)의 생각으로는 윤득민과 신득해 등은 갑자기 큰 바람을 만나 배가 파선된 것이니, 그들의 죄가 아닌 듯하옵니다."

"과인도 또한 지신사의 뜻과 같소. 처음 찰방을 보낼 때에 일이 반드시 성공하리라고 기대한 것도 아니고, 큰 바람을 만났음에도 목숨을 건진 것만도 크게 기쁜 일이니, 국문이라는 말조차 필요 없는 일이오."

임금에게는 신하 한 사람 한 사람이 모두 조선을 이끌어갈 인재로 보였다.

배가 부서져버린 이 기회를 이용해 배를 다시 점검해 보았다. 조선의 배는 주로 거룻배 모양의 작고 빠른 비거도선(鼻巨刀船), 속도가 빠른 쾌선(快船), 그리고 맹선(猛船)인데, 맹선은 전투보다 물건을 운반하는 데 더 알맞은 배였다. 비거도선은 고기잡이와 왜적을 쫓는 데에는 편리하지만 병기를 실을 수 없는 단점이 있었다. 비거도선은 병선의 뒤꼬리에 밧줄로 묶어서 끌고 다녔는데, 이 때문에 병선의 속도가 느려지고 파도가 치면 밧줄이 끊어져 배를 잃어버리기도 했다.

마침 예조에서 병선을 점검해야 한다는 말도 있고 하여, 중국, 유구(琉球: 오키나와), 남만(南蠻: 남쪽 오랑캐), 일본 등 여러 나라의 배와 꼼꼼하게 비교해 보았다. 가장 큰 차이점은 다른 나라의 배는 모두 쇠못을 사용했는데, 조선의 배는 나무못을 사용하는 것이다. 또한 그들의 배는 튼튼하고 가볍고 빨라서 비록 여러 달을 떠 있어도 물이 새는 일이 없었을 뿐 아니라, 수명이 길어 2, 30년은 끄떡없이 버텼다. 그에 비해 조선의 배는 속도가 느리고 8, 9년을 채 견디지 못했다. 그들의 배는 만드는 기간이 조선의 배보다 오래 걸렸다. 병조에 명해 배를 만드는 보다 나은 방법을 연구하게 했다.

<경복궁>

가뭄으로 흉년이 들자 백성들이 굶주림에 허덕이게 되고, 평안, 함길 두 도의 변경에 여진족의 침범이 잦아져 임금은 몹시 근심스러웠다. 대마도 토벌로 왜구의 소란은 잠재웠으나 북쪽의 여진족은 여전히 큰 짐으로 남아 있었다. 임금은 두 가지 큰 과제를 안고 경복궁으로 거처를 옮겼다.

북경으로 보낸 사신이 달달족(타르타르족)을 정복하기 위해 말 1만 필을 빌리고자 한다는 황제의 뜻을 임금에게 전했다. 신축년(1421년, 세종 3년)에는 열여덟 차례나 요동에 다녀오게 했지만 이번에는 한 번에 천 필씩 이동해 횟수를 크게 줄였다. 요동에서는 말의 털 빛깔과 나이와 이빨 수를 일일이 기록해 관리했다. 늙거나 병든 말은 요동 도사에게 퇴박을 맞아 그 수만큼 채워 다시 이끌고 갔다. 병조 참의 유연지와 통사 김을현이 포(布)와 견(絹)으로 말 값을 받아왔다.

　좌의정 이원이 아뢰었다.

　"강원, 평안 두 도는 굶주림이 더욱 심하여, 굶어 죽은 사람이 있으니 염려하지 않을 수 없사옵니다."

　"경차관들이 모두 말하기를, 굶기는 하지만 죽음에는 이르지 않을 것이라 하더니 과인을 속였더란 말이오? 마땅히 정직한 사람을 보내어 성의를 다하여 구제하되, 만약에 잘 구호하지 못하여 굶어 죽게 하는 수령이 있으면 엄중히 법으로 징계하겠다는 명을 전하오."

　굶주림이 심하면, 장정들이야 급한 대로 다른 지방으로 옮겨서 먹을 것을 얻게 할 수도 있었다. 늙은이와 어린이는 그마저도 할 수 없으니 곡식을 옮겨서 나누어 주어야 한다. 구호의 손길이 제때에 미치지 못하면 굶주림에 지친 백성들은 자칫 도둑이 되기 쉬웠다. 굶주림에 시달리는 백성들 생각에 임금은 한숨이 저절로 나왔다. 그렇다고 임금이 한숨만 쉬고 있을 수는 없었다. 굶어죽은 백성이 있다는 보고가 있자 곧 해당 지역 수령에게 책임을 물었다. 곽산군 지군사 신홍생이 곤장 100대를 맞았다. 사노비의 아들을 굶어죽게 한 고양현 현감 김자경도 곤장 80대를 맞았다. 수령들이 굶주린 백성을 구호하는 데에 여념이 없도록 다그쳤다.

여진족의 침범을 막을 묘책은 세 의정과 6조의 참판 이상의 신하 모두를 불러 의논했다.
"이는 작은 도적이라, 그 도(道)의 군사만으로도 넉넉히 방어할 것이오니, 중앙에 있는 왕의 친위군을 멀리 보낼 필요까지는 없사옵니다."
여러 신하들의 말이 비슷했다.
"과인의 생각은 다르오. 싸움에서 이기고 지는 것은 지휘관 한 사람의 용맹하고 비겁함에 달려 있소."
임금은 상호군 김효성을 함길도의 전쟁을 돕는 조전 첨절제사(助戰僉節制使)로 삼았다. 대마도 토벌 때 이순몽과 함께 용맹을 떨친 장수다. 임금을 호위하는 내금위(內禁衛) 군사 중에 함길도에 집이 있는 건장하고 날랜 자로 23인을 뽑았다. 이들을 거느리고 경원(慶源)으로 가는 김효성에게 말 한 필과 옷 한 벌, 활과 화살 각 일부(一部)씩 주었다. 23명의 군사들에게도 일일이 약물(藥物)을 내려 주어 격려했다.
"변경이 조용해지면 내년 봄에 돌아오도록 하오."
변경이 조용해지지 않으면? 아직은 신하들에게 내세울만한 대책을 가지고 있지 않았다. 평안도에는 대호군 장합을 보냈다. 장합이 할 일은 경작할 만한 곳을 보아 그 비옥하고 척박한 것을 살피는 일이었다.

나랏일을 처리하느라 임금은 바빴지만 양녕 대군은 한가하기 짝이 없었다. 양녕 대군이 박득중의 집에 좋은 개가 있다는 말을 듣고 몰래 훔쳐가 버렸다. 태종의 상을 치를 때 궁중에 머물던 양녕 대군을 신하들의 빗발치는 상소 때문에 어쩔 수 없이 내보냈던 임금이었다. 임금은 믿어지지 않았다.

"아들로서 아버지의 상중에 어찌 이러한 일을 할 수 있겠느냐."

임금이 내관을 양녕 대군에게 보냈더니 하늘에 맹세코 그런 일이 없다고 했다. 그러면 그렇지, 왕자가 그런 일을 할 리가 없었다. 허튼소리를 퍼뜨린 사람들을 모두 의금부에 가두어 심문하게 했다. 그 중 임도하 한 사람만 양녕 대군을 모함했노라 자백하고 의복을 팔아서 저화로 벌금을 냈다. 이것 또한 그럴 리가 없었다.

임금이 사람을 시켜 자세히 조사를 시켰지만 짐작 가는 바가 있어 비밀로 했다. 대간들이 알면 시끄러워질 것이다. 양녕 대군이 훔친 것이 사실이었다. 하늘에 맹세한 일도 소용이 없었다. 양녕 대군은 세자 시절에 종묘에 가서 다짐한 일도 가볍게 여긴 적이 있었다. 양녕 대군의 행위는 조상도 하늘도 막을 수가 없었다. 임금은 조용히 임도하에게 저화를 돌려주었다. 그러나 일은 오래지 않아 대간들에게 알려졌고, 양녕 대군이 술을 많이 먹여 목숨을 잃게 한 사람이 있어 더욱 어려움에 처해졌다. 양녕 대군의 일을 제 때에 처리하지 못한 관원과 양녕 대군에게 드나드는 자들을 벌하여야 한다는 사헌부의 상서가 빗발쳤다. 하는 수 없이 임금은 담당 관원에게 가벼운 벌을 내려 징계하는 시늉을 하고, 나머지 사람들은 죄가 있느니 없느니 입에 올리지 못하게 했다.

친형이지 않은가. 임금을 해하려 한 적은 없지 않느냐며 양녕 대군 이제를 잘 부탁하노라고 태종이 유언처럼 당부했었다. 또 다른 소식이 날아들었다. 양녕 대군이 따르는 무리들과 자취를 감추고자 한다는 소문이었다. 이것은 개를 훔치거나 여자를 빼앗는 일과는 다른 문제였다. 따르는 무리들이 있고, 이들과 더불어 자취를 감춘 다는 것. 이것은 얼마든지 반역이라는 말과 연결 지을 수 있는 중대한 일이었다.

▶만약에 생각을 고치지 않고 감히 도망해 숨는다면, 양녕 대군이 이르는 곳에 예(禮)로 접대하고 필요한 것을 공급할 것이며, 즉시 관(官)에 알려서 역마(驛馬)로 달려와 아뢰어라. 무례하게 대접하는 자가 있다면 중한 죄를 줄 것이며, 그를 숨기고 알리지 않는 자는 크게 벌을 주어 뒷사람들을 깨우치게 할 것이다. 이 뜻을 중앙과 지방에 공문(公文)을 보내어 알리라.◀

양녕 대군에게 임금의 뜻을 확실히 보여주었다. 임금의 형으로서 양녕 대군이 누릴 수 있는 것이 어디까지인지를 분명히 밝힘으로써 더 이상의 험악한 일은 한 나라의 임금으로서 용서하지 않겠노라 엄히 알린 것이다.

양녕 대군뿐 아니라 경녕군도 탄핵의 대상이 되었다. 일점홍이라는 여인 때문에 벌어진 일이었다. 경녕군은 태종의 상중에 있으면서도 몸을 삼가지 않았다. 사헌부에서 일의 진실을 가리고자 했을 때도 경녕군이 거짓말로 그럴 듯하게 속였으니 불효요, 불충을 저질렀다는 것이다.

"경녕군 이비의 추악함은 당연히 용서할 수 없으나, 다만 양녕 대군이 종사(宗社)의 죄를 얻어 이미 밖으로 내쫓겼는데, 이제 또 경녕군의 일이 뒤를 이어 일어나니 한심한 일이오. 그러나 경들이 비록 굳이 청한다 하더라도 어찌 곤장을 칠 수 있겠소"

불효요, 불충. 태종은 이것이야말로 절대로 용서하면 안 된다고 여러 번 깨우쳐 주었다. 그러나 종친인 것을 어이하랴. 경녕군을 멀리 내쫓는 수밖에 없으나 그것도 뉘우치어 깨닫게 하고자 함이거늘, 비록 내쫓더라도 깨닫지 못한다면 마침내 어찌 할 것인가. 신하들이 청한다고 다 들어주면 종친으로서 남을 자가 얼마나 있겠는가.

임금은 신하들의 간언을 어디까지 받아들이는지를 분명하게 선을 그어 신하들에게 보여주었다. 경녕군의 일은 좋은 본보기였다. 공자가 열다섯에 뜻을 세웠고, 서른에 학문의 기초가 확립되었다고 했다. 바야흐로 임금도 이립(而立: 30세)의 나이를 눈앞에 두고 있었다. 무턱대고 신하들의 말에 휘둘리지는 말아야 할 것이다.

백성들이 저화를 사용하게 하는 일은 만만치 않았다. 영의정 유정현이 총책임자가 되어 저화를 사용하지 않고 다른 물건으로 사고팔 때에는 엄중하게 그 죄를 다스리겠노라며 두 팔을 걷어붙였다. 죄를 범한 자를 사람들의 출입이 잦은 문에 매달기도 하고, 그 재산을 모두 빼앗아 버리기도 하였지만 법을 어기는 사람이 줄지 않았다. 저화의 가치는 더 떨어졌다. 임오년(1402년, 태종 2년) 발행하던 때에 쌀 두 말의 가치를 지녔던 저화는 세 장을 가지고도 쌀 한 되를 구하기가 어려웠다. 죄를 범하는 자도 부유한 상인들은 걸려드는 사람이 없고 재산이랄 것도 없는 헐벗은 백성들뿐이었다.

관(官)과 민(民)이 모두 이로운 바가 없어 이를 폐지하려 해도 태종이 만들어 놓은 법(法)이어서 임금은 감히 가볍게 고치려 들지 않았다. 좋은 뜻으로 세운 법이니 갖은 방법으로 노력을 해 보아야 하지 않을까. 저화를 없애지 않고 백성들이 돈을 사용하도록 하려는 새로운 방안이 필요했다.

동전이다. 백성들이 사용하기에 편리할 만큼 넉넉한 양의 동전을 만드는 것이 우선되어야 한다. 제 때에 동전을 공급해 주어야 백성들이 불편을 느끼지 않을 것이다.

호군 백환이 동전을 만드는 좋은 방안을 내놓았다. 경상도 한 도의 병선(兵船)의 수효와 선군(船軍: 해군)의 수가 다른 도에 비하면 곱절이 넘는데도 남쪽 왜구가 잠잠해져 선군으로서 먹기만 하고 놀고 있는 자가 만 명이나 되었다. 그 가운데 구리나 쇠붙이 기술자도 수없이 많았다. 게다가 땔감도 곳곳마다 넉넉했다. 동전을 만드는 문제가 해결되었다. 동전을 만들어 사용하게 하면 백성들의 괴로움을 조금은 덜 수 있을지 모른다. 저화를 사용하지 않는 백성을 벌하기 위해 법이 자꾸 엄해졌다. 헐벗은 백성을 괴롭히려 한 것이 아님에도 법을 어겨 벌을 받는 사람은 힘없는 백성이었다.

법은 글을 모르는 백성들에겐 백성들을 보호하기 위한 버팀목이 아니라 삶을 옥죄는 굴레였다. 글을 아는 선비들조차 법을 바르게 집행하지 않는 관리들 때문에 어려움에 처하기도 했으니 백성들은 더 말할 나위가 없었다.

"옥사(獄事)를 듣는 법은 마땅히 공평무사한 마음으로 공정하고 명백히 물어야 할 것이며, 죽을죄에 대하여는 살릴 수 있는 도리를 구할 것이요, 무거운 죄에 대하여는 가볍게 할 수 있는 단서를 찾아야 할 것이오."

고문이 두려워 범하지도 않은 죄를 인정한 사람이 있음을 알게 된 임금이 엄히 꾸짖었다. 두려움은 글을 알고 모르고와는 관계가 없었다. 사실을 자세히 살펴 죄를 처단한다 해도 오히려 실수를 할 수가 있다. 하물며 사헌부에서 사실과 거짓을 잘 살피지 않고 위엄으로써 핍박하는 바람에 겁에 질려 없는 죄를 인정하도록 만드는 것은 죄 없는 사람을 함부로 죽이는 것이 아닐 수 없다. 죽이고자 하는 마음을 가지고 사람을 바라보면 그가 하는 모든 말과 행동이 죽을죄로 짜 맞추어질 가능성이 있다. 위협해 겁을 주거나 지독한 고문을 하여 하는 수 없이 죄를 인정하게 한 나머지, 사람을 상하게 하거나 죽게 하는 일이 없도록 거듭 강조했다. 법을 세우기보다 법에 따라 일을 처리하는 관원들의 자질이 먼저 갖추어져야 함을 뼈저리게 깨닫는 임금이었다.

"좌대언 신 곽존중, 아뢰옵니다. 지봉산군사(知鳳山郡事) 민수산이 욕심이 많고 하는 행실이 지저분해 법을 범하였사옵니다."

"과인이 매양 수령을 선발함에 있어 신중히 하려 했음에도 백성들을 살뜰하게 보살피지 않는 수령들이 적지 아니한 것 같소. 허 판서가 수령을 고소하지 못하는 법을 만들고자 했을 때 태종께서 좋은 일이라 칭찬을 아끼지 않으셨고, 과인 또한 이 뜻을 심히 아름답게 여겼소."

관원을 보내어 백성의 어려움을 묻고, 가끔 중앙의 관원들이 지방의 수령들을 살피면 반드시 백성이 수령을 고소하는 일이 없어도 수령들의 잘잘못이 저절로 나타날 것이라 믿었다.

"민수산과 같은 수령으로 하여금 백성을 다스리게 한 것은 본래 어질고 그렇지 않고를 바르게 살피지 못하고 등용한 과인에게 있는 듯하오."

"황공하옵니다, 전하. 신들의 직책이 사람을 가려서 뽑는 일인데, 사람을 아는 것이 가장 어렵사옵니다."

이조 판서 허조와 좌의정 이원의 대답이었다. 얼마 전에 이조에서 낸 의견이다.

"관리들의 근무 성적을 조사하여 보고하는 고과(考課)의 법은 옛날부터 내려온 것이옵니다. 3년마다 성적을 평가하여 그 성적에 따라 벼슬을 옮기거나 벼슬에서 물러나게 하옵소서. 고려 말엽에 이것이 바르게 실시되지 않아 관리의 바뀜이 때로는 2, 3개월 만에 이루어졌사옵니다."

"심지어는 한 달에 두 번이나 옮기는 벼슬아치도 있었던 것으로 아오."

"그러하옵니다, 전하. 너도나도 좋은 자리로 옮길 궁리만 하여, 백성들은 살피지 않고 오로지 어떤 자리가 좋을지만 서로 다투었사옵니다."

"우리 태조께서 창업하시면서 백성을 살피지 않는 벼슬아치들의 쌓인 폐단을 개혁하려고 지방 관리로 하여금 30개월로 기한을 정하지 않으셨소?"

"태종께서 태조의 뜻을 이으려 하셨사오나 각사(各司)의 인원수가 한정이 있고, 수령의 기한이 끝나는 자가 그 자리를 비울 때라야 그 자리를 주목하게 되어 좋은 법을 거행하기 어려웠사옵니다."

"어찌하면 30개월법이 뜻한 바를 이루어 잘 실시될 수 있다는 것이오?"

"60개월로 늘이는 것이 옳을 줄 아옵니다."

30개월법보다 관원들이 한 자리에 머무는 기간이 조금이라도 길어질 수 있을 것이다. 기한을 늘이는 것보다 더 중요한 일은 올바른 사람을 수령으로 임명하는 것임을 모르는 바가 아니었으나 그 올바른 사람을 찾는 일이 쉬운 일이 아니었다. 임금은 인재난에 허덕이고 있었다.

"전하, 보통 사람들이 모든 일을 접어놓고 상제(喪制: 상례에 관한 제도)를 지켜 행해도 3년 안에 병에 걸림을 오히려 면하지 못하거든, 하물며 전하께서 지존(至尊: 왕을 높임)하신 몸으로 소찬(素饌: 고기나 생선이 들어 있지 않은 반찬)만 진어(進御: 왕이 먹는 행위를 높임)하시고 나랏일을 보살피시면서 3년의 상제를 마치고자 하신다면, 병이 깊어 치료하기 어렵게 되시옵니다. 부디 통촉하여 주시옵소서."
"과인이 본디 병이 없고 늙지도 어리지도 않으니, 어찌 감히 뒷날에 병이 날까봐 염려하여 고기를 먹겠소."
"옛 사람이 말하기를, 죽은 이를 위하여 산 사람을 상해(傷害)하지 말라고 하였사옵니다, 전하."
"과인은 마땅히 사람이 지켜야 할 도리를 다하는 것뿐이오. 만백성의 어버이인 임금이 사람의 도리를 다하지 않고 어찌 백성들에게 그 도리를 물을 수가 있겠소. 경들은 마음 쓰지 말기 바라오."
마음을 쓰지 말라고 하여 안 쓰일 일이 아니었다. 고기류와 생선류가 없는 소찬으로 수라를 들어서 몸이 수척하고 쇠약해지는 허손병을 앓은 지 이미 여러 달째인 임금이었다. 의정부와 6조에서 아무리 고기반찬 들기를 청해도 도무지 고집을 꺾지 않아 병세는 점점 깊어져서 약도 효험이 없는 지경에 이른 것이다. 인간의 도리로 따진다면 임금 또한 왕자와 공주의 아버지요, 어버이에게는 자식이었다. 누구에게나 가장 약한 부분인 인간적인 정에 호소할 수밖에 없었다.

"전하, 세자 저하가 어리신데 병환이 깊어져서 나랏일을 보지 못하게 되신다면 종묘사직과 만백성에게 복이 되지 않사옵니다."

신하들은 먼저 어린 세자를 들먹여 임금의 마음을 흔들어 놓았다. 마음을 다잡고 기어코 임금으로 하여금 고기반찬을 들도록 하리라 작정한 신하들이었다.

"태종의 유언의 말씀도 '주상은 고기가 아니면 수라를 들지 못하니, 내가 죽은 후 법도를 좇아 상제를 마치라.'고 하셨으니, 이는 곧 전하께서 예법을 지키고 지나치게 슬퍼하시므로, 앞으로 건강을 해하실까 미리 알고 염려하심이 아니셨겠사옵니까?"

법도를 좇으라는 말은 역월지제로 하루의 상제 기간을 한 달로 계산하라는 것이다. 신하들의 입에서 태종의 유언까지 들먹여지자 임금이 몹시 갈등했다. 기회를 놓치지 않고 신하들은 기어코 임금의 대답을 듣고자 했다.

"전하, 어찌 위로 조종(祖宗)의 영혼을 위로하시고, 아래로 신하들과 백성들의 바람에 좇지 아니하려 하시옵니까. 부디 가납(嘉納: 기꺼이 받아들임)하여 주시옵소서."

"경들이 그토록 청하니 오늘은 마땅히 소찬을 아니 하겠소."

마지못해 임금이 허락했으나 여러 신하들은 고기반찬을 드는 것을 꼭 보고야 물러날 작정이었다.

"임금은 진실로 신분이 낮은 사람도 속일 수 없거든 하물며 대신들을 속일 수가 있겠소!"

예전에 임금을 속였다고 하여 벼슬자리에서 쫓겨난 황희는 의정부 참찬으로 임명되었다. 유관으로 의정부 찬성사를 삼고, 변계량 으로 예문관 대제학을, 신상으로 이조 참판을, 원숙으로 사헌부 대 사헌을, 그리고 황보인으로 사헌부 장령을 삼았다. 일찍이 황희는 태조 때에 관계에 발을 들여놓았고, 태종 때에는 여러 차례 파직이 되었다. 태종이 모든 비밀문서를 관리하는 지신사 박석명에게 사람 을 추천하라 했다.

"경과 같은 사람을 천거해야만 그제야 바꿀 수 있을 것이오."

그 때 박석명은 주저하지 않고 황희를 첫손가락 꼽았다. 황희는 갑자기 짧은 동안에 승진에 승진을 거듭했다. 어버이의 상을 치르 는 동안에는 벼슬하지 않는다는 관례가 있었음에도 부친상 중에도 벼슬을 했다. 나라에 일이 많을 때에는 관례를 깨고 벼슬을 하게 한다는 기복출사법(起復出仕法)에 따라 관직에 나오게 한 것이다. 황 희는 곧 지신사로 임명받았다. 태종은 황희를 공신 이상으로 대우 했고 하루라도 보지 않으면 불러서라도 보아야 했다.

"이 일은 나와 경만이 알고 있으니, 만약 누설된다면 경이 아니 면 곧 내가 한 짓이 될 것이오."

태종은 권세가 크게 높아지는 민무구 형제를 제거하는 데에 황 희의 힘을 빌려 성공을 거두었다.

목인해의 변고가 일어났을 때는 황희가 마침 집에 있었는데 태 종이 급히 황희를 불렀다. 김해부의 관노였던 목인해는 애꾸눈으로 활을 잘 쏘았다. 목인해의 아내는 태종의 부마인 평양군 조대림의 집에서 일하는 종이었다. 목인해는 태종의 잠저(潛邸: 임금이 왕위에 오르기 전에 사는 집) 시절부터 곁을 떠나지 않아 호군(護軍: 정4품)의 벼슬을 받았다. 목인해는 아내가 이 집의 종이었던 관계로 조대림의 집에도 드나들었다. 젊은 조대림을 이용해 출세를 꾀하고자 부추겨 놓고 오히려 태종에게는 조대림이 모반(謀反)을 한다고 무함을 했다. 태종은 젊은 조대림이 반란을 꾀하는 그런 큰일을 일으킬 리가 없다고 생각해 주동자가 누구인지 물었다. 이미 목인해가 조대림을 움직여 조용까지 조대림의 집으로 부른 뒤였다.

숨가쁜 목소리로 태종이 황희에게 말했다.

"평양군 조대림이 모반하니, 엄중히 경계하여 변고에 대비하오."
"누가 모반의 주동자이옵니까?"

황희가 물었다.

"조용이오."
"조용의 사람됨이 아버지와 왕을 시해(弑害)하는 일은 절대로 하지 않을 것이옵니다."

모든 일이 밝혀졌을 때 황희의 말은 사실로 드러났다. 목인해는 능지처사되었다. 태종은 감탄했고 조용은 감동했다. 황희는 여러 주요 관직을 옮기며 줄곧 태종이 가장 총애하는 신하의 자리에 있었다. 황희가 예조 판서였을 때 병이 들어 위독했다. 태종은 궁중의 의원을 황희의 집으로 보내어 치료하게 하며 하루에도 서너 번씩 병의 상태를 물었다. 병이 낫자 태종은 몹시 기뻐하여 의원들에게 후하게 상을 내렸다.

"이 사람이 성실하고 정직하니 참으로 재상감이다. 그대들이 능히 병을 치료했으니 내가 매우 기쁘게 여기노라."

그런 황희가 폐세자의 일로 유배를 떠나게 되었을 때, 태종은 황희의 조카 오치선을 황희에게 보냈다.

"살가죽과 뼈는 부모가 낳으셨지마는, 의식(衣食)과 노복(奴僕: 종)

은 모두 성상(聖上: 왕을 높여 부름.)의 은덕이니, 신이 어찌 감히 은덕을 배반하겠사옵니까? 결코 다른 마음은 없었사옵니다."

세자는 경솔하게 바꿀 자리가 아니라는 뜻이었다. 남원에 이르러서 황희는 문을 닫고 모든 손님을 만나지 않았으며 비록 친구일지라도 그 얼굴을 보기가 힘들었다.

임인년(1422년, 세종 4년) 2월에 태종은 황희를 불러들여 임금의 신하로 임용하라고 부탁했다. 황희의 나이 60세였다. 태종의 천거보다 더 확실한 사람이 어디에 있으랴.

임금이 어느 날 대제학 변계량을 이을 문예에 있어 으뜸인 주문자(主文者: 글의 으뜸인 사람)가 누구인지 물었다. 지금까지 주문자는 부원군 하륜과 길창군 권근이었고, 그들을 이어 변계량이 그 문하(門下: 가르침을 받는 스승의 아래)에 들어 문예를 익혔다. 집현전 부제학 신장은 변계량의 문하 사람이었다. 윤회가 문예에 있어 신장보다 훨씬 나았으나 변계량은 자신의 문하인 신장을 추천했다. 윤회와 변계량은 본래 의견이 맞지 않을 때가 많았는데 이로 인해 사이가 더욱 좋지 못했다. 변계량도 공정한 사람은 아니었다.

"정치의 핵심은 인재를 얻는 것이 가장 먼저 처리해야 할 일이오."

임금은 이조의 6품 이상의 관원에게 과제를 냈다. 현재 관원이거나 관직에서 떠난 사람이거나 관계없이 슬기롭고 용감해 가히 변방을 지킬 만한 사람, 공정하고 총명하여 가히 수령직에 적당한 사람, 그리고 사무에 능숙하고 두뇌가 명석하여 극히 번거로운 자리를 감당할 수 있는 사람을 각각 3명씩 천거하게 했다. 만약 개인적 친분에 따라 잘못 천거하여, 그 사람이 재물을 탐하고 정사를 어지럽게 하여, 그 폐해가 백성들에게 미치게 한 자는 조금도 용서 없이 그 죄를 물을 작정이었다.

한 고을의 수령이 세 번이나 중등의 성적을 받으면 벼슬자리에서 쫓겨났다. 관찰사는 수령들이 자주 바뀌는 것이 달갑지 않았다. 영접하고 전송하는 폐단이 만만찮았기 때문이다. 관찰사는 자신의 권한에 속하는 고을 수령이 상등에 미치지 못해도 상등으로 만들기도 했다. 근무 성적을 매기는 것이 자로 길이를 재는 것처럼 쉬운 일이 아니었다. 어떻게 해도 공정하게 성적을 매길 기준을 마련하는 것은 어려웠다.

가장 중요한 기준을 백성에 두기로 했다. 그 마음씨가 백성을 사랑하고, 이익을 일으키고 해되는 점을 제거하여 은혜가 백성에게 미친 자는 상등이었다. 재주와 덕은 비록 일컬을 만한 것이 없으나, 어렵사리 그 직책을 지켜 백성에게 폐를 끼치지 않는 자는 중등이었다. 변변하지 못해 임무를 견뎌내지 못하거나 비록 재능은 있더라도 오로지 일을 새로 만들어내는 것만 일삼아, 폐해가 백성에게 미친 자는 하등이었다. 기준이라고 제시되어도 수령들의 성적을 매기는 데에는 별로 도움이 되지 못했다. 누가 보더라도 옳게 매겨졌다고 인정할 수 있도록 투명하게 관원들의 성적을 매기는 것은 몹시 어려운 일이었다. 임금은 어떻게 하면 공정하게 관원들의 성적을 매길 수 있을지 깊이 생각할 거리로 남겨두었다.

경연에서였다. 역사와 관련한 『자치통감강목(資治通鑑綱目)』을 읽던 임금이 고려사는 자치통감강목에 비해 너무 간략하다고 지적하며 대언들로 하여금 사관을 도와 기록을 하도록 했다. 좌대언 곽존

중이 사무가 번잡해 어렵겠다고 하자 사관을 돕는 일은 집현전으로 넘어갔다. 집현전 관원들이 궐내에 있으니 기록도 할 수 있으리라 여겨져 신장, 김상직, 어변갑, 정인지, 유상지를 명해 모두 춘추관에 겸직을 하도록 했다.

지관사(知館事) 유관과 동지관사(同知館事) 윤회에게 고려사를 바르게 다시 고쳐 쓰게 했다. 신축년(1421년, 세종 3년) 1월에 변계량과 유관이 2년간에 걸쳐 교정을 본 뒤 고쳐 올렸던 것을 그 동안 검토해 본 임금이 명한 것이다.

"마땅히 사실에 의거하여 그대로 쓰면, 칭찬하고 깎아내린 것이 자연히 나타나 후세에 믿음을 얻을 수 있는 것이니, 전대(前代)의 왕에 관하여 사실을 경솔히 고쳐 그 진실을 잃게 하지 않도록 하오."

정도전이 종(宗)을 고쳐 왕이라 한 것을 말함이다. 묘호(廟號: 왕이 죽은 뒤 그의 공덕을 칭송해 종묘에 신위를 모실 때 올리는 칭호)와 시호(諡號: 왕·왕비를 비롯해 벼슬한 사람이나 학덕이 높은 선비들이 죽은 뒤에 그의 행적에 따라 국왕으로부터 받은 이름)의 사실을 없애지 말고 실록에 따를 것이며, 범례를 고친 것은 이것으로 표준을 삼으라고 명했다. 또한 정도전이 공적이 없는 자신의 아버지를 칭송하고, 충신인 정몽주는 깎아내린 것도 고치도록 했다.

유관이 자치통감강목을 모방해 편집하려고 했으나, 변계량이 이색과 정도전의 손을 거쳤으니 경솔히 고칠 수는 없다는 입장을 밝혔다. 고려사를 바르게 고치는 일이 이미 유관과 윤회에게 넘어갔음에도 변계량은 자신의 뜻을 강력하게 주장하고 있었다. 사관들도 지지 않았다. 정도전은 사실 그대로 기록하지 않고 그의 주관에 따라 고쳤기 때문에 원래 있는 사실 그대로 기록하는 것이 옳다고 열변을 토했다. 임금이 『춘추』와 『좌씨전』 그리고 『주자강목』을 예로 들어 역사적 사실을 있는 그대로 써야한다는 사관의 손을 들어 주었다. 변계량은 뜻을 굽히지 않았다.

"전하, 무릇 그 뜻이 몹쓸 일이면 그대로 쓰서는 안 될 줄로 아옵니다. 이런 분수에 넘치는 일을 그대로 쓴다면 오늘날의 사관들도 그대로 본받을 것이니 절대로 아니 되는 일이옵니다."

"옛사람이 이르기를, 앞사람의 잘못을 뒷사람이 쉽게 안다고 하였거니와, 사관이 사실 그대로 쓴다 해서 무엇이 해롭겠소?"

임금은 변계량의 뜻을 받아들이지 않았다. 역사는 있는 사실 그대로를 기록해야 하고, 잘잘못은 뒷사람들이 판단하게 한다는 것이다. 유관과 윤회는 있는 그대로를 기록하기 위해 다시 고려사 바르게 고치기를 시작해야 했다.

임금은 역사서를 몇 번이고 정독을 했다. 하루는 경연청에서 윤회에게 말했다.

"자치통감강목은 그 양이 하도 많아서 왕이 다 보기가 쉽지 않다더니, 강독을 시작한 지가 네 해째에 접어들었소. 그 사이에 혹은 30여 차례 읽은 것도 있고, 혹은 20여 차례 읽은 것도 있기는 하나 참으로 다 보기는 어려운 책이오."

원래 독서를 좋아하는 임금이어서 왕자 시절부터 병석에 누워서도 책을 읽던 임금이었다. 왕위에 올라서도 그 버릇은 같았다. 좌우에 책을 펼쳐 놓은 채 수라를 들었고, 밤늦은 시각까지 책을 덮지 않았으니 손에서 책을 놓고 한가롭게 지내는 일이 없었다. 임금은 대체로 2고(二鼓: 밤9시~11시)에 잠자리에 들어서 4고(四鼓: 새벽

1시~3시)에 일어났다. 꼼꼼하게 정독을 해 한번 읽으면 좀처럼 잊어버리는 일도 없었다. 책의 내용뿐 아니라 수많은 신하들의 이름이나 경력, 조상들의 일까지 비록 사소한 것이라도 한번 들으면 잊지 않았다. 여러 해가 지나더라도 한번 본 얼굴을 잊어버리지 않았고, 다시 보면 반드시 아무라고 이름을 불렀다. 사물의 정밀하고 간략한 것이며, 아름답고 추악한 것에 이르러서도 한번 눈에 접하면 반드시 아주 작은 차이점도 알아냈다. 소리의 맑고 탁함과 높고 낮음도 한번 귀에 들어가면 자세히 살폈다.

주자소에 명해 한어(漢語: 중국 한족이 쓰는 말)를 번역한 여러 서적을 인쇄하게 하고, 총제 원민생과 판승문원사(判承文院事) 조숭덕으로 하여금 읽어 보도록 했다.

"과인이 한어의 번역서를 배우는 것은 다른 뜻이 있어서가 아니라, 명나라의 사신과 서로 접할 때에, 미리 그 말을 알면 대답할 말을 빨리 생각하여 준비할 수 있기 때문이오."

임금의 학문 성향은 미치지 않는 분야를 찾기가 어려울 정도였다. 사신의 말을 알아들을 만큼 한어도 익히겠다는 뜻이었다. 학문을 좋아하는 임금의 성향은 모든 관아에 영향을 미쳤다.

태종 때 처음으로 의녀를 두게 되었다. 여인들 중에는 남자 의원들에게 병을 보이기 부끄러워 치료도 받지 못하고 죽음에 이르는 일이 많았던 것이다. 임금은 제생원(濟生院)의 의녀(醫女)들은 반드시 먼저 글을 읽게 했다. 글자를 안 연후에 의술에 관한 책을 읽어 익히도록 했다. 궁중의 의원들도 글을 읽지 않아 의학 서책을 읽게 한 것이 두 해 전이었다. 지방에서 선발해 올려 보내려고 하는 의녀 또한 지금 거주하고 있는 그 고을의 관원으로 하여금 먼저 『천자』, 『효경』, 『정속편(正俗篇: 효도, 우애 등의 내용)』등의 서책을 가르쳐서 대강 그 뜻을 깨우친 뒤에 올려 보내도록 했다. 제생원 의녀 중에서 특히 나이가 젊고 총명한 3, 4명을 뽑아서 더욱 열심히 가르치라고 명했다. 의녀를 가르치는 책임은 호조에 속하여 기름, 꿀, 후추 따위의 공급과 관리를 맡아보던 관아인 의영고 부사(義盈庫副使) 박연이 맡았다.

그러나 한양에 사는 여인들은 의녀의 혜택을 받을 수 있지만 지방의 여인들은 여전히 의녀의 혜택과 거리가 멀었다. 충청, 경상, 전라 하삼도(下三道)에서 영리한 여자아이를 2명씩 선발해 한양의 제생원으로 올려 보내도록 했다. 관노비 중에서 뽑되 나이는 10세에서 15세 사이로 제한했다. 이 아이들이 침구술(針灸術: 침과 뜸)과 약품 조제하는 법을 익히면 아이들을 도로 그 관아로 보내어 그 지역 안의 부녀자의 병을 고칠 수 있을 것이었다.

대호군 김을현, 사재 부정(司宰副正: 종3품) 노중례, 전 교수관(前敎授官) 박연 등이 임금을 알현(謁見: 지체가 높고 귀한 사람을 찾아가 뵘)했다. 조선에서 생산되는 한약 재료 62종 중에서 명나라에서 나는 것과 같지 않은 14종을 찾아냈다. 약효가 같은 씨를 얻은 것이 6종이나 되는 성과도 얻었다. 임금은 약의 효과를 알 수 없는 것은 쓰지 못하게 했다.

"명나라 땅에서 나는 것이 우리 조선의 백성들에게 같은 약효가 있을지 의문이오. 천 리 만 리 떨어진 명나라와 조선은 풍속이 다르고, 산이나 들에서 자라는 나무와 풀도 다르지 않소?"

지방에서 임금에게 바치는 물건 따위를 맡아보던 관청인 사재감의 부정 노중례는 의원이었다. 약효에 관한 질문이라면 누구보다 관심 있는 분야일 수밖에 없었다.

"그럴 것이옵니다, 전하. 의원이 병을 치료하고 약을 쓰는 것은 병자의 체질에 따라 다르옵니다. 사람도 사는 곳이 모두 다르고, 풀과 나무도 환경에 따라 자라는 모습이 제각각이옵니다. 그러나 소신을 비롯한 의원들은 황제의 나라에서 엮은 서책만을 접할 수 있을 뿐임을 안타깝게 여기고 있사옵니다."

임금이 노중례를 이윽히 바라보았다. 노중례를 바라보고 있던 박연이 마뜩찮은 표정을 지었다. 황제의 나라에서 만든 서책이라면 가장 모범이 되는 것인데 그것이 마치 잘못된 것처럼 말하는 노중례를 도무지 이해할 수가 없었다.

"그렇다면 경이 우리 백성들의 체질에 맞는 약초를 힘써 찾아보도록 하오."

"황공하옵니다, 전하."

임금은 이윽히 노중례를 바라보았다.

임금은 중국과 조선의 풍토가 다르니 틀림없이 약재도 다를 것이라는 노중례의 생각을 소중하게 여겼다. 이런 임금의 뜻은 이조판서 허조에 의해 지지를 받았다.

"과인이 들으니, 명나라의 사대부들은 황제의 앞에 나아올 때나 물러갈 때에 절대로 머리를 숙이고 땅에 엎드리는 예절이 없다고 하는데 경은 어찌 생각하오?"

"명나라는 천하의 정무(政務)가 모두 황제에게서 결정되므로, 사람은 많고 일은 번거로우니, 예절을 차릴 여가가 없는 것이라 여겨지옵니다. 서경에 이르기를, 임금이 바쁘고 복잡해지면 신하가 게을러진다고 하였으니, 이는 진실로 유익한 말이옵니다."

"허 판서의 말이 옳소. 임금이 서무(庶務)를 친히 결재하면, 담당 관원들은 맡은 바 일을 책임지고 하지 않을 것이오."

"옛날에 태종께서 우리의 여자 복색을 모두 중국 제도에 따르고자 하셨사옵니다."

태종이 그렇게 하고자 했다면 다른 길을 찾기는 어려운 일이다. 임금은 허조의 입에서 어떤 말이 나올지 기대가 되었다.

"신이 옛날 남경(南京)에 갔을 때, 공자의 가묘(家廟)에 들어가서 여자들이 입은 옷차림을 그려 놓은 것이 우리와 다름이 없었고, 다만 머리에 꽂는 장식품만 다를 뿐이었다고 아뢰었사옵니다."

다음엔 무슨 말이 나올지 임금은 짐작이 갔다. 임금의 입가에 가벼운 미소가 번졌다.

"태종께서 굳이 명나라의 옷차림을 따를 필요가 없다고 하셨으니, 명나라의 예라 하여 어찌 무조건 다 따를 필요가 있겠사옵니까!"

허조는 마음바탕이 곧은 사람이었다. 임금이 막 즉위했을 때도 허조는 지금과 같은 말을 했었다. 아무리 황제의 나라 법일지라도 본받을 것도 있고 본받지 못할 것도 있노라 차근차근 자신의 의견을 펴나갔다. 관아를 두어 직무를 나누어 맡기지 않으려면 관아는 두어 무엇 하겠느냐고 했다. 어진 이를 구하기 위해 노력하고, 인재를 얻으면 편안해야 하며, 맡겼으면 의심을 말고, 의심이 있으면 맡기지 말아야 한다고 했다. 황제의 나라에서 행해진다고 옳고 그름을 따지지 않고 무조건 따르는 것은 선비의 도리가 아니라고도 했다. 임금은 자신을 되돌아보았다. 어진 이를 구하려고 분명 애는 쓰고 있었다. 그러나 갈 길은 멀었다.

서운관에도 학문을 좋아하는 임금의 명이 닿았다. 천체의 운행을 관측하는 사람이 계산하는 방법에 어두우므로, 직제학 정흠지를 총 책임자인 제거(提擧: 정2품)로 삼고, 정랑(正郞: 정5품) 김구려로 별좌(別坐)를 삼아 그 일을 맡게 했다. 당나라의 태음력인 『선명력(宣明曆)』과 원나라의 천문학자 곽수경이 24절기 따위를 기록한 『수시력(授時曆)』의 차이점을 교정해, 서운관에 내리어 간수하게 했다.

셈에 관한 연구를 하는 산학 박사(算學博士)는 선비의 자제로, 중감(重監: 구실아치)은 스스로 원하는 사람으로 하여금 시험을 보게 하여 벼슬자리에 앉히고, 그들로 하여금 항상 산법(算法)을 연습하여 회계 사무를 맡도록 했다.

농사를 지을 때에도 주먹구구식으로 하지 않도록 했다. 목화 재배와 누에치기를 할 때는 원나라의 『농상집요(農桑輯要)』를 읽어 애쓴 보람이 헛되지 않도록 하고, 1년 사계절의 농사와 농작물에 관한 주의 사항, 12개월간에 행하는 행사 따위를 기록한 『사시찬요(四時纂要)』에 따라 농사짓는 시기를 놓치지 않게 했다. 그러나 가장 중요한 것은 조선 땅에서 농사지은 경험을 바탕으로 한 구체적 방법이니 그것을 널리 알리도록 각도에 공문서로 전달했다. 다만 농사를 짓는 백성들은 문자를 알지 못하니 관리들이 농사에 관한 책을 부지런히 읽어서 책에 나와 있는 앞선 농사짓는 법을 백성들에게 가르치도록 했다. 백성들이 문자를 알면 앞선 농사법을 가르치기도 한결 쉬워질 터지만, 한문은 배우기가 어려워서 백성들에게 가르칠 엄두를 내지 못했다.

춘추관의 지관사 변계량과 동지관사 윤회 등이 공정왕(노상왕)과 태종의 실록을 편찬할 준비를 했다. 실록은 당, 송, 원 세 나라의 예를 모방해 태종이 예조에 명하여 편찬하기 시작했다. 태종이 승하한 지 한 해가 훌쩍 넘고도 몇 개월이 지나고 있었다. 그러나 변계량은 신중했다. 태종을 모신 신하들이 거의 그대로 벼슬을 하고 있었다. 사초에 있는 사실을 엮어내는 일이 시기적으로 이를지도 몰랐다. 실록 편찬이 한두 해에 끝날 수 없는 일이라 시작은 하면서도 조심스러웠다.

"신들로 하여금 공정 대왕과 우리 태종 대왕의 실록을 정리하도록 하시니, 황공하여 몸 둘 바를 알지 못하겠사옵니다."

실록을 편찬하기 위해서는 공정왕과 태종 시절에 춘추관에 있었던 사관들에게서 실록의 원고가 되는 사초(史草)를 모으는 일부터 시작해야 했다. 한양은 갑진년(1424년, 세종 6년) 2월 그믐날까지, 경기, 충청, 황해, 강원도는 3월 그믐날까지, 경상, 전라, 평안, 함길도는 4월 그믐날까지를 한도로 하여 모든 사초를 거두어들이게 했다. 만약 사초를 없애거나 가지고 오지 않는 자가 있으면 마땅히 자손의 벼슬길을 막고 백은(白銀) 20냥쭝을 징수할 것이었다.

사초를 모으는 일도 큰일이라 사관이 죽으면 그 즉시로 사초를 모으는 것이 어떨까 하는 의견은 사관들이 격렬하게 반대를 했다. 전 예문춘추관(藝文春秋館) 학사(學士) 이행의 일을 잊을 수 없기 때문이었다. 태조 때 정도전이 고려사를 편찬할 적에, 태조가 신우(申禑)와 신창(申昌) 등을 죽였다고 기록한 고려 시대의 사초(史草)를 냈다가 이행은 재산을 모두 빼앗기고 귀양을 가게 되었다. 임금은 사관의 입장을 고려해 사관이 죽자마자 사초를 모으려는 뜻을 거두었다.

사초가 모아지는 대로 덕홍사에 모여 편찬을 시작할 것이다. 실록을 편찬할 때까지 임금의 큰아버지인 공정 대왕의 묘호를 올리지 않은 채였지만 굳이 올리자는 신하도 없었고 임금도 그대로 두었다. 공정은 명나라로부터 받은 시호이고, 온인 순효는 신하들이 올린 시호로 공정 온인 순효 대왕(恭靖溫仁順孝大王)이다. 태종은 태종 공정 성덕 신공 문무 광효 대왕(太宗恭定聖德神功文武光孝大王)으로 태종은 묘호요, 공정은 명나라로부터 받은 시호, 그리고 신하들이 올린 시호가 이어진 것이다. 공정 대왕 2년에 태종 대왕 18년간의 기록이 더해지니 사초를 정리해 엮으려면 한두 해의 시간으로는 어림도 없었다.

가뭄의 어려움이 계속되고 있었다.
"황해, 평안, 강원 삼도의 관찰사들이 전하의 교지를 능히 받들어 행하지 못하여, 도내의 백성들을 많이 굶어 죽게 하였사옵니다. 이들이 백성에게 친근한 직책인데도, 수령은 책임을 물어 죄를 논하는데 관찰사는 죄를 주지 않으니 실로 불공평하옵니다."
임금은 의금부의 청을 받아들여 평안도 관찰사 성달생과 실무를 책임지고 있는 경력(經歷: 종4품, 공문서 처리 등의 일을 맡음.) 김간을 파면했다. 강원도 관찰사 이명덕과 경력 고약해도 관직을 파면하고 역마가 아닌 개인의 말을 타고 한양으로 올라오도록 명했다. 황해도 관찰사는 논죄하지 않았는데 굶주린 백성의 수효가 적은 때문이었다.
김자지(金自知)를 평안도 관찰사로, 황희를 강원도 관찰사로 임명했다.

관찰사 황희는 강원도의 가뭄 상황을 자세히 살폈다. 통천 고을이 농사를 짓지 못한 정도가 가장 심했다. 강릉을 비롯한 울진, 양양, 평해, 고성 등도 흉년이 심하기는 비슷했다. 봄에 굶주림에서 벗어나도록 관청의 곡식을 빌려주었다. 환곡이다. 환곡을 받은 백성은 가을걷이가 끝나면 이자로 약간의 곡식을 더해 갚아야 한다. 지난해에 마땅히 거둬들여야 할 환곡을 흉년 때문에 받지 못했으니 올봄도 구황에 많은 어려움이 있을 것이다. 악순환이었다. 관청마다 4만여 석을 거둘 것을 2, 3천 석을 거두거나 3만여 석에 다만 5, 6백 석만 거둬들였다. 거짓으로 다 받았다고 보고해, 창고에는 곡식이 없는 채로 장부상으로만 기록되어 있는 곡식으로 백성들을 굶주림에서 구해야 할 상황이었다. 실제 처한 상황을 바르게 보고해야 백성들을 구호하는 데에 하루라도 빨리 대책을 세울 수가 있지 않은가. 황희는 허위 보고로 임금을 속인 수령들의 죄를 벌하려 했다.

"최근 들어 강원도에 흉년이 심하여 도저히 살아갈 수 없는 백성들이 늙은이와 어린이를 이끌고 사방으로 흩어지게 되었는데, 환곡을 거둬들이지 못했다고 수령들을 죄주는 것은 실로 잘하는 일이 아니니 거론하지 마오."

하늘은 수령이 싸워 이길 수 있는 상대가 아님을 임금이 헤아린 것이다. 흉년이 계속되는 것은 인간의 힘으로 어떻게 해 볼 수 있는 일이 아니었다. 가뭄이 들어도 가뭄을 이겨내는 방법이라야 논에 물을 댈 수 있도록 보를 만드는 것이었다. 말이 쉬워 둑을 쌓아 물을 가둔다고 하지만 보는 물의 힘을 감당해 내야 되기 때문에 여간 튼튼하지 않으면 안 된다. 둑의 일부를 낮게 만들어 물길을 터놓으면 일정한 높이 이상의 물은 계속 흘러내리기 때문에 물길 주변의 둑이 물의 힘을 견디지 못하기라도 하면 둑이 터져 홍수가 일어난다. 물난리가 두려워 고을에서 보를 쌓겠다고 선뜻 나서기가 어려웠다. 가뭄이 계속 되어 기우제를 지낸 끝에 비가 오면 그때부터는 홍수를 걱정해야 했다. 기우제가 기청제로 바뀌지 않도록 비가 알맞게 와 주면 참으로 다행한 일이었다. 날씨를 관측하는 것은 어려운 일인 만큼 중요한 일이기도 했지만 뾰족한 방법이 없었다.

겨울을 겨우겨우 지낸 백성들이 다시 농사를 시작할 때가 되었지만 연이은 흉년으로 환곡에 의지해도 백성들의 살림은 말도 못하게 어려웠다. 풀과 나무뿌리를 먹고 목숨을 이어가는 백성이 헤아릴 수 없이 많았다. 강원도 내의 백성들의 수가 16,000여 호인데 집집마다 사정을 살펴 보고한 뒤 호조의 답을 기다려서 구호하면 그 때까지 굶주린 백성들이 목숨을 이어갈 수 있을지 염려스러웠다. 먹을 양식도 없는데 농사지을 곡식 종자가 있을 리 없었다. 굶주림도 살펴야 하거니와 농사지을 종자도 때를 놓치지 않고 나누어 주어야 한 해 농사도 기대할 수 있을 것이다.

▼전하, 의창에서 62,400여 석을 굶주린 백성들에게 먼저 나누어 주시옵소서.▼

평안도 관찰사 김자지도 열의를 다해 굶주린 백성들을 구호하고 있었다. 식구에 따라 양식과 종자를 계산해 주어 때맞춰 구호를 하고 농사를 권유해야 했다. 갑진년(1424년, 세종 6년) 정월 초하룻날, 20고을의 굶주린 백성 3,188명을 구호하는 데에 쌀과 콩을 합해 51석 5두(斗: 말) 2승(升: 되)이, 간장이 4석 3두 2승이 필요했다. 한 달 후에는 늘어난 52고을의 굶주린 백성들을 구호하기 위해 쌀, 콩,

잡곡이 1,507석 9두가 필요했다. 임금은 굶주린 백성들을 성심껏 구호하고 있는 두 관찰사가 믿음직스러웠다.

새해를 맞이해 일본국에서 사신이 왔다. 사신 규주와 범령은 대장경판을 요구했다. 대장경판은 한 벌밖에 없어 도저히 내릴 수 없는 것이었다. 금자(金字)로 쓴 화엄경(華嚴經) 80권과 범자(梵字)로 된 밀교경판(密敎經板)과 장경(藏經) 1부, 주화엄경판(注華嚴經板)을 내려 주마고 달랬다. 이 네 가지는 다 천하에 둘도 없는 법보(法寶)가 아닌가. 일본국 사신은 대장경판이 아니면 다른 것은 다 소용없다며 죽음을 각오하고 대장경판을 구하노라 단식을 시작했다. 대장경판을 얻고 얻지 못하는 것이 음식을 먹고 안 먹는 데에 달린 것이 아님을 설득해 밥을 먹게 했다. 한 나라의 사신이 되어 뜻에 맞지 아니한다 하여 경솔하게 단식을 하며 트집을 잡는 것은 사신된 이의 체통이 아니라 꾸짖기도 했으나, 결국 밀교 대장경판(密敎大藏經板)을 주기로 했다. 일본 국왕에게 보내는 대장경판 수송은 병조에서 맡았다. 경판만 해도 150바리(말이나 소의 등에 잔뜩 실은 짐)의 짐이었다. 각 역에 소속되어 있는 말로 수송하는 것은 어림도 없었다. 역 근처 마을에서 백성들의 사정과는 상관없이 소나 말을 무조건 끌고 와야 했다. 일본국에서는 만약 대장경판을 보내지 않으면 병선 수천 척을 동원해서 빼앗기라도 할 작정이었다. 임금은 이러한 사실을 알았으나 관대하게 대하려 애를 썼다. 어떤 목적에서건 전쟁은 백성들의 삶을 뿌리째 흔들어놓을 것이기 때문이었다. 특히 신하들은 불교를 격렬하게 반대하고 있었다. 절을 없애자는 상소가 이어지고 있는 때에 대장경판을 내어주지 않으려 전쟁까지 할 수는 없었다.
 임금은 몇 해째 이어지는 불교 혁파 상소에 묵묵부답으로 일관하고 있었다. 왜국 사신이 대장경판을 요구하는 바람에 불교에 관심이 집중되어 불교 혁파를 청하는 상소는 더욱 세찼다. 지금까지는 어쩌다 한 번 있던 불교 혁파 상소가 집중적으로 올라오고 있었다. 한 달이 가고 두 달이 가도 상소는 끝나지 않았다. 어떤 식으로라도 조치를 취해야 했다. 여러 대신들과 의논을 해도 쉽게 결론을 낼 수 없었다.
 "불교는 이단이옵니다. 마땅히 절과 승려들을 줄이거나 없애야 하옵니다."
 영의정 유정현이나 호조 판서 이지강은 매우 강경했다.
 "진실로 이단(異端)을 물리치는 것이 맞으나, 젊고 건장한 중들은 능히 생활을 해나갈 수 있지만 늙은이들은 젊었을 때부터 놀고 지낸 터라 노고(勞苦)를 감당하지 못할 것이옵니다. 절을 모두 없애 버리면 이들 또한 굶주림에서 벗어나지 못할 것이 아니옵니까. 이들도 이 나라의 백성이온데 이들이 살아갈 수 있도록 해 주어야 마땅할 것이라 여겨지옵니다. 먼저 없애야 할 절을 가려내고, 그에 딸린 논밭은 남겨둘 절에 주어, 중들을 거기에 모여 살도록 하는 것이 좋을 것이옵니다."
 좌의정 이원과 이조 판서 허조는 온건했다. 임금은 결론을 내리기가 어려웠다. 불교를 숭상하고 있는 효령 대군(태종의 둘째아들)의 존재도 임금이 결론을 내리는 일을 막고 있었다.
 어떤 식으로든 마무리를 해야 했다. 조선을 건국할 때 내세운 것이 숭유억불이었다. 그러던 차에 임금의 결정을 재촉하는 일이 생겼다. 성균관 유생 101명이 대궐로 나아가 상서를 한 것이다. 유학의 나라 조선에서 불충하고 불효하는 불교를 폐하지 않는 한, 풀과 나무처럼 말 한 마디 하지 않고 살 수는 없는 일이라 외치고 있었다. 절에 속한 노비들을 줄이거나 없앨 때에 임금을 믿었으나 왜 그 뒤로는 아무런 조치가 따르지 않느냐고 임금의 결단을 재촉했다.

▸천지가 있은 뒤에 만물이 있게 되고, 만물이 있은 뒤에 남녀가 있게 되고, 남녀가 있은 뒤에 부부(夫婦)가 있게 되고, 부부가 있은 뒤에 군신(君臣)이 있게 되고, 군신이 있은 뒤에 상하가 있게 되고, 상하가 있은 뒤에 예의(禮義)가 제자리에 놓이게 된다 하였으니, 이것은 천하에 훤히 통하는 도리이며, 예와 지금에 떳떳한 법이어서 조금이라도 떠날 수 없는 것이옵니다. 만일 조금이라도 폐하게 된다면 혼란하기가 말할 수 없을 것이옵니다. 악을 없애려면 근본부터 힘쓰라고 하였사옵니다. 이 나라 조선의 운명이 달린 일이옵니다.◂

성균관 유생들까지 나서자 임금은 결론을 내리지 않을 수 없었다. 조계(曹溪)종, 천태(天台)종, 총남(摠南)종 3종을 합쳐서 선종(禪宗)으로, 화엄(華嚴)종, 자은(慈恩)종, 중신(中神)종, 시흥(始興)종 4종을 합쳐서 교종(敎宗)으로 하여, 한양과 지방에 승려들이 머물만한 곳을 가려서 흥천사, 흥덕사, 계룡사, 화엄사, 속리사, 해인사 등 36개소의 절만을 두기로 하고 각 절마다 인원을 정해 주었다. 절에 속한 논밭이나 노비도 정리했다.

이즈음 1년 가까이 청주에 살게 한 양녕 대군을 이천으로 옮긴 일이 상소를 잇게 하는 빌미를 주었다. 상소문의 내용은 한결같았다. 신하가 되어서 충성하지 못하고, 아들이 되어서 효도하지 못하는 양녕 대군을 어떻게 받아들일 수 있느냐는 것이다. 법대로 처리하지 않고 청주에 옮겨 두는 것도 온 나라의 신하들과 백성들이 꺼렸지만 임금의 우애하는 마음을 받들었는데 이천으로 돌아오게 하다니, 종묘사직을 위해서는 있을 수 없는 일이라 부르짖었다. 형제간의 우애보다 앞서는 것이 종묘사직이 아니던가. 상소로 임금을 움직일 수 없자 대간들이 뜰에 엎드렸다.

"모름지기 전하께 두 가지의 큰 잘못이 있사옵니다. 종사(宗社)의 큰일을 생각하지 아니한 것이 첫째요, 옳지 못한 일을 간(諫)함을 막는 것이 둘째이옵니다. 지금 신들이 말하는 것은 실로 다른 마음이 아니고 다만 종묘사직만을 위하는 일이니, 어찌 '예예' 하며 물러가겠사옵니까."

"양녕이 대궐에서 자란 까닭에 입고 먹는 것이 보통 사람과 달랐거늘, 그의 거처가 비좁고 더러울 뿐 아니라 여염집 사이에 끼어 있소. 금년에는 역질이 성행하니, 혹 질병에 걸리게 된다면 누가 그 허물을 진단 말이오. 그 때 뉘우쳐도 무슨 소용이 있겠소. 과인은 들어줄 수 없으니, 경들은 물러가오."

"신하로서 살기에는 그만 하여도 족한 것이옵니다. 어찌 반드시 높고 좋은 집이라야 하겠사옵니까. 만약 양녕 대군이 자신의 죄를 안다면, 누추한 집인들 어찌 마다할 수 있겠사옵니까. 오히려 분수에 편하게 여겨 성은이 크심에 깊이 감사할 것이옵니다."

해가 지고 있었다.

"이제 간관들이 모두 뜰에 나왔기로 과인도 경근한 마음으로 바로 앉아 수라를 들지 못하고 있소. 경들이 아무리 말하여도 허락하지 아니할 것이오."

대간들이 명을 듣고 다만 저녁 수라가 너무 늦을까 염려되어 물러 나왔으나 대간들의 청은 다음날도 계속되었다.

"경들의 말이 이치에 맞다는 것은 신하로서 의(義)를 지킴이요, 과인 또한 불의한 일이 아니란 것은 임금으로서 은혜와 덕을 베푸는 것이오. 경들은 앎이 예와 지금을 모두 훤히 통하면서도 어찌 이치를 알지 못하오? 무릇 신하가 간하는 법이, 세 번 간하다가 듣지 아니하면 벼슬을 그만두는 것이거늘, 벌써 십여 차례나 청하는 것은 지나치지 않소."

"신 등의 직분이 언관(言官)에 있기 때문에 청한 것은 기어이 윤허를 얻으려는 것이므로 차례가 넘은 줄도 알지 못하였사옵니다. 이제 전하의 말씀을 듣고 보니 황공하기 그지없사옵니다. 벼슬자리에 있기가 어려우니 모두 물러나겠사옵니다."

"옛날 신하가 세 번 간하다가 듣지 아니하면 벼슬을 버리고 간다는 것은 지금의 경우와는 다르오. 임금이 혹 행실이 부정했다거나, 혹 내관이나 궁첩의 말을 들어서 일을 그르쳐 가는 경우에, 세 번 간했다가 듣지 아니하면 가는 것이 마땅하려니와, 지금 양녕을 이천으로 돌아오게 하는 것은 비록 조금 편안치 못한 점은 있을지 몰라도 큰 뜻에 해로울 것은 없는 것인데, 어찌하여 사직하려 하오. 경들은 그 직책에 그대로 있도록 하오."

임금은 뜻대로 양녕 대군을 이천에 옮겨 살게 했고, 신하들은 최선을 다해 불의에 맞섰다. 참으로 군신유의한 것이다. 활을 쏘는 사청(射廳)의 일도 호락호락한 싸움이 아니었다. 한 달 하고도 보름 남짓 상소가 이어졌다. 결국 임금이 허락하지 않았다.

"전하, 진실로 문무 양반을 시험하는 곳이나 활을 쏘는 연못이 아니면 천자(天子)도 활쏘기를 아니하였거늘, 하물며 군사들이 어찌 궁궐에서 활쏘기를 연습할 수 있겠사옵니까."

궐내에 사청을 짓는다는 것 자체가 있을 수 없는 것이다. 게다가 활을 쏜다고 군사들이 떠들면 엄숙해야 할 궁궐이 소란스러워지지 않겠는가. 시위하는 군사들이 활을 쏘기 위해 서로 오락가락하면 궁궐을 지켜야 하는 본래의 임무에 소홀해질 것은 불을 보듯 뻔한 일이었다.

"지평(持平: 정5품) 김종서가 활쏘기를 연습하는 장소를 없애라 청하였으나, 과인이 머무는 곳에서 멀리 떨어져서 활을 쏘는 것이니 무엇이 방해되랴 싶어 허락하지 않았소. 과인의 판단이 크게 의(義)에 어긋나는 것도 아니잖소. 사헌부에서 줄곧 상서하는데, 날마다 과인을 보면서 어찌 직접 말하지 않고 꼭 물러가서 상서하여 번잡하게 하는 것이오?"

임금이 대사헌 하연에게 더 이상 상서하지 말라고 일침을 가하고 있었다. 하연은 굽히지 않았다.

"전하의 뜻이 아무리 좋다 하여도 뒷날에는 전하의 좋은 뜻과 함께 전해지기는 어려운 일이옵니다. 지금까지 천자의 나라와 이 나라에 이러한 일이 받아들여지지 않은 것은 반드시 그 까닭이 있을 것이옵니다. 앞으로 옳지 않은 일이 일어날지도 모를 일이며, 이 일이 일단 시작되면 앞으로는 위아래가 함께 유희(遊戱)를 일삼게 되어, 무예를 단련하는 일을 모독하는 잘못된 일이 일어날지도 모르는 일이라 신이 반드시 파하려 하는 것이옵니다."

사헌부의 상서뿐 아니라 대사헌 하연이 임금에게 간곡히 청하였으나 임금은 끝내 허락하지 않았다.

신하들과의 팽팽한 싸움을 하면서도 임금을 평안하고 흐뭇하게 하는 일을 손꼽으라면 그건 세자였다. 여덟 살 원자 시절에 명나라 사신이 입에 침이 마르도록 칭찬하게 만든 세자였다. 의젓함과 총명함은 도저히 여덟 살의 아이라고 믿어지지 않았다. 할아버지인 태종은 흐뭇한 감격으로 숨이 막힐 지경이었다. 맏이에게 왕위를 물려줄 수 있다는 머릿그림만으로도 가슴이 벅찬데 여덟 살 원자는 할아버지의 눈으로 보기 때문에 눈부시게 빛나는 손자가 아니었다. 그로부터 한 달 후 세자 책봉식이 있었다.

그 때 원자였던 이향은 이제 세자로서 태평관에 나아가서 사신을 맞아 잔치를 베풀었다. 세자의 모습은 옥처럼 아름답고 부드러웠다. 읍(揖: 두 손을 맞잡아 얼굴 앞으로 들어 올리고 허리를 앞으로 공손히 구부렸다가 몸을 펴면서 손을 내리는 인사)을 하거나 사양하는 모습은 한 나라를 다스려 갈 세자의 품위를 지녀 10세에 지나지 않는다고는 상상도 할 수 없는 몸가짐이었다. 두 손을 맞잡아 얼굴 앞으로 들어 올리고 허리를 앞으로 공손히 구부렸다가 몸을 펴면서 손을 내리는 동작 하나하나에 지나치지도 모자라지도 않는 예를 갖추었다. 큰 걸음으로 가야 할 때와 잰걸음으로 움직여야 할 때를 정확히 알았다. 그도 그럴 것이 왕세자 책봉식 때 모든 신하를 감동의 도가니로 몰아넣은 세자 이향이 아니었던가.

신축년(1421년, 세종 3년) 왕세자의 책봉식이 있던 날, 원자 이향을 모시는 지통례(知通禮: 길을 안내하는 관리)가 세자를 인도해 동문(東門)으로 들어가서, 모든 절차가 끝나고 근정문 밖에 설치되어 있는 악차(幄次: 왕이 거둥할 때에 잠깐 머무를 수 있도록 장막을 둘러친 곳)로 들어갈 때까지의 긴 시간을, 여덟 살의 왕세자 이향은 조금도 지친 빛을 띠지 않은 채 한 치의 흐트러짐도 없이 치러냈다.

▶지통례의 안내로 조복(朝服: 붉은 비단으로 만든 예복)을 입은 세자가 처음 문에 들어올 때에, 음악이 연주되기 시작하여 책봉 받는 자리 앞에 이르면 음악이 그친다. 음악이 매우 느리게 연주되기 때문에 음악에 맞추자면 천천히 걸어야 한다. 전의(典儀: 책봉식의 진행자)가 사배라 외치면 다시 음악이 연주되고, 통찬(通贊: 전의의 말을 그대로 전달하는 관리)이 그대로 전달한다. 세자는 네 번 절을 한다. 다시 전의가 사배라고 하면 여러 관원들과 그 자리에 있는 모든 사람이 네 번 절을 하는데, 절을 마칠 때까지 음악이 계속 연주된다.

봉례랑(奉禮郎: 의식을 치를 때 관원 안내)이 세 사람의 의정(議政)을 인도해 동쪽 계단을 올라 전(殿)에 오른다. 이 때 봉례랑은 섬돌까지만 올라간다. 다음으로 봉례랑이 독책관(讀冊官: 책문을 읽는 관리)을 안내한다. 의정이 들어와서 임금 앞에 나아가 꿇어앉고, 승지가 책함(冊函: 책문 보관 상자)을 봉책관(奉冊官: 의식 때에 책문을 독책관에게 받들어 올리는 일을 맡은 관리)에게 준다. 임금을 가까이에서 모시는 신하가 인수(印綬: 왕세자 도장을 몸에 차기 위한 끈)를 봉인관(奉印官: 왕세자의 도장을 지님.)에게 준다.

봉책관, 봉인관, 그리고 전(殿)에서 내려온 의정이 차례대로 책문(冊文: 업적이나 덕행을 대나무나 옥에 기록한 글)을 전하는 자리에 나아가 서향으로 서서 임금의 교지가 있다고 전하면 세자가 두 번 절을 한다. 세자가 꿇어앉으면 독책관이 서향으로 서서 함을 열고 책문을 읽는다. 세자는 면복흥재배(俛伏興再拜), 구부렸다 엎드렸다가 일어나 두 번 절을 한다. 봉책관이 책(冊)을 가지고 의정에게 전달하면, 세자가 나아가서 꿇어앉아 의정에게서 책을 받는다. 세자가 일어나 물러서서 좌문학(左文學: 동궁에 소속된 관리로 세자에게 글을 가르치는 벼슬)에게 책을 준다. 봉인관이 인수(印綬)를 가지고 의정에게 전달하면, 세자는 또 나아가 꿇어앉아 인수를 받고, 일어나 물러서서 우문학(右文學)에게 준다. 의정, 봉책관, 봉인관이 제자리에 돌아가 선다. 전의(典儀)가 사배하라고 외치면 세자가 네 번 절을 한다. 절을 하는 동안에는 언제나 음악이 연주된다. 전의가 또 한 번 사배하라고 외치면 여러 관원들이 모두 네 번 절을 한다.

지통례가 세자를 안내해 동문으로 나간다. 악차에 돌아와서 판통례(判通禮: 예식에 관한 일을 맡아보던 예조의 관리)가 임금의 명령을 적은 교서(敎書)를 가지고 전교관(展敎官: 의식을 올리기 위해 임시로 마련된 관리)에게 준다. 전교관 두 사람이 교서를 펴 든다. 전의(典儀)가 궤(跪)하면, 여러 관원은 모두 꿇어앉는다. 교서를 읽는 독교관은 구부렸다 엎드렸다가 한 후 일어나 서향으로 서서 교서를 읽는다. 전의가 면복흥사배(俛伏興四拜) 하면 음악이 시작된다. 자리에 있던 모든 사람이 구부렸다 엎드렸다가 한 후 일어나 네 번 절하면 음악이 그친다.

동궁에 딸렸던 모든 관리들이 사은전(謝恩箋: 감사하는 마음을 적은 글)을 준비했다가, 이날에 이르러 세자의 사은전에 세자인(印)을 찍으면, 좌문학은 사은전을 받들고, 봉례랑은 좌문학을 안내해 동문(東門)에서 들어온다. 음악이 연주되기 시작한다. 지통례가 세자를 안내해 들어와 자리에 나아가면 음악이 그친다. 전의가 사배라 하면 음악이 시작되고, 세자가 네 번 절하면 음악이 그친다. 좌문학이 사은전을 가지고 동향으로 꿇어앉아 올리면, 세자도 꿇어앉아서 사은전을 받아서 판통례에게 주고 면복흥(俛伏興) 한다. 판통례가 사은전을 받들고 동쪽 계단으로 올라가 임금 앞에 이르러 꿇어앉아 올리면, 내관이 사은전을 받아 임금에게 아뢴다. 전의가 사배라 외치면 음악이 시작되고, 왕세자가 네 번 절하면 음악이 그친다.

판통례가 꿇어앉아 예가 끝났다고 아뢰면, 임금은 자리에서 일어나고 음악이 시작된다. 임금이 내전으로 들어가면 음악이 그친다. 지통례가 왕세자를 인도해 나와 악차로 돌아오고, 문무 여러 신하들도 차례로 나가도록 안내한다.

"삼가 양궁(兩宮: 아버지와 어머니)을 공경으로 섬겨서 항상 유순한 즐거움을 바치려 하며, 세 가지 착한 것을 완전히 하여 더욱 임금을 도우는 데 정성을 바치려고 하옵니다."

세자의 사은전은 그렇게 끝을 맺었다. 신하로서 임금을, 자식으로서 어버이를, 아이로서 어른을 잘 섬기겠노라는 것이다.

임금은 왕세자나 빈의 책봉, 왕과 세자의 결혼, 축하연에 관한 가례(嘉禮)뿐 아니라, 나라의 중요한 제사들인 길례(吉禮), 국장(國葬)이나 장례에 관한 흉례(凶禮), 군대의 출정이나 전쟁과 관련된 군례(軍禮), 외교에 관한 빈례(賓禮) 등 다섯 가지 예법, 즉 오례를 매우 중요하게 여겨 철저하게 기록하도록 했다. 예악을 중시한 임금의 노력으로 예절의 절차가 완벽하게 정리되어 후대에서도 제도를 보고 예를 행할 수 있도록 해 놓을 것이다.

세자는 책봉식을 시작으로 종묘에 세자가 되었음을 알리는 의식을 행했고, 성균관 입학식을 치렀다. 의식을 행할 때마다 순서가 간단하지 않아 연습을 해야 했으니 여덟 살의 세자에겐 벅찼을 텐

데도 조금도 흐트러짐이 없었던 세자였다.

그런 세자였으니 사신이 칭찬하는 것은 당연한 일이었다. 잔치가 끝나자 명나라 사신 해수가 세자를 안고 중문(中門)으로 나갔다. 해수는 세자가 말에 앉는 것을 보고 싶어 했다. 말을 앞으로 나오게 하니, 세자가 예(禮)로써 굳이 사양했지만, 해수도 만만치 않아 결국 세자가 말에 오를 수밖에 없었다.

세자로 책봉된 지 스무 날이 못 되어 서연(書筵)을 열었다. 『소학』다음으로 세자는 『논어』를 읽기 시작했다. 세자가 사은전(謝恩箋)에 올리기를 아직 머리를 내려 땋은 어린 나이에 문득 종묘사직의 으뜸자리를 받아 몸 둘 바를 모르겠다고 했다. 이 자리가 관계되는 것이 가볍지 않아 영광스러움을 오히려 두려워한다고 했다. 이는 마땅히 맏아들을 세워서 근본을 단정히 하려 하심인가 여긴다고 했다.

세자는 삼가고 고민하고 생각했다. 어린 나이임에도 자신의 어깨에 짐 지워진 한 나라를 다스려야 한다는 무게감으로부터 도망가지 않았다. 조선이 세워지고 그 어느 왕도 세자처럼 어린 나이에 나라를 생각하지 않아도 되었다. 세자 이향은 반드시 가야 할 길 위에서 방황하지 않았다. 아니 한눈 팔 생각이 조금도 없었다. 어린 아이의 즐거운 놀이를 넘보는 일이 없었을 뿐 아니라 마치 임금이 되기 위해서 태어난 것처럼 자식의 길과 신하의 길을 묵묵히 걸어갔다.

두 살 위인 맏누이가 죽었을 때 세자는 임금을 대신해 슬픔을 실어 보냈다. 임금은 나랏일에 열중해 있었다. 마치 일찍 죽는 자식은 낳은 적도 없었던 것처럼. 열세 살에 죽은 정소 공주를 위해

2품 이상의 관원의 예로 수륙재(水陸齋: 물과 육지의 홀로 떠도는 귀신들에게 꽃이나 음식을 바치는 불교 의식)를 행하도록 했다. 정소 공주의 시체는 광연루의 서문(西門)으로 나가 총제(摠制) 이맹균의 집에 며칠 두었다. 이것은 공주가 이맹균의 집에서 자랐기 때문이었다. 임금이 정소 공주를 위해 행하는 일은 예를 행하는 것일 뿐 자식의 죽음을 슬퍼하는 아비의 모습이 아니었다. 애통해 하는 것은 세자의 몫이었던 것이다.

임금은 왕실의 일에 매달릴 여유가 없었다. 북쪽의 변경은 끊임없이 소란스러웠다. 남쪽 왜구가 식량 사정이 좋지 못할 때마다 침략해 왔듯이 북쪽 여진족도 식량 때문에 조선의 변경을 위협했다. 여진족 부족들끼리 다툼이 일어도 그 파장이 조선에 미쳤다. 도망 와서 숨는 곳인가 하면, 숨을 수가 없을 때엔 싸움을 걸었다. 때로는 조선의 장수가 여진 부족들끼리의 싸움에 끼어들어 화해를 시키기도 했다. 식량을 주어 달래기도 했고, 훔치거나 빼앗는 여진족을 추격해 위협을 주기도 했다. 여진족의 일은 여진족과의 일로 끝나지 않고 가끔은 명나라와의 외교 문제도 걸리게 되어 입장이 애매해지기도 하고 진땀을 흘리기도 했다. 사람을 보내어 여진족의 움직임을 빈틈없이 살피는 것도 게을리 하지 않았다. 대마도 정벌을 결정하는 것과 비교할 수 없을 정도로 복잡했다. 또한 대마도의 왜인은 바다 건너에 있고, 여진족은 비록 강이 흐르고 있다고는 하나 쉬이 건너 침범할 수 있는 거리에 있다.

임인년(1422년, 세종 4년) 5월에 평안도 도절제사로 최윤덕이, 12월에 함길도 도절제사로 하경복이 임명되었다. 관찰사나 도절제사의 임기는 2년이었다. 임기가 지났으므로 마땅히 다른 장수를 보내고 두 장수를 돌아오게 해야 했다. 특히 하경복은 급히 부임하느라고 늙은 어머니에게 인사조차 하지 못했다. 임금은 하경복의 어머니에게 쌀과 비단을 내리고, 동생 하경리로 하여금 어머니와 가까운 곳에서 벼슬을 살게 하여 어머니를 돌볼 수 있도록 했다. 하경복이 함길도에 간 뒤부터 잦은 여진족의 침략에도 백성의 평안을 걱정하지 않아도 되었던 때문이다. 지난해 가을 경원에서의 승리는 쏟아지는 화살과 돌을 무릅쓰고 홀로 적진 깊숙이 뛰어든 하경복의 눈부신 활약 덕분이었다. 하경복의 거센 공격이 아군들의 용기를 북돋우어 적군을 무찌를 수 있었다.

▶인재를 구하기 어려워 한숨을 쉰 것은 옛날부터 그러하였거니와, 장수의 임무를 어찌 가볍게 맡길 수 있으리오. 더구나 지금 군사들은 경의 위엄과 은혜에 익숙하고, 적들도 또한 경의 용감한 병략을 무서워하는데 어찌 경을 바꿀 수 있겠소. 장수될 만한 사람을 아무리 살펴도 경과 바꿀 만한 사람이 없소◀

임금은 옛날 송나라 태조 때의 일을 돌이켜 생각했다. 변방에 주둔한 장수 이한초(李漢超)와 마인우(馬仁瑀)와 같은 사람은 모두 그 벼슬에 오랫동안 있어, 수십 년이 되었어도 교대하지 않았다. 지금 하경복이 임금에게 바로 그런 사람이었다. 임금은 허조의 가르침을 떠올렸다. 인재를 얻으면 편안해야 하며, 맡겼으면 의심을 말아야 했다. 의심이라니 당치 않은 말이었다. 믿음이 지나쳐 하경복을 춥고 험하고 외진 곳 함길도에 붙들어 두고자 하는 것이다.

▶경은 과인을 위하여 이 나라의 장성(長城)이 되어 북쪽을 염려하는 근심을 없애도록 하오. 겨울날이 추우니 특히 편안하게 지내

길 바라오.

　평안도 도절제사인 마흔아홉 살의 최윤덕에게도 임금의 지극한 뜻을 알려 더 머물러 있게 했다.

　「갑자기 사신이 와서 전하의 글월을 대하오니, 혼자서 전하의 총애를 받게 되는 듯하여 감격으로 눈물이 흐르옵니다. 분수에 넘친 전하의 은혜를 뼈에 새겨 보답하겠사옵니다.

　함길도 도절제사인 마흔여덟 살의 하경복이 사은전을 올렸다. 동생 하경리도 사은전으로 왕의 신뢰에 감동을 표했다.

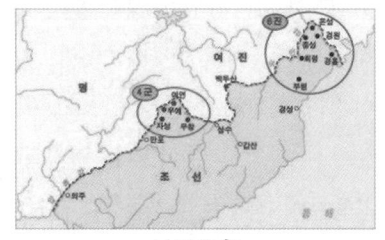

<4군6진>

　「신 하경리의 생각이옵니다. 형 하경복이 왕명을 받고 변방에 나가 수자리를 사는 것은 신하된 자의 직분인데, 전하께서 직분상 당연한 것으로 보지 아니하고 도리어 상을 주시고 신의 모친에게까지 성은이 미쳤으니, 신의 한 집은 아비 때부터 소신까지 여러 번 성은을 입사와, 신의 모친만 감격할 뿐 아니라, 선신(先臣: 왕에게 죽은 아버지를 가리킴)도 또한 지하에서 감동하여 울 것이옵니다.

　북방의 변경은 임금이 보여주는 지극한 믿음 안에서 두 장수의 참된 충심이 지켜내고 있었다. 변방에서 울리는 북소리가 항상 승리의 기쁨을 담아내지는 못하더라도 적어도 나라 전체를 위태로움에 빠지게 하지 않으리라는 믿음을 주고 있었다.

　장님 26명이 임금에게 하소연을 했다. 그들은 앞을 볼 수 없어 거문고와 비파를 타는 것으로 직업을 삼아 생계를 이어온 사람들이었다. 근래 공정 대왕, 원경 왕후, 태종 대왕의 국상(國喪)이 이어져 음악을 정지하는 바람에 살아가기가 몹시 어려워진 것이다. 얼마 전 종친과 임금의 사위인 부마가 사신을 위로하는 잔치를 베풀었을 때 풍악을 연주했을 뿐이었다. 임금은 쌀 한 섬씩을 주라고 명했다. 그러나 우선은 그것으로 살아갈 수 있지만 곧 음악을 다시 연주하게 하지 않으면 생계를 잇기가 힘들 것이다.

예조에서 아뢰었다. 악기도감(樂器都監)에서 힘을 써 악기가 풍족하게 되었으니 악기를 만든 장인들에게 상을 내려달라는 것이었다.

조선에 악부(樂部)는 다만 생(笙) 2부(二部)가 있었는데, 원래 중국에서 온 것으로 하나는 썩고 깨어진 지 이미 오래되었다. 나라에 두 번이나 악기도감을 설치하고 완전한 것을 본떠서 만들었으나 불어도 소리가 나지 않았다. 이번에 다시 악기도감을 설치해 생(笙) 21부를 만들었는데, 중국에서 온 것과 다름이 없었다. 음악을 연주할 때 악기를 배치해 놓았던 그림과 음악 관련 책을 참고해 새로이 화(和: 관악기) 열넷과 우(芋: 관악기) 열다섯을 만들었다. 더구나 이번에 팔음(八音)이 처음으로 다 맞게 된 것은 보람 중의 으뜸이었다. 가야금과 비파, 대쟁(大箏)과 아쟁(芽箏)도 여러 개를 만들어 종묘에 나아갈 때와 제사를 지낼 때 넉넉하게 사용할 수 있게 되었다. 악기가 갖추어지자 임금과 신하들이 조회할 때뿐 아니라 잔치를 열 때도 연주하게 하자는 건의가 들어왔다. 임금이 장인들의 악기를 만든 공을 상, 중, 하로 나누어 품질이 좋은 베를 하사했다.

중국 기구의 체제를 자세히 살펴서 궁궐 안에 경점(更點)을 알리는 기구를 만들게 했다. 경(更)은 밤 시각을 다섯으로 나눈 것을 말

한다. 초저녁부터 새벽까지를 1경부터 5경이라 하고, 1경마다 다섯 부분으로 나눈 시간을 점(點)이라 일컬었다. 대체로 경은 북을 두드려 알리고, 점은 징을 쳐서 알렸다. 그런데 정확한 시각을 모르면 어느 때 북을 두드리고 징을 쳐야 할지 갈팡질팡하게 마련이었다. 임금은 구리를 사용해 기구를 만들도록 명을 내렸다.

일흔 살이 된 영의정 유정현에게 궤장(几杖)을 하사했다. 궤는 검정가죽으로 만든 의자고, 장은 비둘기를 새긴 지팡이다. 신하가 달존(達尊)의 아름다움이 있으면 임금의 도리는 공경하는 예의를 갖춘다. 달존이란 세상 사람이 모두 존경할 만한 사람을 말한다. 곧 벼슬과 지위가 높아야 하고, 나이도 지긋해야 하며, 학식과 덕행이 남들이 우러러볼 만할 것을 이르는 말이다. 이것은 임금이 새로이 만들어낸 것이 아니고 오래 전부터 내려오는 좋은 풍습이었다.
▼경은 타고난 바탕과 성품이 깨끗하고 마음가짐이 견고하오. 국가의 전례에 익숙하고 의리에 통달할 뿐 아니라, 청렴하고 검소한 것으로 백성을 다스려 일찍부터 선량한 관리로서 이름이 드러났고, 마음과 뜻이 뭇 사람보다 높고 크게 뛰어나서 재상의 체통을 지녔소. 오랫동안 수상이 되어 더욱 충성하고 부지런해 여러 가지 사무를 정돈하고 바르게 처리하였으니, 참으로 태조 때부터 지금까지 나랏일에 몸을 바친 원로요, 한 나라의 기둥이며 주춧돌이었소. 지난번에 경이 늙은 것을 이유로 휴양을 청할 때, 과인이 의지하는 중요한 관직에 있는 신하인 까닭에 허락하지 아니하였소▼

나이가 많은 신하를 아끼는 임금의 마음이 흠뻑 배어있었다. 그러나 유정현은 중요한 관직에 있는, 나이가 지긋하며 학식이 있는 신하이긴 하나 덕행까지 갖춘 달존은 아니었으며, 검소할지는 몰라도 청렴하지는 않았다. 청렴이라는 말에 어울리려면 성품과 행실이 높고 맑으며 욕심이 없어야 했다. 유정현은 구두쇠였다.

전 판중추부사 정역의 집종이 영의정 유정현의 장리(長利) 돈을 꾸었다. 장리는 다음 해 돌려 줄 때, 본디 곡식의 반 이상을 덧붙여 이자로 갚았다. 곡식을 팔아 돈을 사야 하는, 돈이 귀한 백성이 보다 쉬운 곡식으로 갚는 것이다. 곡식으로 갚는 것도 풍년이라야 쉬운데, 흉년으로 먹을 양식조차 없어 갚지를 못했다. 유정현이 아랫사람을 그 종의 집에 보내어 돈이 될 만한 것이라면 모조리 빼앗았다. 심지어는 부뚜막에 걸려 있는 가마솥도 떼어갔다. 상대가 영의정이었는지라 정역이 사위인 효령 대군을 찾아갔다. 효령 대군은 어이가 없었다. 한 나라의 수상이 가난한 백성의 형편을 살피지 않음이 지나쳤다. 자나 깨나 백성의 평안을 염려하는 임금 못지않게 불심을 가진 효령 대군도 백성을 사랑하는 마음이 두터웠다. 효령 대군이 유정현의 아들인 총제(摠制) 유장을 불렀다.

"그대의 부친은 지위가 수상에 이르러 나라에서 주는 녹(祿)도 적지 않고, 또 주상 전하의 백성을 아끼는 뜻을 스스로 실천에 옮겨 백성의 가난을 보살펴야 하거늘, 이제 가난한 종놈의 가마솥까지 빼앗아 가다니, 수상된 뜻이 어디에 있더란 말이오. 만일 돌려보내지 않으면 내가 구실아치를 잡아다가 엄하게 묻고 주상께 아뢸 것이니, 그대는 돌아가 부친에게 알리도록 하오."

"저의 아비가 저의 말을 듣지 않은 지 오래 되었으니, 다른 사람을 시키심이 좋을 듯합니다."

이 일로 유정현의 사람 됨됨이가 많은 사람의 입에 오르내렸다.

부리는 아랫사람 중에서 장리 준 돈을 다 받아들인 자에게 상을 주고 낮은 벼슬도 주었다. 조그마한 이익도 놓치는 일이 없어, 뒷동산에서 나는 과일 하나도 남을 주는 일 없이 모두 시장에 팔았다. 천석꾼 부자라는 말이 있는데 영의정 유정현은 7만여 석 부자였다. 백성들의 원망이 하늘을 찔렀다.

"비록 굶주려 죽을망정 다시는 영의정의 장리는 꾸어 쓰지 않겠다."

인색하기 짝이 없을지라도 임금은 유정현의 경륜을 아껴 영의정의 자리를 지키게 했다. 재물을 아끼는 것이 지나칠망정 이유 없이 남의 물건을 빼앗은 것은 아니었던 것이다. 아니 유정현이란 그릇은 흠은 있어도 한 나라의 재상을 맡을 수 있을 만큼 크고 넓은 면도 지녔다. 한 인간의 아름다움을 취하여, 그 아름다움으로 더러움을 감싸 안는다 해도 아름다움이 더러움으로 송두리째 바뀌지 않음을 믿는 임금이었다. 게다가 태종 때부터의 대신이었다. 유정현은 하사받은 궤장의 영광스러움을 사은전에 담아 임금에게 올렸다.

▶큰 도량으로 포용하고 지극히 어진 마음으로 다 썩어가는 이 몸도 빼지 않고 특히 총애하는 영광을 내려, 어린애와 같이 보호하고 부모보다 더 사랑해 주시니, 신은 삼가 앉을 때 기대고, 다닐 때 의지하여, 개나 말 같은 여생을 편안히 지내고, 성은을 입으로 외고 마음으로 생각하여 넓으신 덕택에 보답하겠사옵니다.◀

5장

음악이 평화로우면
정치는 조화를 이루나니

1425년, 세종 7년(29세) -
1428년, 세종 10년

"이조 판서 신 허조, 아뢰옵니다. 제주와 경원은 멀고 먼 곳이옵니다. 변경의 고을 수령은 60개월이 차기를 기다리지 말고, 30개월이면 고을을 바꾸게 하시옵소서."

"그렇소. 북쪽과 남쪽의 끝은 고을 수령들이 가족과 함께는 갈 수 없는 곳이오."

임금은 고개를 끄덕였다. 하경복이 떠올랐다. 함길도를 맡길 다른 인물이 없었다. 한낱 작은 고을의 수령도 30개월이면 바꿀 수 있는 것을 하경복은 당상관의 신분으로 2년의 임기를 채우고도 줄곧 함길도에 머물러 있었다. 임금에게 하경복은 곧 함길도를 지키는 장성(長城)이었다. 여진족은 하경복을 몹시 두려워하여 함부로 침입하지 못하고 전에 없이 멈칫거렸다.

'이번 절제사라고 해서 어찌 이곳에 오래 있겠는가. 반드시 바뀔 날이 있을 것이다.'

여진족은 하경복이 곧 임기가 끝나 돌아가기를 손꼽아 기다렸다.

▶함길도 절제사 하경복의 가족이 한양에 있으니, 방법을 찾아 녹(祿)을 주도록 하라.◀

임금이 이조와 호조에 명을 내렸다.

함길도와 평안도는 여진족의 침입이 잦아 방비를 철저히 해야 하는 곳이다. 방비를 튼튼히 해야 하는 만큼 다른 지방에 사는 사람들이 국경을 지키는 일, 즉 수자리를 살아야 하는, 그리 내키지 않는 곳이기도 하다. 내가 아니면 누가 지키랴 하는 마음으로 온힘을 기울일 사람이 많을 것인가. 빨리 날짜를 채워 고향으로 돌아갈 날만 기다리는 이가 헤아릴 수 없을 것이다. 국경을 지키는 것이 내 가족의 평안을 지키는 데에 얼마나 필요한 일인지 깨닫도록 가르침을 받을 기회도 거의 없었다. 고향에서나 고향을 떠나서나 고달픈 게 힘없는 백성들의 삶이었다. 군사들의 사기를 높이기 위해 특별히 함길도 변경에서 수자리를 사는 이들에게 혜택을 주었다. 한양에서 번을 드는 병사들에게는 하루 2점의 출근표 점수를 주는 데 비하여, 여진족의 잦은 침범으로 목숨을 걸고 전투를 해야 하는 수자리 병사는 힘써 싸웠다는 장수의 보고만 있으면 하루에 100점을 주도록 했다.

설사 그렇다 하더라도 언제 전투가 벌어져 목숨을 잃을지 모르는 변경과 그렇지 않은 곳에서 번을 드는 것과는 비교도 할 수 없을 만큼 변경은 힘이 드는 곳이었다. 그 곳에서 장수 하경복은 줄곧 변경의 수문장 노릇을 하고 있었다. 하경복의 고향은 경상도 남쪽 끝 진주였다. 임금은 하경복의 어머니에게 쌀을 30석 내렸다. 하경복을 대신해 임금이 아들 노릇을 했다.

전쟁터에서 용맹을 떨치지 못하는 것은 효도가 아니지 않느냐며 멀리 떨어져 있는 하경복에게 충성이 곧 효도임을 강조하였으나, 어려운 자리에서 돌아오지 못하게 막고 있는 임금의 마음인들 편할 리 있겠는가.

▶무더운 여름이니 아무쪼록 음식에 조심하여 몸을 돌보기 바라오◀

호군으로 하여금 임금의 편지와 함께 임금이 거둥할 때 타는 말, 곧 내구마와 의복을 들려서 하경복에게 보냈다. 임금은 앞으로도 쉬이 중앙으로 불러들일 뜻이 없음을 부드럽게 전하고 있었다. 조선의 남쪽 끝에 어머니가 살고, 북쪽 끝을 지키는 장수로서 어머니의 평안을 비는 아들 하경복이 가족과 떨어져 살고 있었다.

이미 평안도 도절제사를 맡던 최윤덕은 중앙 관직인 의정부 참찬 벼슬을 받아 한양으로 돌아갔고, 그 자리는 성달생이 맡았다. 평안도는 사신이 오고 가던 길목이라 일찍부터 중앙의 관심을 받은 곳이지만 함길도 북쪽은 지세가 험해서 백성들은 물론이고 중앙의 관리들에게도 남의 나라 땅처럼 버려진 곳이었다. 평안도는 그래서 그들을 맞이하고 전송하느라 허리가 휘어지고, 함길도는 그래서 도무지 나라님의 은혜라는 말이 겸연쩍을 지경이다.

바로 그 곳, 함길도와, 사정이 함길도와 크게 다르지 않은 평안도 지방 사람들에게 임금은 벼슬을 주고 싶었다. 일부러 벼슬을 하기 위해 재물을 바치기도 했으니, 지방 사람들에게 영향을 미칠 수 있는 힘 있는 백성들에게 벼슬을 내림으로써 그들의 마음을 사려 했다. 토관직이다. 평안도 도절제사를 지낸 의정부 참찬 최윤덕의 건의였다. 법을 새로 세우는 것은 임금이 즐겨 쓰는 방식이 결코 아니었다. 그러나 뇌물을 쓰지 않고 얻은 벼슬은 그들의 명예를 드높이는 일이라 지방민을 달래는 것으로 나쁘지 않을 듯했다.

여진족을 가장 앞서서 방어해야 할 곳에 이징옥이 버티고 있었다. 경원 절제사 이징옥을 하경복은 굳게 믿고 있었다. 이징옥에게는 항상 200여 명의 군사가 대기 중이었다. 여진족을 최전방에서 방어해야 하는 곳이기에 함길도 도절제사 못지않게 믿을 만한 장수에게 맡겨야 하는 곳이었다.

함길도는 단순히 여진족의 침입을 방어만 하면 되는 곳이 아니었다. 여진족 문제는 명나라와의 외교 관계도 생각해야 하기 때문이었다. 조선과 명나라 사이에서 두 나라의 관계를 교묘하게 이용하기도 하는 여진족이었다. 여진 부족 중에서도 제법 큰 세력을 이끌고 있는 양목탑올(楊木塔兀)이 그랬고, 동맹가첩목아(童猛哥帖木兒)도 마찬가지였다. 한 가지 조선에 이로운 것은 여진족은 부족들끼리 힘을 합할 뜻이 별로 없다는 것이다. 그렇다 하더라도 그들이 큰 세력을 이루지 못하도록 때로는 명나라의 힘을 빌려서라도 적당히 으르고, 때로는 외교라는 이름을 빌려 달래야 했다.

임금은 근정전에 나아가 과거 제2차 관문인 회시에 합격한 남수문 등에게 정책에 관한 문제를 내렸다. 함길도 방어의 어려움을 풀 수 있는 실마리를 찾을 수도 있지 않은가.

이조 판서 허조는 줄기차게 경원에서 여진족을 방어하는 어려움을 건의했고 대부분의 신하들이 그 뜻에 힘을 실어 주었다. 그렇지만 임금은 쉽사리 그 의견을 받아들일 수가 없었다. 경원을 버리면 앞으로 또 어느 지역을 버려야 할지 모를 일이었다. 하경복은 대부분의 대신들이 지키려 들지 않는 땅에서 외롭게 싸우고 있었다.

┏함길도 변경이 안정되면 경은 돌아와서 어머니를 보도록 하오.┓
 임금이 함길도를 떠날 것을 허락한 것은 도절제사가 되고 여섯 해만이었다. 그러나 하경복은 한 달 만에 다시 함길도로 되돌아갔다. 단지 고향 방문을 위한 짧은 외출이었다.

 누군들 피붙이가 살갑지 않겠는가. 임금도 세자의 혼례를 앞두고 뿌듯해졌다. 세자의 배필을 정하는 데는 변계량과 유순도가 재능을 십분 발휘하도록 했다. 대제학 변계량은 사주(四柱)의 운명을 조금 볼 줄 알았고, 유순도는 유학자이지만 순전히 음양 술수(陰陽術數)와 의술(醫術)로 관에 진출한 사람이었다. 유학자라는 이름을 내세우긴 했지만 세자의 배필을 두고 점을 치고자 했던 것이다. 여자는 나이 14세에서 20세까지 혼인을 하도록 법으로 하는 대신에 남자는 엄격하게 법으로 규정짓지 않았다. 차별이었다. 관청의 노비는 남종은 1백 푼으로, 여종은 50푼으로 했기 때문에 차별인 듯하지만, 노동력을 제공하는 대신에 쌀이나 베나 포로 갚을 때는 여종이 쉬우므로 구별이었다. 관노비가 아이를 낳으면 100일 동안의 휴가를 주어 아기를 낳은 후 몸조리를 충분히 할 수 있는 기간을 허락했다.

 12세니, 13세니 하며 세자가 가례를 올릴 알맞은 때에 관해 여러 가지 말이 오르내렸지만 임금은 15세에 가례를 치르게 했고, 판돈녕(判敦寧: 종1품) 김구덕의 딸을 세자빈으로 봉했다. 좋은 날을 잡았으나 천둥과 비가 저녁까지 그치지를 않아 세자의 친영례(親迎禮: 신랑이 신부의 집에 가서 신부를 직접 맞이하는 의식)는 결국 뒤로 미루어졌다. 가례를 한 세자가 대호군 윤중부와 사직 황보신과 함께 명나라 황제에게 인사를 하기 위해 길을 떠났을 때 5일 만에 조현(朝見: 신하가 조정에 나아가 임금을 뵙는 일)을 정지하라는 칙서가 압록강에 이르렀다. 황제는 세자가 굳이 먼 길을 오지 않더라도 임금과 세자의 충성심과 공경하는 마음을 충분히 알 수 있으므로 세자로 하여금 부지런히 학문에 힘쓰게 할 것을 당부했다. 세자는 결국 조현을 하지 않았다. 황제는 세자가 길을 떠났더라도 되돌아가라고 했던 것이다. 세자의 조현 일행은 타는 말과 짐을 싣는 말이 모두 145필이요, 짐꾼이 356명으로 꾸려졌다. 임금은 세자의 관복이 신하들과 별로 차이가 나지 않는다는 변계량의 건의에 따라 명나라에 세자에게 알맞은 관복을 청하기로 했다.

다시 함길도로 돌아가는 하경복을, 예조의 관리와 지신사, 대언들로 하여금 전송하게 하는 것으로 그를 위로할 수밖에 없는 임금이었다. 고향에 다녀오기가 쉬운 다른 사람에 비해 짧은 동안이지만 고향과 어머니 향기에 흠뻑 빠지는 걸로 하경복은 만족해야 했다. 경원 절제사 이징옥에게는 특별히 임금이 약을 내렸다. 이징옥이 신경 계통에 탈이 나서 풍질을 앓고 있었던 때문이다.

임금을 응원하는 외로운 신하가 또 있었다. 전 좌군 동지총제 박초다. 많은 신하들이 양계의 북쪽을 지키려는 임금의 노력을 반대하는 상황에서 박초는 반드시 양계의 북쪽을 지켜야 한다는 말을 임금에게 아뢰는 것이야말로 신하된 도리라고 여겼다. 박초는 왜

두만강 유역에서 물러설 수 없는지 역사를 거슬러 올라가서 그 이유를 찾았다.

조선의 국경은 고려 때부터 이어져 온 것이다. 옛 모양대로 돌아가자면 1107년 윤관 장군이 두만강 북쪽 700리 되는 공험진에 세웠던 비(碑)가 경계가 되어야 할 것이다. 그럼에도 조선은 경원부를 만들었다. 경원부는 이미 고려 때에 한 차례 땅을 줄였고, 조선에 와서 또 한 차례 땅을 줄인 결과이다. 땅을 줄여 경원부를 설치한 것도 부끄러운 일인데 이곳마저 여진족에게 비워주고 경성(鏡城) 지방의 용성(龍城)으로 물러선다면 이는 여진족의 웃음거리가 될 것이다.

용성으로 물러서면 거기서부터는 여진족의 침입에서 자유로울 것이라는 보장도 없다. 용성을 경계로 삼는다면 지금의 경원이 도적의 소굴이 될 것이므로, 입술이 없으면 당연히 이가 시리게 되지 않겠는가. 경원의 고랑거리(高郞居里)와 경성의 용성(龍城)은 모두 적의 갈림길로서 방어의 요충지다. 예부터 군사와 백성을 한 곳에 살게 하여 농사를 지으며 전쟁을 하게 했다. 토관직을 활용하는 것이 실로 좋은 방책이 될 것이다.

몇 해만에 임금의 뜻을 온전히 받든 신하의 말이었다. 임금은 공조 참판 이천을 함길도 경원으로 보냈다. 성을 쌓고 농사지을 땅을 살피기 위해서였다. 평안도 도절제사 조비형에게는 파저강 근처의 여진족을 철저히 정탐하게 했다. 하경복이 함길도를 지키는 동안 평안도는 세 번째로 절제사가 바뀌어 있었다. 사신이 자주 다니는 길목이어서 평안도 백성의 군역이 매우 어려웠다. 병조에서는 그 어려움을 덜어주는 방안을 검토했다. 미처 생각지 못해 배치하지 않았던 노비들을 보냈다. 절을 없앨 때 줄인 노비들이 평안도에는 보내지지 않았음을 늦게야 알게 되었던 것이다. 어려움을 덜어주려 했지만 노비를 보내어도 필요한 역리는 턱없이 모자랐고, 그것은 고스란히 평안도 백성들의 몫이었다. 스스로 준비한 양식으로 변방을 지키기도 어려운데다가 명나라와 조선의 사신들을 뒷바라지 하는 백성들의 일은 해도 해도 끝이 없어 보였다.

명나라에서 오는 사신은 사람에 따라 다르기는 하였지만 대체로 매우 탐욕스러웠다. 사신 김만은 예의를 갖추어 임금을 대하고 두루 감사를 표할 줄 아는 몇 안 되는 사신이었다. 임금이 김만을 청해 경회루에서 잔치를 베풀었을 때다.

"내가 듣건대 전하는 어진 덕이 있으시고, 밤이 깊도록 옛 글을 보시며, 위를 공경하고 백성을 사랑하신다 하오니 깊이깊이 치하드립니다."

"분에 넘치게 무거운 책임을 이어받았소이다. 내가 어리석은지라 감히 황상(皇上: 현재의 황제)의 명을 욕되게 하지 않으려면 힘써 글을 읽어 옛 일을 배울 수밖에 없지 않겠소이까."

임금과 이런저런 대화를 나누다가 김만이 술에 취해서 깜빡 졸았다. 잠시 후에 깨어난 김만은 깜짝 놀랐다.

"나는 북방의 달달(達達: 타르타르족) 태생으로 우직한 사람입니다. 주시는 술을 남기지 않고 다 마셨더니 실례가 많았습니다."

"높은 사신을 내 집에 맞이하여 한번 취하게 하려 한 것이니 어찌 기뻐하지 아니하겠소이까."

김만이 탐욕스러운 사신과 비교해 큰 나라 사신의 품위를 지키니 임금이 대접하기에도 한결 나았다. 욕심쟁이로 통했던 황엄도 사신을 접대하는 조선의 대신들이 부드럽게 거절하면 받아들였건만, 창성은 사신이 아니라 강도라는 이름이 어울리도록 탐욕스러웠다. 조선 출신 환관인 윤봉도 욕심이 지나치다고 혀를 내둘렀지만 창성에 비해서는 오히려 점잖은 편이었다. 창성은 학식이 모자랄 뿐 아니라 염치마저 없는 너저분한 사람이었다. 사신으로 오는 길에 가져온 황제의 궤는 6개뿐이고, 창성 자신의 궤는 100여 개나 되어 사사로운 무역으로 이익을 얻었다. 욕심이 많다고 입에 오르내린 황엄도 궤는 30여 개에 지나지 않았다. 지나친 창성의 욕심을 모두 받아들이자 신하들이 임금의 사대의 예에 관해 의문을 품었다.

"정성을 다하여 섬기지 않는다면 이것은 명나라를 공경하지 않는 일이 되오. 이는 신하된 도리를 다하지 못하게 되는 것이 아니겠소?"

지신사 정흠지가 아뢰었다.

"작은 나라가 큰 나라를 섬기는 예로 말씀드리면, 명나라가 우리 조선을 이렇게 후하게 대접하는 것은 일찍이 없었던 일이옵니다. 어찌 마음을 다하지 않을 수 있겠사옵니까."

"몰래 뒤에서 논의하는 자들은 사물의 전체를 살필 줄 모르고, 작은 일만을 가지고 매양 조심성 없이 떠들고 있으니 매우 옳지 못하오. 그러나 강제로 금지할 수도 없는 일이 아니오. 적어도 하고 싶은 말이 있으면 들어와서 과인에게 직접 말하고 뒤에서 쑥덕거리는 일은 하지 않는 것이 좋겠소."

임금 또한 예로써 큰 나라를 섬기는 것과 탐욕스러운 사신의 횡포를 견디는 일이 다름을 모르지 않았다. 윤봉은 당연한 것처럼 자신과 친밀하게 지내는 이들의 벼슬을 부탁했다. 조선은 황제에게 바칠 송골매를 잡지 못한 평안도 관찰사가 의금부에 갇히는 나라였다. 이 일이 신하들에게 스스로를 업신여기는 것이 되었을지도 모를 일이었다. 명나라 사신의 횡포는 황제의 뜻은 아닐 것이다. 임금은 사신의 횡포를 막을 방책을 궁리했다. 그러나 사신의 품위를 지키지 않는 이들을 물리치는 일과 뒷전에서 트집을 잡듯이 이러쿵저러쿵 떠들어대는 것은 다른 문제였다. 임금은 귀를 열어 놓고 있었다. 신하들의 말에 언제나 귀를 기울이고 있었다. 설사 임금의 뜻에 그슬리는 말을 할지라도 노여움으로 신하의 입을 막지는 않았다.

귀를 기울이고 있음에도 뒤에서 쑥덕이는 일은 은근히 노여웠으나 벼슬아치들이 서로를 공경하지 않고 미워하는 모습은 실망스러웠다. 학문을 닦는 것이 창고에 곡식이나 쌓기 위해서였던가. 임금은 공함답통(公緘答通)을 들여다보다가 가슴이 몹시 답답해졌다. 높은 벼슬아치들이 죄를 짓거나 어떤 사건에 관계된 경우에 편지를 보내어 심문하거나 질문한 서류가 공함이고, 여러 사람에게 알리는 통지문에 답한 서류는 답통이다. 더 이상 공함답통을 살펴보고 싶지 않을 정도였다.

사헌부 관원들끼리의 다툼이었다. 윗사람의 실수에 아랫사람이 바로잡으려 애쓰진 않고, 일이 벌어지고 난 다음에 얼씨구나 하고 크게 떠벌렸다. 윗사람은 아랫사람에 노여워하고, 아랫사람은 윗사람이 높은 벼슬을 앞세워 괴롭힌다고 여겼다. 임금은 관련된 관원들 모두를 의금부에 명해 자세히 조사하게 했다. 관원들은 선비의 품위를 잃었다. 사헌 집의(司憲執義: 정3품) 송인산만이 허물을 인정하며 뉘우쳤고, 다른 관원들은 서로 헐뜯고 변명하느라 바빴다. 생각이 좁고 너그럽지 못했다. 임금이 송인산을 용서해 좌천(左遷)시키고, 그 나머지는 모두 파면했다. 대사헌 이명덕도 사헌부의 우두머리로 책임을 물어 파면했다.

뇌물을 받은 일도 있었다. 남원 부사 이간이 높은 벼슬아치들에게 뇌물을 주어 조정을 시끄럽게 했다. 이간이 작성한 뇌물을 준 벼슬아치 명단에 높은 벼슬아치들의 이름이 전혀 없었다. 이건 심상치 않은 일이다. 한 명도 없다는 것은 여러 명이 있다는 의심을 품게 했다. 권세의 힘으로 삭제한 것일지도 모른다. 이 때 황희가 가마나 수레를 덮는 우비인 안롱(鞍籠)을 받았노라고 자수를 했다. 여론이 황희만을 무던하게 여겼다. 이 일로 의정부 찬성사에 대사헌을 겸하고 있었던 황희는 사헌부직을 파면 당했다. 황희는 옛적에도 친밀하게 지내는 승려로부터 뇌물을 받은 적이 있었다. 황희의 수난은 여기서 끝나지 않았다.

좌의정 황희, 우의정 맹사성과 형조 판서 서선이 의금부에 갇혔다. 서달이 신창현의 아전을 죽인 사건에 모두가 깊이 관련되어 있었다. 서달은 서선의 아들이며 황희의 사위다. 두어 해 전에 신창현(충남 아산시 신창면)을 지나던 서달이 아버지와 장인의 힘을 믿고 거들먹거린 것이 사건의 실마리가 되었다. 그 고을 아전이 서달을 몰라보고 예를 취하지 않았음을 괘씸하게 여겼다. 서달은 아랫사람을 시켜 그 괘씸한 아전을 잡아오게 했다.

"어떠한 사람인데 관원도 없는 데서 이렇게 아전을 묶어 놓고 때리는 것이오?"

덮어놓고 아전을 묶어놓고 두들겨 패는 걸 본 아전 표운평이 의아해 물었다. 이 말에 성이 난 아랫사람들이 형조 판서의 아들이며 좌의정의 사위인 서달을 몰라본 표운평을 서달에게 잡아갔다. 표운평은 영문도 모른 채 서달에게 끌려갔다. 서달은 예를 취하지 않은 아전으로 잘못 알고 표운평을 마구 때리도록 하여 이튿날 죽게 만들었다. 황희가 신창현이 고향인 맹사성에게 부탁해 벼슬아치의 힘으로 아전의 가족을 으르고 달랜 결과, 살인자를 서달이 아닌 아랫사람으로 바꿔버렸다.

살인 사건은 반드시 임금에게 보고하게 되어 있었다. 굳이 사건을 빨리 처리하고 싶은 관리들이 없었기에 마냥 늦추어져 보고된 사건을 접한 임금은 의문점이 한두 가지가 아니었다. 어떻게 이런 허점투성이의 사건 보고서가 임금에게까지 왔는지 의아스러웠다. 다시 자세히 국문하라는 명을 내린 끝에 황희와 맹사성, 서선이 사건을 꾸미고 숨긴 것이 드러나게 되었다.

의금부에 갇힌 지 하루 만에 보석으로 풀려난 황희와 맹사성은 사흘 후에 파직을 당했다. 정미년(1427년, 세종 9년) 1월에 좌의정과 우의정이 되고 5개월 만의 일이었다. 형조 판서, 참판, 대사헌을 비롯해 신창 현감, 신창 교도 등 관련자 벼슬아치 십여 명도 죄의 가볍고 무거움에 따라 곤장을 맞거나 유배를 갔다.

한때는 관리들이 정원 이상의 관노비들을 거느려 조정이 발칵 뒤집혔다. 좌의정 이원, 우의정 유관과 병조 판서 조말생은 40여 명까지 거느렸다. 우의정 유관은 본디 성품이 깨끗하고 검소해 녹봉 외에 다른 벌이를 구하는 일이 없었고, 관노비는 세 번으로 나누어 교대로 거느리고 다녔으나 영의정 유정현은 여기저기 내보내어 장리(長利) 받기를 독촉하게 하고, 혹 돌을 져 나르게 하여 자기 종들보다 더 심하게 부렸다. 임금은 3품 이상의 당상관은 논죄하지 말고 당하관만 처벌하게 했다.

"국가 행정에 관한 사무를 맡은 지 오래 되면 아무리 마음을 정직하게 가지는 사람일지라도, 남들이 반드시 그가 사사로운 정에 이끌린다고 의심하는 것은 자연스러운 이치라 할 것이오. 지신사로부터 병조 판서까지 10여 년이라는 기간이나 정무를 잡은 사람으로는 조말생처럼 오래 된 사람이 없더니, 과연 오늘과 같은 사건이 발생하고 말았소."

조말생은 태종 말년 2년 동안, 임금 즉위 후 줄곧 병조 판서를 맡고 있었다. 뇌물을 주고받거나 관노비를 많이 거느리는 등 여러 가지 조말생의 허물이 들추어지자 임금은 조말생에게 아부하느라 탄핵도 하지 않던 세상의 형편을 탓하며 한숨을 쉬었다.

임금은 당상관(堂上官: 정3품 이상)에게는 언제나 너그러웠다. 특히 대신에겐 예를 다해 대우했다. 그 대신들이 예에 걸맞을 때는 예우를 하는 임금도 보람이 있고 예우를 받는 대신도 흐뭇하지만, 그렇지 못할 때엔 서로가 민망하기 짝이 없는 노릇이었다.

하급 관리의 잘못은 짚고 넘어갔다. 말을 돌보는 사복시의 관리가 임금이 타는 말에 재갈을 물리지 않았다 하여 파면되었다. 임금의 옷을 잘못 지었다 하여 4품의 관리가 5일 동안 의금부에 갇히고, 공비의 새해맞이 상에 오른 고기가 시원찮다 하여 사련소 관리가 의금부의 심문을 받았다.

그러나 황제의 후궁이 된 딸을 둔 한확은 무거운 죄를 지어도 논죄하지 못했다.

"한확은 과인이 죄줄 수 없는 사람이오."

한확은 죄를 줄 수 없는 신하이지만 설사 죄가 있어도 죄를 주고 싶지 않은 신하가 바로 63세인 황희였다. 황희는 서달의 일로 파직되었으나 상(喪) 중임에도 4개월이 채 못 되어 기복해 좌의정에 임명되었다. 명나라에 조현하는 세자를 모신다는 명분이었는데, 조현이 취소되어도 황희에게 내려진 관직은 그대로 두었다.

황희가 뇌물을 주고받은 일 때문에 탄핵을 받았다. 황희가 집안에서 물려받은 재산이 거의 없음에도 농장을 가지고 있고 많은 종을 거느리고 있다는 것을 근거로 내세웠다. 임금은 뜬소문이라고 잘라 말했다. 탄핵받은 몸으로 어찌 벼슬에 나와 있을 수 있겠느냐며 황희가 물러나고자 해도 임금은 결코 허락하지 않았다. 재상의 인재는 흔하지 않았다. 재상은 나라가 그에게 의지할 수 있는 인물이라야 하지만 인재를 얻는 것은 예나 지금이나 매우 어려운 일이었다.

"경은 세상을 다스려 이끌 만한 재능과 실제 쓸 수 있는 학문을 지니고 있소. 어떤 일을 해결할 때의 방책을 보면, 일만 가지 사무를 종합하기에 넉넉하고, 덕망은 모든 관료의 모범이 될 만하오. 경은 태종께서 신임하셨고, 과인이 의지하는 대신이오."

의정부에 의심나는 일이 있을 때면 황희는 영험한 점술가 곧 시귀(蓍龜: 점칠 때 쓰는 가새풀과 거북)였고, 나랏일과 형벌을 의논할 때면 사물의 가볍고 무거움을 재는 기준 곧 권형(權衡: 저울추와 저울대)이었다. 나랏일을 결단해야 하는 모든 정책은 다 황희의 보필을 받아야 안심할 수 있었다. 임금은 뜬소문 때문에 황희를 잃고 싶지 않았다.

"신은 본래 어둡고 어리석으며 또 이제는 귀가 먹어서 관직에 있는 것이 이치에 맞지 않사옵니다. 오로지 뜬소문 때문에 사퇴하는 것만은 아니옵니다."

"누가 경을 두고 늙었다 하겠소. 늙고 쇠약해져 정신이 흐리다는 말은 경과는 전혀 어울리지 않는 말이오."

임금은 황희에게만은 특별한 잣대를 가지고 다가갔다.

부원군 송거신이 아내의 동생, 처남의 벼슬자리를 부탁했었다. 임금에게 그런 부탁을 하는 신하는 좀처럼 없었다. 송거신이 늙은 탓에 실수를 하는 모양이라며 다른 사람들에게 알리지 말라고 지신사의 입단속을 했던 임금이었다. 그 송거신이 예순 살이요, 황희가 예순여섯 살이었음에도 송거신은 늙은이의 망령이니 못 들은 척 눈감아 줄 사람으로, 황희는 물러나면 나라가 위태로워질 사람으로 본 것이다. 임금의 총애가 남달랐으니 시기하고 질투하는 무리도 물론 있었겠지만 황희도 그런 의심을 살 만한 일을 종종 하곤 했다. 그러나 황희가 사람들과 더불어 일을 의논할 때에는 말씨가 부드럽고 단정해 설사 반대 의견을 가지고 있더라도 적대감을 불러일으키지 않았다. 오랜 경륜과 높은 학문에서 우러나오는 황희의 의견은 틀리거나 잘못인 경우가 거의 없었다.

한 치도 틀림이 없기를 간절히 바라는 곳이 있었으니 서운관(천변지이(天變地異)를 관측, 기록하고, 역서를 편찬하며, 절기와 날씨를 측정하고, 시간을 관장하던 관서)이었다. 가뭄과 홍수를 미리 정확히 읽어낼 수 있으면 백성들의 어려운 삶에 얼마나 큰 도움이 되겠는가. 언제 큰 바람이 몰려오고, 우박이 쏟아질지를 알아낼 수 있다면, 별자리의 움직임을 보고 좋은 일과 나쁜 일을 점치고 지진이 어느 지방에서 일어나는지 알 수 있다면, 까닭 모를 불안으로 백성들의 마음이 흔들리지 않을 것이 아닌가.

임금은 서운 정(書雲正) 박염 등을 삼각산 꼭대기로 올라가게 했다. 대체로 수시력(授時曆: 원나라 곽수경이 만든 달력)과 선명력(宣明曆: 당나라 서앙이 만든 달력)에 의하면 일식은 인시(寅時: 새벽3~5시)와 묘시(卯時: 새벽 5~7시)에 있다 하였으므로 평지에서는 살펴볼 수 없기 때문이었다. 일식이 일어나는지를 살펴보기 위해서 산꼭대기에서 밤을 지새우도록 했던 것이다. 일식은 일어났다.

뾰족한 방법은 없었다. 있다면 그건 독서였다. 관계되는 책을 읽는 것은 할 수 없이 택하는 것이 아니고, 가장 지름길이고 가장 정확한 길임을 임금은 믿어 의심치 않았다. 임금 자신이 어린 날부터 지금까지 부지런히 책을 읽었고, 의녀들에게도 의학서를 읽도록 한 임금이었다. 책 속에는 틀림없이 길이 있었다. 그 길은 저지를 지도 모를 잘못을 크게 줄여 주었고, 올바른 방향으로 갈 수 있는 아주 좋은 길잡이였다.

먼저 책을 읽어야 했다. 책에는 앞서 살아간 사람들의 지혜가 가득 들어 있었다. 거기서 찾은 길을 확인해 보아야 했다. 산꼭대기에 올라가든 바닷길을 열든 들녘을 헤매든 몸소 가보고, 맛보고, 헤쳐 보아야 했다. 두루 읽어서 아는 사람도 물론 필요하지만, 한 길만 파고드는 자를 찾아내야 했다. 두루 읽기의 씨실과 외길 읽기의 날실이 잘 얽어져야 깔깔한 삼베가 되든지 아름다운 비단이 될 것이 아닌가.

서운관, 전의관 모두 그 과목에 급제한 자가 아니면 관원이 될 수 없게 했다. 이미 관원이 된 자라도 반드시 시험을 치게 하여 다시 선발하도록 규정을 엄하게 했다. 전의관에는 사람의 병만이 아니라 소와 말의 병도 살필 수 있는 『우마방서(牛馬方書)』를 익히게 했고, 『향약구급방(鄕藥救急方)』을 인쇄해 전국에 나누어 주었다. 생명을 구할 수 있는 길은 넓을수록 좋았다. 이미 체계적으로 정리된 책을 읽는 것만 아니라, 실제 경험한 것이 뒷날에 좋은 가르침으로 남겨질 수 있도록 자세히 기록하는 것도 게을리 하지 않도록 했다. 서운관에서는 바람이 불고 비가 오며, 맑고 흐린 날을 자세히 기록할 것이며, 전의관에서는 어떤 약재를 사용해서 어떤 병자를 치료했는지를, 또 직접 약재를 캐어 보아 전국에 어떤 약재가 분포되어 있는지를 기록하게 했다.

약재도 흔하지 않고 의원은 더욱 귀하여 백성들이 의료 혜택을 받기는 매우 어려웠다. 임금의 이런 고민을 조금이나마 덜어준 것이 한증(汗蒸) 치료였다. 높은 온도로 몸을 덥게 하여 땀을 내어서 병을 다스리는데 이 치료법은 승려가 앞장을 섰다. 그러나 가난한 병자는 땔나무나 먹을 양식도 마련하기가 힘들었다.

▶안타깝고 민망하오나 소승들이 공급할 길이 없사오니, 엎드려 바라옵건대 성상(聖上: 현재의 왕을 높임.)께서 쌀 50섬과 무명 50필만 내려 주시옵소서. 그것으로 밑천 삼아 이식(이자)만을 쓰고 본밑천은 영구히 보(寶)를 세워, 그것으로써 병자들을 구제하는 것이 소승들의 지극한 소원이옵니다.◀

무릇 쌀이나 베를 가지고 본전 삼아 두고서 이식만 따서 영구 비용을 마련함을 보(寶)라고 한다. 보를 세우고 아울러 한증하는 곳에 의원 한 사람을 1년 기한으로 교대 근무하게 하면, 백성의 병을 치료하는 데 도움이 될 것이다. 한증 욕실은 땔나무가 필요하지만 저절로 따뜻한 물이 솟는 온천의 효과는 백성에게 힘이 되었다. 그러나 온천은 흔하지 않았다.

"전하의 환후(患候: 병의 높임말)는 위쪽은 기운이 왕성하고, 아래쪽은 튼튼하지 못하옵니다. 정신적으로 과로하신 때문이옵니다."

임금의 병을 보살피는 뛰어난 어의도 임금의 병을 낫게 하지는 못했다. 과로야 쉬는 것이 제일 좋은 약이 아닌가. 스물아홉 살의 젊은 임금이니 병을 이겨낼 힘이 있을 것이다.

"과인이 처음 병을 앓기 시작한 지가 벌써 50일이 넘었소. 그 동안에 한 열흘은 몹시 앓기도 했소. 그러나 의식이 흐리지 않으니 차차 나을 것이오."

병마를 피하기 위해 임금이 되기 전에 살았던 장의동 잠저로 거처를 옮겼다. 그러고도 임금이 활동을 할 수 있을지 어떨지를 알아보려고, 뒤뜰에서 말을 타 본 것은 그로부터 20일이 지나서였다. 의원이라곤 구경도 하기 힘든 백성들이야 어떻겠는가. 백성들은 아파서도 서럽고, 고파서도 고달프고, 가진 게 없어서도 힘들었다. 죄를 짓고 옥방에 갇힌 죄수들이야 더 물을 것도 없었다.

▶옥(獄)이란 것은 죄 있는 자를 징계하자는 것이요, 원래 뜻이 사람을 죽게 하자는 것이 아니거늘, 옥을 맡은 관원이 마음을 써서 살피지 않고, 심한 추위와 찌는 더위에 사람을 가두어 질병에 걸리게 하고, 혹은 얼고 굶주려서 죽게 하는 일이 없지 않으니, 진실로 가련하고 민망한 일이다. 모든 관원들은 나의 지극한 뜻을 몸 받아 항상 몸소 살피며 옥내를 수리하고 쓸어서 늘 정결하게 할 것이요, 질병 있는 죄수는 약을 주어 구호하고 치료할 것이며, 옥바라지할 사람이 없는 자에게는 관아에서 옷과 먹을 것을 주어 구호하게 하

라. 마음을 써서 거행하지 않는 관원은 한양 안에서는 사헌부에서, 지방에서는 관찰사가 엄격히 규찰하여 다스리게 하라."

형조에 명을 내렸다. 임금이 할 수 있는 일은 명을 내리는 일뿐이었다. 그 명을 받아 백성을 향한 임금의 뜻이 그대로 전해지게 하고 않고는 오로지 수령들의 몫이었다. 백성을 다스리는 근본은 곧 수령을 선택하는 것이다. 참된 수령을 얻으면 그 복은 고스란히 백성에게로 돌아갔다. 백성들이 편히 살면 임금의 근심과 한탄은 없다고 해도 지나친 말이 아니다. 수령을 고소하지 못하게 하였으므로 백성에게는 관심도 없고 자신의 배만 불리려는 수령들을 징계하기가 어려웠다.

"이제부터는 수령이 백성들의 재물을 부당하게 자기 것으로 하면, 모두 고소를 허용해 욕심을 징계하고 백성을 위로하도록 하시옵소서."

"이는 급한 일이 아니오. 뒷날 친히 수령을 고소하지 못한 법에 관하여 다시 말하겠소."

"요사이 지방의 하급 관원이 중앙의 상급 관원을 업신여기고, 백성이 수령을 때려서 상처를 입히기도 하였사옵니다. 이것뿐만이 아니라 벼슬아치의 아내가 시골 백성에게 욕을 보고, 옛 관장(官長)의 아들이 고을의 구실아치에게 굴욕을 당하였사옵니다. 이것은 작은 사고가 아니고 풍속에 관계되는 일이옵니다. 윗사람을 업신여기는 죄를 범한 자는 죄의 등급을 더 무겁게 하여 시행함으로써 명분을 엄하게 하여 풍속을 바르게 하시옵소서."

"이런 따위의 일은 이미 법조문이 있으니 죄를 내릴 때에 신중하게 하면 될 것이오. 그러나 마땅히 다시 의논하여 시행하는 것이 좋겠소."

임금에게서 멀리 떨어져 있는 수령들의 일을 어떻게 결단을 해야 할지 좀처럼 실마리를 잡을 수가 없었다.

그럴 때였다. 무신년(1428년, 세종 10년) 9월이었다.

"진주 사람 김화(金禾)는 제 아비를 죽였사오니, 율에 의하여 능지처사하소서."

제 아비를 죽였으니 죄인을 죽인 뒤 시체의 머리, 몸, 팔, 다리를 토막 쳐서 전국 각지에 돌려 보이는 형벌을 내리라는 것이다. 임금은 깜짝 놀라 낯빛이 변했다.

"계집이 남편을 죽이고, 종이 주인을 죽이는 것은 혹 있는 일이지만, 이제 아비를 죽이는 자가 있으니, 이는 반드시 과인이 덕이 없는 까닭이오."

"신의 나이 이미 예순이 넘어 50년 동안의 일을 대강 아옵니다마는 이런 일은 없었사오니, 바라건대 아랫사람으로서 윗사람을 범하는 자는 반드시 그 죄를 엄히 다스리도록 하옵소서."

판부사(判府事: 종1품) 허조가 아뢰었다.

"경은 번번이 상하의 분별을 엄히 하라고 말하였으니, 과인이 들을 때마다 아름답게 여겼거니와, 이제 이런 일이 있고 보니 경의 말이 과연 옳았소. 그렇다 하더라도 법률을 더하거나 빼는 것은 옳지 않다고 생각하오."

"전하, 백성이 자신의 아비를 죽였사옵니다. 이러한 일은 마땅히 때를 놓치지 않고 그 죄를 엄히 다스리도록 하여 옳지 못한 풍속을 바로잡아야 하옵니다. 통촉하여 주시옵소서."

"허 판부사가 자주 걱정을 하더니, 오늘 김화가 저지른 사고로 경의 말이 옳음이 족히 증거가 되었소."

 허조의 말에 힘을 실어 주기는 하였으나 임금은 윗사람을 범한 죄에 등급을 더해 벌할 수는 없는 일이라고 결론을 맺었다.

 김화가 아버지를 죽인 사건은 많은 이들에게 충격을 주었다. 김화의 일에 비하면 얼마 전 학문하는 마음이 몹시 건방지다고 대사헌 조계생이 아뢴 일은 차라리 입가에 웃음이 돌게 하는 일이었다. 옛날 선비들은 미투리를 신고 책을 낀 채 걸어 다니며 뜻을 겸손히 하고 학문에 힘썼으나, 요즘 생원들은 모두 말을 타고 다니며 종을 시켜 책을 들고 다니게 하니, 부디 학생들이 말을 타고 다니지 못하게 해야 한다는 것이다.

 "학생들이 종을 거느리고 말을 타고 다닌다 하니 옛날 학자와 다르오. 그러나 법을 세워 말 타는 것을 금한다는 것은 너무 지나친 일이 아니겠소. 만일 사제지간에 말에서 내리지 아니하여, 예의를 지키지 않는 일은 못하게 함이 옳으나, 이것도 예로부터 내려오는 일은 아니니, 예조에서 의논해 보도록 하오."

 학생들이 말을 타고 다니는 일은 회초리감도 못 되지만 김화가 제 아버지를 죽인 일은 조선의 뿌리를 뒤흔드는 일이었다. 유교의 나라, 윤리의 나라 조선이 아닌가. 효와 충은 나라에서 지키고자 하는 으뜸 윤리였다. 부모에게 효도하고 형제간에 우애가 있도록 할 방책을 여러 신하들로 하여금 의논하게 했다. 백성들에게 교훈이 될 만한 일을 많이 알게 함으로써 스스로 효와 우애와 예의의 마당으로 들어오게 하는 것보다 더 나은 방책은 없을 듯했다. 임금은 집현전 직제학 설순을 바라보았다.

 "이제 세상 풍속이 모질어 심지어는 자식이 어버이를 죽이기에 이르렀소. 『효행록(孝行錄)』을 간행하여 이로써 어리석은 백성들을 깨우쳐 주려 하오. 이것이 오늘날 일어난 급박한 사고와 같은 일을 곧바로 없애지는 못할 것이오."

곧바로 없애지는 못할지라도 되풀이되지 않도록 애를 써야 하지 않겠는가. 백성을 가르치고 이끄는 일이 가장 먼저 이루어져야 한다. 이미 편찬했던 24인의 효행에다가 또 20여 인의 효행을 더 넣도록 했다.

"중국의 것만 고집할 것이 아니라 삼국시대나 고려 때의 사람으로 효행이 뛰어난 자도 또한 모두 모아 책으로 만들되, 집현전에서 이를 주관하도록 하오."

"효도는 곧 온갖 행실의 뿌리이옵니다. 이제 이 책을 만들어 사람마다 이를 알게 한다면 매우 좋은 일이 될 것이옵니다."

임금의 얼굴에 근심이 어렸다. 책을 만드는 것이 쉬운 일은 아니나 문자를 모르는 백성들이 효행록의 내용을 알게 하는 일에 비하면 쉬운 일에 속했다. 백성을 가르치는 가장 빠른 길은 백성들도 문자를 알게 하는 것이다. 글 읽는 일을 업으로 하는 선비들이야 어릴 때부터 문자를 배울 기회가 있지만 백성들에겐 글을 읽는다는 것은 감히 마음조차 먹을 수 없는 다른 세상의 일이었다.

임금은 집현전 부교리 권채 등을 불렀다. 글을 읽는 선비들이라도 독서에 열중하게 해서 글을 읽지 못하는 백성들에게 도움이 되도록 만들어야 했다.

"과인이 그대들에게 집현관을 임명한 것은 나이가 젊고 장래가 있으므로 글을 읽게 하여 실제 효과가 있게 하고자 함이었소. 그러나 각각 직무로 인하여 아침저녁으로 오로지 독서에만 마음을 기울일 겨를이 없으니, 지금부터는 출근하지 말고 집에서 부지런히 글을 읽어 성과를 나타내도록 하오. 글 읽는 규범에 대해서는 변계량의 지도를 받는 것이 좋겠소."

집에서 책읽기, 이른바 사가독서제는 일찍이 태종에게 변계량이 건의한 일이다. 젊은 한두 사람의 유생으로 하여금 고요한 곳에서 독서만 하게 하여, 깊이 깨닫게 되면 나랏일에 크게 쓰이리라는 것이다.

"그래, 지금은 누가 독서를 하고 있소?"

"저작랑(著作郞: 정8품) 신석견과 정자(正字: 정9품) 남수문이옵니다."

좌대언 김자가 아뢰자, 임금이 권채에게 물었다.

"그대도 일찍이 독서하는 반열에 나아가지 않았소. 읽은 것이 무슨 글이오?"

"중용과 대학이옵니다."

"고요한 곳에서 글을 읽는 것이 무슨 별다른 효과가 있었소?"

"다른 효과는 없는데 다만 마음이 산란하지 않았사옵니다. 집에 있어도 독서에 열중할 수 없기는 비슷하옵니다. 집안일을 간섭해야 하고, 찾아오는 손님을 거절하기도 어렵사옵니다. 산속에 있는 한가하고 고요한 절에서 독서를 할 수 있도록 하면 좋을 듯하옵니다."

젊은이가 세상 사람들과 교제를 하고 가족들과 정을 나누는 일도 마다 하고 독서에 열중하기 위해 고요한 절을 찾아가겠다는데 그것을 어찌 막을 것인가. 막기는커녕 오히려 권하고 싶은 일이었다.

임금은 누군가를 지명해 독서를 권하기도 했다.

"『성리대전서(性理大全書)』가 지금 인쇄되어 과인이 시험 삼아 읽어보니 그 뜻이 정교하고 치밀하여 알기가 쉽지는 않으나, 그대는 꼼꼼한 사람이니 마음을 써서 한번 읽어 보도록 하오."

성리대전은 송나라와 원나라의 성리학설을 하나의 체계로 완성해 놓은 책이다. 명나라 영락 황제의 어제 서문(御製序文)이 붙은 성리대전은 사은사로 명나라에 간 경녕군 이비가 기해년(1419년, 세종 1년) 12월에 돌아올 때 황제가 특별히 총애해 하사한 것이다. 모두 70권의 성리대전은 을미년(1415년, 명 영락 12년)에 편찬된 것으로 『사서대전』, 『오경대전』과 함께 영락 3대전이라 불렸다. 성리대전을 인쇄하려고 종이를 만들게 한 것이 을사년(1426년, 세종 7년)이었는데, 2년 만에 인쇄된 책을 임금이 먼저 읽어본 것이다. 과제는 집현전 응교 김돈에게 내려졌다.

"성은이 망극하옵니다, 전하. 아뢰옵기 황송하오나 스승에게 배우지 않으면 쉽사리 깨우치기가 어렵지만, 신이 마땅히 마음을 다하여 읽어 보겠사옵니다."

"스승을 얻고자 하는 마음은 한 가지나 진실로 그것은 어려운 일이오."

"황공하옵니다, 전하."

임금은 사람을 얻는 것의 어려움을 말하고 있었다. 이는 책 자체가 가장 좋은 스승임을 뜻하는 것이기도 했다. 옛말에 백 번을 읽으면 스스로 그 뜻을 깨우칠 수 있다고 하지 않았던가.

임금은 종친의 아들들에게도 책을 읽을 기회를 마련했다. 건춘문(建春門: 경복궁의 동쪽에 있는 문) 밖에 학사를 세워 8세에 이른 아들이면 입학하게 했다. 문과 과거에 직접 문제를 내어 보았다. 임금이 내는 과제는 책을 두루 그리고 깊이 읽지 않으면 도저히 답을 쓸 수 없는 것이었다.

▶예로부터 제왕(帝王)이 정치를 하는 것은 반드시 일대(一代)의 제도를 마련하는 것이다. 논밭에 관한 법은 어느 시대에 시작되었는가. 하나라의 공법(貢法), 은나라의 조법, 주나라의 철법이 있었다. 진, 한, 당 세 나라의 법은 어디서 근거하였는가. 명나라에서 옛날 제도를 따라 하후씨(夏后氏)의 공법을 채택했다 해서, 어찌 그것이 행하기가 편리하고 쉽다고만 할 것인가. 우리 태조 강헌 대왕께서는 집으로써 나라를 만들고 먼저 전제(田制)를 바로잡으셨고, 태종 공정 대왕께서도 선왕(先王)의 뜻을 따라 백성을 보호하셨다. 일찍이 들건대 다스림을 이루는 핵심은 백성을 사랑하는 것보다 앞서는 것이 없다고 하니, 백성을 사랑하는 처음이란 오직 백성에게 취하는 제도가 있을 뿐이다. 백성이 넉넉하면, 왕이 어찌 부족하겠느냐고 했다. 내가 비록 덕이 적은 사람이나 이에 간절한 뜻이 있다. 그대들은 열심히 글을 읽어 익혔을 것이니, 백성들에게 가장 바람직한 제도가 어떤 것인지 낱낱이 밝혀 숨김이 없게 하라.◀

책을 가까이 하지 않으면 백성을 다스리는 일도, 백성을 평안하게 하는 일도 얻지 못할 것이다. 글을 읽지 않으면 백성을 구할 길도, 나라를 부강하게 할 길도 찾지 못할 것이다. 임금은 집현전에 장서각을 세울 의논을 했다. 선비들이 책을 읽고 싶어도 책을 구하지 못해 읽지 못하는 일은 결코 없게 할 것이다. 몇 해 전에 평안도 관찰사 김자지(金自知)가, 명나라로 가는 사신을 호송하는 통사(通詞: 통역관)에게 값진 물건을 주어 경서 44벌을 사오고자 했다. 평안도 각 고을에는 서적이 드물어서 비록 바탕이 아름다운 사람들이 있어도 학문을 하여 사리를 아는 자가 대체로 적고, 각 고을마다 학교를 설립하였으나 한갓 문방구만 갖추어져 있을 뿐이어서 서적이 필요하다는 것이다. 허락지 않을 리가 있겠는가.

제도의 문제, 법의 문제였다. 태종 때 만들었으나 백성들의 원망이 심해 없애버린 호패법(號牌法)을 다시 실시하자는 건의가 있었다. 한 고을을 다스리기 위해서는 그 고을의 집의 숫자와 인구를 알아야 하고, 한 나라를 다스린다면 마땅히 나라의 호구(戶口)를 알아야 한다. 대개 백성이 꺼리더라도 반드시 세워야 할 법이 있고, 백성이 좋아하더라도 행해서는 안 될 법이 있다. 백성들이 호패를 꺼리는 것은 호구에 빠져서 부역을 면하려는 뜻이 컸다. 호패의 법은 마땅히 거행해야 한다는 것이다. 그러나 태종이 이미 없앤 법을 섣불리 다시 실시할 수는 없었다. 호패를 바르게 새기지 않거나, 잃어버리거나, 서로 바꾸거나 심지어는 위조를 하는 사람도 있어 끊임없이 죄인을 만들어냈다.

결국은 백성을 위해서 마련한 법인데 백성을 괴롭히는 호된 채찍질이 되는 것이다. 동전 사용도 마찬가지였다. 법을 두려워해 베[포화: 布貨]로써 쌀을 바꾸는 자가 줄어들긴 했으나, 백성들의 어려움은 이만저만한 것이 아니었다. 베로써 먹고 쓰는 것을 사고 팔 때에는 물건 값이 백성에게 편리한 대로 정해졌다. 그런데 저화는 엄격하게 나라에서 간섭을 하고 법을 따르지 않으면 벌이 주어지니 백성들에게 있어 저화, 곧 돈은 생활을 편리하게 하는 수단이긴커녕 오히려 번잡스럽고 불편하기 짝이 없는 것이라 여겨졌다. 그렇다 할지라도 혹 가치가 형편없이 떨어진 저화를 가진 자가 있을지 모르니 동전을 주고서 거둬들여야 했다.

중요한 것은 동전을 쓰더라도 동전의 가치는 모두 백성들의 형편에 따르게 해야 한다는 것이다. 물론 사사로이 갖가지 자질구레한 물건을 가지고 서로 교환하는 자는 일찍이 내려진 명에 의해 모두 금지해야 한다. 그러나 동전 또한 저화처럼 백성들에게 환영을 받지 못했다. 동전을 사용하지 않는 사람들을 잡아 가두는 일이 또 되풀이되었다. 곤장을 맞고, 몸은 수군(水軍)이 되어 집을 떠나야 하는데, 얼마 되지 않는 재산을 모두 빼앗기게 되니 가족들이 먹고 살 길을 잃게 되었다. 동전은 엉뚱한 곳에서 문제를 일으켰다. 사용하라는 데는 사용하지 않고 도박을 하는 무리가 나타난 것이다.

영돈녕(領敦寧: 정1품) 유정현은 저자에 직접 나가 앉아 감시하다가 돈을 쓰지 않는 자가 있으면 몹시 엄하고 모질게 벌을 주었다. 나무나 채소를 팔아서 양식을 마련하는 백성들의 괴롭고 원통한 사연이 줄을 이었다. 성 위의 솔밭에는 재산을 모두 빼앗긴 사람들의 통곡 소리가 그칠 줄 몰랐고, 수군을 살러간 남편이 죽었다는 소식을 들은 아내가 목을 매어 죽는 일도 있었다.

아무리 법이 엄해도 백성들이 저화 사용을 즐기지 않은 것처럼 동전도 마찬가지였다. 임금은 안타깝기 짝이 없었다. 돈을 사용하면 편리한 점이 많은데 어찌 고집스럽게도 백성들은 사용하지 않으려 하는가. 신하들에게도 문제가 있었다. 잡아들이고 재산을 빼앗고 수군으로 보내버리는 등 갖은 방법으로 돈을 사용하게 만들면서도 그 법을 없애자는 주장을 계속 하니 백성들에게 돈은 언제 가치가 형편없이 떨어진 종이나 구리 조각이 될지 몰랐다.

가죽신장이의 죽음은 동전 사용을 억지로 밀고나가는 임금에게 충격을 안겼다. 가죽신을 만들어 쌀과 바꾸던 가죽신장이가 관아에

잡혔다. 마침 나이가 많아 곤장을 때리거나 군역(軍役)을 지우지는 못하고 벌금을 내라고 하였으나, 가난해 돈을 구할 수 없었던 가죽신장이가 집 앞 홰나무에 목을 매어 죽었다. 법을 만든 것은 돈을 많이 이용하도록 하려는 것이지 사람을 죽게 하려는 것은 아니었다. 돈을 쓰도록 만드는 것은 하루아침에 이루어질 일이 아니어서, 오랜 시일을 두고 시행하면 가능할지도 몰랐다. 이용하지 않으면 안 된다는 금지령을 풀고 차차 행해지게 하면 백성들이 편안해할 것이다. 저화나 동전을 사용하지 않아 재산을 빼앗긴 백성들의 재물을 모두 돌려주었다.

꼭 필요한 일이긴 하지만 강무도 백성들을 괴롭히는 일이었다. 군사 훈련이므로 없앨 수는 없는 일이었으나 수많은 백성들이 강무장을 만들기 위해 부역을 해야 했다. 장수들이 군사들을 함부로 몰아붙여 곡식밭을 짓밟기도 했다. 임금과 신하와 군사들의 양식도 준비해야 했고, 말에게 먹일 꼴도 베어 두어야 했다. 임금의 행차에 한 걸음 앞서 가는 가전찰방(駕前察訪)이 먼저 숙소에 이르러 쌀과 콩과 임금에게 꼭 필요한 물건을 제외하고, 함부로 거둬들인 것은 모두 꼼꼼하게 따져 책임을 물을 것이라고 아무리 강조해도, 강무를 하는 지방의 백성들은 고달플 수밖에 없었다. 찰방이 순찰하면서 백성들에게서 재물을 거두어 뇌물로 바치는 수령을 발견하면 병조에 보고하도록 했다.

사간원에서 강무를 없앨 것을 아뢰었으나 폐지할 수 없다는 답만 들을 뿐이었다. 임금은 마침내 강무 기간을 5일로 잡아 시행했다. 광주에서 강무를 할 때 임금이 친히 사슴 두 마리를 쏘아 잡았다. 사슴은 종묘에 바쳐진다. 공비가 거처하는 중궁으로도 사슴을 보냈다. 임금이 공비를 공경하는 것은 한결같았다.

공비의 어머니 안 씨가 관노의 신분에서 벗어난 것은 병오년 (1426년, 세종 8년) 5월의 일이었다. 삼한국대부인(三韓國大夫人: 정1품)의 작첩(爵帖)을 지닌 신분으로 돌아간 것이다. 사은사로 명나라에 다녀온 영의정 심온이 역적으로 몰려 죽었을 때, 심온의 장례를 허락하고 집안의 재산도 지켜 주었다. 그러나 심온의 아내와 자녀들을 연좌로 다스려 그 죄를 물었다. 그들의 죄를 물어 관아에 소속은 시켰으되 관노의 일은 면하게 한 것은 공비에게 작은 위안이 되었다.

대신들이 국모의 어머니가 천인인 것은 올바른 일이 아니라며 목소리를 높이기 시작했다. 태종이 세상을 떠나기 전에 관노의 신분을 면하게 해 주려 했으나 갑자기 승하하는 바람에 미처 교지를 내리지 못하였음을 안타깝게 여겼다는 말이 나왔다. 임금이 안 씨와 자녀들을 천안(賤案: 관노비)에서 삭제하고 작첩을 돌려주었다. 8년 만의 일이었다.

당시에 박은은 중궁(中宮)의 어머니이므로 관노로 삼는 것은 옳지 못하다고 반대했으나 유정현이 의금부 제조가 되어 연좌시키기를 굳게 청해 천안에 기록했다. 병오년(1426년, 세종 8년) 5월, 좌의정으로 벼슬을 그만둔 지 4일 만에 유정현이 72세로 죽었다. 유정현은 종의 가마솥까지 빼앗을 정도로 혹독하게 장리를 챙기다가 결국은 벼슬이 좌천되었다. 임금은 지나친 인색함으로 사람들의 입에 오르내리는 유정현을 청렴하지 못한 죄로 다스렸다. 사헌부와 사간원에서는 그마저도 고신(告身: 관원에게 품계와 관직을 수여할 때 발급하던 임명장)에 서경(署經: 임금의 관원 임명에 가부(可否)를 서명함.)하지 않으려 하여 유정현은 곤욕을 겪었다. 유정현은 좌의정에 임명된 지 두 달 만에 죽었다. 얼마 전에 이름을 지은 경복궁의 수많은 문을 다시는 바라볼 수 없게 되었다. 근정전(勤政殿) 앞의 다리인 영제교(永濟橋)를 건너 광화문을 지나는 일은 두 번 다시 되풀이되지 않을 것이다.

유정현은 일을 조리 있게 처리하고, 논란해 토의함에 있어 바르고 굳세어 피하는 바가 없었다. 처음부터 끝까지 임금이 그의 소신(所信)을 중히 여겼으나, 정치를 함에 가혹하고 급해 용서함이 적었다. 집에서는 인색하기 짝이 없고 재산을 늘리는 데 지나침이 있어 비록 자녀라 할지라도 한 되, 한 말의 곡식 주기를 꺼렸다. 오랫동안 호조를 맡고 있으면서 출납하는 것이 지나치게 인색해 사람들의 원망을 많이 샀다. 그의 단점이다.

한때 볍씨를 꾸어가는 사람이 적자 그는 백성들의 삶이 넉넉해 꾸어가지 않은 것으로 착각했다. 유정현이 매양 가을이 되면 모질게 빚을 독촉해, 백성들이 그 집에서 꾸어가기를 원하지 않을 뿐이라는 것을 임금은 알고도 모르는 척 했다. 수륙재를 없애고 궐내에서는 절대로 불경을 외게 하지 않도록 한 그였다. 그랬던 그가 임종할 때는 부처에게 공양하고 승려로 하여금 재를 올리게 하는 비용을 거의 5천여 섬이나 들이도록 유언을 해 사람들이 모두 비웃었다. 실로 임금을 위해서는 안 되는 일임에도 자신의 죽음을 위로하기 위해서는 받아들인 것이다. 공비의 어머니 안 씨의 천안을 없애는 일은 그런 유정현이 죽고 난 이틀 뒤에 내려진 임금의 명에 의해서였다.

두 해 전 갑진년(1424년, 세종 6년)에 공비가 외조부를 위해 잔치를 베풀었으나 안 씨가 천안(賤案)에 올라 있던 관계로 모녀간에 만나지 못했다. 임금은 안 씨를 천안에서 삭제하는 일에도 매우 신중했다. 태종이 이미 천안에서 안 씨를 삭제하겠노라 했다고 하면서도 대신들이 청하기 전에 먼저 그 일을 입에 담지 않았다. 그것은 태종이 한 일을 정면으로 반대하는 일이 되기 때문이었다. 모녀간의 인정을 모른 척하기가 어찌 쉬웠으랴. 임금이란 사위로서의 인정을 쏟아내기도 어려운 자리였다. 하긴 임금은 맏딸 정소 공주가 죽었을 때에도 평소와 다름없이 나랏일을 보았었다. 임금 대신에 정소 공주의 죽음을 슬퍼한 사람은 세자였다. 세자는 정소 공주의 두 살 아래 동생이었다. 임금은 정소 공주가 죽은 후 27개월째 지내는 담제에서야 비로소 아버지로서의 애틋한 마음을 표현했다. 담제란 담담해 평안하다는 뜻으로 유족이 상복을 벗고 평상의 생활로 돌아가는 제사이다. 자식을 사랑하고 귀여워하는 마음은 저절로 우러나는 것이어서 비록 죽어서 다시는 볼 수 없을지라도 귀엽고 사랑스러움의 정도가 어찌 다르겠는가. 제도는 끝이 있지만 정은 끝이 없는 것이다. 가족을 그리워하는 마음은 사람이라면 누구나 가지는 보통의 마음, 인지상정이 아닌가.
 양녕 대군에 관한 일이면 빗발치는 상소에도 신하들의 뜻을 받아들일 수 없는 이유가 바로 그 인지상정에 있었다. 게다가 태종도 양녕 대군이 하늘이 허락한 목숨을 이어갈 수 있도록 해 주라고 당부했었다. 태종은 임금이 양녕 대군을 해하지 않으리라는 것을 굳게 믿었다. 부왕의 뜻을 거스를 수도 없었지만, 부왕의 선택으로 세자의 자리에서 쫓겨난 형을 향한 연민의 마음도 지울 수가 없었다.

신하들의 상소는 양녕 대군의 아들 이개에게도 미쳤다. 이개에게 작위를 주어, 한양에 머물러 살게 한 때문이다. 그 아비가 임금과 아버지에게 죄를 얻어 도성 밖으로 내쫓겼는데 그 아들이 창피스럽게도 조정에 얼굴을 내밀 수 있느냐 따지고 있었다. 종친(宗親)의 대열에 참여하는 것도 바람직하지 못할진대 궁궐에 출입하는 것은 도저히 있을 수 없는 일이라 여겼다. 상소가 빗발치니 임금이 신하들을 달랬다. 반드시 허락을 받은 후에야 궁궐에 드나들게 할 것이다. 허락을 얻지 않고는 양녕 대군을 볼 수 없게 할 것이며, 다녀와서도 보고하게 할 것이다. 그러나 신하들은 그마저도 받아들이지 않았다.

"전하, 이개가 그 아비를 따라가서 살게 하옵소서."

"아래에 있는 이는 의(義)를 말하고, 위에 있는 이는 인(仁)을 말하는 것인데, 과인이 인(仁)을 말함이 그릇된 것이오?"

"전하의 한때의 우애로운 인(仁)은 임시로 둘러맞추어 처리하는 인(仁)인 것이옵니다. 태종께서는 부자(父子) 사이에서도 지극히 어려운 결단을 하셨음을 잊지 마시옵소서. 임시변통으로 인(仁)을 행하지 않고, 대의(大義)로써 결단하여 종묘(宗廟)에 아뢰고 양녕 대군을 밖으로 내쫓으셨사옵니다. 그것은 오직 종사(宗社)를 위한 깊은 생각에서 비롯되셨으니, 어찌 한때의 근본 없는 인(仁)만을 행하시고 만세(萬世)의 계책을 돌아보지 않으시옵니까?"

신하들은 물러나게 하면 다음날 다시 찾아왔고, 찾아오면 해가 저물도록 간언했다. 할 수 없이 임금은 이개를 성 밖으로 내보내겠노라 했다. 임금이 양보했건만 신하들은 한 가지를 더 약속받고자 했다. 태종이 살아있을 때에만 양녕 대군의 성안 출입을 허락하게 했으니, 마땅히 앞으로는 두 번 다시 양녕 대군을 성안으로 불러들여서는 안 된다는 것이었다. 이건 언제나 태종의 뜻을 좇는 임금의 뜻에도 맞는 일임을 강조했다. 부디 임금이 태종의 가르침을 따르도록 호소했다.

▼넓은 벌판을 휘몰아 태우는 불도 한 개의 불씨에서 일어나고, 하늘 끝까지 넘쳐흐르는 물도 한 점의 물방울로 시작된다고 하였사옵니다.▼

역경(易經)에 이르기를, '서리가 땅에 내리면 얼음 얼 날이 닥쳐온다.' 하였고, '걱정될 일이라 생각하거든 미리 방비하라.' 했다. 서경(書經)은 '어지러워지기 전에 정치를 가다듬고, 위태롭기 전에 나라를 온전하게 지키라.'고 가르치며, 시경(詩經)은 또 '장맛비가 다가오기 전에 창문 따위를 튼튼히 단속하라.'고 주의를 주었다. 한 나라를 다스리는 왕이 작은 구멍 때문에 둑이 무너질지도 모를 위태로움을 외면하려 하는가.

▼내가 들어줄 생각이었으면 어찌 오늘날까지 있었겠느냐. 나의 뜻이 이미 정해졌으니 다시 말하지 말라.▼

비록 굳이 청한다 하더라도 임금은 결코 들어주지 않을 작정이었다. 임금이 상소문을 외면해도 상서는 끈질기게 계속되었다. 어느 날부터 양녕 대군이 국법을 어기고 사사롭게 다른 사람들과 어울렸으니 죄를 주어야 한다는 것이 보태졌다. 새롭게 알게 된 여인을 세자 시절부터 알았던 것이라 거짓말을 한 것도 왕을 속인 것이니 죄를 주지 않을 수 없다. 다시 또 상소는 한 달 보름 동안 이어졌다. 좌대언 김자가 아뢰었다.

"온 나라에서 굳이 청하기를 이와 같이 하니 마땅히 양녕 대군을 수일 거리의 지방으로 내쫓았다가 조금 뒤에 불러들이셔서 여러 사람의 청을 막도록 하옵소서."

"나는 다시 무엇이라 할 말이 없소"

양녕 대군을 궁궐로 불러들이지 말라, 멀리 내쫓아라, 대군의 작위를 빼앗아라. 신하들의 상소는 세 가지 내용을 담고 있었다. 성산 부원군 이직과 한평 부원군 조연, 여천 부원군 민여익이 나섰다. 이들의 간언은 좌대언 김자보다 다시 조금 더 부드러웠다.

"전하께서 비록 법에 따라 양녕 대군을 징계하지는 않더라도, 원컨대 정부와 6조와 대간의 말에 좇으시어 오늘 멀리 귀양 보냈다가 내일 돌아오게 명하시옵소서. 이같이 한다면 여러 신하의 간언(諫言)도 시행되고 양녕 대군도 또한 법이 두려운 줄을 알게 될 것이니 전하의 은혜에 깊이 감사할 것이며, 전하께서도 또한 그 우애를 보전하시는 도리를 얻게 될 것이옵니다. 전하께서는 홀로 우애의 사사로운 정으로 인하여 여러 신하들의 공론(公論)을 듣지 않으시니, 신 등은 진실로 옳지 못하다고 생각하옵니다. 통촉해 주시옵소서."

"경들의 말이 옳소. 그러나 양녕의 일은 작은 실수이니, 경들이 비록 온갖 방법으로 힘써 간(諫)한다 하더라도 과인은 끝내 듣지 않을 것이오."

또 다시 신하들이 한 걸음 더 양보했다.

"만약 먼 지방으로 내쫓지 않으신다면 청하건대 태종 때에 내쫓은 일에 따라 말과 매와 개를 거두고 그로 하여금 출입을 하지 못하게 하여, 대간의 청을 막게 하옵소서."

임금은 한 치도 물러설 생각이 없었다. 신하들의 청을 들어줄 것

같으면 이렇게 석 달 동안 끈질긴 싸움을 벌일 필요가 없었다. 병조 참의 고약해가 다시 신하들과의 줄다리기에서 조금만 양보하라고 아뢰었다.

"전하께서 만약 대간(臺諫)의 청을 다 따르지 않으신다면 잠깐 작은 일을 행하시어 청을 막으심이 어떻겠사옵니까?"

"어찌 교묘하게 꾸며서 겉으로 간언을 따르는 것처럼 할 필요가 있겠소."

결국 신하들이 입을 닫았다. 상소도 간언도 끝이 났다. 3개월에 걸친 기나긴 싸움이었다. 양녕 대군의 행동을 어디까지 허용하는지에 관하여 신하들에게 분명하게 알린 것이다. 그렇다고 신하들이 이제부터는 양녕 대군에 관해서는 그만 간언을 끝내겠노라 한 것도 아니었다. 단지 신하로서 충분히 임금에게 간언을 한 것이라 여길 뿐이었다.

수령들의 임기에 관해서도 신하들의 상소가 심심찮게 올라와 끈질겼지만 양녕 대군의 경우처럼 집중적이지는 않았다. 신하들의 주장에도 분명 귀담아 들어야 하는 면이 있었다. 그러나 신하들이 주장하는 3기제보다 6기제가 폐해가 적으니 3기제로 되돌릴 수는 없는 일이었다. 말이 3기제지 그 임기를 다 채우는 수령이 많지 않아서 수령을 보내고 맞이하는데 드는 비용이 만만찮았다. 그 비용은 고스란히 백성들의 몫이 되어 백성들의 살림살이를 더 팍팍하게 만들었다. 나라를 위하는 도리는 사람을 알고 백성을 편안하게 하는 데에 있고, 백성을 편안하게 하는 요긴한 방법은 법에 있는 것이 아니고 사람에게 있는 것이 아니겠는가. 수령이란 왕의 근심을 나누며, 왕의 명으로 백성의 부모가 되는 것인즉, 백성의 부모 되는 자로는 그 직임에 오래 있어야 할 것이요, 그 직임에 오래 있게 되면 일에 익숙해져 잘 다스리게 되므로, 백성이 그 은혜를 받게 될 것이다. 임금의 생각이었다.

수령이 자주 바뀌어서도 안 되지만, 그렇다고 한 자리에 너무 오래 있어도 안 된다는 것이 신하들의 주장이었다. 여섯 해로 임기가 길어지면 수령들은 한갓 서류를 맞추어 나가는 것만으로 일을 잘 하고 있는 것으로 여기고, 긁어모으고 재촉해 거둬들이기에만 관심을 둘 것이며, 아래에서 긁어 위에 바치는 뇌물 꾸러미 때문에 백성의 고달픔은 갑절로 늘어날 것이다. 신하들의 의견은 이렇게 모아졌다. 신하들은 6기제를 하면 현명하지 않은 수령들이 고을을 다스릴 때 백성이 입는 피해가 더 오래고 크게 될 것이라는 걸 강조했다.

"마음의 품은 바를 숨김없이 모두 다 말하였으니, 그 뜻을 아름답게 여겨 다 자세히 보았소."

수령의 6기제를 없애자는 데는 형조나 공조, 사간원에서도 한 목소리였지만 임금의 뜻은 단호했다. 조금 더 생각해 보자든지 의논을 더 하자든지, 다음에 말하겠노라는 말투를 사용하긴 해도 처음 6기제를 채택할 때부터의 입장이 조금도 달라지지 않았다. 신하들이 아무리 의견을 올려도 임금이 6기제를 3기제로 되돌릴 뜻이 절대로 없음을 신하들은 믿어 의심치 않았다. 그럼에도 불구하고 신하들은 끈질기게 3기제로 되돌릴 청을 올리곤 했다.

굳이 어떤 수령이 다스리느냐 하는 사람의 일이 아니더라도 백성이 힘없이 당할 일은 얼마든지 있었다. 요즈음 자주 화재가 났다. 불조심을 하지 않아서가 아니고 좀도둑들이 불을 지른 후 혼란한 틈을 타서 도둑질을 하기 때문이었다.

강원도 횡성으로 강무를 떠나는 임금은 떨어지지 않는 발걸음을 겨우 옮겼다. 화재가 잦은 것이 불안했지만 신하들의 재촉 때문에 길을 나섰다. 임금이 강무를 떠난 이틀 후 한양에 큰 불이 났다. 한성부의 남쪽에 사는 인순부의 종[노복: 奴僕] 장룡의 집에서 불이 났는데 때마침 서북풍이 크게 불어 불은 걷잡을 수 없이 번져나갔다. 게다가 건조한 이른 봄이었다. 사람의 일에 자연의 힘이 덧붙여졌으니 속수무책일 수밖에 없었다. 불이 났다는 말을 듣고 한양에 남아 있는 모든 대신과 백관들에게 공비가 명을 내렸다.

▶화재가 일어났다 하니, 돈과 식량이 들어 있는 창고는 구제할 수 없게 되더라도, 종묘와 창덕궁은 힘을 다해 구(救)하도록 하라.◀

낮에 일어난 불은 저녁 무렵에 꺼졌다. 경시서(京市署: 물가의 조절 및 상인들의 감독, 세금 등을 맡은 관청)와 북쪽의 행랑 106간과 인가 2,170호가 모두 탔다. 어린아이와 늙고 병든 사람은 숫자에 넣지 않고도 남자 9명, 여자 23명이 불에 타 죽었다. 초가투성이인 백성들의 집은 순식간에 타 버렸다. 뭘 어찌해 볼 도리도 없이 아무것도 남지 않았다.

궁궐에 불이 날 경우를 대비해 사다리[제자: 梯子], 저수기(貯水器), 급수구(汲水具) 등을 갖추어 두고 불을 완전히 끌 때까지 계속 종을 치라는 등, 궁궐 밖에서 불을 끌 사람들이 들어올 경우에는 어떻게 들이라는 둥, 경복궁에 불이 났을 경우, 수강궁에 불이 났을 경우 등 금화(禁火: 화재를 막기 위해 불의 사용을 금지함) 조건을 세워 두는 둥, 온갖 방책을 세워 두었다. 임금이 강무소에서 곧 환궁했다.

▶화재를 당한 집과 가산이 모두 타서 식량이 떨어진 자들의 인구를 조사하여 식량을 공급하고, 화상을 입은 자는 의원으로 하여금 치료하게 하라. 사망한 자는 한 사람에 대하여 쌀 1석과 종이와 거적 등의 물품을 주어 매장하게 하고, 그 중에 친족이 없는 자는 관아에서 장사에 쓸 기구를 주어 한성부로 하여금 사람을 시켜서 장사지내게 하라.◀

곧 금화도감을 설치했다.

화재가 크게 번지지 않도록 담을 쌓고 도로를 넓혀 소통이 잘 되게 했다. 도성 안 도로의 넓이는 이미 을유년(1405년, 태종 5년)에 법이 세워져 있었다.

"도성 안에는 두 마차가 나란히 갈 수 있는 넓이[2차로: 二車路]에 두 자[척: 尺]를 더하게 하고, 성 밖에는 두 마차가 나란히 갈 수 있는 넓이에 넉 자를 더하게 하옵소서."

도성 안에는 길을 침범해 집을 지은 것이 만여 호가 넘었다. 집을 헐게는 해야겠지만 무턱대고 헐어버리면 그 곳에 사는 백성들이 갑자기 갈 곳이 없었다. 다섯 집 건너 우물 하나씩을 파고, 종묘와 대궐에는 불을 끄는 기계를 마련했다. 초가는 불이 나면 쉽게 타버리므로 싼 값으로 기와를 보급하는 일도 서둘렀다.

을유년(1405년, 태종 5년)에 태종이 개성에서 한양으로 되돌아왔을 때, 백성들이 급히 집을 짓느라 미처 지붕을 덮지 못할까 염려해 기와 굽는 가마를 만들어 기와를 구어 팔았다. 몇 해 지나지 않아 도성 안에 기와집이 반을 넘었다. 해마다 지붕을 새로 이는 수고로움도 덜고, 불이 나도 순식간에 다 타 버릴 걱정에서도 어느 정도

벗어날 수 있도록 도성 안의 모든 집을 기와집으로 만들고자 했다. 그러나 흉년이 겹쳐 그 뜻은 이룰 수가 없었다. 병신년(1416년, 태종 16년)에 승려 해선이 기와 가마를 다시 설치했으나 9년이나 지났건만 오히려 초가의 비율이 훨씬 늘어났다. 승려 해선이 무명 3천 필로 보(寶)를 만들면 땔나무며 기와를 굽는 물자며 품삯이 모두 해결이 될 듯하다고 아뢰었다. 해선은 기와집이야말로 백성을 이롭게 하는 데에 꼭 필요한 일이라 믿고 오랜 세월을 기와집 보급에 매달리고 있었다.

"뒷사람이 소승의 뜻을 이어받아 꾸준히 해나가면, 도성 안이 모두 기와집이 될 것이옵니다. 소승이 평안도와 황해도에 사사로이 쌀 1천 석을 준비한 것이 있는데, 이것을 그 도에 바쳐 군수 물자에 충당하고, 나라의 묵은 쌀을 받아서 보를 세우는 본전을 삼으면, 국가에 피해를 끼치지 않으면서 한양 사람에게는 이로운 일이 되지 않겠사옵니까?"

승려가 앞장섰다. 백성들의 고달픈 삶을 조금이라도 덜어주려는 것이다. 보(寶). 한증 욕실을 만들기 위해서도 보가 필요했었다. 백성의 근심을 덜어주려고 애를 쓰는 임금의 마음이 곳곳에 있는 사람들의 마음을 움직이고 있었다. 한증 욕실과 마찬가지로 기와 가마터에도 관리를 파견했다. 숭유억불을 외쳤다. 학문으로서 불교는 알 필요가 있지만 불심에 빠지는 일은 허용할 수 없었다. 노비도 줄이고 절도 많이 없앤 임금이 승려들에게만 백성들의 보살핌을 맡길 수가 없었다. 한증 욕실에 관리 1명이, 별요(別窯: 기와를 굽는 가마)에는 관리 2명이 파견되었다.

모름지기 백성들이 풍년을 노래하고 이웃들과 즐거움을 나누며 덩실덩실 춤을 출 수 있는 나라라면 무엇을 더 바라겠는가. 집집마다 거문고를 타는 소리가 담을 넘고, 전쟁터에서 군사들이 앞으로 나아가길 재촉하는 북소리가 둥둥거리지 않는다면, 욕심 없고 소박한 백성들이야 나라님의 덕을 한껏 칭송하리라. 공자는 음악을 예와 같은 덕이라 보았다. 예절 바른 차림새나 태도, 음악, 활 쏘는 기술, 말을 길들이는 기술, 붓글씨 쓰기, 수학(數學), 곧 예(禮), 악(樂), 사(射), 어(御), 서(書), 수(數). 이 육예(六藝)야말로 선비들이 갖추어야 할 덕목이었다. 그 중에서도 특히 예악이 근본이 되었다. 나라를 다스림에 있어서도 예보다 중요한 것은 없었다. 그러나 예를 이루기 위해 악은 반드시 따라야 할 항목이었다. 공자는 거문고를 배울 때 곡을 연주하며 그 곡을 만든 사람의 품위와 마음을 깨닫게 될 때까지 한 곡의 연습을 되풀이했다. 음악을 아는 것이야말로 군자가 행할 일이라 임금은 여겼다. 음악을 정리하는 것은 예를 이루는 것만큼이나 중요한 일이 아니겠는가.

그렇다고 가뭄으로 근심이 가득할 때 풍악을 울릴 수는 없는 일이었다. 임금은 가뭄을 걱정하여 열흘씩 보름씩 앉아서 밤을 새워 비를 기다리느라 병이 날 지경인데, 좌의정 이원과 우의정 유관이 호조 판서 안순의 집에서 풍악을 울리며 술을 마셔서 뭇 선비들의 비웃음을 샀다. 술을 마실 때 흥을 돋우기 위한 소리는 소인배들의 것이었다. 세상을 잘 다스려서 음이 평화롭고 편안해서 즐거우면 그 나라의 정치는 조화를 이루는 것이다. 임금의 음악을 생각하는 이치는 바로 여기에 있었다. 악학 별좌(樂學別坐) 박연은 이런 임금의 뜻을 때 맞춰 읽었다.

"음악의 가락이 경전(經傳)과 사기(史記) 등에 흩어져 있어서 서로 견주어 깊이 연구하여 보기가 어렵사옵니다. 또 『문헌통고(文獻通考)』, 『진씨악서(陳氏樂書)』, 『두씨통전(杜氏通典)』, 『주례악서(周禮樂書)』 등 음악과 관련한 책을 사사로이 가지고 있는 자도 없사옵니다. 비록 뜻을 둔 선비가 있더라도 책을 얻어 보기가 어려우니, 진실로 음악이 이내 없어지지나 않을까 두렵사옵니다."

임금은 문신 한 명을 악학에 더 임명했다. 음악과 관련된 책을 엮어내어야 했다. 향악(鄕樂), 당악(唐樂), 아악(雅樂)의 가락을 연구하여, 연주에 필요한 악기를 마련하고 악보를 그려 두어야 했다. 예와 더불어 악을 그토록 중하게 여기면서도, 아니 예와 악이 짝을 이루어야 한다면서도 정작 악공은 천하게 여겼다. 학문으로서 음악은 선비가 반드시 갖추어야 할 덕목으로 여기면서도, 음악과 관련한 책은 몹시 귀했다.

또 책의 문제였다. 평안도 감사였던 김자지(金自知)가 읽을 책이 없으니 명나라에 가서 사고자 했다. 진주의 김화가 제 아버지를 죽여 효행을 가르치고자 할 때도 책이 필요했다. 평안도와 함길도의 백성들에게 효과적인 농사짓는 방법을 알게 하려면 책이 더욱 필요했다. 농토가 남쪽 지방에 비해 메마르고 거칠어서 수확이 시원치 않았다. 어느 곡식이 어떤 땅에 알맞은지를, 언제 논밭을 갈고 씨를 부려야 하는지를, 김을 매고 거두는 때를, 잡곡을 번갈아 심는 방법을 각 고을의 나이 많은 농부들에게 물어서 그들의 경험을 모아 책을 만들어야 하는 이유가 거기에 있었다. 평안도나 함길도 양계(兩界)뿐 아니라 전국이 정도의 차이는 있을망정 비슷한 상황이었다. 백성들을 가르칠 책이 모자란다는 말을 하기 전에 우선 선비들이 마음껏 책을 읽을 수 있도록 하는 것이 더 급했다. 끊임없이 종이를 구했다. 일본국의 종이가 단단하고 질기다 하여 질 좋은 종이를 만드는 방법을 배우도록 했다.

음악과 관련해서는 책으로 만들 자료를 모으는 일도 쉬운 일이 아니었다. 관(官)에서 체계적으로 책을 엮어낼 뜻이 부족했던 탓도 있지만, 선비들이 꼭 갖추어야 할 덕목으로서 음악을 내세우면서도 악공을 천하게 여긴 까닭도 가볍게 넘길 일이 아니었다. 예기에 이르기를, 예악을 제정하는 것은 입과 배와 귀와 눈의 욕망을 만족시키기 위해서가 아니고 사람이 지켜야 할 도리가 바른 데로 돌아가도록 하기 위해서라 했다. 음을 살펴서 악을 안다고 했다. 소리[성: 聲]만 알고 음을 모르는 것은 새와 짐승이요, 음(音)만 알고 악을 모르는 것은 어리석은 소인배이며, 군자만이 악(樂)을 알 수 있다고 했다. 악공은 음만 아는 소인배의 무리라 여겨졌던 것이다.

이즈음 임금이 곡파무(曲破舞)를 춘 늙은 기생 봉이에게 상을 내렸다. 대궐에서 잔치를 베풀어도 좀처럼 보고 들을 수 없는 노래요 춤이었다. 태조가 즉위할 때 불린 후 오랫동안 사용하지 않아서 거의 잊혀 가던 것이기도 했다. 여인들의 음악이다. 두 기녀(妓女)가 그 악곡을 잊지 않아 임금이 상을 준 것이다. 조선에서만 들을 수 있는 음악이라 소홀히 했던 탓에 잊히는지도 몰랐다.

"우리나라는 본디 향악(鄕樂)에 익숙한데, 종묘의 제사에 당악(唐樂)을 먼저 연주하고 세 번째 술잔을 올리는 삼헌(三獻)할 때에 이르러서야 겨우 향악을 연주하고 있소. 처음부터 조상 어른들이 평시에 들으시던 음악을 쓰는 것이 어떻겠소?"

평시에 듣던 음악이 어떨지 임금이 맹사성에게 의논해 보라는 것은 봉상 판관(奉常判官: 종5품, 제사 등을 맡는 봉상시의 관리) 박연을 의식한 말이다. 기름, 꿀 따위를 공급하던 직책인 의영고 부사(義盈庫副使)에서 악학 별좌가 된 박연은 이제 제사나 시호를 붙이는 일을 하는 봉상 판관의 일도 보았다. 박연은 중국의 음악 서적을 연구해 중국의 음악 체계에 맞추려고 무던히도 애를 쓰고 있었다. 제사를 지낼 때에 향악을 연주하자고 하면 박연은 틀림없이 뛸 듯이 놀랄 것이다. 왜 당악을 연주해야 하는지를 주장하려고 역대의 음악 서적을 줄줄이 뗄 것이다. 박연의 말에 반대하고 나서는 일이 난처한 임금이다. 임금 자신이 신하들에게 끝없이 요구하는 것이 옛 제도를 연구해 보라는 것이지 않은가. 부지런히 책을 읽지 않으면 지금 부딪히는 문제를 해결할 수 없는 것이다. 박연은 아주 충실히도 임금의 말을 따르고 있는 충성스러운 신하였다.

또 대청 아래에서 연주하는 당하악에서 사용하는 대나무 관악기 저(대금의 종류)는 응종(應鍾: 십이율의 열두째 음)과 무역(無射: 십이율의 열한째 음)의 소리가 부족해 연주에 적당하지 않으나, 명나라에서 새로 보내온 소관(簫管)은 음률의 소리가 모두 갖추어져 있으니 이를 사용해 음악의 소리를 조화시키는 것이 좋겠다는 건의를 했다. 박연의 생각이다.

음악에 관해서라면 박연을 앞서는 이가 없었다. 중국의 제도를 본보기로 삼는 것에 임금이라고 무턱대고 반대하는 것은 아니었다. 반대는커녕 제도를 살피는 것은 거의 모두가 중국 것이다. 명나라에서 온 사신이 태평소를 가지고 왔을 때 임금은 군악(軍樂)에 매우 어울린다고 판단했다. 그 큰 소리며 씩씩하고 당당함이며, 게다가 태평(太平)을 의미하는 이름도 썩 마음에 들지 않았던가. 군기감(軍

器監)에서 태평소를 만들어 사람들에게 배우고 익히도록 병조에 명을 내렸다. 중국의 제도를 본받되 향악도 같이 연주하자는 게 임금의 생각이었다. 이러한 뜻으로 박연을 설득하라고 맹사성에게 일을 맡긴 것이다. 한때는 악곡을 가르치는 일이라면 맹사성을 찾았던 것이 이제는 박연에게 그 일이 주어졌다.

예조에서 편경이 명나라에서 보내준 석경 한 채 뿐이라고 했다. 다른 것은 모두 기와로 만든 와경(瓦磬)이다. 고려 시대에 송나라 휘종이 내려 준 악기가 홍건적의 난리로 보존하기 어려웠을 때, 어느 늙은 악공이 종과 경 두 악기를 못 속에 던져 넣어 보존할 수 있었다. 명나라 악기보다 소리가 더 아름다웠다.

경기도 남양에서 나는 돌이 소리가 좋다는 것을 발견했다. 악기 제작은 박연이 맡았다. 조선에는 본래 음에 맞는 악기가 없어 옛 제도에 따라 박연이 해주의 기장을 가지고 황종 1관을 만들었으나 소리가 약간 높았다. 기장 알의 크기가 일정하지 않기 때문이다. 박연은 벌집을 녹여 기장 알의 크기로 1,200개의 낟알을 만들어서 황종관을 제작했다. 박연은 황종음을 기준으로 삼등분을 했다. 그것을 삼분의 일씩 자르거나 보태어 대나무로 된 율관 12개를 만든 후 검은 기장으로 음을 조율했다.

"모양의 제도와 성음(聲音)의 법을 어디에서 취했소?"

지신사 정흠지가 신기해하며 박연에게 물었다.

"한결같이 중국에서 내려 준 편경(編磬)에 의하였고, 성음은 제가 스스로 12율관(律管)을 만들어 완성했습니다."

여러 대언들이 의아해 했다.

"중국의 음(音)을 버리고 스스로 율관을 만드는 것이 옳은 일이오?"

모두 얼토당토않은 일이라 여겼다. 중국의 음이 아닌데 어찌 음이라 할 수 있는가. 박연은 이미 글로 임금에게 아뢰었다.

▶지금 만든 편경은 모양은 한결같이 중국 것에 의하였사옵니다. 그러나 성음은 중국의 경(磬)은 마땅히 높을 것이 도리어 낮고, 마땅히 낮을 것이 도리어 높아서, 한 시대에 제작한 악기가 아니라 생각되옵니다. 만약 이것에 의해 제작하면 결코 화하여 합할 이치가 없기 때문에, 삼가 중국 황종의 소리에 의하여 황종의 관(管)을 만들고, 이 관을 기준으로 길이를 더하거나 빼서 12율관을 이룩한 후, 일일이 불어 보면서 음률(音律)을 맞추었사옵니다.◀

박연은 자신이 있었다. 신하들은 이치를 몰라도 임금은 박연을 인정했다. 중국의 경(磬) 1가(架), 새로 만든 경 2가와 다른 모든 악기를 박연이 새로 만든 율관에 음을 맞추게 했다.

"중국의 경은 과연 화하여 합하지 아니하고, 지금 만든 경이 옳게 된 것 같소. 경석(磬石)을 얻는 것도 다행한 일이거늘, 지금 소리를 들으니 또한 매우 맑고 아름답소. 율관을 만들어 음(音)을 비교한 것은 놀라운 발명이어서 매우 기쁘오."

박연도 흥분을 감출 수가 없었다. 그 동안의 피땀 어린 노력이 비로소 열매를 맺었다.

"그런데 말이오."

순간 박연은 몹시 긴장했다. 임금의 표정이 흐뭇함에서 의아스러움으로 바뀌었기 때문이다.

"이칙(夷則) 1매(枚)가 그 소리가 약간 높은 것은 무엇 때문이오?"

박연이 황급히 편경의 이칙을 살펴보았다.

"황공하옵니다, 전하. 가늠한 먹이 아직 남아 있음을 보니, 다 갈지 않아서 그러할 것이옵니다."

추운 겨울인데도 박연의 등에 땀이 흘렀다. 정밀하게 크기를 측정한다고 먹줄을 그었는데, 미처 덜 갈았던 것이다. 물러가 돌을 갈아서 먹이 다 없어진 이칙에서 비로소 바른 소리가 났다. 경(磬)이 이룩되자 악(樂)을 제작하는 임무는 오로지 박연이 맡도록 했다. 병오년(1426년, 세종 8년) 가을부터 무신년(1427년, 세종 9년) 여름까지 남양의 돌을 다듬어서 종묘 영녕전(永寧殿)의 편경이며, 여러 제사에 통용하는 편경, 특경(特磬) 등이 이룩된 것이 모두 528매이다.

봉상 판관 박연은 흐트러진 음악의 체계를 열정적으로 정리했다. 하늘과 땅에, 종묘사직에, 선조들에게 제사를 지낼 때, 각각 다른 음악을 연주함은 물론이거니와, 성인의 제도에 음과 양을 합하고 신(神)과 사람이 화합하게 한 것은 더 이상 손을 댈 것이 없었다.

박연은 봉상시에서 보관해 온 『조선국악장(朝鮮國樂章)』은 공인(工人)의 손으로 만들어진 것을 모아 엮은 책이라 잘못된 점이 많음에도 다른 책이 없었기 때문에 지금까지 본받을 제도로 받들어져 왔음을 지적했다.

"전하, 조선국악장은 모두 공인들이 필요한 부분만 뽑아

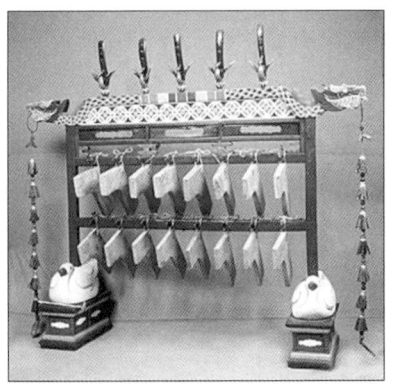
<편경>

서 적은 탓에 오래된 것일수록 근본이 되는 긴요한 뜻을 잃었사옵니다. 봉상시에 벼슬한 사람은 마땅히 그 책임을 피할 수 없으나

당시의 아악(雅樂)이 바르게 고쳐지지 않아 책이 없는 것도 당연한 일이라 여겨지옵니다."

박연은 잘못된 것을 기필코 자신의 손으로 바로잡고 싶었다.

"신의 어리석은 생각으로 말씀드리건대 제도가 서책에 기재되어 있으니, 근본을 연구하여 조목을 밝히는 것은 실로 어려운 일이 아닐 것이라 여겨지옵니다. 만일 그렇게 해서 바르게 하지 못한다면 위로 중조[중국: 中國]에 청하여 물어서 시행해야 하옵니다. 삼가 바라옵건대 올바른 음악 서책을 새롭게 엮어낼 수 있도록 허락해 주시옵소서."

임금이 그토록 중요하게 여기는 음악을 스스로 나서서 바로 잡겠다고 나서는 박연을 어찌 아끼지 않을 수 있겠는가. 박연이라면 절차도 관계없이 바로 임금에게 아뢸 수 있도록 문을 열어 놓았다. 어차피 예조를 통해서 올라와도 박연이 이렇게 생각한다, 박연이 바로 잡은 것이다, 이런 형식일 수밖에 없는 일이기 때문이었다. 이미 음악에 지식이나 경험이 깊은 사람이 있었다면 박연이 연구할 것이 중국의 제도만이겠는가.

악학 별좌 겸 봉상 판관 박연이 나름대로 연구해 한 틀에 12개 달린 석경을 새로 만들었다. 옹진에서 생산되는 검은 기장으로 잘못된 점을 바르게 고치고, 남양에서 나는 돌을 가지고 만들어 보니, 소리와 가락이 잘 조화되어, 그것으로 종묘와 조회 때 사용할 음악으로 삼았다. 임금은 흐뭇했다.

춘추관에서는 『공정대왕실록(恭靖大王實錄)』을 바쳤다. 사초가 많지 않아 한 달에 기록할 것이 열흘이 채 되지 않았음에도 2년의 재위 기록을 정리하는 데 두 해 하고도 여섯 달이 걸렸다. 태종실록은 언제 완성될지 알 수 없었다. 2년 기록의 정리에 그보다 많은 시간이 걸려서 겨우 완성할 수 있는데 500년 고려사 편찬이 쉬이 마음에 흡족할 리가 없었다. 고려사는 벌써 여러 번 다시 고쳐 엮도록 명했다. 태종실록이 언제 완성될지 모르는 것만큼이나 고려사를 바르게 고치는 일도 언제 끝날지 알 수 없었다.

이 무렵 이조 참판 정초와 좌사간(左司諫: 정6품) 김효정은 『속육전(續六典)』을 고치느라 바빴다. 이전, 호전, 예전, 병전, 형전, 공전 등 6조(六曹)의 집무 규정은 성산 부원군 이직이 임인년(1422년, 세종 4년) 8월부터 책임자로 있었지만 이직은 이미 태종 때부터 육전 정비에 깊이 관여하고 있었다. 그로부터도 4년이 지나고서야 속육전이 완성되었다. 영의정 이직, 찬성 황희, 이조 판서 허조의 노고였다. 이직은 모든 벼슬아치들이 육전을 반드시 읽도록 해야 한다고 아뢰었다. 법령에 관하여는 이직만큼 믿음을 주는 이는 달리 없었다.

"이 책은 만들기가 쉽지 않은데, 경들이 이것을 편집하여 상세히 갖추어 내놓으니, 과인이 이를 매우 가상히 여겨 잘 살펴보도록 하겠소"

임금의 마음에 흡족하지 않았던 터라 다시 고치고 있었던 것이다. 무신년(1428년, 세종 10년) 11월에 영의정 이직이 다시 고쳐 올렸으나 임금은 또 고개를 저었다. 완전하지 못한 부분이 있었다. 육전을 고치는 일은 칭찬과 격려로 수정의 명을 받았지만, 교서 저작랑(校書著作郎) 장돈의와 성균 직학(成均直學) 배강은 의금부에 갇혔다. 주자소의 관원으로서 『강목통감(綱目通鑑)』을 인쇄했을 때 실수가 많았기 때문이었다. 결국 장돈의와 배강은 일주일 후 파직되었다.

임금은 더 많은 신하들을 만날 수 있는 방법을 찾았다. 미처 발견하지 못한 재능을 가진 이가 자주 만날 수 없는 신하들 중에 있을지도 모를 일이었다. 당나라와 송나라의 전성시대에는 모두 돌림차례로 왕에게 대답하는 법, 곧 윤대(輪對) 제도가 있었다. 이는 단지 총명을 넓혀서 막히고 가리는 폐단이 없게 할 뿐 아니라, 여러 신하의 어질고, 그렇지 못하고 하는 것을 왕이 직접 살펴볼 수 있는 제도였다. 옛 제도에 따라 4품 이상의 신하들이 왕에게 직접 말할 길을 넓히는 것이다. 지금까지 살피던 나랏일을 그대로 보면서 윤대까지 하려면 잠자는 시간을 줄이는 수밖에 없었다.

임금의 하루는 대체로 새벽 3시에서 5시 사이에 시작된다. 일어나서 죽 한 사발 정도로 간단하게 배가 고픈 느낌만 없애고 관리들과의 만남이 이루어진다. 아침밥을 먹기 전에 경연이 있다. 사무를 보며 해당 관리들과 의논을 하고, 한가한 날은 사냥이나 활쏘기, 혹은 격구 등으로 체력을 단련한다. 대체로 7시 이후에는 경연이 있거나 휴식이나 독서를 하게 되는데, 임금의 독서 시간은 왕자 시절부터 소문이 났었다. 언제 잠자리에 들지 알 수가 없었다.

기해년(1419년, 세종 1년)에 시작한 고려사 바르게 고치기는 여러 차례 다시 이루어지고 있었다. 임금이 신하들의 교정본을 다 읽어 본 때문이다. 고려사뿐 아니라 주자소에서 인쇄한 책이 바르게 인쇄되었는지도 직접 살펴보았다.

게다가 윤대까지 행하려 하고 있었다.

첫 윤대는 임금의 나이 스물아홉 살, 을사년(1425년, 세종 7년) 7월 11일에 이루어졌다. 고약해의 차례가 되었을 때 그는 무려 50여 가지의 일을 아뢰었다. 끈질기기가 임금과 신하가 똑같았다. 임금은 신하들을 만나고 싶었다. 언제나 신하들의 말에 귀를 기울일 준비가 되어 있었다. 임금이 건강이 좋지 않을 때에도 그것이 신하들과의 사이에 장애물이 되게 하고 싶지 않았다.

"과인이 오랫동안 여러 대신을 접견하지 못하여 보고 싶은데, 여러 대신 또한 어찌 과인이 보고 싶지 않겠소."

임금은 윤대로도 만족할 수 없었다. 이전에는 2품 이상의 수령이 부임할 지역으로 떠날 때에 만났으나 2품 이하의 수령도 또한 만나보고 보내야 할 것이라는 데 생각이 미쳤다. 임금이 시골구석까지 친히 가서 다스리지 못하고 어진 관리를 선택해 근심을 나누고자 하니 그 임무가 결코 가볍지 않았다.

"그대들은 항상 백성을 구제할 방법을 생각하도록 하오. 옛날에는 백성에게 예의와 염치(禮義廉恥)를 가르치려 애를 썼으나, 지금은 입을 옷과 먹을 양식이 부족하니 어느 겨를에 예의를 다스리겠소. 의식이 넉넉하면 백성들이 예의를 알게 되어, 형벌에서 멀어질 것이 아니겠소. 그대들은 과인의 지극한 마음을 본받아 백성들을 편안하게 기르는 일에 힘쓰도록 하오."

지방관으로 임명 받은 관리들을 만날 때마다 되풀이하는 당부였다.

"봉상 소윤(少尹: 종4품) 신 이심, 대령했사옵니다."

이심을 윤대했을 때다.

"그대는 사헌부 관원이 된 지가 오래되지 않았지 않소?"

"신은 3년 전에 지평(持平: 종5품)이 되었사옵니다."

"그대는 제 시각에 제사를 모시지 못한 일 때문에 사직하지 않았소?"

사직한 기간이 있기 때문에 3년 동안 지평 관직에 있었던 것은 아니라는 뜻이었다.

"신이 그 때에 그릇 생각하여 늦는 바람에 시기를 놓쳐 미치지 못했사옵니다, 전하. 신은 특별히 아뢰올 말씀이 없사옵니다."

"내가 그대와 같은 관리를 만나는 것은 좋은 일이고 그대가 나를 보는 것 또한 좋은 일이 아니겠소."

"신은 원하옵건대, 전하께서 끝까지 삼가심을 처음과 같이 하시옵소서. 예로부터 임금이 능히 그 처음은 삼가다가 끝까지 삼가지 못한 이가 많았사옵니다."

"그렇소."

"인심과 풍속은 짧은 시간에 능히 바뀌는 것이 아니니, 인심을 화목하게 하고 풍속을 후하게 하는 것을 어찌 법령으로써 이루겠사옵니까. 지금은 법령이 상세하지 않음도 아니고, 기강(紀綱)이 엄격하지 않음도 아닌데, 다만 인심과 풍속이 온순하고 인정이 두텁지 못하니, 마땅히 인심을 화목하게 하고 풍속을 후하게 하는 것에 힘쓰시옵소서."

"그것 또한 그렇소."

"고려 때부터 지금까지 법을 마련하고 제도를 정할 때는 반드시 대간으로 하여금 서명을 하게 한 뒤에 시행하도록 했사온데, 곧 경솔히 법을 세우지 못하게 하고자 한 것이옵니다."

"나도 그대와 생각이 같소."

임금은 빙긋이 웃었다. 아뢸 말이 없다는 봉상 소윤 이심은 처음에는 하늘을 두려워하고 백성을 위하는 척 하다가 이내 지쳐서는 안 된다고 임금으로부터 다짐을 받고 있었다. 법을 앞세워 백성을 다그치지 말아 달라고 부탁하고 있었다. 지금도 법은 넘쳐 나고 있으니 새로운 법을 세우려고 애쓰지 말아야 하지 않겠는가. 금방 성과가 나타나지 않는다고 조급해 하지 말고, 있는 법이라도 잘 지켜나갈 수 있도록 충분히 시간을 주고 참을성 있게 지켜보라 충고하고 있었다.

무엇보다 아름다운 것은 임금과 신하 사이에 아무런 벽이 놓여 있지 않다는 것이다. 이런 말을 아뢸 수 있도록 기회를 주고, 귀를 기울여주고, 마음을 열어준 임금임을 믿어 의심치 않았음에랴.

조계 때에 참의 이상은 엎드리지 말고 머리를 들고 앉도록 명했다.

진정 임금은 신하가 보고 싶다.

장

집현전, 맡겼으면 믿을 것이다

1429년, 세종 11년(33세) - 1432년, 세종 14년

"충청, 경상, 전라 하삼도(下三道)의 성(城)을 쌓는 일은 오로지 경에게 맡기노니, 경은 마음과 힘을 다하여 불완전한 점이 없도록 하오."

"성은이 망극하옵니다, 전하."

병조 판서 최윤덕에게 하삼도 도순찰사를 임명했다. 도순찰사는 임시로 지방에 파견된 중앙의 벼슬아치다. 최윤덕은 하삼도의 해변에 있는 성터를 꼼꼼하게 살펴보았다.

'오로지 경에게 맡기노니.'

자신에게로 향한 임금의 믿음을 저버릴 수 없다. 최윤덕이 부지런을 떨수록 지방의 관리들도 백성들도 엄청난 괴로움을 겪게 될 것이다. 제발이지 중앙의 관리는 한양에 머물면서 지방 관리들의 보고를 통해 판단만 하면 되지 않겠는가. 상소가 이어졌다.

『만약 때를 타서 쌓아야 할 성이 있다면 이미 살펴보고 결정을 했을 것이니, 그 도(道)의 관찰사와 절제사로 하여금 같이 의논하여 이를 쌓게 하고 중앙의 대신을 보내지 말기를 청하옵니다.』

각 도에서 중앙의 벼슬아치를 꺼리는 가장 큰 이유로 내세우는 것이 백성이었다. 백성의 처지를 헤아리면 단 한 군데의 성도 쌓아서는 안 된다. 마땅한 일이다. 재해로 말미암아 양식이 넉넉하지 못하다. 평안도의 백성들은 사신을 접대한다고 고단하다. 관아도 백성들과 다르지 않다. 성을 쌓는다면 그것은 고스란히 백성들의 몫이다. 그 백성들을 다그쳐야 하는 관리들은 또 어떨 것인가.

"성을 쌓는 일을 이미 최 도순문사에게 맡긴즉, 그가 청하면 과인이 반드시 따를 것이오. 그도 역시 백성들에게 괴롭고 번거로운 일이 될 것임을 모르는 자가 아니며, 큰 공을 이루는 데 어찌 일일이 작은 괴로움을 헤아릴 수 있겠소."

맡겼으면 믿을 것이다. 최윤덕은 성을 쌓을 조건과 어디부터 쌓을지 순서를 정했다. 물론 해안가의 성을 제일 먼저 쌓을 것이다. 왜구의 침략을 대비하는 것이다. 인구의 많고 적음은 다음 순서에 넣었다. 될 수 있으면 옛 성을 이용해 적당히 물리거나 줄여서 다시 쌓는 방법을 택했다. 각 고을의 성을 한꺼번에 다 쌓을 수는 물론 없는 일이다. 성의 크기를 보아 햇수를 정해 놓고 성을 쌓도록 해야 한다. 최윤덕의 계획을 실행하는 부서는 공조다.

가장 먼저 성 쌓기를 시작해야 할 곳이 정해졌다. 충청도 비인과 보령 두 현이다. 즉위 초에 비인현에 왜적이 침입한 것이 대마도 정벌까지 이어졌다. 예나 이제나 왜구가 가장 먼저 발길을 들여놓는 곳일 수밖에 없다. 비인의 성은 사방이 터인 평지에 있고, 보령의 성은 높은 언덕에 있어 모두 성터로 맞지 않았다. 성은 허드렛돌을 흙과 섞어서 쌓아 보잘 것이 없고 좁았다. 무엇보다 절실한 것은 저절로 물이 솟아나는 샘도, 땅을 파서 만든 우물도 없다는 것이다. 물이 없으면 급한 일이 생겼을 때 오랜 시간 성안에서 버틸 수가 없다.

이제는 모든 신하들이 임금이 일을 해 나가는 방식에 익숙해져 있었다. 병조에서는 성을 쌓을 때 적대(敵臺)를 아울러 쌓아야 한다고 건의를 했다. 적대는 성문과 옹성을 지키는 네모꼴의 파수대이다. 성문과 성을 지키기 위해서는 성문 양 옆에 성 바깥으로 튀어 나오도록 둥글게 옹성을 쌓는 것이 더 안전하다.

"당서(唐書)의 『마수전(馬燧傳)』, 육기(陸機)의 『낙양기(洛陽記)』, 그리고 『책부원귀(冊府元龜)』와 『쇄엽진성(碎葉鎭城)』을 연구하건대, 반드시 성의 평평하고 곧은 부분에는 그 지형을 따라 백 걸음마다 한 개의 대(臺)를 쌓도록 하시옵소서."

병조에서 옛 제도를 충분히 검토했으니 실수가 없을 것이라고 자신감을 보여 주었다. 병조의 건의는 성을 쌓는 것이 유별난 정책이 아님을 보여주는 동시에 최윤덕에게 힘을 실어주는 구실을 했다. 성을 쌓는 것이 힘든 만큼 최윤덕은 반대하는 무리들로부터 끊임없이 공격을 받을 것이기 때문이다. 하삼도에는 한 군데씩이 아니라 여러 군데에서 동시에 성을 쌓고 있었다. 사간원에서 어쩔 수 없이 쌓아야 할 해변의 성도 풍년이 들기를 기다려 한 군데 이상은 쌓지 말고, 감독도 그 도의 관찰사에게 맡기라고 건의했다. 도순찰사 최윤덕은 충청도의 비인, 보령과 경상도의 연일, 곤남, 합포, 그리고 전라도의 임피, 무안, 순천에서 성을 쌓고 있었다. 최윤덕이 성 쌓는 일을 핑계 삼아 기생을 끼고 놀이에 열중해 군현(郡縣)에서 그의 치다꺼리에 지치고, 백성 중에 근심하며 원망하는 자가 많다는 말이 임금의 귀에 들어갔다. 임금은 그런 말을 들어도 아랑곳하지 않았고, 최윤덕은 자신을 궁지에 몰아넣고자 모함하는 줄도 모르는 채 성을 쌓는 곳곳을 감독하기에 바빴다.

"전하, 성곽(城郭)은 반드시 평화로울 때에 쌓아야만 하옵니다. 만일 이 때에 쌓지 아니했다가 뒷날의 왕이 우유부단(優柔不斷)하면 성읍(城邑)을 쌓을는지 알 수 없을 것이오니, 지금 한가한 때를 당하여 모두 고쳐 쌓는 것이 좋을 듯하옵니다."

최윤덕이 몹시 서두르고 있었다. 서두르면 튼튼하게 쌓을 수 없을 것이다. 10년 정도 기한을 잡아놓고 천천히, 그리고 튼튼하게 쌓을 필요가 있었다. 임금은 영의정 황희, 좌의정 맹사성, 우의정 권진과 판중군부사 최윤덕, 의정부 찬성 허조 등에게 감독하는 일을 의논하게 했다.

"성을 튼튼하게 쌓지 않아 5년 안에 무너지게 되면, 그 지역의 관리에게 책임을 묻도록 하는 것이 좋을 것이옵니다. 성터는 도순찰사가 살펴 정하였으니 성을 쌓는 일은 각각 그 도의 관찰사와 절제사로 하여금 감독하게 하시옵소서."

그렇게 의견이 모아지자 최윤덕은 마음이 놓이지 않았다. 지난 대마도 정벌 때 왜적 천여 명을 사로잡은 성과 덕분에 지금 잠깐 왜적들이 침입을 해 오지 못하고 있지 않은가. 세월이 흘러 10년이 넘었다. 다시 서서히 왜적들이 틈을 노릴 때가 되었음직했다. 기회는 지금이다. 이때를 놓치지 않고 성을 쌓아 방비를 단단히 해 놓으면 해변 고을의 백성들도 임금의 덕을 노래하며 평화롭게 살 수 있을 것이다.

"지금 백성들이 편안하고 한가로움에 젖어 성을 쌓는 것으로 백성을 괴롭힌다고 여기오나, 백성을 부리지 않고 어찌 다스릴 수 있겠사옵니까. 소신이 일찍이 함길도에 갔을 때에, 도내의 각 고을에 모두 성터가 있는 것을 보고, 각 고을의 노인들에게 묻고 관련된 책을 읽어 주(州)나 군(郡)에 성을 쌓은 뜻을 고루 갖추어 적어 두었으니, 만약 가져다가 보신다면 성을 쌓는 뜻을 두루 짐작하시게 될 것이옵니다."

최윤덕 또한 임금의 마음을 움직일 수 있는 가장 좋은 방법이 무엇인지 잘 알았다. 관련되는 책을 읽을 것, 경험을 바탕으로 한 기록을 내세울 것. 최윤덕은 이 두 가지를 고루 갖추고 임금의 지지를 얻어내고자 했던 것이다. 틀리지 않았다. 하지만 당장 적군이 밀고 들어올 것처럼 급하게 서두를 일은 아니었다.

조정에는 임금과 신하가 함께 고민해야 할 일이 쌓여 있었다. 명나라에서 오는 사신 접대만 해도 조정을 몹시 바쁘게 만들었다. 조정뿐 아니라 명나라 사신을 접대해야 하는 큰길 곁의 고을도 예사로운 일이 아니었다. 노루와 사슴 고기를 이어대어야 하는데 노루와 사슴은 필요할 때마다 언제나 뒤뜰에 가서 잡아올 수 있는 가축이 아니었다. 닭과 돼지를 기르는 것으로 노루와 사슴을 대신했다. 닭과 돼지뿐인가.

명나라에서는 개고 매고 소고 말이고 하는 짐승뿐 아니라 사람까지 요구했다. 해마다 노래를 부르거나 찬을 만드는 계집아이들이 몇 십 명씩 명나라로 떠났다. 황제뿐 아니라 사신도 사사롭게 요구하는 품목이 무진장 많았다. 사신 중에는 특히 창성이 탐욕스러워서 사신으로 올 때마다 긴장이 되풀이되었다. 창성은 포악해서 사신을 맞이하는 조선의 관리들을 꿇어앉혀 놓고, 욕설을 퍼붓는가 하면 심지어는 곤장을 치기도 했다. 창성의 탐욕스러움을 탓하며 작은 나라의 서러움으로 한숨을 내쉬었다.

"지금 창성이 요구하는 것은 끝이 없고, 한 가지라도 마음에 불쾌한 점이 있으면 신하를 매질하며 욕을 보이니 어찌 하면 좋겠소? 조선을 업신여겨서 욕을 보이는데도 참고 그의 요구를 들어주는 것이 좋을지, 의리를 앞세워 꾸짖는 것이 좋을지 의논하도록 하오."

"창성은 무지한 환관으로서 예의와 염치를 돌보지 않아, 의리를 따져 그를 꾸짖는다 하더라도 부끄러워하거나 뉘우치지 않을 뿐만 아니라 도리어 성을 내어 원망만 더할 것이 틀림없사옵니다. 만약 분노를 품고 감정을 쌓아서 황제에게 우리 조정의 일을 거짓말로 아뢴다면, 일일이 변명하기가 어려워 혹시 훗날에 큰 걱정거리가 될지도 모르옵니다. 그러하오니 능욕을 꾹 참고 요구를 들어주는 것이 옳을 것 같사옵니다."

끝없는 욕심을 채워주어 창성을 달래는 수밖에 달리 좋은 방법이 없다니, 임금의 귀에 명나라에 바쳐질 여인들의 슬픈 울음소리가 울리고 있었다. 이번에 명나라로 가면 다시는 돌아오지 못할 것이라는 여인들의 노랫말은 처량하고도 원망이 가득했다. 여인들의 애절한 하소연에도 아랑곳없이 창성은 지나다니는 길목에서 눈에 보이는 대로 관청의 물건이든 백성의 것이든 가리지 않고 빼앗았다. 임금은 제 나라 백성의 서러움을 달랠 길을 찾을 수가 없었다.

조정에서는 조선에서 구하기 어려운 금과 은을 면제받으려고 한동안 어지럽게 의논이 일었다. 임금이 과제를 던진 것이다. 대신들이 흥덕사에 모여 머리를 맞대었다. 흥덕사에는 불심이 깊은 판부사 변계량이 병을 다스리고 있었다. 금과 은이 흔치 않은 조선으로서는 황제에게 바칠 금은을 일본국에서 사오기도 했다. 황제에게 금과 은을 면제받는 일은 매우 중대한 일인 만큼 종친을 사신으로 보내는 것이 좋다는 결론이 나서 공녕군 이인이 임명되었다. 금과 은을 대신할 물품으로 무엇을 할 것인가는 아직 정해지지 않았다. 오래 고민해 보아도 황제의 뜻이 무엇인지 모르는 상태에서는 결정이 쉽지 않았다. 명나라를 오가며 통역관으로 활약한 이는 김을현이었다. 갑오년(1414년, 태종 14년)부터이니 25년째 명나라를 드나들고 있었다. 김을현은 아들의 관직을 사신 윤봉에게 부탁했다. 사간원에서 이와 같은 일을 그냥 넘길 리가 없었다.

"사신의 청은 개인의 일이 아니라 나라와 나라 사이에 교제하는 일이오. 어찌 예외가 없을 수 없겠소. 더 이상 말하지 말도록 하오."

사간원에서 두세 번 간하자 임금은 한 나라의 선비로 무리하게 요청한 사간원의 관리들을 의금부에 가두어 버렸다.

조정의 관리들에게 통사는 꼭 필요한 자이긴 했지만 비위에 거슬리는 일도 많았다. 필요하지 않을 때에도 중국말로 말을 주고받을 때는 틀림없이 의롭지 못한 일을 꾀하고 있을 것이었다. 명나라로 가는 사신들의 자질 문제가 한때 조정을 시끄럽게 한 적이 있었다. 사신들이 예에 어긋난 행동을 하여 명나라의 비웃음을 사는 일이 종종 있었던 것이다. 종사관(從事官)들이 무더기로 벌을 받은 것도 이 때문이었다. 요동에서 불법 사냥을 한 것 때문에 파직이나 유배를 당한 종사관들이 많았다. 그 중에서 장영실과 장현은 벼슬이 2등 감해지긴 했으나 벌금형으로 끝났으니 가장 가벼운 처벌을 받은 셈이었다. 장영실은 석등잔을 만드는 데 공이 있었다. 명나라에서는 품질이 좋은 조선의 석등잔을 무척 좋아했다. 인삼, 세마포(細麻布: 삼 껍질에서 뽑아낸 가는 실로 곱게 짠 베), 돗자리 등 토산물과 함께 석등잔은 명나라 황제에게 바치는 중요한 품목이었다. 을사년(1425년, 세종 7년)에는 평안도 관찰사에게 사직(司直: 정5품) 장영실을 보내어 장영실이 말하는 대로 대, 중, 소의 크기로 한꺼번에 30개의 석등잔을 만들게 한 적도 있었다.

기유년(1429년, 세종 11년) 겨울, 공녕군 이인은 부사 원민생, 서장관 안숭선, 통사 김을현 등과 함께 금은 조공을 면제받는 데에 큰 공을 세우고 돌아왔다. 이부 상서 등 신하들의 반대가 있었음에도 황제는 기꺼이 임금의 요구를 받아들였다. 지극한 정성으로 사대(事大)를 하는 조선이었다. 멀리서 보낸 사람의 정을 생각하지 않을 수가 없었던 때문이기도 했다. 황제는 공녕군 이인에게 의복을 내리는 등 후하게 대접을 했다. 공녕군이 가지고 온 황제의 칙서에는 조선에서 요구한 두 가지의 요청에 관한 답이 명쾌하게 나타나 있었다.

▶금은이 이미 조선에서 생산되는 것이 아니거든 이제부터 진헌하는 물품은 다만 토산물로써 성의를 다할 것이로다.◀

금은을 바치는 것을 면제한다는 것이다.

▼이제부터 짐(朕)이 보내는 환관이 왕의 나라에 이르거든, 왕은 다만 예(禮)로 대접할 것이요 물품을 주지는 말라. 조정에서 무릇 구하는 물건은 오직 어보(御寶: 나라를 대표하는 도장)를 누른 칙서에 의거해 응당 부쳐 보내고, 만약 짐의 말이라고 전하면서 구하거나, 무리한 요구를 하는 것은 다 들어주지 말라. 왕의 부자(父子)가 조정을 공경히 섬겨 오랜 세월을 지냈으되, 오래 갈수록 더욱 간절하고 정이 두터워짐을 짐이 길이 아는 바로서 가까이에 있는 자들이 능히 이간할 바 아니니 왕은 염려하지 말라.▲

창성을 비롯한 명나라 사신을 어떻게 대해야 할지 명분을 뚜렷하게 보여준 것이다.

임금은 두 가지 일을 훌륭하게 끝내고 온 사신 일행에게 후하게 상을 내렸다. 공녕군 이인에게 논밭 80먹[결: 結, 10,000줌을 수확하는 땅 넓이, 약1,500㎡]과 노비 8명을, 부사 원민생에는 논밭 50먹과 노비 5명을, 서장관 안숭선과 통사 김을현에게는 논밭 15먹을 주었다. 그밖에 일행으로 다녀온 사람들에게 골고루 상을 내렸다.

"기운이 왕성하면 반드시 쇠퇴함이 있는 것은 모든 사물의 이치이옵니다. 창성의 거리낌 없는 욕심이 몹시 지나치더니, 오늘날 이와 같은 황제의 아름다운 명이 있사오니, 이는 전하의 사대하시는 정성이 하늘을 감동시켜 그렇게 된 것이옵니다. 우리가 지성으로 섬기면 뒤에 비록 일이 있더라도 이것은 하늘의 뜻이옵니다. 어찌 사사로이 창성의 요구를 모두 들어줄 수 있겠사옵니까!"

예조 판서 신상이 사신의 횡포에서 벗어날 수 있으리라는 기대감에 부풀어 있었다.

명나라 사신 창성에게 황제의 명을 내세워 욕심을 잠재우기로 했다. 마음껏 욕심을 채울 수 없어 화가 치민 창성의 반응은 간단했다.

"인색한 고려 사람이로구나."

국호가 고려니 조선이니 하는 것과 상관없이 중국에서는 흔히 고려인으로 통했다. 창성은 몇 달 후에 다시 조선을 찾았다. 좌부대언 김종서가 금교역에 나가 창성을 맞았다.

"전하께서 편찮으셔서 만일 15일에 한양으로 들어오시게 되면 아마도 교외에서의 영접을 못할 것 같으니, 17일에 한양으로 들어오는 것이 어떠하십니까?"

"15일에 마땅히 한양으로 들어갈 것이니 황제 폐하를 공경하는 마음이 있으면 나와서 맞고, 그렇지 않으면 나오지 마시라 하오. 황상(皇上)의 사명을 받들고 온 자가 나와 김만밖에 없었던 것을 잊지는 않았으리다. 윤봉을 비롯한 다른 사람은 모두 조선 사람이지 않소."

창성이 단단히 벼르고 온 것이다. 그렇다고 창성의 말대로 15일에 명나라 사신을 맞으러 나갈 수는 없었다. 임금의 병은 거짓이었소 할 수는 없는 일이었다. 17일, 임금이 여러 신하를 거느리고 모화관에 거둥해 사신을 맞고, 경복궁에 이르러 거행한 예식은 의식을 치르는 것과 같이 했다. 임금의 명을 받들어 지신사 허성이 창성에게 문안을 하니 받지 않았다. 우대언 황보인이 문안을 가도 아는 척 하지 않았다. 아니 창성은 조선 땅에 발을 내딛은 시각부터 줄곧 조선의 관원들에게 말은커녕 눈길 한번 주지 않았으니 당연히 답례도 없었다.

우부대언 남지는 방법을 바꾸었다. 사신이 문안을 받지 않을 수 없도록 만든 것이다. 사신에게 문안을 하자마자 바로 말을 이었다. 사신이 남지를 물리칠 틈을 주지 않았다.

"부탁하신 숫돌은 우리나라에서 생산되는 가장 얻기 쉬운 물건이나 황제 폐하의 칙서에 적혀 있는 것이 아니니 어찌 얻기가 쉽다 하여 감히 바치겠으며, 스라소니는 우리나라에서 나는 것은 아니나 마땅히 모든 힘을 기울여 잡는 대로 많든 적든 상관없이 바치겠습니다. 다만 칙서에 그 숫자가 적혀 있지 않은데, 어찌 감히 30마리로 정할 수 있겠습니까?"

아무리 문안을 해도 못 본 척 하던 창성이 반응을 보였다.

"걱정하지 마오. 숫돌은 우리가 말씀으로 아뢰어 바칠 것이오."

"황공하옵게도 황제 폐하의 칙서에 이르기를, '기록이 아닌 짐의 말은 모두 듣지 말라.'고 하셨사온즉, 말씀으로 전해 올려 바치는 것이 사대의 예에 합당하겠는지요?"

"남공은 걱정할 것 없다고 하지 않소. 은밀히 우리에게 주어서 바치면 될 것이오."

이번에는 조선 출신의 환관인 윤봉이 재빠르게 대답했다.

"이같이 한다면 사사로이 바치는 것처럼 될 것이니 황제 폐하를 공경히 섬기는 예에 어긋나지 않을지요. 작은 나라에서 감히 황제 폐하의 명을 먼저 나서서 어길 수는 없지 않겠습니까."

남지가 차분하게 대답했다. 사신은 남지를 이윽히 노려보며 말없이 문을 가리켰다. 남지가 문을 닫고 물러나오는데 창성이 분노를 이기지 못해 국그릇을 내동댕이쳤다. 그릇 깨지는 소리가 요란했다. 남지가 다시 들어갔다.

"주상 전하께 무어라 보고하오리까?"

창성이 이를 악물었다.

"이 나라는 불순(不順)하기 짝이 없다. 장차 반역하려는 마음이 있으렷다."

지난번에도 창성은 인색한 고려인이라며 불같이 화를 내며 돌아갔다. 이번에도 조선에서 황제의 칙서 운운하며 창성의 욕심을 가로막을 줄이랴. 창성은 분노를 삭이지 못해 조정에서 베푸는 잔치도 받지 않았다. 남지의 차분한 태도가 창성의 분노에 불을 질렀다. 남지의 보고를 받은 임금이 창성의 말과 행동을 낱낱이 기록하게 했다. 조선의 태도에 맞서다가는 자신의 욕심을 전혀 채우지도 못하고 돌아가야 하는 처지가 된 창성은 태도를 조금 누그러뜨렸다. 대신들의 문안도 받고 베푸는 잔치에도 응했다. 조정에 요구하는 것이 아니라 마음에 드는 것을 마음대로 취했다. 임금은 모른 척했다. 창성의 태도를 본 조정에서는 한 고비를 넘긴 듯해 안도의 숨을 쉬었다.

그러나 신해년(1431년, 세종 13년) 가을에 창성이 사신으로 왔을 때 안도의 숨은 근심과 시름의 한숨으로 바뀌어야 했다. 몸이 편치 않은 임금이 세자로 하여금 사신을 맞이하게 했다. 사신 일행 중에 열병을 앓는 환자가 많아서, 병환 중인 임금이 사신을 맞이하다가 혹 전염이라도 될까 염려스러워 대신들이 온갖 말로 임금을 말렸다. 겨우 사신의 양해도 구하여 세자가 사신을 맞이하도록 했다. 세자가 사신이 가지고 온 칙서를 맞이하므로 음악을 다르게 연주해야 하는 것에 생각이 미친 임금이 박연을 불렀다. 황종음(黃鐘音: 십이율의 첫째 음)이 아니라 고선음(姑洗音: 십이율의 다섯째 음)을 으뜸음으로 하는 고선궁(姑洗宮)이 되어야 하기 때문이다.

"하교가 지당하시옵니다, 전하."

음악까지 마음을 쓰며 맞이한 황제의 칙서는 지금까지 조선에 보내온 그 어떤 칙서와도 내용이 달랐다. 마치 부모 잃은 고아를 제 마음대로 휘어잡는 것 같았다. 임금은 견딜 수가 없었다. 황제 섬기기를 그토록 정성껏 하였음에도 환관의 이간질로 예의와 염치를 모르는 오랑캐가 되어버린 것이다. 황제의 칙서에 의하지 않고는 아무것도 들어주지 말라고 했던 황제였다. 항상 지극한 정성이 하늘마저 감동시키는 조선왕의 아름다운 마음을 칭찬하기에 바빴던 황제였다. 갈수록 두터워지는 조선의 임금과 황제 사이의 정은 아무도 이간질하지 못할 것이니 염려하지 말라던 황제는 칙서의 그 어디에도 없었다. 임금은 황제의 칙서를 앞세워 창성과 윤봉의 욕심을 무시한 대가(代價)를 톡톡히 치르게 되었다. 멀리 있는 조선왕과의 두터운 정이니 아름다움이니 지성사대니 하던 것은 온데간데없고 싸늘한 명령으로 일관된 칙서만이 조선의 조정을 뒤흔들었다.

칙서를 받은 다음 날 임금은 좌대언(左代言: 정3품) 김종서로 하여금 밤낮으로 임금 곁을 지키도록 했다. 병중에 있어 사신들을 직접 만나기가 힘든 임금은 내관들이 복잡하고 예민한 사연을 다 전하지 못하는가 싶어 마음과 몸이 함께 고단했다. 몹시 예민해진 임금이 내관을 믿을 수가 없었기 때문이다.

"경이 지난해 창성 등에게 재물을 주지 않을 수 없다고 했던 말을 기억하오?"

"기억하옵니다, 전하. 중국에서는 환관을 믿어서 그들이 나라의 권세를 잡고 정사를 마음대로 움직인다고 아뢰었사옵니다."

"경이 우리나라의 성의는 오로지 그 환관들로부터 황제에게 전달된다고 했었소. 과인은 그 때 예의를 존중하는 나라로서 황제의 명을 거스르는 것은 의리에 마땅치 못하다고 생각하여 경의 말을 듣지 않았소."

임금은 김종서의 간언을 듣지 않았던 것을 후회하고 있었다.

"어찌 바른 것만 지킬 수 있겠소. 임시로 환관들을 후하게 위로하여 오늘날의 폐해를 구제하는 것이 마땅할까 하니, 경은 이 뜻을 가지고 전(前) 좌의정 황희, 우의정 맹사성, 찬성 허조, 이조 판서 권진 등에게 문의하여 익히 의논한 후 아뢰게 하오."

지난해 11월에 사위 서달의 일로 파직된 황희의 힘도 필요했다. 윤봉의 아우에게는 벼슬을 내려 사신의 마음을 누그러뜨렸다. 신하들은 반대하지 않았다.

"과인이 백성을 구제하고 나라를 보호하려고 이 의논에 따르는 것이긴 하나, 과인이 얼마나 벼슬자리를 아끼는가 하는 것은 경들이 아는 바이니, 이는 정말 한때의 임시 조치일 뿐이오."

임금은 굳이 신하들에게 해명을 했다. 창성으로부터는 즉시 답례가 왔다. 임금이 편찮다고 약을 보낸 것이다. 창성이 요구하는 것은 물품이든 불공이든 모두 들어주었다.

"내가 풍질(風疾)을 얻은 까닭을 경은 잘 알지 못할 것이오."

김종서는 놀란 얼굴로 임금을 바라보았다. 풍질이라니. 신경통이 온 것은 정신적 과로 때문일 것이다.

"그때가 한창 더운 여름철이었소. 한낮에 이층에 올라가서 창문 앞에 누웠다가 잠깐 잠이 들었던 듯한데, 갑자기 두 어깨 사이가 찌르는 듯이 아파 잠에서 깨었소. 이튿날에 회복은 되었는데, 4, 5일을 지나서 또 찌르는 듯이 아팠소. 이 뒤로부터는 때 없이 발작하여 혹 2, 3일을 지나고, 혹 6, 7일을 거르기도 하면서 지금까지 끊이지 않는 걸 보니 풍질과 더불어 살아야 할 것 같소."

"망극하옵니다, 전하. 신들이 전하를 잘 보필하지 못한 탓이옵니다."

"그것이 어찌 경들의 탓이겠소 또한 어의인들 어찌 과인의 병을 잡고 싶지 않겠소."

"전하, 백성들의 고달픔을 살피시어 부디 옥체를 평안히 하시옵소서. 나라의 안위(安危: 편안함과 위태로움)가 오직 전하께 달렸사옵니다. 통촉하여 주시옵소서."

"서른 살 전에 매던 띠가 모두 헐거워졌으니 허리둘레가 줄어든 모양이오. 살쩍(관자놀이와 귀 사이에 난 머리털)의 터럭 두 오리가 갑자기 세어, 곁에 시중드는 아이들이 놀라고 괴이히 여겨 뽑고자 하였소."

사신의 일이 임금을 몹시 괴롭히고 있었다. 김종서는 예의 나라에 걸맞은 왕으로 처신하려고 애를 쓰는 임금을 우러러 보았다. 어떤 목적을 이루기 위해 일을 꾸미는 것이 아니라 빙 돌아가고 힘이 들더라도 진정으로 다가가 일을 해결하고자 하는 임금임을 익히 보았다. 김종서는 임금을 위로할 마땅한 말을 찾지 못해 어쩔 줄 몰랐다.

"내가 말리며 말하기를, 병이 많은 탓이니 뽑지 말라고 하였소. 내 병과 쇠약함이 전에 비하여 더욱 심해지니 경은 그런 줄 아오."

임금의 살쩍에 눈길을 주다가 김종서는 고개를 떨어뜨렸다. 목이

메어 아무 말도 할 수 없었다. 서른다섯 살의 임금이 마흔아홉 살의 김종서에게 하소연을 하고 있었다. 황희나 맹사성이 아버지요 할아버지 같은 신하라면 김종서는 맏형님 같은 신하였다. 맏이는 부모 맞잡이라 했던가.

임자년(1432년, 세종 14년) 2월에 임금은 좌대언 김종서에게 느닷없이 활과 화살을 내렸다.

"항상 차고 있다가 짐승을 쏘도록 하오."

뜬금없는 임금의 행동이었다. 문신이 항상 활을 찰 일도 없거니와 짐승을 쏠 일은 더더욱 없었다. 선비는 육예에 능해야 하니 활쏘기 연습을 게을리 하지 말라 한다 해도 고개를 끄덕일 만큼 어울리는 말은 아니었다. 하물며 짐승을 쏘는 일임에랴. 문신이라 하여 절대로 무신의 임무를 맡지 못하는 것은 아니었다. 이미 을사년(1425년, 세종 7년)에 맹사성이 도진무를 맡은 적이 있었다. 도진무는 군사 관련 업무를 보는 총책임자로 정2품 벼슬이었다. 그렇다 하더라도 군사에 관한 행정 업무면 얼토당토않는 일이 아니지만, 좌대언을 맡고 있는 문신에게 항상 짐승을 경계하라고 활을 내린 것은 의문이었다.

김종서에게 뜬금없이 활을 내리더니 얼마 후에는 최윤덕의 인품을 물었다.

"경은 최윤덕의 사람됨을 어찌 생각하오?"

"학문의 실력은 없으나 마음가짐이 정직하다 여기옵니다. 또한 뚜렷한 잘못이 없으며, 장수로서의 재주와 책략은 높이 사고 싶사옵니다."

김종서가 신중하게 말을 골라 대답했다.

"과인도 곧고 착실하여 거짓이 없고, 맡은 바를 성실하게 받들어 행하는 신하라 생각하오. 태종께서도 인재라 여기셨소."

임금은 잠시 말을 멈추었다. 김종서는 임금의 마음을 헤아리기가 쉽지 않았다. 임금의 말이 이어졌다.

"고려조와 건국 초기에 간혹 무신(武臣)으로서 정승을 삼은 이가 있으나, 어찌 그 모두가 판중추원사 최윤덕보다 훌륭한 자이겠소. 그는 비록 수상이 되더라도 모자람이 없을 것이오. 다만 적절하지 못한 말을 할 때가 많다는 점이 아쉽소. 만약 한 사람의 훌륭한 정승을 얻으면 나라 일은 근심할 필요가 없지 않겠소."

김종서에게 느닷없이 활을 내린 일만큼이나 최윤덕의 인품을 논한 것도 까닭을 짐작할 수 없었다. 그래서 최윤덕을 정승으로 삼겠다는 것인지, 학문이 모자라서 정승으로 삼기는 어렵다는 뜻인지. 그것도 아니면 훌륭한 정승감이 눈에 띄지 않아 아쉽다는 것인지.

몇 달 후 김종서는 병조 판서 최사강, 공조 판서 조계생 등 여러 사람과 함께 의금부에 갇혔다. 관직의 임명과 관련해 올바르지 못했다는 이유에서다. 사흘 후에 김종서는 풀려났다. 임금이 김종서를 조용히 불렀다.

"경이 박용의 사건에 관련되어 수일 동안 옥에 있어 비록 애처롭기는 하였으나, 그러나 내가 반드시 다시 추국(推鞫)하도록 한 것은 한 가지 뜻이 있음이었소."

임금의 특명에 따라 죄인을 심문하는 일이 추국이다. 김종서는 의아했다. 굳이 임금이 김종서를 따로 불러 설명할 일은 아니었다.

박용이 일이 적은 자리로 옮겨달라고 했을 때 주위에서 전에도 있었던 일이라 하여 김종서가 박용의 부탁을 들어준 것이 탈이었다. 그러나 심문한 결과 병조 판서 최사강이 십여 명을 부탁하는 등 다른 사람은 김종서와 비교도 할 수 없을 만큼 많은 사람의 부탁을 들어주었음에도 김종서와 관계된 박용의 일만 홀로 두드러져 있었다. 사헌부에서 김종서를 탄핵한 것은 최사강이 알렸기 때문이었다. 박용의 일 정도는 지금까지 예로 보아 병조에서 충분히 해결할 일인데도 불구하고 병조에서 일부러 사헌부에 알린 것은 틀림없이 까닭이 있는 것이라 여긴 임금이었다. 계획적으로 김종서를 얽어 넣었다. 임금은 김종서를 위기에서 구하기 위해 의금부에 가둔 것이다.

"경이 어젯밤에 첩의 집에 옮겨가 잤다고 대언들이 말했소. 내가 어찌 이 말을 믿을 수가 있겠소."

"전하, 소신은 어젯밤에 의금부에 갇혀 뜬눈으로 지새웠사옵니다. 신이 비록 예의가 없고 난폭하옵더라도 가까이서 전하를 모시는 신하로서 옥에 갇히매, 황공하여 어찌할 겨를이 없을 때이옵니다. 또 병조 판서가 신을 미워하여 해치려고 백 가지 계교로써 공격하옵는데, 신이 비록 어리석사오나 어찌 병조 판서와 같이 옥에 갇힌 몸이 되어 다시 한 가지 죄를 더 범하였겠사옵니까."

"신하로서 임금의 믿음이 두터우면 동료들이 미워하는 것은 예로부터 흔히 있는 일이니, 경은 너무 부끄러워하지 마오. 이번 일 때문에 기가 꺾이지 말고, 더욱 심기를 가다듬어 전과 다름없이 나를 보필해 주오."

김종서의 볼에 눈물이 주르르 흘렀다.

나랏일 중 어느 하나 소홀하지 않는 임금이었다. 온갖 방법으로 인재를 찾으려 했다. 임무를 맡기면 믿었다. 하지만 믿는다고 하여 그 일에 관한 관심을 갖지 않는다는 것은 아니었다. 올바른 방향을 찾아보고, 위로하고 격려하는 것은 놓치지 말아야 할 임금의 일이었다.

경연은 신하들과 더불어 학문과 정치를 주제로 깊이 있는 대화를 나눌 수 있는 매우 좋은 기회였다. 임금은 무술년(1418년, 세종 즉위년) 10월 7일 첫 경연을 가졌다. 왕위에 오른 지 두 달도 채 못 되었을 때였다. 십여 명의 신하들과 함께 시작한 첫 경연 이후 경연이 이루어지는 사정전은 당대 최고의 지성(知性: 지적인 능력)들의 불꽃 튀는 학술과 정치의 토론장이었다. 복잡하게 얽힌 채로 코앞에 닥친 수많은 문제를 풀어나가는 방식이 높은 수준의 학문이었기 때문에 학식은 곧 정치적인 힘이었다. 출세(出世), 세상에 나온다는 것은 곧 높은 벼슬자리에 오른다는 것과 뜻이 통했다. 어떤 면으로는 학문의 힘은 곧 권력이었다.

두 번째 경연에서 동지 경연(同知經筵) 이지강이 아뢰었다.

"왕의 학문은 마음을 바르게 하는 것이 근본이 되옵니다. 마음이 바른 연후에야 모든 신하가 올바르게 되고, 모든 신하가 바르게 된 후에야 만민이 바르게 되는데, 마음을 바르게 하는 요지는 오로지 책에 있사옵니다."

"그러나"

임금이 경연관들을 두루 바라보았다.

"경서를 글귀로만 풀이하는 것은 학문에 도움이 없으니, 반드시 마음의 공부가 있어야만 이에 유익할 것이오."

스물두 살의 젊은 임금이라고 충고를 하는 신하에게 임금은 오히려 학문을 하는 근본 자세를 꿰뚫고 있음을 보여 주었다. 이지강의 말에 힘을 실어주면서 또한 임금은 그런 마음으로 학문을 해왔고 앞으로도 그럴 것이라는 다짐을 보여주는 것이기도 했다. 한편으로는 모든 신하들도 글귀를 아는 것으로 끝나지 말 것을 당부하는 것이기도 했다.

임금은 지난 기유년(1429년, 세종 11년) 한 해에 167회의 경연을 가졌으니, 거의 이틀에 한 번꼴로 경연을 열었다. 계묘년(1423년, 세종 5년)에 186회의 경연을 연 이후로 줄곧 경연에 열중하고 있는 임금이다. 태종이 왕위에 있는 18년을 통틀어 8회를 연 것에 비하면 엄청난 횟수였다.

『태종실록』 편찬이 끝났다. 시작한 지 여섯 해만이었다. 원래 변계량이 책임을 맡았으나 병이 많아 오래 걸렸다. 책임을 맡은 변계량이 예순두 살의 나이로 죽었다. 어려서부터 총명하여 4세에 글을 외고 6세에 글을 지은 그는 무려 20년 동안이나 대제학을 맡았다. 문형(文衡)이라고도 부르는 이 관직은 학문이 높은 사람에게 맡기는 벼슬로 문신 중에서 가장 영예롭게 여겨지는 자리였다. 태종 때부터 경술년(1430년, 세종 12년)까지 모든 외교 문서는 그에게서 비롯되었다 해도 지나친 말이 아니다. 좌의정 황희와 우의정 맹사성에게로 태종실록의 책임이 넘어갔다. 그로부터 1년 남짓 더 걸려서 드디어 36권의 태종실록 편찬을 끝내자 임금은 다른 책을 꼼꼼하게 살펴보듯 실록도 그렇게 하고자 했다.

"전하께서 만일 이를 보신다면 뒷날 다른 왕께서 반드시 이를 본받아서 고칠 것이며, 사관(史官)도 또한 왕이 볼 것을 의심하여 사실대로 기록하지 않을지도 모르니 어찌 뒷세상에 진실한 모습을 전할 수 있겠사옵니까?"

대신들의 충심어린 말에 임금이 뜻을 거두었다. 그러나 임자년(1432년, 세종 14년)에 영중추관사(領中秋館事: 정1품) 맹사성, 감춘추관사(監春秋館事:정1품) 권진, 동지춘추관사(同知春秋館事: 종1품) 윤회, 신장 등이 새로 정리한『팔도지리지』와 부제학 설순을 중심으로 집현전에서 편찬한『삼강행실도』는 어김없이 살펴보았다.

<팔도지리지>

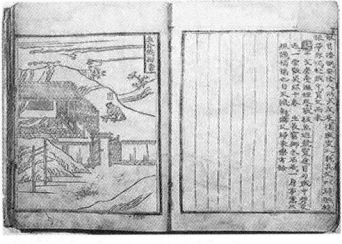
<삼강행실도>

팔도지리지에는 조선 8도의 지리적 특성과 특산물, 인구, 지상방어군과 수군의 배치 상황, 경작지 면적, 명승고적, 경치 등을 자세히 기록했다. 임금은 함길도에서도 보이고 강원도에서도 볼 수 있다는 노도(蘆島: 뒤져서 찾는 섬)를 확인하려고 사람을 보냈다. 봉상시 윤 이안경으로 하여금 함길도로 내려가 노도를 보았다는 사람을 찾아가서 주민들의 생활과 섬의 생김새를 자세히 알아보도록 했다. 상호군 홍사석은 강원도로 보냈다. 두 도의 관찰사에게도 교지를 내렸다. 도대체 어떤 섬인가. 섬이 맞기는 한 것인가.

▶지금 조사하려는 노도가 강원도 양양부에서 보면 북쪽에 있고, 함길도 길주에서 보면 남쪽에 있다고 하니, 자상하고 부지런하며 진실한 사람으로 하여금 바라보고 보고하게 하라.◀

임금의 교지를 받고 함길도 관찰사가 보고했다.

▼전직(殿直) 전벽 등 네 사람을 시켜서 길주의 무시곶에 가서 바다를 보니, 동쪽과 서쪽의 두 봉우리가 섬처럼 생겼는데, 하나는 약간 높고 하나는 약간 작사오며 가운데는 높은 봉우리가 있사옵니다. 표를 세워서 측량해 본즉 남쪽이 틀림없사옵니다.▼

애를 써 보았지만 더 이상 자세한 것은 알 수 없었다.

삼강행실도는 임금이 조금 더 신중하게 살폈다. 왕에게 충성하고, 어버이에게 효도하며, 남편과 아내는 서로에게 절의를 지키는 도, 즉 삼강(三綱)이다. 삼강은 하늘로부터 받은 참마음이어서 태어날 때부터 저절로 가지고 있는 것임을 임금은 백성들에게 널리 일깨우고자 했다.

임금은 본보기가 될 충신들을 일일이 의논해 정했다.

"고려의 귀족들은 모두 우리 왕조에 벼슬하였는데, 길재는 미천한 선비로서 벼슬하지 않았으니, 이것은 매우 어려운 일이 아니겠소. 그런즉 그의 행적은 마땅히 표창하여 후세에 전해야 될 것이오."

길재는 충신이었다.

길재가 67세의 나이로 죽었을 때 임금은 쌀과 콩 15섬과 종이 100권을 부조하고, 매장하는 일을 할 사람도 보냈다. 권근은 길재를 가리켜 고려 500년 동안 선비의 기풍을 지니고 신하의 절개를 지킨 사람으로 첫 손가락을 꼽았다. 정몽주는 태종이 이미 충신이라 하였으므로 더 이상 논할 거리가 못 되었다.

이런 식으로 정해진 충신과 효자와 열녀의 이야기를 책으로 엮어내고, 거기에다 글을 잘 하는 선비들이 시(詩)를 지어 그들의 삶을 칭찬할 뿐 아니라, 내용을 이해할 수 있도록 화공(畵工)이 그림을 그렸다. 글자를 모르는 백성들은 그림으로 가르칠 것이다. 이 모든 것이 바로 어질고 너그러운 성품에 학문이 밝고 빛나는 임금 덕분이라고 직제학 권채가 서문을 통해 임금의 덕을 마음껏 기렸다. 넉 달 뒤 임금은 권채를 불러 임금을 그리 높이는 것은 예가 아니라 하여 두 글자를 고치게 했다. 당장 '원매(遠邁)'에서 '무양(無讓)'으로 글자가 고쳐졌다. 멀고도 길다는 뜻에서 다만 모자란 점이 없는 것으로 겸손하게 바꾼 것이다.

육전을 읽은 뒤의 명은 엄했다.

"육전(六典)을 자세히 보니 자질구레한 조항에 잘못된 점이 많았소. 경들이 다시 찬찬히 읽어보면 무엇을 고쳐야 하는지 익히 알 수 있을 것이오. 마냥 늦출 수 없으니 급히 인쇄하여 세상에 널리 알릴 수 있도록 서두르도록 하오."

좌의정 맹사성에게 육전의 일을 빨리 마무리 짓도록 재촉했다. 고려사는 더했다. 육전은 당장 필요한 것이니 서둘러야 할 명분이라도 있지만, 이미 흘러간 역사인 고려사를 바르게 고치는 일은 신하들을 다그칠 이유가 없어 보였다. 즉위년부터의 일이니 벌써 열다섯 해째 고려사에 매달리고 있었다. 춘추관에서는 끝없이 고려사 바르게 고치기를 되풀이했다. 고려사는 서두른다기보다 임금 나름대로 만족한 수준에 이르도록 채찍질하고 있는 셈이다. 어떤 의미로서는 아무리 늦어져도 좋으니 정확하게 기록될 수 있도록 노력하라는 것이다.

"편년체로 역사를 기록하면 번거로워서 실수가 있게 마련이긴 하지만, 그렇다고 사실을 빠뜨리지는 마오."

명분과 의리를 중요한 근거로 삼는 강목체로 역사를 기록하면 보기에는 편리하겠지만 사실의 기록과는 거리가 있다. 임금은 사실 기록에 충실한 방법을 택한 것이다. 고려사 바르게 고치기가 언제까지 이어질지는 도무지 짐작조차 할 수가 없었다. 짐작하기 어렵다는 말이 나왔으니 말이지 하경복도 이징옥도 함길도의 벼슬살이가 언제 끝날지 알 수 없었다. 여전히 임금은 그들 대신에 아들 노릇을 했고, 그들은 임금의 아들 노릇에 감격의 글을 올렸다. 몸이 썩어 뼈만 남도록 어찌 임금의 은혜를 잊을 것인가. 살아서는 기꺼이 몸을 바칠 것이고, 죽어서는 풀을 묶어 적을 막는 충성을 다짐했다. 이징옥도 하경복처럼 경상도 양산에 사는 어버이를 잠깐 만나고 왔을 뿐이었다.

그랬던 것을 드디어 임금은 신해년(1431년, 세종 13년) 7월에 10년째 머물고 있던 하경복 대신 성달생에게 함길도 도절제사를 맡겼다. 성달생과 함께 서북면의 강계 절제사로 박초가 임명되었다. 일찍이 박초는 대마도 정벌 때 좌군 절제사로서 위기에 처한 아군을 외면했고, 뇌물을 받기도 했다. 늙고 쇠약해 변방의 장수로 적당치 못하다며 사람들의 비난이 일었으나 임금은 함길도 두만강 지역을 지키는 것이 얼마나 중요한지를 아뢴 박초의 충심을 잊지 않았다. 박초는 강계로 떠났다.

"군사를 훈련하고 농사짓기를 권장하오. 야인이 오거든 어루만져 위로하고, 물러나거든 추격하지 않는 것이 좋을 것이오."

하직 인사를 하는 박초에게 임금이 당부했다.

이미 하경복은 오래전부터 중앙의 관직을 겸하고 있었던 터라 한양으로 오면 되었고, 이징옥도 동북의 변방을 떠나게 되었다. 며칠 후 함길도로 떠나려는 성달생을 정지시키고 임금은 다시 하경복을 함길도 절제사로 삼았다. 활 쏘는 솜씨며 용맹함으로 말하면 누가 더 낫고 못함이 없이 두 사람이 비슷했다. 굳이 따지자면 하경복은 도절제사로 10년째요 이보다 앞서 경원진이며 경성진의 첨총제까지 합치면 15년의 세월 동안 동북면을 지켰고, 성달생보다 두 살이 아래였다. 고향은 남쪽 끝 진주임에도 줄곧 북쪽 끝에서 벼슬살이를 하고 있었던 셈이다. 마음이 너그럽고 덕이 있었으며, 생김새며 차림새가 아름다웠다. 은혜와 위엄을 아울러 갖추어 병사들이 매우 따랐다. 진실로 의(義)가 아니면 비록 털끝만한 것일지라도 결코 취하지 않아서, 여진족들이 그의 청백(淸白: 재물에 대한 욕심이 없이 곧고 깨끗함)함에 감탄하고, 그의 인품을 두려워하면서도 존경했다.

"전하, 조정에서 천 리 밖의 전쟁을 지휘하는 것은 자못 어려울 것이옵니다. 함길도 사정을 잘 아는 하경복으로 하여금 북방의 전쟁 기미를 자세히 살펴서 속히 돌아오게 하는 것이 어떻겠사옵니까?"

대신들의 생각이 비슷했다. 하경복은 다음해 1월에 중앙으로 돌아왔다. 여진족의 움직임이 심상치 않았다. 여진족끼리 맞붙은 싸움이 언제 조선의 변경을 어지럽힐지 모를 일이었다. 전쟁의 기미가 보이는 함길도에 임금을 대신하여 일반 군사 업무를 맡아보기 위해 임시 벼슬인 체찰사가 임명되었다. 체찰사는 대체로 재상이 겸임했다. 동북면에 위기가 감돌고 있으므로 69세의 황희에게 체찰사의 임무가 맡겨졌다. 아무도 황희의 나이를 걱정하지 않았다. 경원성을 옮겨 쌓는 문제는 조정에서 논의한 지 이미 오래건만 아직 결단을 내리지 못하고 있었다. 함길도에 다녀온 황희의 보고를 바탕으로 임금은 대신들과 함길도 방어에 관해 조심스럽고 깊이 있게 의논했다. 하경복과 이징옥의 경험이 황희의 보고를 뒷받침하는 열쇠가 되었다. 연기를 피우거나 신호로 삼는 포를 쏘는 임무는 그 어느 때보다 중요했다. 적군의 움직임을 가장 먼저 알리는 일이기 때문이다.

"백두산 근처에 한 땅이 있는데, 명나라의 태조 고황제가 고려의 땅으로 인정을 했소. 과인이 지리지를 보니 옛 성터가 백두산 앞에 가로놓여 있는데, 이 땅을 뜻하는 듯싶소. 마땅히 찾아서 우리나라의 경계로 삼아야 하겠소."

임금은 말 한 마디마다 힘을 주었다. 임금의 머릿그림에는 그 누구에게도 양보할 수 없는 조선의 경계가 그려져 있을지도 모를 일이다. 성을 쌓으려면 그건 마땅히 돌성이라야 한다고 임금이 말했다. 돌성을 쌓으려면 백성의 수가 많아야 하는데 현재의 백성 수로는 감당하기 힘들었다. 함길도를 살펴보고 온 황희의 의견이었다. 그러면 당분간은 흙성으로 만족해야 했지만 성을 쌓는 일을 더 이상 미룰 수 없음은 확실했다. 임금의 움직일 수 없는 의지가 대신들에게도 그대로 옮겨졌다.

두만강 유역뿐 아니라 파저강 유역도 혼란스럽기는 마찬가지였다. 요령성에서 시작해 남쪽으로 흘러 10배나 긴 압록강으로 합쳐지는 파저강 유역은 고구려의 발상지였다. 이 땅에서 가장 세력이 강한 여진족은 올량합(우량카이족)이었다. 여연 지방에 쳐들어온 여진족은 올량합이 아니라 엉뚱하게도 올적합(우디캐족)이다. 400여 명이나 되었다. 지금까지 양식을 빼앗기 위해 쳐들어온 여진족과 사뭇 달랐다. 강계 절제사 박초가 군사를 거느리고 여진족을 추격하여, 붙들려 가던 사람 26명과 말 30필, 소 50마리를 도로 빼앗아 왔다. 그러나 날이 저물어 끝까지 추격하지 못했다. 여진족의 기습을 받았고 추격에 실패했다. 전사자 13명에 부상자가 25명이나 되었다는 보고다.

좀처럼 노여움을 드러내지 않는 임금이 평안도 관찰사의 보고를 받자 몹시 노했다. 이건 부끄러움이요 모욕이었다. 하잘 것 없는 오랑캐가 이유 없이 변경을 침범해 백성들을 죽이고 사로잡아 갔다. 용서할 수 없는 일이다. 의문점이 있었다. 올적합 부족의 짓이라 고자질한 사람은 올량합 추장 이만주였다. 올적합 부족이 사로잡아간 백성들을 구출해 보호하고 있노라고 알려왔다. 올량합의 이만주가 버티고 있는데 올적합이라니. 임금은 상호군 홍사석을 보내어 전투 상황을 살펴보게 하고 전사한 장수에게는 쌀과 콩 5석씩, 군졸에게는 3석씩 주어 위로하도록 했다.

여진족들을 끝까지 추격하지 못한 것은 명나라의 국경을 마음대로 넘어갈 수 없기 때문이었다. 명나라 국경을 넘어가서 여진족으로 하여금 잘못을 뉘우치도록 징계하려면 황제에게 자세한 사정을 알리는 것이 어떨까. 비록 명나라 국경을 넘어가더라도 침략하기 위함이 아니니 황제가 허물이라 탓하겠는가. 치욕을 참고 그대로 둘 수는 없는 일이니 황제에게 사정을 알리는 것은 마땅한 일이다. 황제가 승인을 할지 어떨지도 짐작하기 어렵거니와 여진족은 짐승과 같아서 황제의 승인 따위를 두려워하지 않을 것이니 의좋게 지내자는 요청이 오면 어루만지는 것도 우선 취할 일이다. 조정에서는 여러 가지 의견으로 밤늦은 시각까지 의논에 의논을 거듭했다.

"판부사 신 최윤덕 아뢰옵니다. 소신은 일찍이 그곳이야말로 군사를 움직이기가 매우 어려운 곳임을 잘 알고 있사옵니다. 비록 황상께 아뢰어 승인을 얻는다 하더라도 야인을 다루기 어려울 것이옵고, 승인하지 않는다면 저들이 이것을 듣고 반드시 독한 성미를 함부로 부릴 것이오니, 이번 큰일을 일으키는 것은 그치심이 어떻겠사옵니까?"

최윤덕은 신중했다.

"이 무리들은 오합지중(烏合之衆: 질서 없이 모인 병졸)이라 뜻대로 다루기가 매우 어렵사옵고, 또 입술이 없으면 이가 시리다는 것은 옛 사람이 경계한 바이옵니다. 앞에 있는 야인을 치면 뒤의 깊은 곳의 야인이 와서 붙들어 주고 도와주어, 힘을 합해 싸울 것이매 반드시 뒤탈이 있을 것이옵니다."

황희는 최윤덕과 생각이 같았다. 여진족이 까마귀처럼 모여 질서가 없는 무리라면 그것은 오히려 다행스러운 일이었다. 그들이 힘을 모아 큰 세력을 이루면 조선은 물론 명나라까지 위협할지 모를 일이다. 경험이 많은 장수 최윤덕과 생각이 깊은 황희의 충언으로 임금은 조금 더 신중해지긴 했지만 임금의 생각은 조금도 흔들림이 없었다. 황제에게 국경을 넘어가겠노라 알릴 결심을 하여 즉시 상호군 김을현을 주문사(奏聞使)로 삼고, 황제에게 전할 문서를 만들어 인장을 누르니, 밤이 이미 사고(四鼓: 새벽1~3시)나 되었다. 임자년(1432년, 세종 14년) 12월 21일의 밤이 깊어갔다.

전쟁의 기운만 감도는 것은 아니었다. 왕실도 평온하지 않았다. 왕실의 기쁨이었던 세자빈이 세자의 사랑을 얻는 술법(術法)을 쓰는 것이 임금에게 알려졌다. 세자빈 김 씨는 세자가 어렸을 때부터 가까이 한 왕비의 시녀인 효동과 덕금의 신을 베어 불에 태워 만든 가루를 세자에게 먹이면 사랑을 얻게 되리라는 말을 믿었다. 임금은 왕비와 더불어 술법을 쓴 것을 확인해 폐빈을 하게 되었다. 새로 들이는 세자빈은 집안도 중요하고 부녀자의 아름다운 덕행도 물론 보아야겠지만 인물이 아름답지 않으면 안 될 것이었다. 세자가 세자빈을 멀리한 것이 인물 탓도 있으리라 여겼기 때문이다. 기유년(1429년, 세종 11년)에 김 씨가 폐빈되고 그로부터 3개월 후 10월에 봉 씨가 열여섯 살 세자의 두 번째 세자빈이 되었다.

세자가 열일곱 살이 되자 정사에 참여하기 시작했다. 열여덟 살이 되자 임금은 강무에도 참여시키고자 했다. 일부 대신들이 강하게 반대를 했다. 스무 살도 되지 않은 세자라고, 바야흐로 학문에 열중해야 할 나이라고, 임금이 밖으로 나가면 세자는 남아서 나랏일을 살피는 것이라고, 강무에 참석하는 것이 해로울 일은 없으나 국사를 살피는 것만 같지 못하다고. 일부 대신들은 굳이 반대할 일은 아니라는 입장이었다. 임금의 마음을 가장 잘 헤아린 이는 공조판서 이명덕이었다.

"옛 예법은 소신이 알 수 없사오나, 우리 태종께서는 비록 거둥하여 밖에 계실 때도 간혹 동궁을 부르셨으니, 이제 강무에 참여하는 것이 어찌 일의 이치에 어긋나며 체면을 지킴에 해롭겠사옵니까."

옛 제도에 있으면 더 좋을 것이다. 태종이 이미 행했다면 따르는 데에 무리가 없다.

"세자의 강무 수행을 반대하는 경들의 논의는 실로 옳은 말이나, 세자의 나이도 이제 열여덟 살이나 되었으니 임금의 수레를 따라

갈 만하지 않겠소. 세자가 항상 궐 안에 있어 밖의 일을 보지 못해 마치 계집아이를 보는 것과 같아, 혹 중국 사신을 맞아들이게 하면 얼굴이 붉어지고 머뭇거려서 걱정이 되기도 하오. 또 몸이 날로 살이 찌고 있으니 말을 타고 기를 펴게 하는 것이 옳지 않겠소."

세자의 어린 날에는 얼굴이 붉게 물드는 것도 경박스럽지 않아 아름다웠을 것이고, 머뭇거림은 오히려 나이답지 않게 신중하고 삼가는 몸가짐으로 칭찬받았을 것이다. 세자는 말수가 적은 편이었다.

"과인은 열네 살에 활과 화살을 몸에 찼고, 서른이 못 되어 이를 풀어 버리고는 다시 차지 않았소. 세자가 군사(軍事)에 관한 일은 알지 않을 수 없으므로, 지금도 과인은 오히려 늦었다고 보오."

그러나 세자를 모시는 사람은 많아도 4, 5인을 넘지 않도록 하고, 잠자리도 따로 설치하는 일 없이 장막 안에 마련하라고 일렀다.

"과인이 즉위하면서 시종(侍從)에 따른 것을 몹시 간소하게 하였는데, 다시 조금씩 시종을 더하고 있어 염려스럽소."

"모름지기 그 의장(儀仗)과 시종을 갖추어서 동궁의 위엄을 보이게 하시옵소서."

지평 허후는 행사 때 갖추는 무기, 일산(日傘: 행차할 때 받치던 의장 양산), 나무 도끼, 깃발 따위를 법도에 맞게 따르도록 해야 한다고 주장하고 있었다. 그것은 절대로 폐단이 아니지 않느냐고 강조했다. 임금은 오히려 그렇게 갖추는 것이야말로 임금에게 무례한 일이 된다고 허후의 입을 막았다. 집의(執義: 정3품) 이견기는 호락호락 물러나지 않았다. 기어코 세자가 의장을 갖추어야 한다고 고집했다.

"과인이 태종을 모시고 강무를 할 때 송나라 제도를 살펴 의장을 없앴고, 교외에서 칙서를 맞을 때도 그러했거늘 사신 황엄이 잘못이라고 이르지 않았는데, 그대가 무엇을 본 것이 있다고 이같이 어지럽게 하오?"

"소신은 옛 제도도 알지 못하고, 달리 본 것도 없사오나, 다만 당시에는 전하와 태종께서는 양산이 같은 색깔이었기 때문에 의장을 갖추지 않은 것이 아니옵니까?"

책을 읽어 그 근거를 내세우지 않고 임금에게 자신의 의견을 말하는 것은 받아들여지지 않아도 좋다는 태도가 아닌가.

"그대들은 의장을 갖추고 대가를 따르겠다는 것이오, 아니면 장차 따로 일행을 만들겠다는 것이오?"

"신의 생각으로는 전하의 대가가 거둥하올 때엔 의장을 갖추고 뒤에서 따르고, 사격장에 도착하여서는 의장을 해제하고 전하를 모시는 것이 옳을 것 같사옵니다."

"초야(草野)에서는 부자(父子)가 같이 갈 수 없다는 말이오?"

임금이 따져 묻자 그제야 이견기가 말문을 닫았다. 아울러 강무 때 날씨가 맑았으면 하는 바람으로 기청제를 지내던 것도 옛 제도를 따라 없애버렸다. 강무를 떠나기 전에 세자의 의장을 갖추는 것 때문에 실랑이가 벌어진 것은 큰 문제가 아니었다. 그러나 진눈깨비가 내려 날씨가 몹시 추워진 까닭에 사람과 말이 모두 쉬지를 못하여, 추위에 얼고 굶주려서 죽어 넘어진 자가 많아진 것은 강무장을 발칵 뒤집히게 만들었다. 상황이 그 지경인데도 대신들이 아무도 이를 말리는 자가 없었는데, 총제(摠制) 홍약이 유독 그 불가함을 주장해 드디어 중지했다. 뒤늦게 이 사실을 안 임금이 지휘해 구호하였으나 사망한 자가 26명에 이르고 말 69필과 소 한 마리가 죽었다. 지신사 황보인이 그 책임을 지고자 했다.

"신이 승정원의 우두머리가 되어 얼고 굶주린 사람과 말을 능히 구하지 못하여 신의 집에서 죄를 기다릴 것을 청하옵니다."

김종서, 남지, 송인산 들도 처벌을 기다릴 것을 청하니 임금은 지신사가 자기 집으로 갔으니 자리에 나오라 일렀다. 대궐로 돌아와 강무 사태와 관련된 대신들을 모두 의금부에 가두었다. 지신사 황보인이 가장 중한 벌로 파직을 당했다.

"신이 좌대언이 되어 총제 성달생과 예조 판서 신상의 말을 듣고 즉시 조치하지 않은 죄가 황보인과 다름이 없사온데, 황보인은 이미 파직되었는데도 신만 홀로 파직되지 아니하여 마음에 부끄럽습니다. 바라옵건대 신의 직위도 아울러 파면하시옵소서."

좌대언 김종서가 죄과를 아뢰었다.

"경도 실상 죄는 있지만 다 파면을 하면 누가 명을 받들어 행하겠소. 우두머리를 이미 파면하였으니 안심하고 벼슬에 나오도록 하오."

임금이 김종서를 붙들었다.

세자의 첫 강무는 진눈깨비 때문에 제대로 경험해 보지도 못하고 끝나고 말았지만, 임금은 서서히 세자에게도 활쏘기와 말 타기를 익히게 하고 싶었다. 일찍 익히게 하면 혹 학문을 게을리 할까 염려스러웠지만, 세자는 서연을 하루에도 세 번씩 열고 있었고, 임금에게 문안을 들어서는 임금으로부터 주역을 배웠다. 세자가 강하고 용감한 기질이 없어 순수한 바탕이 꼭 여인네들 같아서 활을 쏘고 말을 달려 기력과 체질을 기르는 것이 마땅하다는 데에 뜻이 모아졌다. 임금은 세자에게 훗날의 빼어난 군왕의 자질을 마음껏

심어주고 싶었다.

임자년(1432년, 세종 14년) 5월에 근정전에서 중궁 심 씨의 왕비 책봉식이 있었다. 정미년(1427년, 세종 9년)에 임금은 왕비에게 칭호를 더하여 덕비(德妃), 숙비(淑妃) 따위로 부르는 것은 중국의 제도를 보건대 옳지 못하다고 여겼다. 신하들도 임금과 생각이 같았다. 고려조에 왕비가 6, 7명이 되니 구별하기 위해 아름다운 칭호를 더하였을 뿐이니 중국의 제도를 본받아 오로지 왕비, 왕세자비로 일컫게 했다. 왕비 심 씨가 왕비이긴 했으나 책봉식은 늦어진 셈이었다. 그러나 왕비의 아버지 심온의 일에 관해서는 임금은 좀처럼 입장을 바꾸지 않았다. 국대부인 안 씨처럼 의정부에서는 심온의 경우도 태종이 갑자기 승하하지 않았으면 고신(告身: 벼슬아치의 임명장)도 돌려주고 죄의 명부에서도 삭제되었을 것이라 아뢰었다.

"이는 태종 때의 일이므로 경솔히 논의할 수가 없소. 심온이 스스로 무인으로서 병권을 마음대로 휘두르고 싶었다 하였으니 죄를 인정하지 않았던 것이 아니요, 그렇다고 반역한 신하도 아니니, 경들은 의금부의 문안(文案)을 꼼꼼하게 살펴보도록 하오."

이조 참판 정초가 그 때의 상황을 자세히 설명했다. 심온이 스스로 죄를 고백한 것이 어쩔 수 없어서 한 것임을 어찌 알겠으며, 태종이 이와 같은 사실을 어찌 다 알았겠느냐며 임금은 끝내 심온을 죄인의 명부에서 빼지 않았다. 왕비를 위해 태종이 옳지 않았다고 할 수는 없었다.

양녕 대군을 불러서 보는 것이 부당하다는 상소는 여전했다. 그렇게도 끈질기게 상소를 해도 듣지 않았던 임금이 새삼스럽게 마음을 바꿀 리도 없건만 큰 죄도 짓지 않는 양녕 대군을 신하들은 줄곧 배척하고 있었다. 사람의 도리로 볼 때 형을 만나지 않으려 한다면 그것을 탓해야 할 것이 아닌가. 임금은 답답했다. 그러나 양녕 대군에게 지이천현사(知利川縣事) 김훤이나 상인[판인: 販人, 장사하는 사람]의 부탁으로 권력의 힘을 이용했다는 데에는 임금도 긴장하지 않을 수 없었다.

"태종께서 양녕 대군을 밖으로 내쫓고 왕래하지 못하게 하였사옵니다. 만일 후일의 공을 도모하고자 하여 아부해서 교제를 맺는 자가 있으면 크게 징계하여 뒷사람을 경계하였사오니, 그 염려하심이 깊으셨사옵니다. 지금 전하께서는 우애의 작은 정으로 종사(宗社)의 큰 뜻을 잊으시니, 양녕 대군을 위해서도 좋은 일이 아니옵니다. 비옵건대 김훤을 심문하여 뒷사람을 경계하시옵소서."

지신사 안숭선과 우대언 남지의 간언을 듣고 임금은 양녕 대군을 보호하기 위해서라도 약간의 징계는 필요하리라 여겨졌다. 양녕 대군에게 청탁한 김훤의 죄만 물어 장(杖) 1백 대를 치게 했다. 임금이 좌대언 김종서를 불렀다.

"경이 일찍이 언관(言官)이 되어 역시 양녕 대군의 일을 말하고 덮어 두지 않았으나, 과인의 본의를 헤아리지 아니하고 감히 말한 것이오. 천륜의 중함을 말한다면 양녕 대군이 마땅히 왕위에 올라야 하고, 과인이 오를 차례가 아님에도 일국의 낙을 누리고 있는 것이오. 생각이 여기에 미치니, 어찌 마음 속 깊이 부끄럽지 않겠소."

양녕 대군을 대하는 임금의 마음이 어떤지 미리 알려 김종서의 입을 우선 막아 놓았다. 김종서는 불안했다. 임금이 양녕 대군에 관해 무엇인가 새로운 조치를 취할 작정인 것이다.

"더군다나 과인을 해할 마음이 없는데 어찌 불충한 사람이 외방에 쫓겨난 것처럼 서로 만나 보지 않을 수 있겠소. 신분이 낮고 보잘것없는 사람이라 하더라도 자기 형을 위하여는 허물을 숨기고, 불행히 죄에 걸리면 뇌물을 바친다든가 애걸까지 해 가면서 죄를 면하게 하지 않소. 사람의 마음은 다 같은 것인데, 과인이 일국의 임금이 된 입장에서 오히려 평범한 사람만도 못해서야 되겠소. 경은 이 뜻을 알아서 여러 사람들을 타이르도록 하오. 앞으로는 양녕 대군을 한양에 불러 두고 언제나 만나 보면서 형제의 도리를 다할 것이니 그리 알도록 하오."

결국 임금이 김종서에게 하고 싶었던 말은 양녕 대군을 한양으로 불러들이겠다는 것이었다. 임금은 더 이상 양녕 대군을 두고 상소나 간언을 하지 말라고 강직한 김종서에게 못을 박았다. 그뿐만 아니라 다른 신하들을 설득하라는 임무까지 맡겼다.

신하들이 무어라고 하든지 임금이 잠저 시절부터 한결같이 공경의 예로 대하는 신하가 있었으니 이수였다. 병조 판서로 임명된 지 4개월이 채 못 되어 이수가 술에 취한 채 말을 달리다가 말에서 떨어져 57세의 나이로 죽었다. 성품이 정중하고 무게가 있어 궁하든지 통(通)하든지, 얻든지 잃든지 일찍이 기쁜 빛이나 노여운 빛을 나타내지 않았다. 겉치레를 좋아하지 않았고, 치산(治産: 집안 살림살이를 잘 돌보고 다스림)함을 일삼지 않았으며, 여러 가지로 벼슬을 거쳤으되 항상 빈사(賓師: 세자의 스승)의 지위를 띠고 있었다. 이수가 죽었다는 소식에 임금이 놀라고 슬퍼하여 3일 동안 조회를 열지 않았다. 지신사 허성으로 하여금 예장(禮葬: 국장(國葬)과 같음)의 가부(可否)를 의논케 했다.

"이수의 직위로는 비록 예장하는 예(例)에 미치지 못하오나, 이미 은혜를 더하여 거애(擧哀: 초상난 것을 알림)까지 하였사오니, 예장을 하는 것이 마땅하옵니다."

좌의정 황희, 우의정 맹사성, 그리고 찬성 허조 등이 평소에 임금이 공경을 다해 스승을 대하던 예의를 생각하여 국장의 예를 건의했다.

임금은 친아들과 친형제에게 정1품을 임명하고 산관(散官)에는 쓰지 않았는데 이 일은 이때부터 시작되었다. 산관은 품계는 있지만 관직은 없다. 즉위하던 해를 전후해 태어난 14세의 둘째 왕자 진양 대군 이유, 13세의 셋째 왕자 안평 대군 이용, 그리고 11세의 넷째 왕자 임영 대군 이구가 나란히 성균관에 입학하니, 주위에서 보고 듣는 이가 글을 숭상하는 아름다운 일을 감탄하지 않는 이가 없었다.

학문을 높여 소중히 여기는 일이야말로 나라를 다스리는 근본이라 여기는 임금이었다. 이미 무과도 논어, 맹자, 중용, 대학 등 사서를 읽도록 조치를 취했다. 해마다 6월에 문신들로 하여금 글을 짓게 해 석차대로 방을 붙이게 했다. 성균관에서 글을 짓는 것과 독서에 힘쓰도록 한 다음에 시험을 보는 것은 2품 이상의 관원에게도 예외가 없었다. 성균관에 입학해 학문을 닦은 지 여러 해가 되는 유생들이 있었다. 이렇게 늙도록 급제하지 못한 유생들에게 벼슬길을 열어 주어 학문에 전념하도록 했다. 지방에도 선비들이 모일 수 있는 도회(都會)를 두었다. 경사(經史)에 통달한 교수나 학문을 좋아하는 생도로 하여금 도회에서 학문을 가르치도록 했다. 이들에게는 나라에서 녹(祿)을 주어 격려했다.

시험을 중하게 여기자 헛된 이름만을 사모해 진실한 학문에 힘쓰지 않는 것이 문제였다. 억지로 강의를 받기는 하나, 과거장에서 출제된 것만 베껴 차고 다니면서 밤낮으로 외고 다니는 유생이 많아졌다. 과거를 보려는 자들뿐 아니라 조정의 공경(公卿: 삼정승이나 판서 등 높은 관직)과 가정의 부형(父兄)들까지도 이렇게 하도록 권하고 있었다. 이는 배우는 자에게만 이로운 점이 없는 게 아니라, 교육 본래의 목적에도 어긋났다. 심지어는 과거 시험장에 책을 숨겨 가지고 들어가는 사람도 있고, 과거 시험에 합격한 사람들의 글을 그대로 베껴 놓았다가 몰래 꺼내보는가 하면, 그대로 외워 쓰는 사람도 있었다. 과거 시험의 부정행위를 막기 위해 문과의 관시와 한성시에 응시한 유생들로 하여금 시험 답안지를 그대로 옮겨 쓰게 하던 것을 내관이나 하급관리들에게 맡겼다.

시험 당일도 중요하지만 학문을 하는 과정을 꼼꼼히 살펴보지 않을 수가 없게 되었다. 성균관뿐 아니라 지방에 있는 도회의 생도까지도 모두 학적(學籍)을 비치하고 누가 무슨 경(經), 무슨 서(書)에 통과했다는 것을 기록해, 몇 해에 한 번씩 예조에 보고하고 예조에서는 임금에게 아뢰도록 했다. 성균관과 한성부, 그리고 각 도의 관찰사는 사서오경에 통과한 자들 중에서 선발해 과거를 볼 수 있는 자격을 주도록 했다.

문제는 또 있었다. 나라에서 비록 적극적으로 학문을 진흥시키려고 하나 부지런히 독서하는 사람이 대우를 받지 못하고 멸시를 받고 있었다. 모두들 교수가 되면 천한 것으로 보고 유자(儒者)의 스승으로 대하지 않았다. 교수들에게 관직을 주고 나라에서 스승으로서의 대우를 높여 학문에 힘쓰는 사람들을 격려하도록 하지 않을 수 없었다.

권력을 얻기 위한 수단으로 학문을 하는 사람이 많아지고 있는 즈음에 흐뭇한 일도 있었다. 천민인 백정들이 평민들과 섞여 살면서 서로 혼인을 하게 됨에 따라 독서를 하고자 하는 자식들이 생긴 것이다. 임금은 그들에게 향학(鄕學: 지방 교육 기관)에 나아갈 수 있도록 문을 열어 주었다. 백성들이 글을 익히고자 하는 것은 임금으로서 자나 깨나 바라는 일이었다.

백성들이 문자를 몰라 당하는 억울한 일이 한두 가지겠는가. 어가(御駕) 앞으로 뛰어 들어온 자가 있어 율에 의해 죄를 주자고 하자 임금은 알지 못해 그런 것을 어찌 율로 다스리려 하느냐 했다. 지방으로 고을 수령이 부임할 때에도 억울한 백성이 없도록 하라고 거듭 당부하는 임금이 아닌가. 글을 읽는 선비도 율법을 잘못 이해하는 경우가 많은데 아예 글을 읽지 못하는 백성임에랴. 생각이 이에 이르면 임금은 백성의 처지가 매우 슬프고 가엾게 여겨졌다.

▶형률에, 주인으로서 노비를 죽인 자는 죄가 없다고 했으니, 이는 윗사람과 아랫사람의 분별을 엄하게 한 것이다. 또한 주인으로서 노비를 죽인 자는 장형(杖刑)을 받는다고 했다. 이는 무엇인가. 사람의 목숨을 소중히 여기는 것이다. 노비도 사람인즉 비록 죄가 있더라도 오직 법에 따라 죄를 결정하게 하라. 사사로이 형벌을 혹독하게 하여 죽임은 실로 그 주인으로서 아랫사람을 사랑하는 마음과 어루만져 기르는 덕행에 어긋나니, 반드시 그 죄를 다스리도록 하라.◀

형조에 내린 명이다.

반역, 살인 따위의 크고 중대한 범죄를 다스리는 옥사를 판결할 때 모름지기 명백하게 밝혀야 했다. 조심하지 않아 살려야 할 사람을 죽이고 죽여야 할 사람을 살린 잘못된 판결들을 모두 찾아서 엮도록 집현전에 명했다. 임금이 앞장서면 그런 어처구니없는 일들을 조금이라도 줄일 수 있지 않을까 해서였다. 있는 듯 없는 듯 하찮은 관아에 지나지 않았던 집현전에 정1품 관원을 책임자로 임명해 뜻을 둔 것이 경자년(1420년, 세종 2년)이었다. 부지런히 독서를 히도록 얼마나 애를 썼던가. 집현전에서 옛 제도를 찾은 결과를 본격적으로 정사를 살피는 데 활용한 것은 대체로 무신년(1428년, 세종 10년) 무렵부터였다. 임금은 크고 작은 일을 펼치고자 할 때 그 근거로서 집현전의 옛 제도를 살핀 결과를 내세웠다.

"전하, 『대명률(大明律)』의 문어(文語)는 뜻을 이해하기 어려워서 율문(律文)과 대조할 적에, 형벌의 가볍고 무거움에 실수가 있으니 매우 불편하옵니다. 바라옵건대 『당률소의(唐律疏義)』와 『의형이람(議刑易覽)』 등의 글을 참고해서 번역하고 풀이하여 사람들이 알기 쉽도록 하시옵소서."

지신사 안숭선과 좌대언 김종서의 건의를 듣자 임금은 곧바로 사인(舍人) 조서강과 소윤 권극화에게 명을 내렸다. 대명률은 이해하기 쉬운 글이 아니었다. 이해하기 쉬운 말[이어: 俚語]로 번역할 필요가 있었다. 학문을 하는 사람도 율문을 보고 난 뒤에야 죄의 가볍고 무거움을 알게 되는데, 하물며 어리석은 백성이야 어찌 범죄의 크고 작음을 알아서 스스로 고치겠는가. 큰 죄의 조항만이라도 따로 뽑아서 이문(吏文: 외교 문서에 쓰던 특수한 관용 문체)으로 번

역해 놓아야 한다. 이를 백성들에게 보여, 범죄를 피할 줄 알게 하는 것이 백성들을 이롭게 하는 것이 아닐까.

"이조 판서 신 허조, 아뢰옵니다. 신은 폐단이 일어나지 않을까 두렵사옵니다. 간악한 백성이 진실로 율문을 알게 되면, 죄의 크고 작은 것을 헤아려서 두려워하고 꺼리는 바가 없이 간사한 꾀로 법을 제 마음대로 이용하는 무리가 이로부터 일어날 것이옵니다."

허조는 법을 악용하는 무리를 경계했다. 학문으로 마음을 닦지 않은 백성들을 믿을 수 없는 것이다.

"그렇다면 백성으로 하여금 알지 못하고 죄를 범하게 하는 것이 옳겠소? 조종(祖宗)께서 율문을 읽게 하는 법을 세우신 것은 사람마다 모두 알게 하고자 함이니, 경은 옛 제도를 잘 살펴 의논한 후 그 결과를 과인에게 들려주도록 하오."

허조가 물러가자 임금은 집현전에 명해 백성으로 하여금 법률을 익히게 하던 일을 상고(詳考: 자세히 살피고 깊이 연구함.)하여 아뢰게 했다. 허조와 집현전에 다 같이 과제를 낸 것이다. 백성들이 율문을 알게 될 경우에, 허조는 윗사람을 업신여기고 법을 나쁜 수단으로 쓸까 염려스러워서, 집현전에서는 백성들이 죄를 범하지 않도록 하기 위해서 옛 제도를 살피는 것이다. 허조는 백성을 모르도록 하여 백성들 위에서 따르게 하려 하고, 임금은 백성을 알게 하여 스스로 판단하도록 하려 했다.

임금은 백성의 편에서 백성의 삶을 바라보려 애를 썼다. 물고기를 바치려고 고기를 잡다가 물에 빠져 죽은 사람이 많다고 하자 물고기를 바치지 말게 한 임금이다. 관노의 출산 휴가를 100일로 늘려주는 것으로 모자라 출산 전에도 1개월의 휴가를 더 주게 했다. 출산일이 가까워 몸이 지치면 미처 집에까지 가기 전에 아이를 낳는 경우가 생길 수도 있다. 만일 출산일을 속인다 할지라도 1개월이야 넘길 수 있겠는가. 나라 살림을 줄여 보려고 필요하지 않은 관직을 없앤 덕분에 녹봉 3천 석을 아끼기도 한 임금이었다.

동전 사용에 관해서는 임금은 애매한 입장이었다. 편리한 것임에도 동전은 백성들에겐 짐이었다. 동전을 쓰지 않는 자는 그가 범한 죄에 따라, 무거운 자는 형벌에 처하고, 가벼운 자는 곤장 1백 대를 치고 수군에 충당하며, 그의 재산을 빼앗는다는 것이 을사년(1425년, 세종 7년)의 형률 집행이었는데 그 형률의 적용이 한결 부드러워지고 있었다. 말두: 斗과 되[승: 升] 이하의 식량에는 동전을 사용하지 않아도 되도록 했다. 돈을 사용하게 함은 백성을 이롭게 하고자 함인데 생명을 해치고 파산까지 하게 되니 모순이었다. 한 달 후에는 물건과 돈을 아울러 사용해도 좋다고 했다. 수년이 지나면 반드시 효과가 있을 것이라 했지만 동전을 사용한 지 여섯 해째인데 여전히 백성들은 동전 사용을 꺼려서 가치가 떨어졌다. 벌을 엄하게 내리면 사용하는 것 같다가 벌이 느슨해지면 다시 동전을 꺼렸다. 명나라 일본국에는 백성들이 동전을 널리 사용하는데 왜 조선에서는 한사코 꺼리는지 모를 일이었다.

사대를 한다고 중국에 허리를 굽히는 동안 일본국에는 새로운 기운이 감돌고 있었다. 조선과 친밀하게 지내는 관계를 드러내놓고 해치려 하는 것은 아니지만 명나라에 조공을 하려는 움직임을 조선에 전했다. 일본 국왕이 죽거나 왕위에 올라도 조선에 때맞춰 알리지도 않았다. 왜인 금망내는 교지(敎旨)로써 금지했음에도 불구하고 일본국으로 조선의 동전 11관을 부쳤다. 나중에 탄로가 나서 벌을 받고 돈을 모두 가져왔지만 조선에서 꺼려하는 동전을 불법인 줄 알면서도 굳이 탐을 내는 것이 심상치 않았다.

기해년(1419년, 세종 1년) 대마도 정벌 이후에 장사하러 다니는 배나 왜인도 모두 드나들 수 없도록 한 까닭에 한동안은 그들의 흔적을 좀처럼 찾을 수 없었다. 10년쯤 지나자 시나브로 장사하는 왜인이 늘어나더니 제법 그 수가 많아졌다. 이미 병오년(1426년, 세종 8년) 1월에 부산포와 내이포(진해)만 왜인에게 정박을 허락하던 것을 염포(울산)까지 확대해 주었다. 왜관의 무역을 보다 더 철저하게 감시할 필요가 있었다. 식량이 모자라 도적질이나 하는 왜인이라고 업신여긴 그들로부터 마땅히 배움직한 일들이 늘어났다는 사실도 그들을 경계해야 할 이유였다.

일본국 통신사(通信使: 조선 국왕의 명의로 일본에 보낸 공식 외교사절) 대사성(大司成) 박서생(朴瑞生)의 보고는 매우 뜻이 깊었다. 앞서 세 차례에 걸쳐 회례사(回禮使)가 일본국을 다녀왔다. 일본국왕사가 왔으므로 그 답례로서 방문한 것이다. 일본국왕사가 올 때마다 그들이 간절히 요구하는 대장경을 주곤 했다. 임금이 왕위에 오른 후 처음으로 통신사라는 명칭으로 일본국으로 사신을 파견했다. 교린(交隣) 관계를 맺기 위한 것이었다.

통신사 박서생의 보고에 의하면 대마도 정벌로 왜구의 침입이 없노라 안심할 일이 아니었다. 살피건대 군사가 수만이 넘고 배가 일천 척이 넘는데 이들이 힘을 합하기라도 하면 조선이 감당하기에 매우 벅찬 세력이었다. 다행인 것은 여진족이 그런 것처럼 통일된 지휘 체계가 없어 모이고 흩어지는 것이 잦다는 점이었다. 일본국은 불교를 숭상하기 때문에 불경을 많이 준비해 두었다가 필요할 때마다 그들을 달랠 수단으로 사용하면 좋을 것이다.

 일본국에서는 금이나 은 따위 진귀한 물품이 생산되는 곳을 나라에서 관리하지 않고 그 지방에 사는 사람이 캐내어 이익을 보게 하고, 나라에는 일정한 수량만 바치므로 보물의 생산이 많아 백성과 나라가 모두 이익을 보았다. 돈 사용이 활발한데 그렇게 되기까지 어떤 과정을 거쳤는지는 모를 일이었다. 천 리를 여행하더라도 돈꿰미만 차고 다니지 무거운 짐을 지고 간다거나 식량을 가지고 다니는 일이 없었다. 집을 떠나 타향에서 잠을 자거나 목욕을 하고, 배나 수레를 탈 때도 돈을 사용했다.

 배로 강을 건너는 것이 아니라 강을 가로질러 다리를 놓았다. 강을 건너기 위해 배를 기다릴 필요가 없었다. 언제나 그것도 한꺼번에 많은 사람들이 강을 건널 수가 있었다. 다리를 건너보니 조금씩 상하, 좌우로 흔들렸다. 대나무 껍질로 굵고 긴 밧줄을 만들어 양쪽 언덕에 강을 가로질러 매어 놓고, 대나무 밧줄과 수직으로 줄을 달아 늘어뜨렸다. 다리 아래는 통나무를 깎아 만든 배에 수직으로 고정된 기둥이 대나무 밧줄에서 늘어뜨린 줄과 연결이 되었다. 기둥 위에 들보를 놓고, 들보 위에 널빤지를 깔면 다리가 완성되는 것이다. 흐르는 물의 속도를 견뎌내도록 출렁거리게 만든 나무다리다. 다리를 건너는 사람에게 받는 세금은 다리가 낡아 허물어졌을 때 사용된다.

 임금은 다리보다 일본국의 수차(水車)에 관심이 끌렸다. 학생(學生) 김신이 수차 만드는 법을 자세히 살펴보고 왔다. 일본국의 수차는 물을 타고 저절로 회전하면서 물을 퍼 올려 대고 있어, 사람의 힘으로 물을 대는 조선의 수차와 달랐다. 다만 물살이 센 곳에는 설치할 만하나, 느린 곳에서는 설치할 수 없다는 게 흠이었다. 혹 사람이 발로 밟아서 물을 퍼 올린다면 물을 댈 수 있을지도 모를 일이다. 농사를 짓는 백성들이 둑을 쌓아 물을 얻을 줄만 알지 수차로 물을 대는 방법을 몰라 가물기만 하면 농사에 실패하곤 하니 딱하고 민망한 일이었다. 조선에서 만든 수차는 사람의 힘이 많이 들어 아무리 고을 수령들을 채찍질해도 농민들이 즐겨 사용하게 할 수가 없었다. 왜수차는 사람의 힘이 들지 않는 아주 좋은 점을 갖추고 있었다. 왜수차의 핵심은 그 자리에 가서 물의 세고 약함을 보아서 재량해 만들어야 한다는 것이다. 왜수차와 당수차를 사용하도록 권장하면서 그 지역 실정에 알맞은 수차를 만들도록 각 도마다 한 명씩 관원을 파견했다.

왜수차든 당수차든 만든 그 나라에서 편리하더라도 조선의 형편에 맞아야 효과가 있을 것이다. 같은 조선이라 해도 지형이나 기후가 다 같은 것도 아니었다.

각 도의 풍토(風土)가 같지 않으니 곡식을 심고 가꾸기에 알맞은 법이 따로 있을 것이 아닌가. 옛 제도만 의지해 농사를 지어서는 실패하기 쉽다. 옛 제도에 반드시 더해야 할 것이 그 지역의 경험이다. 임금은 여러 도(道)의 관찰사에게 명해 고을의 나이든 농부들을 방문하게 했다. 그들은 오랫동안 그 지역에 살면서 경험을 통해 알맞은 농사법을 알았다. 『농상집요(農桑輯要)』, 『사시찬요(四時纂要)』 두 책과 각 도에서 올라온 자료들을 참고해 그 중복된 것을 버리고 중요한 것만 뽑아서 엮어 만든 것이 『농사직설(農事直說)』이다. 총제 정초와 종부 소윤 변호문이 맡았다. 농사 외에 다른 내용은 전혀 들어있지 않아 열 장 남짓 되었다. 곡물의 종자를 갈무리하는 법, 논밭을 가는 법, 씨를 뿌리는 법 등 백성들이 꼭 알아야 할 내용을 쉽게 이해할 수 있도록 하는 데에 힘을 썼다. 농사직설에 들어있는 농사 기술을 보급하는 일은 고을 수령들의 몫이었다. 임금은 농서(農書)대로 따르지 않는 자가 있더라도 처벌하지 말고 부드럽고 차근차근하게 가르치도록 하라 일러두었다.

농사를 짓는 데는 하늘을 읽는 것이 매우 중요하다. 가뭄과 홍수와 우박, 이런 따위들 때문에 아무런 손도 써보지 못하고 농사에 실패하는 일이 한두 번이 아니었다. 천문(天文)을 계산하는 일은 정성을 쏟아도 그 묘한 이치를 구하기가 쉽지 않았다. 정초가 선명력과 더불어 수시력을 연구해 책력을 좀 바로잡긴 했으나, 이지러졌다가 다시 원래의 모습으로 되돌아가는 일식의 시각이 차이가 있었다.

"옛날에는 책력을 만들되 틀리거나 잘못이 있으면 반드시 그 책임을 물어서 죽이고 용서하지 않는 법이 있었지만, 일식, 월식과 별의 변화, 그 운행의 도수(度數)가 본시 약간의 맞지 않음이 있는 것인데, 어찌 죽임으로 책임을 묻겠소 다만 기록을 해 두지 않아서 과인이 살펴볼 수 없으니 옛 제도의 천체 운행을 관측한 숫자와 맞지 않더라도 서운관으로 하여금 모두 기록하여 뒷날에 고찰할 수 있도록 하오."

정초는 책력을 바로잡는 일이 힘에 부쳤다. 임금도 정초에게 맡기긴 했으나 그가 완전히 해결하리라 믿는 것은 아니었다. 조선은 아직 중국만큼 천체의 운행을 읽어낼 힘이 없음을 알고 있어서 정확한 책력이 나오지 않아도 그 책임을 물을 수가 없었다. 정초가 애쓰지 않아서가 아니라 애써도 아직은 다다를 수 없는 영역이기 때문이다. 태종 때부터 천문을 읽은 유순도가 짧은 세월에 책력을 바로잡기는 어렵다고 했었다.

"책력을 바로잡는 것이 유순도의 말과 같다면 애만 쓰고 실제로는 이익이 없을 터이니 이를 그만두는 것이 어떻겠소?"

참으로 임금답지 않은 말이었다. 반드시 필요한 일이라면 아무리 신하들이 반대해도 물러나지 않는 임금인데, 그만 두다니. 정초는 놀란 표정으로 임금을 바라보았다. 그러나 정초는 그 말이 진정으로 그만두라는 뜻이 아님을 읽었다. 임금은 정초를 위로하고 있었다. 결코 정초의 탓이 아니라는 말을 하고 있었던 것이다.

"『황명력(皇明曆)』, 『당일행력(唐一行曆)』, 『선명력(宣明曆)』 등의 책을 참고하여 상세히 연구하면 거의 정확하게 할 수 있을 것이옵니다, 전하."

"책력과 천문의 법은 자세히 알기 어려운 것이오. 그러나 다시 계산법을 연구하여 초안을 작성해서, 장래에 이를 잘 아는 사람이 나오기를 기다리는 것이 어떻겠소?"

임금이 정초에게 하고 싶은 말은 그것이었다. 지금 바로 해결할 수 없을지라도 한 걸음 더 나아가기 위해 준비해 두자는 것이다. 그것이라면 신명을 다 바칠 수밖에 없다. 정초는 인자한 임금의 목소리를 들으며 머리를 조아렸다.

"성은이 망극하옵니다, 전하."

겨울이 지나고 봄을 보내고 여름이 되었다. 정초는 지신사 안숭선에게 도움을 청했다.

"대제학 정초가 신에게 말하기를 역법(曆法)을 교정하는 임명을 받은 지가 이미 수년째인데 아직도 그 요령(要領)을 얻지 못해 밤낮으로 근심이 된다고 하며, 동지총제 정인지와 함께 교정하기를 바란다고 청하옵니다."

임금은 정초의 입장이 충분히 이해되었다. 교정관 유순도는 나이가 많고, 사직 김구경은 게으른 선비였다. 이 두 사람과는 평생을 바쳐도 다하지 못할 것이다. 서운 판사 황사우와 행 부정(行副正) 박염은 어리석고 변변치 못하니, 이들과도 함께 일을 하기 어려울 것이다.

"시를 짓고 흥취를 자아내며 즐겁게 노니는 일이라면 이들도 할 수 있으나, 나랏일을 맡기는 것은 진실로 불가하옵니다, 전하."

안숭선이 조심스럽게 아뢰었다.

"동지총제 정인지를 보내어 대제학과 같이 교정하게 하오. 그가 천문은 비록 자세히 알지 못할지라도 자기가 알 수 있는 것으로써 초고(草稿)를 세워 놓으면, 뒷사람이 이것을 바탕으로 하여 완성할 수 있을 것이오."

정인지. 5세에 글을 읽기 시작했고, 눈만 스치면 외우고 글을 지었다는 그다. 태종 때에 두 장의 글 중에 태종의 손에 뽑힌 글이 19세의 정인지 것이었다. 태종에게 제비뽑기 하듯이 장원이 되었지만 그는 이미 16세에 생원시에 합격하였으니 재능은 충분히 장원감이었다.

정인지가 병조 좌랑 시절, 어느 날 신하들이 모두 모인 자리에서 태종이 정인지를 불렀다.

"내가 그대의 이름을 들은 지 오래였으나, 다만 얼굴을 알지 못하였을 뿐이오."

태종은 마치 관상을 보듯이 정인지를 자세히 뜯어보았다. 이윽고 태종이 임금에게 말했다.

"주상, 나라를 다스림은 인재(人材)를 얻는 것보다 더 먼저 할 일이 없는데, 정인지는 크게 등용(登用)할 만합니다."

인재는 간절한 뜻을 가지고 간절히 바라는 사람들의 눈에는 보일지도 모른다. 대제학 정초가 천거한 정인지는 이미 태종이 오래 전에 임금에게 천거한 사람이었다. 여러 방면에 두루 통하는 비범한 두뇌를 가진 정인지. 천문을 계산하는 것은 그의 영역이 아니었다. 그러나 맡기면 그는 틀림없이 보람을 일궈낼 것이다. 임금은 기다리기로 작정했다. 하늘을 읽는 일이 쉬울 것이라 생각한 적은 없었다. 하늘은 쉬이 읽을 수 없기에 두려운 것이다. 두려워해야 하는 것이다.

그러나 우레나 번개는 보통 있는 일이다. 지진은? 춘추(春秋: 중국 역사책)에도 지진은 기록되어 있다. 천재지변이다. 임금은 하삼도에 지진이 잦으니 오랑캐의 침입이 있을까 걱정스러웠다.

"지진은 재변의 큰 것이긴 하나 반드시 어느 일을 잘하였으니 어떤 좋은 징조가 보이고, 어느 일을 잘못하였으니 어떤 좋지 못한 징조가 나타난다고 하는 것은 억지로 갖다 붙인 것으로, 사리에 맞지 않는 언론이옵니다, 전하."

직제학 권채가 임금의 걱정을 덜어주었다.

"경의 말이 참으로 그럴 듯하오. 천재지변의 갚음은 혹은 가깝기도 하고 혹은 멀기도 한 것이니, 10년 사이에 반드시 갚음이 없다고 말할 수는 없으나, 한나라와 당나라의 여러 선비들이 다 천재지변설에 빠져서 억지로 끌어다 붙인 것은 과인도 믿지 않으려 하오."

임금이 중국의 학설을 은근히 비판하고 있었다.

천문에 관한 한 중국을 좇아가기가 한없이 어렵게만 여겨졌다. 오랜 세월을 연구한 중국을 따라잡는 것이 짧은 세월 동안 가능할 리가 없었다. 그렇게 불가능한 일이라 여겼던 것인데 대제학 정초와 제학 정인지는 그것을 가능한 일로 바꿔놓고 있었다.

"역법(曆法)을 교정한 이후로는 일식, 월식과 절기의 일정함이 중국에서 반포한 일력[역서: 曆書]과 비교할 때 털끝만큼도 틀리지 아니하매, 과인이 매우 기쁘오."

임금의 천안(天顏: 임금의 얼굴)이 기쁨으로 환해졌다. 정초와 정인지가 해낸 것이다. 역대(歷代)의 역법의 같고 다른 점을 꼼꼼하게 비교했다. 특히 정인지는 일식, 월식, 별의 움직임, 즉 세성(歲星: 목성), 형혹(熒惑: 화성), 태백(太白: 금성), 진성(辰星: 수성), 진성(鎭星: 토성) 등의 관측이 매우 정확해 노련한 일관(日官)이라도 따라갈 수가 없었다. 『칠정산 내편(七政算內篇)』을 완성한 것이다. 칠정산이란 태양과 달, 수성, 금성, 화성, 목성, 토성 등 칠정(七政)의 위치를 계산한다는 뜻이다. 천체 운행, 일식과 월식 등을 정밀하게 계산해 적어 놓고, 마지막에는 한양을 기준으로 하여 해 뜨는 시각과 지는 시각의 표를 담아 두었다.

"이제 만일 교정하는 일을 그만두게 된다면 20년 동안 연구한 공적이 중간에서 멈추어지므로, 힘을 써 책으로 엮어내도록 하오. 뒷세상으로 하여금 오늘날 조선이 전에 없었던 일을 우뚝 세웠음을 알게 하고자 하니, 그 역법을 다스리는 사람들 가운데 역술에 정밀한 자는 등급을 뛰어 올려 관직을 주어서 부지런히 힘쓰도록 하오."

임금은 여기서 멈추고 싶지 않았다. 중국의 천문학뿐 아니라 회회력(回回曆: 아라비아의 천문책)을 읽어 조선의 천문을 읽는 방법을 연구하는 일도 추진했다. 등급을 뛰어 넘어 벼슬을 내린 혜택을 맨 처음 받은 이가 역법 교정(曆法校正) 전 감찰 남계영이었다. 학술이 자세하고 분명하며 역산(曆算)에 정밀하나, 모친상 중에 있으면서 아내를 맞아들였다 하여, 제자리에 머물러 능력을 발휘하지 못하고 있었다. 정초와 정인지는 남계영이 아내를 맞아들인 것은 그의 아비 남적이 광질(狂疾)이 있어 억지로 장가들게 하였으니 남계영의 죄는 아니라고, 아내를 맞아들일 때 남계영의 나이는 겨우 열일곱이라 사리(事理)를 잘 알지 못했을 때라고 변명을 했다.

사실 효성이 극진하면 일정한 격식을 깨뜨리고 곧잘 등용이 되었다. 상주(尙州) 사람 엄간이 그랬고, 양주(楊州) 사람 최연지가 그랬다. 효자인 덕분에 등용이 된 사람은 일일이 그 예를 들 수 없을 정도로 많았다. 종이 낳은 자식이라도 공신의 후손과 나란히 벼슬을 할 수 있었다.

"송나라 태조가 인재를 등용한 방법은 훌륭하였소. 그러나 많이 등용하면 우수한 사람만을 뽑아 쓴 것이 못될 것이니, 이것은 은혜를 베풀어 특혜를 준 것이나 마찬가지가 아니오?"

"아무리 많은 사람을 등용했다 할지라도 각기 한 가지씩의 특별히 뛰어난 장점이 있었던 것이니, 이것이 천하의 인재를 빠뜨리지 않은 것이옵니다."

경연에서 시강관(侍講官) 정인지의 대답이었다. 임금이 듣고자 한 말이다. 신하들 중 많은 사람들이 유학(儒學)의 길만을 고집스럽게 지키려 하고, 자신들과 조금이라도 빛깔이 다르면 은근히 업신여겼다. 총제 이천이 큰 여울의 바윗돌을 깨뜨렸을 때 다른 신하들의 반응이 그 좋은 예이다. 오랫동안 날이 가물어 물이 얕아지는 바람에 큰 바윗돌이 드러나 배가 다니는 데 어려움이 많았다. 이천이 석공과 군인 백여 명을 데리고 배가 잘 다닐 수 있도록 만들어 놓으니 다른 재능은 없고 기교 하나로 쓰이게 된 것이라 사람들이 쑥덕거렸다.

　황희. 임금에게 있어 황희는 변함없이 아버지 같은 존재였다. 황희가 하혈(下血)하는 병을 앓아 치료하기가 어렵게 되자 임금은 내의(內醫) 노중례를 요동으로 보내어 그를 살리기 위한 치료법을 알아오게 했다. 언제나 의지할 수 있는 언덕을 잃을 수는 없었기 때문이다.

　국가의 말을 1천 마리나 죽게 한 감목관(監牧官) 태석균에게 죄를 주지 말라고 부탁한 일로 황희가 사헌부의 탄핵을 받았으나 임금은 대신에게 함부로 죄를 줄 수 없다 했다. 그러자 사위의 살인죄를 면하도록 부탁한 지난 일까지 들추어지며 영원히 관직에 발을 들이게 하지 말아야 한다는 강한 상소를 임금이 보아야 했다. 황희는 태종 시절부터 파직과 복직이 잦았다. 결국 첫 파직 상소 후 사흘 만에 황희를 파직할 수밖에 없었지만, 파직 후에도 어려운 일이 생기면 집으로 사람을 보내 황희의 의견을 물어보는 임금이었다. 8개월 남짓 만에 예순아홉 살의 황희는 영의정으로 임명되었다.

　"황희가 교하(交河) 수령 박도에게 토지를 청하고, 또 태석균의 고신에 서경(署經: 임금이 새 관원을 임명한 뒤에 그 성명, 문벌, 이력 따위를 써서 사헌부와 사간원의 대간에게 그 가부(可否)를 묻던 일)하기를 청하였으니 진실로 의롭지 못하였으매, 간원이 파직을 청하는 것이 옳았소. 그러나 이미 의정 대신(議政大臣)이며, 또 태종께서 신임하시던 신하인데, 어찌 이런 일로써 영영 끊으리오."

태석균이 죄를 받아야 함에도 사헌부에 부탁하여 고신(告身: 직첩)을 내어주기를 청한 황희다. 교하의 둔전을 개간한 공을 구실로 이미 그 땅을 얻었다. 그러고도 황희는 집에서 부리는 종으로 하여금 관청에 소송을 제기하도록 했다. 그 나머지를 모두 차지하고 싶어서다. 결코 가볍지 않은 허물이어서 영의정으로 임명하는 것은 부당하다는 상소가 이어졌지만 임금은 윤허하지 않았다. 안숭선이 임금에게 아뢰었다.

"교하와 태석균의 일은 진실로 영의정의 과실이옵니다. 그러나 정사를 의논하는 데 있어 깊이 헤아려보고 멀리 생각하는 데는 그와 같은 이가 없사옵니다."

임금은 황희를 영의정으로 임명해야 하는 명분을 찾고 있었고, 안숭선은 황희가 재상 재목임을 꿰뚫고 있었다.

"경의 말이 옳소. 전에 지나간 대신들을 말하자면 하륜, 박은, 이원 등은 모두 재물을 탐한다는 이름을 얻었는데, 하륜은 자기의 욕심을 채우기만 꾀하고, 박은은 임금의 뜻을 맞추려고 애를 썼으며, 이원은 이(利)만 탐하고 의(義)를 모르는 신하였소."

황희는 마음이 너그럽고 후덕하며 침착해 재상의 학식과 도량을 지녔다. 일을 의논할 적엔 올바르고 당당하여 나라를 보존하기에 힘쓰고 대신의 기상이 있었다. 너그러움으로 옥사(獄事)를 다루어 차라리 형벌을 가볍게 하여 실수할지언정 억울한 형벌을 줄 수는 없노라는 확고한 생각을 가졌다. 그런 황희가 일흔 살이 되자 나이가 많음을 이유로 사직을 청했을 때 임금은 8, 90세에 이른 것도 아닌데 무슨 사직을 운운하느냐며 궤장을 하사하는 것으로 임금의 뜻을 보여 주었다. 이태 전에는 좌의정 맹사성에게 궤장을 하사했다. 의지하는 신하가 걱정할 정도로 나이가 많아지는 것이 안타까운 임금이다.

그러나 집현전은 젊었다.
집현전에는 아들 같은 신하가 그득했다. 사헌부에서 집현전 관원들의 부지런함과 게으름을 조사하도록 건의했을 때 관원들의 출퇴근은 임금에게 직접 아뢰고 규찰은 하지 말라고 명했다. 밤늦은 시각까지 독서를 할 때가 많은 임금은 책을 읽다가 의문점이 생기면 바로 집현전으로 사람을 보냈다. 집현전은 임금이 주로 머물러 책을 읽곤 하는 천추전과 담 하나를 사이에 두었을 정도로 가까운 곳에 있었다. 집현전에서 숙직을 하는 관원은 언제 임금의 부름이 있을지 몰라 의관을 갖추고 대기할 수밖에 없었다.

사형수의 처형 시기에 관하여 상고하라.
묘호(廟號)를 봉해 놓이는 일에 관하여 널리 옛글을 상고하라.
백성으로 하여금 법률을 익히게 하던 일을 상고하라.
과거 시험관을 걸어 고소하는 법을 자세히 살펴 아뢰라.
지방 관직을 피하려고 하는 자들을 다스린 옛 제도를 상고하라.
관리들의 주택에 관하여 옛 제도를 살펴 보고하라.
옛적의 자료를 참고하여 관리들의 성적을 평가하는 방법을 조사해 올리라.

국가 행정 조직을 상세히 설명한 주례(周禮)와 관련하여 주척(周尺)을 상고하라.

역대의 음악을 사용한 제도를 자세히 상고하라.

역대에 술로써 나라를 망친 일을 뽑아 적어 아뢰라.

……

집현전 관원들은 임금이 내어준 과제를 해결하느라 일찍 출근하고 늦게 퇴근할 수밖에 없었다. 아예 퇴근을 못하는 일도 많았다. 게으름을 피울 수도 없었다. 호학(好學: 학문을 좋아함.)의 임금은 관원들이 게으름을 피울 틈을 주지 않았다. 그러나 임금은 게으름을 피우고 싶은 생각이 나지 않도록 아낌없이 관원들의 뒷바라지를 맡았다. 집현전 관원들에게 고단함은 달콤함과 통하는 낱말이었다.

병이 나도록 열심인 사람이 또 있었다. 박연이었다.

아악(雅樂)을 쓰고 향악(鄕樂)을 쓰지 말자며 이를 수정하다가 병을 얻은 것이다. 봉상 소윤 박연이 병을 얻자 임금은 혹 박연의 빈 자리를 채워줄 수 있는 인재가 있는지를 찾았다. 별좌(別坐) 정양이 눈에 띄었다.

"정양도 역시 서생(書生)이온데 매우 음률을 잘 알고 있사옵니다. 현재로서는 비록 박연에게 미치지 못하오나 정교한 점은 박연을 능가하고 있사옵니다."

"그렇다면 박연으로 하여금 아악의 묘한 이치를 자세히 전하게 하는 것이 좋겠소"

박연을 대신할 수 있는 사람이 있다는 것은 여간 반가운 일이 아니었다. 음악은 아직 임금이 흡족할 만큼 정리되지 않았다.

박연이 부지런을 떠는 만큼 바빠지는 부서가 예조이고 이조였다. 이조에서는 봉상시(奉常寺)와 아악서(雅樂署)의 악공으로 298명이 소용되는데, 149명밖에 되지 않는다고 아우성이었다. 필요할 때 아무 탈 없이 그들이 모두 나올 수 있는 것도 아니며, 여러 해에 걸쳐 학습해야만 비로소 재능을 지닐 수 있어 적어도 350명은 되어야 맡은 바 임무를 감당할 수 있으리라는 것이다.

김종서가 건의한 여악을 없애는 문제도 조정을 시끌벅적하게 하고 있었다. 사신을 접대하는 자리나 군신의 잔치 자리에 어찌 천한 여악을 쓸 수 있느냐는 것이 한 편의 주장이다. 관리들 사이의 시기와 혐오도 여악에서 비롯될 때가 많고, 남녀의 분별도 어지럽힐 때가 얼마나 많은가. 그런가 하면 조정에서야 남악을 쓰기가 쉽지만 지방에서 어찌 가능할 것이며, 변방을 지키는 군사를 위로하는 것은 여악이라는 주장도 팽팽히 맞섰다.

악기를 만드는 일도 몹시 활발했다. 악학 제조(樂學提調) 유사눌이 새로 만든 조회 악기(朝會樂器)와 악기를 달아놓는 틀을 바치니, 임금이 대전으로 들여오게 하여 이를 점검했다. 임금은 사정전(思政殿: 경복궁의 정전인 근정전 뒤에 있는 편전으로 왕이 평상시에 거처하면서 나랏일을 보던 건물)에 거둥해 박연이 새로 만든 종(鐘)과 경(磬)으로 연주하는 아악을 감상하고, 종묘의 악기를 검열하기도 했다. 악학 별좌 상호군 남급도 악기와 틀을 만들었다. 경연에서는 『율려신서(律呂新書)』를 강론했다

"율려신서나 다른 악서들을 수없이 보았으나 아악은 중국 역대의 제작이 서로 같지 않고, 황종(黃鍾: 십이율의 첫째 음)의 소리도 또한 높고 낮은 것이 있으니, 이것으로 보아 아악의 법도는 중국에서

도 확정을 보지 못한 것임을 알 수 있소."

"옛 글에 이르기를, 축(柷)을 쳐서 시작하고, 어(敔)를 쳐서 그치는데, 사이사이로 생(笙: 대나무로 만든 관악기)과 용(鏞: 쇠북)으로 연주한다고 하였사온즉, 사이사이로 속악(俗樂)을 연주한 것은 삼대(三代: 하, 은, 주나라) 이전부터 이미 있었던 듯하옵니다."

우의정 맹사성이 대답했다. 음률은 맹사성이 밝았다. 맹사성은 손수 악기를 만들기도 했다.

"박연이 만든 황종의 관(管)은 어느 법제에 의거해 만든 것이오?"

"송나라와 원나라의 법제에 의거하여 당나라 기장 1,200개를 속에 넣어서 만든 것이옵니다."

"지금 검은 기장을 가지고 황종의 관을 만드는 것은 옳지 않은 것으로 보오. 중국 사람들은 황종의 관에 검은 기장(볏과의 곡식)을 담아서 그 양(量)을 안다는 것이지, 그것을 가지고 황종을 바로 잡는다는 것이 아니라 생각하오. 옛 사람이 말하기를 '상당(上黨: 창즈)의 기장을 가지고 음률을 정한다.' 하였은즉, 우리나라의 기장을 가지고 황종의 관을 정한다는 것은 매우 불가한 것이 아니겠소."

"그 속에 담은 검은 기장 1,200개라면 보통의 기장을 말하는 것은 아닐 것이옵니다."

임금은 더 이상 말을 잇지 않고 화제를 바꾸었다. 박연이 만든 것이 잘못 되었다기보다 박연이 중국의 제도만을 고집하는 것이 마음에 차지 않았던 것이다.

"봉상시에서 음악을 연습하는 자들이 관습도감(慣習都監)의 사람들만 못할 것이니, 모름지기 능숙한 연주를 할 수 있게 익히도록 하는 것이 옳을 것이오. 박연이나 정양은 모두가 신진 인사들이라 오로지 그들에게만 의뢰할 수 없을 것이니, 경은 유의하도록 하오."

일흔한 살인 맹사성에 비교한다면 쉰세 살의 박연이 신진 인사이긴 했다. 그러나 임금이 박연을 믿지 못해 맹사성에게 관심을 가지라는 게 아니었다. 박연은 오로지 아악만을 연주해야 한다는 주장을 굽히지 않았다. 향악을 섞어 연주해야 한다는 것이 임금의 생각이었다. 임금은 박연을 윽박질러서 뜻을 받아들이게 하고 싶지는 않았다. 박연이 얼마나 아악을 정비하려고 애를 쓰는지 아는 까닭이다. 단지 향악을 같이 연주하기를 바라는 마음이었다. 그 일을 맹사성이 나서서 조정해보라는 것이다.

임금은 아악을 만드는 것을 감독하는 박연에게 털옷과 털모자를 내려 주었다.

아악보는 경술년(1430년, 세종 12년) 윤12월에 완성되었다. 정인지가 서문을 지었다. 상호군 남급, 대호군 박연, 경시 주부 정양 등에게는 안장 갖춘 말을 내려 주고, 전악(典樂) 이하 17명에게는 벼슬을 제수했다. 장인(匠人) 130명에게도 각기 쌀과 곡식을 차등을 두어 내려 주었다.

관습도감에서는 풍습을 아름답게 하는 데에 도움이 되는 「원흥곡(元興曲)」과 「안동 자청조(安東紫靑調)」를 악가에서 다시 쓰기를 청했다. 원흥은 동북면에 있는 화령(和寧)의 속군으로 큰 바닷가에 있는데, 그 고을 사람이 뱃사람을 따라 행상을 하다가 돌아오니, 그 아내가 보고 기뻐해 부르는 노래다. 자청조도 또한 부인이 지었는데 스스로 지조를 지켜 정조를 남에게 더럽히지 않는다는 노래다. 그대로 두면 없어질 것 같으므로 보존하자는 것이다.

박연은 춤을 추는 아이들과 맹인 악공의 대우에도 관심을 쏟았다. 무동(舞童)은 자라서 장정이 되므로 장정이 되기 전에 의복과 양식을 주어 악공의 자질이 보이면 그대로 음악을 연주하게 할 것이며, 각 지방에서 올라온 무동이 한양의 어떤 집에 의지할 때는 그 집의 다른 부역을 면제해 주는 것이 좋을 것이라 했다.

"옛날의 제왕은 모두 장님으로 악사를 삼아서 거문고를 타며 시를 읊는 임무를 맡겼으니, 그들은 앞이 보이지 않아서 소리를 더 잘 살피기 때문이며, 또 세상에 버릴 사람은 없기 때문이옵니다. 이미 시대에 쓰임이 된다면 또한 그들을 돌보아 주는 은혜가 있어야 될 것이옵니다. 장님은 사대부의 자손이라도 이미 벼슬할 도리도 없으며 또한 음직(蔭職: 과거를 거치지 아니하고 조상의 공덕에 의해 맡은 벼슬)을 물려받은 예도 없으니, 이들은 이른바 세상의 버린 사람이 되었사옵니다."

모름지기 장님 악공을 격려하는 뜻에서 벼슬을 주자는 것이다. 박연은 백성을 위하는 정치를 펴고자 하는 임금의 뜻을 헤아려 미처 관심이 닿지 않는 장님들까지 임금의 덕을 사모하도록 만들고 있었다.

어찌 믿고 맡기지 않으랴. [1권 끝]